GUILLERMO DEL TORO
CHUCK HOGAN

Le réalisateur **Guillermo Del Toro** a signé des films aussi différents que *Hellboy*, *Blade 2* ou encore *Le Labyrinthe de Pan*, récompensé par trois oscars.

Chuck Hogan, quant à lui, a publié plusieurs thrillers salués par Stephen King, dont *Face à face* (Albin Michel, 1997), *Le Prince des braqueurs* (Seuil, 2007) et *Tueurs en exil* (Calmann-Lévy, 2011).

Ils sont les auteurs d'une trilogie vampirique macabre composée de *La lignée*, *La chute* (tous deux en 2010) et *La nuit éternelle* (2011). La trilogie a paru aux Presses de la Cité et a été reprise chez Pocket.

LA NUIT ÉTERNELLE

GUILLERMO DEL TORO
ET CHUCK HOGAN

LA NUIT ÉTERNELLE

*Traduit de l'anglais (États-Unis)
par Éric Moreau et Jacques Martinache*

PRESSES DE LA CITÉ

Titre original :
THE ETERNAL NIGHT

CET OUVRAGE EST LE TROISIÈME TOME
DE LA TRILOGIE « LA LIGNÉE »

ISBN 978-2-266-20279-4

À mes parents.
Je sais maintenant que ce n'est pas une sinécure...

G. D. T.

Pour Charlotte, éternellement.

C. H.

PLUIE DE CENDRES

JOURNAL D'EPHRAÏM GOODWEATHER

Au deuxième jour de ténèbres, ils regroupèrent l'élite de la société, les hommes et les femmes de pouvoir, les riches, les influents.

Politiciens et P-DG, magnats de l'économie et intellectuels, rebelles et people. Pas un ne fut transformé. Tous furent massacrés, détruits. Une exécution rapide et brutale. Devant spectateurs, aussi.

À l'exception de quelques experts dans chaque domaine, toutes les têtes d'affiche furent éliminées. On les arracha à leurs hôtels de luxe, ces damnés, le River House, le Dakota, le Beresford, les autres palaces. On les rafla, tous, puis on les parqua dans d'immenses lieux de rassemblement urbains aux quatre coins du globe, le National Mall à Washington, la rue de Nankin à Shanghai, la place Rouge de Moscou, le stade du Cap, Central Park à New York. Ensuite, lors d'un horrible carnage offert en spectacle public, on les extermina.

Les offres de faveurs ou de pots-de-vin restèrent sans effet. Ils eurent beau supplier, implorer de leurs mains douces et manucurées, rien n'y fit. Des corps se balançaient à des réverbères, d'un bout à l'autre de Madison Avenue. À Times Square, on incinérait les cadavres sur des bûchers funéraires hauts de six mètres. Dans une odeur de barbecue sans équivalent à ce jour, la crème de Manhattan transformée en torches illumina les rues désertes et les vitrines des boutiques fermées. « TOUT DOIT DISPARAÎTRE »...

Le Maître semblait avoir calculé avec précision le nombre de vampires nécessaire pour asseoir sa domination tout en conservant un équilibre subtil évitant de créer des besoins d'approvisionnement en sang insurmontables. Il procédait avec méthode et un grand souci de rigueur mathématique. Personnes âgées et infirmes furent eux aussi éradiqués. Le putsch se doubla d'une purge. Environ un tiers de la population fut éradiquée en soixante-douze heures, un holocauste éclair aussitôt nommé « Nuit Zéro ».

Les hordes de vampires prirent le contrôle des rues. La police antiémeute, les forces d'intervention spéciale, l'armée... tous furent balayés par le raz-de-marée des monstres. Certains parmi ceux qui se soumirent furent épargnés et promus gardiens et geôliers.

La stratégie du Maître fut couronnée d'un succès retentissant. Appliquant un principe darwinien brutal, il avait sélectionné les survivants les plus conciliants et malléables. Sa montée en puissance se révéla terrifiante. Les Aînés détruits, le contrôle qu'il exerçait sur la horde (et à travers elle sur le monde) s'était étendu et avait gagné en sophistication. Les strigoï *n'erraient plus dans les rues tels des zombies en maraude qui attaquaient et se nourrissaient à leur guise. Leurs déplacements étaient coordonnés, leurs assauts organisés et d'une efficacité redoutable. À la façon des abeilles de la ruche, tous semblaient avoir un rôle et des responsabilités clairement définis. Ils étaient les yeux du Maître dans la rue.*

Les premiers temps, la lumière du jour avait totalement disparu. Lorsque le soleil atteignait son zénith, on apercevait au mieux quelques secondes d'une faible lueur, mais hormis ces brefs instants les ténèbres étaient implacables. À présent, deux ans plus tard, si le soleil parvenait à percer l'atmosphère empoisonnée deux heures par jour, la luminosité blafarde n'avait aucune commune mesure avec les rayons qui réchauffaient la Terre autrefois.

Présents partout, telles des araignées ou des fourmis, les strigoï *faisaient en sorte que les rescapés reprennent une véritable routine...*

Le plus stupéfiant, toutefois, ce fut de constater combien l'existence avait en définitive peu changé. Le Maître tira profit du chaos qui sclérosa la société les premiers mois. Les privations de nourriture, d'eau potable, d'hygiène et d'ordre terrorisaient tant la population que, dès que les infrastructures élémentaires furent rétablies, dès qu'on eut mis en place un programme de rationnement et que la réfection du réseau électrique eut chassé l'obscurité des longues nuits, les humains surent faire preuve de reconnaissance et d'obéissance. Comme le bétail, qui a besoin d'être récompensé par l'ordre et la routine, et rassuré par la structuration d'une autorité sans ambiguïté.

En moins de deux semaines, la plupart des systèmes avaient été remis en fonction. Eau, électricité... on relança même la télévision par câble, les programmes n'offrant plus que des rediffusions, sans les habituelles intrusions de la publicité. Sports, informations ; tout n'était que répétition. On ne produisait aucune nouveauté. Et... les survivants aimaient ça.

Le métro devint une priorité, car, considérées comme des bombes potentielles, les voitures particulières n'avaient pas leur place dans ce nouvel état policier. On les envoya à la casse. Toutes celles qui circulaient appartenaient aux organismes publics. Police, pompiers, propreté de la ville – tous ces corps constitués étaient dotés de véhicules en parfait état de fonctionnement, sous la responsabilité de collaborateurs humains.

Les avions subirent le même sort. La seule flotte active était contrôlée par Stoneheart, multinationale qui dominait la distribution alimentaire, l'approvisionnement énergétique et l'industrie militaire, mainmise que le Maître avait exploitée pour accomplir son coup d'État planétaire. Cette flotte constituait environ sept pour cent des appareils qui quadrillaient autrefois le ciel mondial.

Les objets d'argent furent déclarés illégaux et devinrent une monnaie d'échange, très recherchés et pouvant être troqués contre des bons de réduction ou des tickets de rationnement. À condition d'en remettre la quantité suffisante aux autorités, on pouvait acheter sa sortie – ou celle d'un être cher – des fermes humaines.

Avec l'absence de système éducatif – plus d'école, plus de lecture, plus de réflexion –, ces fermes étaient le seul véritable changement depuis le cataclysme vampirique.

Enclos et abattoirs produisaient vingt-quatre heures sur vingt-quatre, sept jours sur sept. Des gardiens et conducteurs de bétail triés sur le volet fournissaient aux strigoï *les denrées nécessaires à leur consommation. Un nouveau système de classes fut vite établi, divisé en castes biologiques. Les* strigoï *avaient une préférence pour le sang B positif. Tout groupe sanguin leur convenait, mais le B positif présentait des avantages supplémentaires (comme autrefois les différentes sortes de lait), conservait mieux ses qualités gustatives et nutritionnelles en dehors du corps humain, supportait mieux le conditionnement et le stockage. On attribuait aux personnes des autres groupes les tâches les plus ingrates ; c'étaient les fermiers, les ouvriers. Les B positif étaient les bœufs de Kobe, les bêtes de choix du régime. On les choyait, on leur accordait des avantages et on les nourrissait au mieux. On leur accordait même une double période d'exposition dans les camps à UV pour s'assurer qu'ils fixent bien leurs vitamines. Leur routine quotidienne, leur équilibre hormonal, et bien sûr leur reproduction, étaient systématiquement régulés afin de pourvoir à la demande, présente et à venir.*

Ainsi fonctionnait la société. Les gens allaient travailler, regardaient la télévision, prenaient leur repas et allaient se coucher. Mais dans l'obscurité et le silence ils pleuraient et réprimaient leur angoisse, sachant trop bien que leurs proches pouvaient disparaître à tout moment, dévorés par la structure de béton de la ferme la plus proche. Ils ravalaient leurs sanglots, car il n'existait d'autre choix que celui de la soumission. Il y avait toujours quelqu'un (parents, frères ou sœurs, enfants) qui dépendait d'eux. Quelqu'un pour les garder sous le joug, leur autoriser le confort de la lâcheté.

Qui aurait pu se douter que nous en viendrions à songer avec une profonde nostalgie au tumulte des années 1990 et du début des années 2000 ? Les temps de marasme, de médiocrité politique et de manipulations financières qui précédèrent l'effondrement de l'ordre mondial... un âge d'or, en vérité. Tout ce qui nous caractérisait avait disparu – il n'y avait plus ni ordre ni structure sociale, tels que les avaient construits nos pères et nos aïeux. Nous n'étions plus qu'un cheptel. Du bétail.

Quant à ceux d'entre nous qui sont encore en vie mais qui n'ont pas intégré le système... ils sont devenus l'anomalie... la vermine. Des charognards. Des nuisibles pourchassés.

Sans rien pour se défendre.

KELTON STREET, WOODSIDE, QUEENS

Un hurlement retentit dans le lointain, et le Dr Ephraïm Goodweather se réveilla en sursaut. Il se redressa vivement sur le canapé, saisit la poignée en cuir élimé qui dépassait du sac à dos posé au sol à côté de lui et fendit l'air d'un grand coup de son épée d'argent, le tout d'un seul mouvement fluide et brutal.

Son cri de guerre rauque, fugitif échappé de ses cauchemars, s'interrompit aussitôt. Sa lame trembla dans le vide.

Il était seul.

Chez Kelly, son ex-femme. Dans le salon. Entouré d'objets familiers.

Le hurlement n'était rien d'autre qu'une sirène, au loin, transformée en cri humain dans son rêve.

Il avait encore sombré. Dans un énième songe de feu et de formes, indéfinies mais vaguement humanoïdes, nimbées d'une lumière aveuglante. Un point de combustion. Ces formes l'empoignaient juste avant que la lumière n'embrase tout. Il se réveillait toujours agité, épuisé, comme s'il avait réellement lutté contre un adversaire. À chaque fois, ce rêve lui semblait sorti de nulle part. Alors qu'il rêvait d'une scène des plus communes – un pique-nique, un embouteillage, une journée de bureau… –, la lumière s'intensifiait, illuminait tout, et les êtres argentés surgissaient.

À tâtons, il chercha son sac d'armes – un sac de base-ball modifié qu'il avait volé des mois plus tôt dans un magasin de sport pillé.

Il se trouvait dans le Queens. C'est bon. Ça va. La mémoire lui revenait, accompagnée des premiers tiraillements d'une violente gueule de bois. Il était encore tombé ivre mort.

Il rangea son épée, puis roula sur le dos et serra sa tête entre ses mains comme une boule de cristal fendue qu'il aurait délicatement ramassée. Ses cheveux lui semblèrent rêches, étranges ; il sentait des élancements dans son crâne.

Ah oui, c'est vrai. L'enfer sur Terre. Le monde des damnés.

La réalité, une garce de première. Il s'était réveillé pour se retrouver en plein cauchemar. Il était encore en vie, et toujours humain. Pas de quoi pavoiser, mais il n'y avait pas mieux à espérer.

Un jour de plus en enfer…

Le dernier souvenir qu'il gardait de son sommeil, le fragment de rêve qui s'accrochait à sa conscience, était une image de Zack, dans une lumière argentée éblouissante. C'était de sa forme qu'était né le point de combustion, cette fois.

« Papa », avait dit Zack, qui avait planté son regard dans le sien.

Ce souvenir lui donnait la chair de poule. Pourquoi ne trouvait-il pas de répit dans ses rêves ? N'est-ce pas là le fonctionnement habituel ? Les rêves ne sont-ils pas censés contrebalancer l'atrocité de la vie ? Il aurait donné cher pour que lui soient accordés des songes peuplés de sentiments agréables, comme une cuillerée de sucre pour son esprit.

Eph et Kelly, fraîchement diplômés, qui flânent main dans la main dans un marché aux puces, à la recherche de meubles abordables et de babioles pour leur premier appartement...

Zack bébé, qui marche d'un pas encore mal assuré dans la maison, petit prince en couches-culottes...

Eph, Kelly à la table du dîner, les mains croisées devant leur assiette pleine, attendant que Zack arrive au bout du bénédicité, qu'il récite avec une exhaustivité obsessionnelle...

Au lieu de cela, les rêves d'Eph ressemblaient à des snuff movies déstructurés. Des visages issus de son passé – ennemis, connaissances et amis confondus – que l'on traque et assassine sous ses yeux sans qu'il puisse les toucher, les aider, ni même détourner le regard.

Il s'assit, puis, une main sur le dos du canapé pour s'équilibrer, se leva et alla à la fenêtre qui donnait sur le jardin. L'aéroport LaGuardia n'était pas loin. La vue d'un avion ou le bruit lointain d'une turbine tenait du prodige, à présent. Aucune lumière ne traversait le ciel. Il se rappelait le 11-Septembre, les jours qui avaient suivi, à quel point le vide du ciel lui avait paru irréel, et le soulagement singulier qu'il avait ressenti au retour des avions, une semaine plus tard. Il ne fallait plus compter sur le moindre soulagement, à présent. La situation ne reviendrait pas à la normale.

Eph se demanda quelle heure il était. C'était le matin, d'après son rythme circadien défaillant. Et c'était l'été, du moins selon le vieux calendrier, aussi un beau soleil aurait-il dû briller.

Pourtant, l'obscurité régnait. Le cycle naturel du jour et de la nuit avait été réduit à néant, sans doute à jamais. Le soleil restait caché par un voile de cendres trouble. La nouvelle atmosphère n'était plus qu'un mélange des résidus des explosions nucléaires et éruptions volcaniques qui avaient eu lieu un peu partout sur la planète, devenue un bonbon bleu-vert enrobé d'un nappage de chocolat hautement toxique. Cette croûte avait séché pour former une épaisse couche hermétique qui avait capturé le froid et l'obscurité, et interdisait tout accès au soleil.

Le crépuscule éternel. La Terre transformée en monde désolé, blême et pourrissant, de givre et de souffrance.

L'environnement idéal pour les vampires.

D'après les derniers bulletins d'information, censurés depuis longtemps mais qui continuaient de s'échanger sur des forums Internet comme naguère les vidéos pornos, les conditions postcataclysmiques n'épargnaient aucune région du monde. Aux quatre coins du globe, les témoignages évoquaient un ciel obscur, une pluie noire, des nuages menaçants qui s'entrelaçaient pour ne jamais se séparer. Si l'on prenait en compte la rotation terrestre et les schémas des vents, les pôles étaient en théorie les seuls endroits qui recevaient encore la lumière du jour de façon saisonnière, mais nul ne pouvait avoir de certitude à ce sujet.

Au début, les radiations résiduelles dues aux explosions atomiques et aux fusions de réacteurs avaient atteint un niveau très élevé, voire catastrophique, aux abords des différents « ground zero ». Retranchés pendant près de deux mois dans un tunnel ferroviaire qui passait sous l'Hudson, Eph et ceux qui l'accompagnaient avaient été épargnés par les retombées immédiates. Les conditions météorologiques extrêmes et les vents atmosphériques avaient étalé les dégâts sur de vastes zones, ce qui avait sans doute contribué à disperser la radioactivité. Les retombées s'atténuant à un rythme exponentiel, en moins de six semaines les régions qui n'avaient pas subi une exposition directe redevinrent suffisamment saines pour que l'on puisse à nouveau y vivre.

On ne ressentait pas encore les effets à long terme de l'exposition aux radiations. Les questions concernant la fertilité humaine, les mutations génétiques et l'augmentation des cancers n'obtiendraient pas de réponse avant quelque temps. Elles étaient de toute façon occultées par la situation immédiate. Deux ans après les désastres nucléaires et l'avènement des vampires, toutes les craintes renvoyaient à l'avenir proche.

La sirène se tut. Installés à l'origine pour repousser les intrus humains et attirer de l'aide, ces systèmes d'alarme se déclenchaient encore de temps à autre, mais beaucoup moins souvent qu'au cours des premiers mois, quand ils braillaient en permanence, figurant les cris de douleur d'une espèce à l'agonie. Un autre vestige de la civilisation qui s'effaçait.

Le silence revenu, Eph écouta attentivement pour repérer la présence d'un éventuel assaillant. Ils pouvaient arriver de partout, se faufiler par une fenêtre ouverte, remonter par les caves humides ou les greniers poussiéreux. On n'était en sécurité nulle part. Même les quelques heures de jour – une lueur faible, crépusculaire, un refuge qui avait pris une teinte ambrée malsaine – présentaient mille dangers.

La rare lumière du soleil offrait aux humains une période de couvre-feu. Bien qu'idéale pour se déplacer sans craindre la confrontation directe des *strigoï*, elle n'en était pas moins des plus dangereuses, du fait de la surveillance exercée par les humains qui cherchaient à améliorer leur sort en collaborant avec les monstres.

Eph posa le front contre la vitre. La fraîcheur du verre contre sa peau fiévreuse lui procura une sensation agréable.

Le plus dur à supporter, c'était la connaissance. Savoir qu'il se noie n'apaise en rien le noyé, et ne fait que l'accabler du fardeau de la panique. La peur de l'avenir, le souvenir d'un passé meilleur, plus heureux, étaient autant source de souffrance, pour Eph, que le fléau vampirique lui-même.

Il avait besoin de manger, d'absorber des protéines. Il ne trouverait rien dans cette maison, qu'il avait déjà vidée de toute nourriture (et de tout alcool), de nombreux mois plus tôt. Il avait même trouvé une réserve secrète de barres Mars dans la penderie-placard de Matt, le petit ami de Kelly.

Il s'écarta de la fenêtre et se tourna face à la pièce, au bout de laquelle se trouvait le coin-cuisine. Les souvenirs revinrent en force. Il vit les entailles dans le mur, à l'endroit où, avec un couteau à découper, il avait « libéré » le compagnon de son ex-femme, décapitant la créature qui venait de muter. Cet événement remontait aux premiers jours de l'infestation, quand tuer un vampire se révélait presque aussi effrayant que la crainte d'être transformé par l'un d'eux, même quand il s'agissait de l'homme qui était censé remplacer Eph en tant que figure masculine la plus importante dans la vie de Zack.

Ce réflexe de morale humaine avait disparu depuis longtemps. Le monde avait changé, et le Dr Ephraïm Goodweather, autrefois épidémiologiste éminent au CDC, le Center for Disease Control[1], avait changé avec lui. Le virus du vampirisme avait colonisé la race

1. Agence de lutte contre les risques épidémiologiques. *(Toutes les notes sont le fait des traducteurs.)*

humaine. Le fléau avait détourné le cours de la civilisation en réussissant un *coup d'État*[1] d'une violence stupéfiante. Les insurgés – les gens qui comme lui étaient déterminés à lutter jusqu'au bout – avaient presque tous été massacrés, ou transformés, laissant les faibles, les vaincus et les lâches se plier à la volonté du Maître.

Eph revint à son sac. Dans une poche étroite à fermeture Eclair prévue pour les gants de batteur ou les bandeaux éponge, il prit son carnet de moleskine fripé. Il notait tout dans son journal, des considérations transcendantes jusqu'aux remarques les plus banales. Tout devait être consigné. Un acte compulsif, répété à l'infini. Son journal consistait pour l'essentiel en une longue lettre adressée à Zack. Il référençait les recherches entreprises pour retrouver son fils, ses observations et ses théories concernant la menace vampire. Enfin, en tant que scientifique, il enregistrait le plus de données possible.

Cela lui permettait de ne pas sombrer dans la démence.

Au cours des deux années passées, son écriture s'était tellement dégradée qu'il parvenait à peine à relire ses pattes de mouche. Il inscrivait la date chaque jour, car en l'absence de calendrier c'était la seule méthode fiable pour garder la notion du temps. Il se disait parfois que cela n'avait pas grande importance…

Il griffonna la date, et son cœur s'emballa.

C'était le treizième anniversaire de Zack.

« VOUS ÊTES MORT SI VOUS ENTREZ ! » avertissait l'écriteau suspendu à la porte, à l'étage, inscription

1. Les termes en italique suivis d'un astérisque sont en français dans le texte original.

tracée au feutre indélébile, illustrée de pierres tombales, de squelettes et de crucifix. Zack l'avait dessiné alors qu'il avait sept ou huit ans. Sa chambre n'avait presque pas changé depuis la dernière nuit qu'il y avait passée, comme la chambre de tous les enfants disparus, symbole universel que le temps s'est arrêté dans le cœur de leurs parents.

Eph revenait sans cesse dans cette pièce comme un plongeur retourne explorer une épave. Un musée secret, un monde préservé à l'identique de ce qu'il avait été. Une fenêtre qui ouvrait droit sur le passé.

Eph s'assit sur le lit, en savoura la mollesse familière et le grincement rassurant. Il avait examiné jusqu'au moindre objet de cette chambre, tout ce que son fils avait pu un jour toucher. Il agissait à présent comme le conservateur des lieux. Il en connaissait tous les jouets, figurines, pièces de monnaie et lacets, chaque tee-shirt, le moindre livre. Il refusait d'y voir de l'apitoiement sur son sort, plutôt une adoration religieuse. On ne se rend pas à l'église, à la synagogue ou à la mosquée pour se morfondre. C'est un acte de foi. La chambre de Zack était devenue un temple. Là, et à cet endroit seul, Eph éprouvait un sentiment de paix, l'affirmation de sa volonté profonde.

Zack était encore en vie.

Il ne s'agissait pas là d'une vaine conjecture de sa part. Ce n'était pas un espoir aveugle alimenté par le chagrin.

Eph savait que Zack était vivant, qu'il n'avait pas été transmué en vampire.

Par le passé, dans la société d'avant, les parents d'un enfant disparu savaient vers qui se tourner. Ils avaient le réconfort de savoir que la police enquêtait, que des dizaines, voire des centaines de personnes qui comprenaient leur détresse et compatissaient avec eux participaient activement aux recherches.

L'enlèvement de Zack avait eu lieu dans un monde sans police, sans règles édictées par l'homme. Et Eph connaissait l'identité du ravisseur : la créature qui avait été autrefois la mère de Zack. Elle avait commis le rapt, mais son acte lui avait été dicté par une entité plus grande.

Le vampire-roi, le Maître.

Eph ignorait pourquoi on lui avait pris Zack. En partie pour l'atteindre, évidemment. Et pour satisfaire l'instinct qui poussait Kelly à revenir chercher ses « Êtres chers », ceux qu'elle avait aimés jadis. Le mécanisme insidieux du virus conduisait à la perversion de l'amour humain. En transformant un être aimé en *strigoï,* le vampire le liait à lui pour toujours, le vouait à une existence que n'affectait aucune des tribulations de la vie humaine et entièrement vouée à l'accomplissement de besoins primitifs tels que se repaître, se multiplier et survivre.

C'était pourquoi Kelly nourrissait une telle obsession pour leur fils, et pourquoi aussi, malgré les efforts d'Eph, elle avait réussi à le lui voler.

C'était ce syndrome, cette pulsion vampirique, qui confortait Eph dans la pensée que Zack n'avait pas été transformé. Car si le Maître ou Kelly avait bu son sang, nul doute que le garçon serait revenu chercher Eph, une fois vampire. Sa peur de devoir affronter son fils non mort le hantait depuis maintenant deux ans, l'entraînant parfois dans une spirale infernale de désespoir.

Mais pourquoi ? Pourquoi le Maître n'avait-il pas converti Zack ? Pourquoi le gardait-il ? Pour disposer d'un atout potentiel à jouer contre Eph et la résistance à laquelle il appartenait ? Ou pour une raison plus sinistre qu'Eph n'entrevoyait pas encore… ou ne voulait pas connaître ?

Il frémit à l'idée du dilemme auquel cela le confronterait. Dès qu'il s'agissait de son fils, il était vulnérable. La faiblesse d'Eph égalait sa force ; il était incapable d'abandonner son fils.

Où Zack se trouvait-il en cet instant même ? Le retenait-on en captivité ? Le torturait-on à la place de son père ? De telles pensées s'accrochaient à l'esprit d'Eph.

Ce qui le minait le plus, c'était l'incertitude. Les autres – Fet, Nora et Gus – pouvaient s'impliquer à cent pour cent dans la résistance, lui consacrer la totalité de leur énergie et de leur attention, précisément parce que nul de leurs proches n'était retenu en otage.

D'ordinaire, venir dans cette chambre aidait Eph à se sentir moins seul dans ce monde maudit, mais ce jour-là sa visite eut l'effet inverse. Jamais il n'avait ressenti une solitude aussi aiguë.

Eph songea de nouveau à Matt, se rappela à quel point il s'était inquiété de son influence croissante sur l'éducation de Zack… À présent, il lui fallait penser chaque jour, chaque heure, à l'enfer que son fils devait endurer, sous le joug d'un véritable monstre…

Abattu, nauséeux et en nage, Eph inscrivit la question qui apparaissait partout dans tout son carnet, tel un kōan.

Où est Zack ?

Comme à son habitude, il consulta ses notes les plus récentes.

Il entrevit une inscription qui mentionnait Nora, eut du mal à se relire. *Morgue*, parvint-il à distinguer. *RDV*. Puis : *Partir dès la lumière du jour…*

Eph plissa les yeux et s'efforça de se souvenir. Un sentiment de terreur grandissait en lui.

Il devait retrouver Nora et Mme Martinez à l'OCME, l'ancien institut médico-légal.

À Manhattan. Aujourd'hui.

Et merde !

Il récupéra son sac en hâte, en passa les bretelles sur ses épaules, dans un cliquetis de lames d'argent. Les poignées des épées dépassaient dans son dos, telles des antennes bandées de cuir. En sortant, il jeta un dernier coup d'œil dans la chambre et repéra un vieux jouet Transformers à côté du lecteur de CD, sur la commode à gauche du lit. Sideswipe, si sa mémoire était bonne ; il avait lu ce nom dans les livres de Zack qui décrivaient les caractéristiques techniques des Autobots. Eph avait offert ce robot à Zack pour son anniversaire, quelques années plus tôt. Une des jambes de Sideswipe pendait mollement, démantibulée. Eph manipula les bras, se souvenant de la facilité avec laquelle Zack « transformait » la voiture en robot, puis dans le sens inverse, à la façon d'un champion de Rubik's Cube.

— Joyeux anniversaire, Zack, murmura Eph, avant de fourrer le jouet cassé dans son sac et de passer la porte.

Woodside

Kelly Goodweather arriva devant son ancienne maison de Kelton Street une dizaine de minutes seulement après le départ d'Eph. Elle pistait cet humain, son Être cher, depuis qu'elle avait identifié sa pression sanguine, quelque quinze heures plus tôt. Mais lorsqu'au midi le ciel s'était éclairci elle avait dû s'abriter sous terre pour les deux à trois heures de lueur solaire, terne mais néfaste, qui filtrait à travers l'épaisse chape nuageuse à chaque rotation terrestre. Elle avait perdu du temps, mais à présent elle touchait au but.

Deux renifleurs aux yeux noirs l'accompagnaient. C'étaient des enfants aveuglés par l'occlusion solaire qui avait coïncidé avec l'arrivée du Maître à New York, convertis ensuite par le roi des vampires lui-même, et à présent dotés d'une capacité de perception hors du commun. Petits et rapides, ils galopaient sur le bitume et escaladaient les voitures abandonnées telles des araignées affamées qui ne voyaient rien mais détectaient tout.

L'attraction innée de Kelly pour son Être cher aurait dû lui suffire à suivre la trace de son ex-mari, mais l'éthanol, les stimulants et les sédatifs qui coulaient dans les systèmes nerveux et sanguin d'Eph affaiblissaient et brouillaient la signature émise. L'ébriété trouble les synapses, ralentit le taux de transfert du cerveau humain, produisant des effets similaires aux interférences sur une fréquence radio.

Le Maître témoignait un intérêt profond pour Ephraïm Goodweather et tenait particulièrement à pouvoir suivre ses mouvements d'un bout à l'autre de la ville. Raison pour laquelle il avait envoyé ses renifleurs aider Kelly. Autrefois frère et sœur, et désormais dépourvus de cheveux, d'organes génitaux ou de toute autre caractéristique de sexe, ils paraissaient presque identiques. Devant la maison, ils se mirent à courir d'un bout à l'autre de la courte clôture en attendant que Kelly les rejoigne.

Elle ouvrit le portail et, redoutant un piège, fit précautionneusement le tour de la maison. Une fois certaine qu'elle ne craignait rien, elle brisa du poing la vitre d'une fenêtre double, débloqua le verrou et souleva le châssis.

Les renifleurs bondirent à l'intérieur, suivis par Kelly, qui passa d'abord une jambe nue et sale, puis se courba et se contorsionna sans difficulté pour passer dans l'ouverture large d'un mètre. Les renifleurs s'agitaient sur le canapé, attirant l'attention dessus à la façon de chiens policiers. Kelly demeura longuement immobile, tous ses sens aux aguets. Ils lui confirmèrent qu'ils étaient seuls, et donc qu'ils arrivaient trop tard.

Les renifleurs allèrent à une fenêtre orientée vers le nord, touchèrent le verre comme s'ils absorbaient une sensation récente qui y perdurait, puis montèrent soudain à l'étage. Kelly les y suivit, les laissant flairer les lieux et la guider jusqu'à la chambre de son fils. Ils sautillaient partout, leurs sens psychiques agités par le passage d'Ephraïm, tels des animaux affolés par une pulsion impérieuse qu'ils comprenaient mal.

Kelly se tenait au centre de la pièce, les bras le long du corps. La chaleur de son organisme de vampire, son métabolisme ardent, fit aussitôt monter la température de quelques degrés. Contrairement à Ephraïm, elle ne souffrait pas de nostalgie. Elle ne concevait aucune affinité avec son ancien domicile, aucun regret ou douleur d'être dans la chambre de son fils. Elle n'éprouvait plus aucun lien avec ce lieu, pas davantage avec son pitoyable passé humain. Le papillon ne pleure pas son état de chenille, n'y songe pas avec tendresse ou mélancolie. Il prend son envol sans se retourner.

Un bourdonnement envahit Kelly, une présence dans sa tête, une effervescence dans son corps. Le Maître regardait à travers elle. Il voyait avec ses yeux, constatait qu'ils avaient raté leur objectif de peu.

Un grand honneur, un privilège…

Puis, tout aussi brusquement, la présence se retira. Kelly ne ressentit aucun reproche de la part du Maître pour avoir échoué à capturer Ephraïm. Elle n'avait conscience que de son utilité. Parmi tous les serviteurs du Maître, Kelly possédait deux atouts que le vampire-roi jugeait précieux.

Premièrement, son lien direct avec Ephraïm Goodweather.

Et deuxièmement… Zachary.

Kelly souffrait malgré tout de l'envie, du besoin, de transformer son fils. Cette pulsion s'était atténuée, sans jamais disparaître. Elle en sentait le poids en permanence, comme un vide, une part d'elle incomplète. Ne pas la satisfaire allait contre sa nature de vampire, mais elle supportait cette souffrance pour une unique raison ; le Maître l'exigeait. Par sa seule volonté immaculée, il maintenait Kelly à distance. Ainsi, le garçon restait humain. Imparfait, inachevé. La décision du Maître avait forcément une raison précise. Nulle incertitude ne polluait la conviction de Kelly. On ne lui avait pas révélé le sort qu'on réservait à Zack, car le moment n'était pas encore venu.

Pour l'heure, voir le garçon siéger aux côtés du Maître lui suffisait.

Kelly descendit l'escalier, alla à la fenêtre ouverte et sortit sans presque interrompre sa marche. La pluie tombait de nouveau, grosses gouttes noires qui s'écrasaient sur la peau brûlante de ses épaules et de son crâne chauve, et qui s'évaporaient en rubans de vapeur. Sur la ligne jaune centrale de la rue, elle sentit la piste de sa proie plus fraîche, la pression sanguine d'Ephraïm gagnant en force à mesure que l'alcool s'évaporait dans ses veines.

Accompagnée des renifleurs en mouvement perpétuel, Kelly s'élança à grandes enjambées, laissant une faible trace de vapeur dans son sillage. Tandis qu'elle approchait d'une bouche de métro, le lien psychique qui la rattachait à Eph s'atténua de nouveau, cette fois à cause de la distance grandissante qui les séparait. Il devait se trouver à bord d'une rame.

Nulle déception n'assombrissait les pensées de Kelly. Elle poursuivrait sa traque jusqu'à ce qu'ils soient réunis, une fois pour toutes. Elle transmit son rapport au Maître, puis suivit les renifleurs dans la station.

Ephraïm retournait à Manhattan.

Le *Farrell*

Le cheval chargeait. Dans son sillage s'étirait un panache épais, fumée noire et feu orange mêlés.

L'étalon brûlait.

Le fier animal embrasé galopait avec une vigueur qui ne naissait pas de la douleur mais du désir. De nuit, visible à des kilomètres à la ronde, le cheval sans cavalier ni selle filait à toute allure à travers le pays plat et morne en direction du village. Vers le guetteur.

Paralysé par ce spectacle, Fet savait que le cheval venait pour lui. Il attendait sa venue.

Alors qu'il entrait dans le village et arrivait sur lui à la vitesse d'une flèche enflammée, le cheval parla – quoi de plus normal, dans un rêve ? – et dit : *Je suis en vie.*

Fet hurla quand l'étalon le dépassa.

Il se réveilla, allongé en travers d'un lit de camp dans un dortoir d'équipage, à la proue d'un navire qui tanguait et roulait. Ses biens étaient solidement attachés derrière un filet. Les autres lits étaient repliés contre la coque. Fet était seul dans le compartiment.

Son cauchemar, le même à l'infini, le hantait depuis… toujours, lui semblait-il. Le cheval aux sabots en flammes émergeait de la nuit noire et fondait sur lui, et Fet se réveillait juste avant la collision. La peur qu'il éprouvait était profonde et intense, celle d'un enfant.

Il passa la main sous la couchette, chercha son paquetage. Le sac était humide et sentait l'essence, comme tout à bord, mais le nœud sur le dessus était bien serré, et son contenu en sécurité.

Il naviguait à bord du *Farrell*, gros chalutier qui servait au transport de marijuana, demeurée une denrée profitable au marché noir. Le navire revenait d'Islande et achevait sa traversée de l'Atlantique. Fet l'avait loué aux trafiquants en échange d'une dizaine de petites armes à feu et d'une grande quantité de munitions, de quoi poursuivre leur trafic pendant quelques années. La mer était une des seules zones de la planète encore hors d'atteinte des vampires. À cause de la nouvelle prohibition, les stupéfiants étaient devenus d'une extrême rareté, et l'on ne trouvait que des produits artisanaux, marijuana et méthamphétamines, principalement. À ce commerce venait se greffer celui de l'alcool de contrebande – pour ce voyage, quelques caisses d'une vodka passable, en provenance de Russie et d'Islande.

La mission de Fet en Islande était double, au départ. Son premier objectif était de se rendre à l'université de Reykjavik. Au cours des semaines et des mois qui avaient suivi le cataclysme vampirique, alors qu'ils attendaient que la surface redevienne habitable, Fet n'avait eu de cesse de feuilleter le livre pour lequel le professeur Abraham Setrakian avait donné sa vie. L'ouvrage dont le rescapé de l'Holocauste devenu chasseur de vampires lui avait confié la garde exclusive.

L'*Occido Lumen*, que l'on pouvait traduire à peu près par « Lumière déchue ». Quatre cent quatre-vingt-neuf folios de parchemin manuscrit, vingt pages enluminées. À reliure de cuir et couvert de plaques d'argent pur. Le *Lumen* relatait la naissance des vampires en s'appuyant sur un ensemble de tablettes d'argile très anciennes gravées en Mésopotamie et découvertes dans une grotte des monts Zagros en 1508. Après avoir traversé les âges, ces tables écrites en sumérien, d'une extrême fragilité, étaient entrées en possession d'un rabbin français qui s'était attaché à les déchiffrer en secret, plus de deux siècles avant que les traductions du sumérien se répandent. Sa tâche accomplie, le rabbin avait offert l'original et son manuscrit à Louis XIV, présent qui lui avait aussitôt valu l'emprisonnement.

On avait pulvérisé les tablettes originales sur ordonnance royale, et cru le manuscrit détruit ou perdu. En 1671, la favorite du Roi-Soleil, qui s'intéressait à l'occulte, avait récupéré le *Lumen* dans un coffre-fort de Versailles, et à partir de cette date l'ouvrage n'avait cessé de changer de mains dans la clandestinité, jusqu'à acquérir une réputation de texte maudit. Le *Lumen* avait brièvement refait surface en 1823 et 1911, sa réapparition coïncidant chaque fois avec de mystérieuses épidémies, avant de disparaître de nouveau. On avait présenté le livre aux enchères au Sotheby's de Manhattan dix jours à peine après l'arrivée du Maître et le commencement du fléau vampirique. Au prix de grands efforts, Setrakian avait emporté la vente grâce au soutien des Aînés et de l'immense fortune qu'ils avaient accumulée au fil des siècles.

Setrakian, un professeur d'université qui, après la transformation en vampire de sa femme, s'était retiré de la société afin de se consacrer à la poursuite et à la destruction des *strigoï* et du virus à l'origine de leur race, considérait le *Lumen* comme le texte incontournable sur le complot de vampires qui gangrenait l'humanité depuis la nuit des temps. Aux yeux du monde, il n'était qu'un humble prêteur sur gages établi dans un quartier misérable de Manhattan, mais dans les entrailles de sa boutique il entreposait un arsenal destiné à combattre les vampires et une bibliothèque de récits et manuels ancestraux, glanés aux quatre coins du monde au fil de plusieurs décennies de recherches acharnées. Son désir de révéler les secrets que recelait l'*Occido Lumen* était tel qu'il avait choisi de se sacrifier afin que l'ouvrage reste en possession de Fet.

Durant les longues nuits noires passées dans le tunnel sous l'Hudson, Fet s'était interrogé sur l'identité de la personne qui avait mis le *Lumen* aux enchères. Qui avait eu le livre maudit en sa possession ? Le vendeur en savait-il davantage sur son pouvoir et son contenu ? Lorsqu'ils avaient regagné la surface, Fet avait consacré beaucoup de temps à étudier le volume en détail avec un dictionnaire de latin, se livrant à l'exercice laborieux de le traduire de son mieux. Alors qu'il explorait le bâtiment Sotheby's abandonné, dans l'Upper East Side, Fet avait découvert que l'université de Reykjavik avait été le bénéficiaire anonyme du produit de la vente. Après avoir pesé les pour et les contre avec Nora, ils étaient parvenus à la conclusion que le voyage jusqu'en Islande constituait leur unique chance de découvrir l'identité du vendeur.

À son arrivée, l'université s'était révélée être un nid de vampires. Fet avait espéré que l'Islande aurait suivi la voie du Royaume-Uni, qui avait réagi promptement au fléau en détruisant le tunnel sous la Manche et en exterminant les *strigoï* aux premiers signes de l'épidémie. Les îles restaient quasiment épargnées par l'infestation, et leurs habitants, isolés du reste de la planète empoisonnée, demeuraient humains.

Après avoir attendu la lumière du jour pour explorer les bureaux pillés de l'administration, à la recherche d'un indice concernant la provenance du livre, Fet avait appris que c'était le fonds de dotation de l'université lui-même qui avait mis l'ouvrage en vente, et non un universitaire ou un donateur particulier. C'était un bien long périple pour venir se heurter à un cul-de-sac, mais ses recherches n'avaient pas été un échec complet. Sur une étagère du département d'égyptologie, Fet avait mis la main sur un texte étrange, un vieux livre à reliure de cuir, imprimé en français en 1920. Sur sa couverture figuraient les mots *Sadum* et *Amurah*. Ceux-là mêmes que Setrakian avait demandé à Fet de se rappeler.

Il avait emporté le texte, même s'il ne parlait pas un mot de français.

Le deuxième volet de sa mission s'était révélé beaucoup plus productif. Au début de son association avec les trafiquants, après s'être rendu compte qu'ils avaient le bras très long, Fet les avait mis au défi de lui procurer une arme nucléaire. Cette requête n'était pas aussi exagérée qu'on aurait pu le croire. En particulier dans l'ex-Union soviétique, soumise au joug absolu des *strigoï*, où de nombreuses « valises atomiques », comme on les appelait, avaient été dérobées par des officiers de l'ex-KGB. On racontait que l'on pouvait se les procurer (dans un état loin d'être parfait) sur les marchés noirs d'Europe de l'Est. Les efforts que déployait le Maître pour débarrasser le monde de ces armes (afin qu'on ne puisse les utiliser pour détruire son site d'origine, comme il l'avait fait pour éliminer les six Aînés) prouvaient à Fet que la Créature était bel et bien vulnérable. Le site de création du Maître, la clé qui pouvait permettre son annihilation, figurait sous forme chiffrée dans les pages du *Lumen*.

Les contrebandiers avaient tâté le terrain auprès de leurs compatriotes de la mer, en promettant une récompense en objets d'argent. Fet s'était montré sceptique quand ils avaient déclaré avoir une surprise pour lui, mais quand on est au pied du mur on est prêt à croire presque n'importe quoi. Après être convenus d'un rendez-vous sur une petite île volcanique au sud de l'Islande, ils avaient retrouvé un équipage de sept Ukrainiens qui naviguaient sur un yacht délabré, propulsé par sept moteurs hors-bord. Agé d'environ vingt-cinq ans, le capitaine était presque manchot, son bras gauche atrophié se terminant par une pince disgracieuse.

L'engin, qui n'avait rien d'une valise, ressemblait à un tonnelet ou à une poubelle enveloppée de grosse toile et de filets noirs, aux flancs et au couvercle serrés de sangles vertes, et mesurait environ un mètre de haut sur un mètre cinquante de large. Fet avait tenté de le soulever, et estimé son poids à plus de cinquante kilos.

« Vous êtes sûr que c'est en état de marche ? s'était-il enquis.

— On m'a dit oui, avait répondu le capitaine dans un anglais approximatif, avec un fort accent. Un seul moyen de le savoir. Il manque un élément.

— Laissez-moi deviner. L'uranium ?

— Non. Le combustible, il est dans noyau. Puissance d'une kilotonne. C'est détonateur qu'il manque, avait-il expliqué en montrant du doigt des câbles enchevêtrés sur le dessus. Tout le reste c'est bon. »

La force explosive d'une bombe d'une kilotonne équivalait à celle de mille tonnes de TNT. Soit une onde de choc qui dévasterait tout dans un rayon de huit cents mètres.

« J'adorerais savoir comment vous avez mis la main dessus, avait dit Fet.

— Et moi ce que vous voulez faire avec. C'est mieux si on garde secrets.

— C'est de bonne guerre. »

Sur les ordres du capitaine, un membre d'équipage avait aidé Fet à charger la bombe sur le chalutier. Fet avait ouvert la cale où se trouvait la cache d'argent, sous le pont d'acier. Les *strigoï* mettant la même vigueur à confisquer tous les objets d'argent qu'à désarmer les bombes nucléaires, la valeur du métal précieux avait augmenté de façon exponentielle.

Une fois l'affaire conclue, y compris une transaction secondaire entre les équipages, qui avaient échangé bouteilles de vodka contre paquets de tabac à rouler, on avait servi des verres.

« Vous êtes d'Ukraine ? avait demandé le capitaine à Fet, après avoir bu cul sec.

— Oui. Ça se voit ?

— Vous ressemblez habitants mon village, avant qu'il disparaît.

— Comment ça, avant qu'il disparaisse ?

— Tchernobyl », avait expliqué le jeune homme en levant son bras racorni.

Dans la cale, Fet contempla la bombe, fixée contre la paroi à l'aide de sandows. Pas d'émission de lueur, pas de tic-tac. Une arme en sommeil, qui attendait d'être activée. Avait-il troqué un trésor contre un tas de ferraille ? Fet ne le pensait pas. Il avait la certitude que l'Ukrainien s'assurait du sérieux de ses fournisseurs, et gageait qu'il ne pouvait pas se permettre d'être mal vu des trafiquants de marijuana s'il voulait continuer à traiter avec eux.

Fet se sentait surexcité. Confiant, même. Il avait l'impression de tenir un pistolet chargé, mais sans détente. Il ne lui manquait qu'un détonateur.

De ses propres yeux, il avait vu une équipe de vampires excaver des sites dans les environs d'une zone à forte activité géologique, où jaillissaient des sources chaudes, en périphérie de Reykjavik, et connue sous le nom de « Bassin noir ». Cela prouvait que le Maître ne connaissait pas l'emplacement exact de son propre site d'origine. Pas le lieu de naissance de la Créature, mais l'endroit terrestre où il était apparu sous sa forme vampirique.

Le secret de cet emplacement se trouvait dans l'*Occido Lumen*. Il suffisait à Fet de réussir ce en quoi il avait jusqu'alors échoué : déchiffrer l'ouvrage et découvrir la réponse lui-même. Si le *Lumen* avait été un manuel d'extermination des vampires plus simple, il aurait pu en suivre les instructions, mais le livre regorgeait d'une imagerie extravagante, d'allégories étranges et d'assertions obscures. On y retraçait l'histoire de l'humanité, guidée non pas par la destinée mais par l'emprise surnaturelle des Aînés. Le texte les déconcertait, ses compagnons et lui. Fet manquait de confiance en son savoir et regrettait le vieux professeur, puits de connaissances rassurant. Sans lui, le *Lumen* se révélait aussi utile que l'engin nucléaire sans détonateur.

Il n'empêche, cette acquisition constituait une avancée. Aussi enthousiaste qu'agité, Fet remonta sur le pont. Il s'agrippa au garde-corps et contempla l'océan turbulent. Ce soir-là, il flottait une brume piquante et iodée, mais ils n'essuyaient pas de pluie battante. L'atmosphère bouleversée rendait la navigation plus dangereuse qu'auparavant, la météo marine plus imprévisible. Leur navire traversait un banc de méduses, espèce qui avait envahi la quasi-totalité des mers, se nourrissait d'œufs de poissons et bloquait le peu de soleil qui atteignait l'océan, formant parfois des plaques flottantes larges de plusieurs kilomètres.

Ils passaient à moins de dix kilomètres de la côte du New Bedford, ce qui rappela à Fet un des récits les plus intéressants que contenaient les documents de Setrakian. Les pages qu'il avait sélectionnées et laissées à Fet en complément du *Lumen*. Le vieux professeur y relatait l'histoire de la Winthrop Fleet, qui en 1630, dix ans après le *Mayflower*, avait accompli la traversée de l'Atlantique, emmenant avec elle une deuxième vague de colons. Un des vaisseaux de la flotte, le *Hopewell*, transportait une cargaison inconnue dans des caisses de bois finement sculptées. D'abord établis à Salem, puis à Boston (où ils bénéficiaient d'eau potable en abondance), les émigrés avaient connu un sort brutal. Deux cents d'entre eux avaient péri au cours de la première année, mais on avait attribué leur mort à la maladie plutôt qu'à sa véritable cause : ils avaient été les victimes des Aînés, après avoir conduit à leur insu les *strigoï* jusqu'au Nouveau Monde.

La mort de Setrakian avait laissé un grand vide en Fet. Les conseils du vieux sage lui manquaient autant que sa compagnie, mais ce qu'il regrettait le plus, c'était son érudition. Plus qu'un simple décès, la fin du professeur représentait un coup destructeur porté à l'avenir plus qu'incertain de l'humanité. Setrakian leur avait laissé le livre sacré, mais pas les moyens de le décrypter. Fet s'était aussi appliqué à étudier les feuilles volantes et les carnets à reliure de cuir où le vieil homme avait couché ses méditations aussi profondes qu'hermétiques, parfois consignées à côté d'insignifiantes remarques domestiques, de listes de courses et de calculs financiers.

Il ouvrit le livre français. Comme d'habitude, aucun mot ne lui parlait. Certaines enluminures magnifiques se révélèrent toutefois fort instructives. Sur une pleine page illustrée, on avait représenté un vieil homme et sa femme qui fuyaient une ville, consumée par un brasier de feu divin, avant que la femme soit changée en statue de sel. Même Fet connaissait l'histoire…

— Loth… dit-il.

Quelques pages avant, il vit une autre illustration. Le vieil homme protégeait deux créatures ailées d'une incroyable beauté – les archanges envoyés par le Seigneur. Fet ferma vivement le livre et regarda la couverture. *Sadum* et *Amurah*.

— Sodome et Gomorrhe. Sadum et Amurah… ça signifie Sodome et Gomorrhe…

Soudain, il eut le sentiment de lire le français couramment. Il se rappela une illustration du *Lumen*, presque identique à celle du livre français. Non par le style ou la sophistication, mais par son contenu. Loth protégeant les archanges d'hommes qui voulaient coucher avec eux.

Les indices étaient là, sous ses yeux, mais Fet ne parvenait pas à les exploiter. Même ses mains, aussi larges et rugueuses que des gants de base-ball, lui paraissaient inadaptées à la manipulation du *Lumen*. Pourquoi Setrakian l'avait-il choisi, lui plutôt qu'Eph, pour assurer la garde du livre ? Eph était plus intelligent et sans nul doute bien plus cultivé. Possible qu'il parle français, même, tiens. Mais Setrakian savait que Fet donnerait sa vie pour empêcher que le livre tombe entre les mains du Maître. Setrakian connaissait parfaitement Fet. Et il l'avait traité avec un profond respect, la patience et le soin d'un vieux père. Face au professeur, ferme mais bienveillant, Fet ne s'était jamais senti bête ou ignorant. Au contraire, Setrakian lui expliquait chaque chose avec une grande attention. Avec lui, Fet se sentait accepté. Il avait sa place.

Le vide émotionnel dans la vie de Fet avait été comblé par une source inattendue. Alors qu'Eph devenait de plus en plus instable et obsessionnel, ses troubles ayant commencé dans le tunnel ferroviaire avant de s'amplifier après leur retour à la surface, Nora avait semblé trouver en Fet quelqu'un sur qui s'appuyer, à qui se confier, donner ou demander du réconfort. Au fil du temps, Fet était devenu sensible à cet intérêt. Il avait fini par admirer la ténacité avec laquelle Nora affrontait leur situation désespérée. Tant d'autres s'étaient laissé abattre ou emporter par la folie, ou, comme Eph, avaient laissé leur désespoir les transformer. À l'évidence, Nora Martinez voyait quelque chose en Fet, peut-être la même qualité que lui trouvait le professeur – une sorte de noblesse primitive, dont Fet lui-même n'avait pris conscience que récemment. Et si cet attribut – sa fiabilité, sa détermination, sa nature impitoyable, quoi que ce soit – le rendait plus intéressant aux yeux de Nora en ces circonstances extrêmes, il n'allait pas s'en plaindre.

Par respect pour Eph, il avait résisté à cette fascination compliquée, nié ses sentiments et ceux de Nora, mais leur attirance mutuelle était devenue plus évidente. Le jour de son départ, Fet avait laissé sa jambe reposer contre celle de Nora. Geste des plus anodins, sauf pour quelqu'un comme Fet. Malgré sa carrure massive, il accordait une grande importance à son espace vital. Il ne cherchait pas à en sortir et n'y autorisait aucune incursion. En général mal à l'aise avec le contact humain, il gardait ses distances, mais quand Nora avait en retour pressé son genou contre le sien, le cœur de Fet s'était emballé, affolé par l'espoir.

Elle ne bouge pas. Elle ne retire pas sa jambe…

Elle lui avait demandé d'être prudent, de faire attention à lui. Ses yeux brillaient de larmes. Des larmes sincères tandis qu'elle le regardait partir.

Personne n'avait encore jamais pleuré pour lui.

Manhattan

Eph emprunta une rame express de la ligne 7, fermement agrippé à l'angle arrière gauche de la voiture de queue, le pied droit posé sur le marchepied, les doigts crochetés dans le cadre de la vitre. Ballotté par les mouvements du train sur la voie aérienne, couvert d'une capuche, il rentrait la tête contre son sac d'armes pour se protéger du vent et de la pluie noire qui fouettaient les basques de son imperméable gris charbon.

Fut un temps, c'étaient les vampires qui devaient voyager à l'extérieur des rames, lorsqu'ils se déplaçaient dans les sous-sols de Manhattan pour éviter d'être détectés.

Par la vitre, il vit des humains au regard dans le vague, au visage dépourvu d'expression – scène parfaitement ordonnée. Il ne regarda pas longtemps, car si des vampires se trouvaient parmi eux ils le détecteraient grâce à leur vision thermale, et un comité d'accueil très désagréable l'attendrait à la station suivante. Eph était un fugitif. On avait affiché son portrait dans tous les commissariats et bureaux de poste de New York, et le sujet relatant l'assassinat d'Eldritch Palmer, savamment retravaillé à partir des images de sa tentative infructueuse, passait encore à la télévision de temps à autre afin que son visage et son nom restent à l'esprit des citoyens sur le qui-vive.

Voyager clandestinement en métro requérait des facultés qu'Eph avait développées au fil des mois, par nécessité. Dans les tunnels humides en permanence, qui sentaient l'ozone brûlé et la vieille graisse, ses vêtements sales et rapiécés offraient un camouflage idéal, à la fois visuel et olfactif. S'accrocher à l'arrière du train exigeait une grande précision et un sens aigu du timing, mais Eph était particulièrement doué à ce petit jeu. Enfant, à San Francisco, il utilisait souvent l'arrière des tramways pour profiter d'un voyage gratuit jusqu'à son école. Il fallait alors agir à la seconde près. Trop tôt, le conducteur vous repérait. Trop tard, c'était la chute.

Des gamelles, il en avait pris, dans le métro. En général à cause de l'alcool. Un jour, alors que le train amorçait un virage sous Tremont Avenue, il avait mal calculé son saut et manqué son appui. Traîné sur la voie, il avait rebondi contre les rails avant de rouler sur le flanc, se fêlant deux côtes et se déboîtant l'épaule. Il avait évité de justesse d'être percuté par une autre rame. Après s'être abrité dans un renfoncement de maintenance, jonché de vieux journaux gorgés d'urine humaine séchée, il avait remis son épaule en place, mais celle-ci le faisait encore souffrir, de temps à autre. S'il pivotait dessus dans son sommeil, une vive douleur le réveillait.

À force de pratique, il savait désormais trouver les prises et les interstices dans la structure des wagons. Il connaissait chaque rame, chaque voiture, et s'était même fabriqué deux grappins courts pour crocheter en quelques secondes les plaques d'acier désolidarisées. Fabriqués à partir de la belle argenterie de la résidence Goodweather, ils lui servaient parfois d'arme de corps à corps contre les *strigoï*.

Les crochets étaient fixés à des poignées de bois, découpées dans les pieds d'une table d'acajou que la mère de Kelly leur avait offerte en cadeau de mariage. Elle qui n'avait jamais apprécié Eph, qu'elle ne trouvait pas assez bien pour sa fille… Si elle savait…

Eph secoua la tête pour chasser une partie de l'humidité et contempler à travers la pluie les pâtés d'immeubles de part et d'autre du viaduc de béton qui s'élevait au-dessus du Queens Boulevard. Certaines portions restaient dévastées, détruites par des incendies au cours de l'invasion vampirique, pillées et abandonnées depuis longtemps. Des quartiers de la ville semblaient avoir subi les ravages d'une guerre – et c'était le cas.

D'autres étaient éclairés à la lumière artificielle, zones urbaines rebâties par des humains sous la supervision de la fondation Stoneheart, contrôlée par le Maître. La lumière était indispensable pour le travail dans un monde plongé dans l'obscurité vingt-deux heures par jour. Les réseaux d'électricité s'étaient effondrés après les décharges électromagnétiques initiales dues à de multiples explosions atomiques partout sur le globe. Les surcharges avaient grillé les conducteurs et plongé la Terre dans des ténèbres propices aux vampires. La population avait vite été confrontée à la constatation terrifiante et brutale qu'une race de créatures de force supérieure contrôlait à présent sa civilisation. Que l'Homme avait été supplanté au sommet de la chaîne alimentaire par des êtres dont les besoins biologiques exigeaient un régime continu de sang humain. Panique et désespoir balayèrent les continents. Les armées infectées sombrèrent dans le silence. Pendant la période de consolidation qui avait suivi le cataclysme, tandis que la nouvelle atmosphère toxique s'étendait, les vampires asseyaient leur règne.

Le métro ralentit à l'approche de Queensboro Plaza. Ephraïm se rencogna dans sa cachette. La pluie continue n'offrait qu'un avantage, mais de taille ; elle le cachait aux yeux vigilants des vampires.

Les portes s'ouvrirent, des passagers descendirent et montèrent d'un pas traînant. Les annonces automatiques bourdonnèrent dans les haut-parleurs. Les portes se refermèrent, le train repartit, et Eph inséra de nouveau ses doigts endoloris dans les interstices des vitres. Il regarda le quai obscur s'éloigner, disparaître comme le monde d'autrefois, rapetisser, s'effacer, englouti par l'air pollué et les ténèbres.

Peu après, la rame s'enfonça sous terre, à l'abri de la pluie battante. Deux stations plus tard, elle pénétra dans le tunnel Steinway, qui passait sous l'East River. Les technologies modernes telles que le métro, qui offrait la possibilité de voyager sous un fleuve puissant, avaient contribué à la perte des humains. Les vampires, par essence incapables de traverser une étendue d'eau mouvante par leurs propres moyens, avaient pu contourner ces obstacles grâce aux tunnels, aux vols longue distance et aux autres moyens de transport rapide.

À l'approche de la gare Grand Central, le train ralentit à nouveau. Eph rajusta sa prise, luttant contre l'épuisement, fermement agrippé à ses grappins artisanaux. Souffrant de malnutrition, il était aussi mince qu'à son entrée au lycée. Il avait fini par s'habituer à la sensation de faim qui le tenaillait en permanence. Il savait que les carences en vitamines et en protéines n'affectaient pas seulement ses os et ses muscles, mais aussi ses capacités intellectuelles.

Eph sauta sur le ballast entre les voies, fit une roulade sur l'épaule gauche et se réceptionna à la façon d'un cascadeur. Il se releva et fléchit les doigts pour les débarrasser de l'ankylose semblable à de l'arthrite qui les bloquait, rangea ses grappins. Les signaux lumineux de la voiture de queue s'éloignaient, accompagnés par le crissement des roues d'acier freinant contre les rails, hurlement métallique auquel ses oreilles ne s'étaient jamais habituées.

Il partit dans l'autre sens, plus loin dans le tunnel. Il avait accompli ce trajet si souvent qu'il n'avait plus besoin de sa lunette à visée nocturne pour se déplacer. Le rail d'alimentation ne lui posait pas de problème ; protégé par un boîtier en bois, il offrait même un marchepied commode.

Des matériaux de construction encombraient encore le quai à l'abandon, dont la rénovation avait été interrompue à peine commencée. S'entassaient là un échafaudage, un empilement de conduits, des amas de tuyaux enveloppés dans du plastique. Eph releva sa capuche mouillée et prit sa lunette dans son sac, la sangla sur son front et plaça l'objectif devant son œil droit. Après avoir vérifié que rien n'avait été déplacé depuis sa dernière visite, il alla vers la porte dépourvue d'inscriptions.

Au plus fort de sa fréquentation, avant la prise de pouvoir par les vampires, un demi-million d'usagers traversaient le vaste hall d'échange au sol de marbre lisse, quelque part au-dessus de sa tête. Eph ne pouvait prendre le risque d'entrer dans le terminal principal (malgré leur immensité, les lieux offraient peu d'endroits où se cacher), mais il était déjà monté sur les passerelles du toit, d'où il avait contemplé des gratte-ciel reconnaissables entre tous, tels l'immeuble MetLife et le Chrysler Building, sombres et silencieux. Après avoir escaladé les unités de climatisation hautes de deux étages qui surmontaient le toit de la gare, il s'était hissé sur le fronton qui donnait sur la 42e Rue et Park Avenue, entouré des statues colossales de divinités romaines telles que Minerve, Hercule et Mercure, au-dessus de la grande horloge en vitraux Tiffany. Depuis la partie centrale du toit, il avait pu admirer, à plus de trente mètres, le hall aux allures de cathédrale. Jamais il ne s'était approché plus près.

Eph gravit deux longs escaliers, puis franchit une autre porte et s'engagea dans un couloir bordé de conduits de vapeur toujours en fonction, bouillants et grondants. Lorsqu'il arriva au bout, il était en nage.

Il sortit un petit couteau d'argent de son sac à dos, car la prudence s'imposait. Dans cette sortie de secours aux murs de béton, mieux valait ne pas se retrouver encerclé. Des eaux noires avaient filtré au sol, la pollution du ciel étant devenue une composante permanente de l'écosystème. Autrefois, des employés de maintenance contrôlaient régulièrement cette section du sous-sol, pour en déloger les SDF, les curieux, les vandales. Puis les *strigoï* avaient pris le contrôle des souterrains de New York, pour s'y cacher, se nourrir, se multiplier. Depuis que le Maître avait reconfiguré l'atmosphère pour mettre les vampires à l'abri du soleil et de ses ultraviolets tueurs de virus, ils avaient émergé des bas-fonds labyrinthiques pour s'approprier la surface.

Sur la dernière porte, un panneau rouge et blanc indiquait *SORTIE DE SECOURS SOUS ALARME*. Ephraïm rangea poignard et lunette dans son sac, poussa la barre métallique. Rien ne se produisit, bien sûr, les câbles de l'alarme ayant été sectionnés depuis longtemps.

La pluie propulsa sur lui un souffle nauséabond. Il releva sa capuche et prit la direction de la 45e Rue. Nombre des véhicules accidentés ou abandonnés aux premiers jours de l'infestation avaient été poussés contre les trottoirs, et la plupart des rues formaient des chemins à une voie pour les camionnettes de chantier et les camions d'approvisionnement manœuvrés par les vampires et les humains de Stoneheart. Eph avançait, la tête baissée, tout en surveillant de près les deux côtés de la rue. Il avait appris à ne pas examiner les alentours de façon flagrante. Si l'on paraissait suspect, on était suspect. Ephraïm se donnait beaucoup de mal pour éviter toute interaction avec les *strigoï*. Dans la rue, comme partout ailleurs, les humains étaient des habitants de seconde classe, sujets à toutes sortes de mauvais traitements. On pratiquait un genre d'apartheid. Eph ne pouvait courir le risque d'être repéré.

Il gagna vite la Première Avenue, où se trouvait l'institut médico-légal, puis descendit d'un pas vif la rampe réservée aux ambulances et aux corbillards. Il se faufila entre des civières et un portant à roulettes derrière lesquels ils avaient dissimulé l'entrée du sous-sol, puis entra dans la morgue.

Il resta quelques instants immobile dans le silence lugubre, à guetter des bruits éventuels.

C'était dans cette salle aux innombrables éviers et tables d'autopsie en acier inoxydable qu'on avait amené le premier groupe de passagers retrouvés morts à bord du vol Regis Air 753, deux ans plus tôt. Eph y avait examiné pour la première fois la plaie semblable à un trou d'aiguille dans le cou des victimes et découvert une perforation qui s'enfonçait jusqu'à la carotide – causée par l'aiguillon des vampires, comme on l'établirait rapidement. C'était aussi là qu'on lui avait montré l'étrange augmentation *ante mortem* du volume des plis vestibulaires autour des cordes vocales, phénomène qui serait plus tard identifié comme le premier stade du développement des dards charnus des créatures. Toujours à la morgue, il avait constaté la transformation du sang des victimes, d'un rouge vif à un blanc visqueux.

Enfin, c'était devant ce bâtiment qu'Eph et Nora avaient rencontré pour la première fois le prêteur sur gages, Abraham Setrakian. Toutes les connaissances qu'Eph possédait sur l'espèce des vampires (les propriétés destructrices de l'argent et des ultra-violets, l'existence des Aînés et leur rôle dans le modelage de la civilisation humaine depuis la nuit des temps, l'Aîné scélérat que l'on nommait le Maître, dont le voyage jusqu'au Nouveau Monde à bord du vol 753 avait marqué le début du cataclysme), il les tenait de ce vieillard tenace.

Depuis la Chute, la structure restait inoccupée. Dans une ville administrée par les vampires, la morgue n'était plus une composante nécessaire de l'infrastructure, la mort n'étant plus l'épilogue inévitable de l'existence humaine. Pour cette raison, on ne pratiquait plus les rituels du deuil ou de la préparation des dépouilles, quant aux enterrements…

L'édifice servait de base d'opérations officieuse à Eph. Il attaqua l'escalier, prêt à subir les reproches de Nora ; l'obsession que générait en lui l'absence de son fils Zack interférait avec leurs efforts de résistance.

Le Dr Nora Martinez était le bras droit d'Ephraïm au sein du Projet Canari du CDC. Pendant la période éprouvante et chaotique qui avait vu la montée de l'ordre des vampires, leurs rapports, longtemps balbutiants, avaient achevé leur mue pour passer de professionnels à intimes. Ephraïm avait tenté de lui faire quitter New York en compagnie de Zack pour les mettre en sécurité, quand les trains roulaient encore. C'est alors que Kelly, attirée par son Être cher, avait investi, à la tête d'une nuée de *strigoï*, les tunnels qui passaient sous l'Hudson, fait dérailler le train où se trouvaient son fils et Nora, massacré le reste des voyageurs et enlevé Zack.

La capture de Zack, dont Eph n'attribuait pas la responsabilité à Nora, avait néanmoins creusé une distance entre eux. Eph avait l'impression d'être déconnecté de tout, et de lui-même. Il se sentait fracturé, fragmenté, et il savait qu'il n'avait plus rien à offrir à Nora. Nora avait raison en tout point concernant les reproches qu'elle lui adressait, mais Eph était incapable de modifier son comportement. Nora n'avait pas d'Etre cher à ses trousses, ni perdu aucun proche dans cette guerre inégale.

Nora devait composer avec ses propres préoccupations, essentiellement sa mère, Mariela Martinez, atteinte de la maladie d'Alzheimer, à un stade avancé. Le bâtiment était assez vaste pour que la vieille femme puisse circuler dans les étages, sanglée à son fauteuil roulant, bavardant avec des personnes qui n'étaient pas là, ni même en vie. Existence misérable, mais en somme pas si éloignée de celle des autres survivants. Peut-être préférable, même ; Mme Martinez, elle, pouvait se réfugier dans la sécurité du passé, sans avoir à s'attarder dans un présent brutal et sans merci.

Le premier signe qui alarma Eph fut le fauteuil roulant, couché sur le côté près de la porte d'accès à l'escalier du quatrième étage, les sangles répandues au sol. Il sentit ensuite l'odeur d'ammoniaque, signe indiscutable que des vampires étaient passés par là. Il dégaina son épée et accéléra le pas, gagné par un sentiment d'angoisse. L'institut disposait de ressources électriques limitées, mais Eph ne pouvait utiliser une lampe ou un quelconque système d'éclairage, qui seraient visibles depuis la rue, aussi progressa-t-il courbé, en position défensive, en prêtant une grande attention aux portes, recoins et autres cachettes potentielles.

Il passa devant une cloison effondrée. Un box saccagé. Un siège renversé.

— Nora ! appela-t-il.

Acte imprudent, mais si des *strigoï* étaient encore dans la place il devait les débusquer.

Dans un bureau d'angle, il trouva le sac à dos de voyage de Nora par terre, déchiré. Vêtements et objets personnels étaient éparpillés dans la pièce. Dans le coin, la lampe Luma de Nora, branchée à son chargeur. Ses habits, c'était une chose, mais Eph savait que Nora n'irait jamais nulle part sans sa lampe à UV, à moins de ne pas avoir le choix. Il ne vit son sac d'armes nulle part.

Il prit la lampe et enclencha la lumière noire, qui fit apparaître des traînées de couleurs vives sur la moquette et contre le bord du bureau. De l'urine de vampire.

Des *strigoï* avaient maraudé ici. Eph s'efforça de garder son calme, sur le qui-vive. Il pensait être seul, au moins à cet étage. Pas de vampires. Point positif certes, mais Nora et sa mère avaient disparu, ce qui était accablant.

Y avait-il des traces de lutte ? Il tenta de déchiffrer l'état de la pièce, les giclées d'urine et la chaise renversée. Estimant qu'on ne s'était pas battu, il arpenta le couloir à la recherche d'autres signes de violence que des dégâts matériels, n'en trouva aucun. Nora n'aurait affronté les vampires qu'en dernier recours, et si elle avait engagé le combat le bâtiment serait à présent sous le contrôle des *strigoï*. Le spectacle qu'Eph avait sous les yeux évoquait davantage un raid.

Il finit par dénicher le sac d'armes de Nora, son épée toujours à l'intérieur. À l'évidence, on l'avait surprise. Sans combat, les risques qu'elle ait connu une mort violente diminuaient de façon exponentielle. Les *strigoï* ne cherchaient pas seulement des victimes, mais aussi des esclaves pour peupler leurs camps.

Avait-on capturé Nora ? C'était une possibilité, mais Eph la connaissait, elle ne se rendrait jamais sans livrer bataille… À moins qu'on n'ait d'abord capturé sa mère. Nora avait pu obéir par crainte pour la sécurité de la vieille femme.

Si c'était le cas, il était peu probable que Nora ait été contaminée. Sous le règne du Maître, les *strigoï* étaient réticents à grossir leurs rangs ; boire le sang d'un humain et l'infecter du virus vampirique générait un vampire de plus à nourrir. Il était plus probable que Nora ait été conduite dans un camp de détention, en dehors de New York. Là, on pouvait lui imposer une charge de travail, quelle qu'elle soit. On ne connaissait pas grand-chose de ces camps. Certains de ceux qui y entraient n'en ressortaient jamais. Mme Martinez, qui avait largement dépassé ses années de productivité, y connaîtrait un sort plus certain.

Eph regarda autour de lui, de plus en plus nerveux, tâchant de prendre une décision. Cet enlèvement semblait être un incident dû au hasard, mais était-ce bien le cas ? Quelque chose avait-il mal tourné ? Fet était-il en danger, lui aussi ? Le Maître avait-il réussi à démanteler leur cellule entière ?

Eph ouvrit l'ordinateur portable posé sur le bureau. La machine était déjà allumée, et il n'eut qu'à presser la barre d'espace pour quitter l'écran de veille. Les postes de travail de l'institut étaient connectés en filaire à un serveur encore en fonction. L'Internet avait subi de gros dégâts et, de façon générale, se révélait plus qu'imprévisible. Les probabilités étaient plus grandes de recevoir un message d'erreur que de voir sa page s'afficher. Les adresses IP non reconnues et non autorisées étaient particulièrement vulnérables aux vers et aux virus, et de nombreux PC dans l'immeuble étaient bloqués à cause de programmes malveillants qui endommageaient les disques durs, ou rendus inutilisables tant leur système d'exploitation vérolé ralentissait leur fonctionnement. La technologie de téléphonie mobile n'existait plus, ni pour les télécommunications, ni pour l'accès à l'Internet. Pourquoi permettre à la classe inférieure des humains d'accéder à un réseau couvrant la planète entière, ce dont les vampires bénéficiaient grâce à la télépathie ?

Eph et les autres agissaient donc en supposant que les vampires surveillaient toutes les activités sur le Net. La page qu'il consultait à présent, et que Nora avait dû abandonner subitement, sans avoir le temps d'éteindre le disque dur, était une sorte d'échange de messages personnels, une discussion entre deux utilisateurs, rédigée en abrégé.

À l'évidence, « NMart » était le pseudonyme de Nora Martinez. Son partenaire de conversation, « VFet », était Vassili Fet, l'ancien exterminateur employé par la municipalité de New York. Fet s'était joint très tôt à leur combat, après l'infestation de rats provoquée par l'arrivée des *strigoï*. Il s'était révélé un atout inestimable pour eux, à la fois pour ses compétences en extermination des indésirables et pour sa connaissance de la ville, en particulier des souterrains qui reliaient les différents districts. Devenu tout comme Eph disciple de Setrakian, il avait trouvé sa vocation en tant que chasseur de vampires. Pour l'heure, il naviguait à bord d'un chalutier, quelque part sur l'océan Atlantique, après un voyage en Islande au cours duquel il avait accompli une mission très importante.

Le fil de discussion, qui regorgeait des particularités grammaticales de Fet, avait commencé la veille et, pour l'essentiel, concernait Ephraïm. Celui-ci lut des mots qu'il n'aurait jamais dû voir :

NMart :

E absent – manqué RDV. Tu avais raison. Je n'aurais pas dû compter sur lui. Je n'ai plus qu'à attendre, maintenant...

VFet :

N'attends pas où T. Il faut rester en mouvmt. Retourne à Roosvlt.

NMart :

Peux pas. L'état de ma mère a empiré. Vais essayer de rester encore 1 jour, au maximum. J'en ai VRAIMENT *marre ! Il est dangereux. Il devient un risque pour nous tous. D'un jour à l'autre, cette garce vampire de Kelly va le trouver, ou alors il va la conduire jusqu'ici.*

VFet :

Je suis d'accord. Mais on a beso1 de lui. On doit pas le perdre de vue.

NMart :

Il part en vadrouille seul. Il se fiche de tout.

VFet :

Il a 1 grande importance. Pr eux. Pr le M. Pr nous.

NMart :

Je sais, mais je ne peux plus lui faire confiance. Je ne le reconnais même plus...

VFet :

Faut juste qu'on l'empêche 2 toucher le fond. Surtout toi. Aide-le à garder la tête hors 2 l'eau. Il sait pas où se trouve le livre. C'est notre filet de sécurité. De ce côté-là, il peut pas nous attirer d'ennuis.

NMart :

Il est retourné chez K. Je le sais. Il y vole des souvenirs de Z. Comme s'il cambriolait 1 rêve.

Et aussi :

NMart :

Tu me manques. Encore combien de temps ?

VFet :

Je suis sur le chemin du retour. Tu me manques aussi.

Eph laissa glisser son sac d'armes sur ses épaules, rengaina son épée, s'assit lourdement.

Il considéra les dernières phrases de l'échange. Il les relut de nombreuses fois, imaginant la voix de Nora et Fet qui répondait avec son accent de Brooklyn.

Tu me manques aussi.

À la lecture de ces mots, il eut l'impression de ne plus rien peser, comme si son corps ne subissait plus l'attraction de la gravité.

Il aurait dû éprouver plus de colère. Un courroux justifié, un sentiment de trahison, une jalousie incontrôlable…

Il ressentait tout cela, de fait, mais pas en profondeur. Pas de façon aiguë. Ces notions existaient, il constatait leur présence… mais cela s'arrêtait là. Son mal-être était si écrasant qu'il anesthésiait toutes ses autres émotions.

Comment était-ce arrivé ? Au cours des deux années passées, Eph avait pris soin de garder ses distances avec Nora. Pour la protéger. Et les autres aussi… du moins s'en convainquait-il, pour justifier ce qui revenait à de l'abandon pur et simple.

Il ne comprenait quand même pas. Il relut l'autre partie du tchat. Ainsi, il représentait un risque. Un danger. On ne pouvait se fier à lui. Ils estimaient qu'ils le tenaient à bout de bras. Une part de lui se sentait rassurée – il se réjouissait pour Nora –, mais pour l'essentiel il enrageait. Que se passait-il dans son esprit, au juste ? Était-il jaloux parce qu'il ne pourrait plus la serrer dans ses bras ? On ne pouvait dire qu'il avait veillé au grain. Était-il en colère parce qu'un autre avait trouvé son jouet oublié, et qu'il voulait à présent récupérer ? Il se connaissait si mal… La mère de Kelly lui répétait sans cesse qu'il avait toujours eu dix minutes de retard à toutes les étapes importantes de sa vie. Pour son mariage, pour la naissance de Zack, pour sauvegarder son couple. Il n'était pas non plus arrivé à temps pour sauver Zack, encore moins le monde, et… et à présent, voilà ce qui lui tombait dessus.

Nora ? Avec Fet ?

Elle n'était plus avec lui. Pourquoi n'avait-il pas réagi plus tôt ? Il constata avec surprise qu'à sa douleur et à son sentiment de perte s'ajoutait de l'apaisement. Plus besoin de s'inquiéter, de compenser ses défauts, d'expliquer ses absences, d'amadouer Nora. Alors que cette vague ténue de soulagement allait refluer, il se détourna et vit son reflet dans un miroir.

Il paraissait plus vieux. Beaucoup plus qu'il ne l'aurait dû. Et il était sale, presque autant qu'un clochard. Ses cheveux étaient plaqués sur son front en sueur, ses vêtements couverts d'une épaisse couche de crasse. Il avait les yeux caves, ses pommettes saillantes tiraient sur la peau fine et tendue autour d'elles.

Pas étonnant qu'elle en ait préféré un autre, songea-t-il.

Hébété, il se leva. Il quitta l'institut et, toujours sous la pluie, prit la direction de l'hôpital Bellevue, qui se trouvait à deux pas. Il sauta par-dessus les éclats de verre d'une devanture de vitre fracassée depuis longtemps, suivit les panneaux indiquant les urgences. Ce service du Bellevue était autrefois un centre de traumatologie de niveau 1. On y trouvait à l'époque une équipe complète de spécialistes qui possédaient les meilleurs équipements.

Et les meilleurs médicaments.

Il arriva au poste des infirmières. On avait arraché la porte de l'armoire à pharmacie, forcé et pillé le réfrigérateur fermé à clé. Il ne trouverait ni Percocet, ni Vicodin, ni Demerol. Etablissant lui-même le diagnostic et la prescription, il fourra dans ses poches des plaquettes d'OxyContin et d'anxiolytiques, jetant les boîtes vides par-dessus son épaule. Il goba à sec deux comprimés blancs de dérivés morphiniques, puis se figea.

Il avait agi avec un tel empressement et si bruyamment qu'il n'avait pas entendu les pas qui approchaient – des pieds nus. Il décela du mouvement du coin de l'œil, à l'autre bout de l'infirmerie.

Deux *strigoï* le fixaient du regard. Des vampires entièrement formés, imberbes, blafards, et nus. Des artères épaisses et enflées parcouraient leur cou et descendaient jusqu'à leur torse, comme des racines palpitantes. L'un, au corps plus large, avait été un homme, et le second, à la poitrine flétrie et blême, une femme.

L'autre caractéristique des vampires à maturité était leur barbillon flasque. Une protubérance de chair répugnante qui pendait comme une caroncule de dindon, d'un rouge pâle quand il leur fallait se nourrir, d'un cramoisi vif lorsqu'ils étaient repus. L'appendice des intrus était pâle et semblable à un scrotum, signe qu'il avait affaire à des chasseurs chevronnés, d'un rang élevé… et affamés.

Était-ce les créatures qui avaient surpris Nora et sa mère, ou les avaient chassées de l'OCME ? Aucun moyen de le savoir, mais l'intuition d'Eph allait en ce sens. Si cela se vérifiait, Nora s'en était peut-être sortie sans encombre, finalement.

À la lueur qu'il décela dans leurs yeux rouges par ailleurs inexpressifs, Eph eut l'impression qu'ils l'avaient reconnu. En temps normal, on ne lisait dans le regard d'un vampire nulle étincelle, nul signe d'activité cérébrale, mais Eph sut qu'on l'avait identifié. Ces yeux de substitution avaient communiqué leur découverte au Maître, qui prit possession de leur cerveau. La horde serait là dans quelques minutes.

Docteur Goodweather.

Les voix des deux êtres se mêlèrent en une stridulation synchrone et glaçante. Leurs corps se redressèrent, telles des marionnettes jumelles contrôlées par le même fil invisible. Le Maître.

À la fois fasciné et répugné, Eph les observa tandis que leur regard vide cédait la place à l'intelligence, à l'assurance de cette créature supérieure.

La figure allongée des *strigoï* changea d'aspect tandis que le Maître prenait possession de leur bouche flasque et de leurs yeux mornes…

Tu sembles… très fatigué… dirent les pantins, dont le corps se mouvait à l'unisson. *Tu devrais te reposer… tu ne crois pas ? Me rejoindre. Cesser de résister. Je pourvoirai à tes besoins. Tu auras tout ce que tu désires…*

Le Monstre avait raison. Il était épuisé, et il aurait aimé cesser de lutter.

Ai-je le droit ? pensa-t-il. S'il vous plaît ? Puis-je me rendre ?

Il sentit ses genoux céder, juste un peu, comme un homme qui va s'asseoir.

Ceux que tu aimes… ceux qui te manquent… ils vivent dans mon étreinte…

Le message formulé avec un grand soin par les choses était tentant et ambigu au possible…

Les mains tremblantes, Eph saisit les poignées de ses deux longues épées, qu'il tira en les tenant à la verticale afin de ne pas entailler son sac. Peut-être à cause des morphiniques qu'il avait ingérés, un déclic se fit en lui, et quelque chose lui fit associer ces deux monstres à Nora et à Fet. Sa compagne et son ami, à qui il accordait toute confiance, et qui à présent conspiraient contre lui. Comme s'ils avaient eux-mêmes surpris Eph en train de fouiller la pharmacie comme l'eût fait un camé, le surprenant dans un état pitoyable, duquel ils étaient directement responsables.

— N… non, répondit-il, repoussant l'offre du Maître d'un gémissement éraillé, d'une voix qui se cassa même sur cette seule syllabe.

Alors, plutôt que de repousser ces émotions, il choisit de les attiser, les modela en une violente colère.

Comme tu veux, dit le Maître. *Nous nous reverrons... bientôt...*

Aussitôt, l'esprit du Maître quitta les chasseurs. Redevenus des bêtes, ils se mirent à grogner et à souffler, abandonnèrent leur posture droite et se mirent à quatre pattes, déterminés à prendre leur proie en tenaille. Eph ne leur en laissa pas l'occasion. Il fonça d'abord sur le mâle, les deux épées en position d'attaque. Agile et véloce, le *strigoï* s'écarta d'un bond au dernier moment, mais Eph parvint à lui taillader le torse. L'entaille fut assez profonde pour déséquilibrer le monstre, et la plaie suinta de sang blanc. Les *strigoï* ressentaient rarement la douleur physique, mais ils l'éprouvaient quand on les frappait avec une arme en argent. La créature se contorsionna et s'agrippa le flanc.

Eph profita de cet instant d'hésitation et d'inattention pour pivoter sur lui-même et abattre son autre épée. Un seul coup suffit à trancher la tête juste sous la mâchoire. Le vampire leva les bras dans un mouvement de protection réflexe, puis s'effondra.

Lorsque Eph se détourna, il vit la femelle qui avait sauté du comptoir et fonçait sur lui, ses griffes acérées prêtes à lui lacérer le visage, mais il parvint à parer son attaque et la vampire alla percuter le mur. Sous le choc, Eph perdit ses deux épées. Comme ses mains étaient faibles !

Une pensée parasite lui vint : S'il vous plaît, oui… je veux abandonner…

La *strigoï* se remit vite à quatre pattes. Elle planta son regard dans le sien, le fixant de ses yeux morts. Brûlant d'une rage renouvelée, Eph sortit ses grappins de sa poche et se prépara à l'impact. La vampire chargea, Eph esquiva et frappa dans le même mouvement, droit sur le barbillon qui pendait sous le menton, offrant une cible idéale. Il avait accompli ce mouvement des centaines de fois, à la façon d'un ouvrier écaillant des thons dans une conserverie. Un crochet s'enfonça dans la gorge de la créature et se ficha derrière le tube cartilagineux qui abritait le larynx et propulsait l'aiguillon. Eph tira dessus d'un coup sec du poignet pour bloquer le dard, forçant la créature à se mettre à genoux en hurlant comme un goret, planta son second crochet dans un de ses yeux, tout en pressant fermement son pouce sous sa mâchoire. Un été, à une époque très lointaine, son père lui avait montré cette astuce alors qu'ils attrapaient des serpents dans une rivière, au nord de la Californie. « Pince la mandibule, lui avait-il expliqué, verrouille-la pour les empêcher de mordre. » Peu de serpents étaient mortels, mais leur morsure était atrocement douloureuse, et les innombrables bactéries présentes dans leur gueule offraient toutes les garanties d'une sévère infection. Contre toute attente, Eph, le petit citadin, s'était révélé doué. Il possédait une capacité innée. Il avait même pu frimer, un jour, lorsque Zack était encore enfant, en attrapant un serpent chez eux, dans l'allée du garage. Il avait eu l'impression d'être un héros, un être supérieur. Mais cela remontait à loin. À des millions d'années.

À présent, faible et infirme, Eph crochetait une puissante créature non morte, brûlante au toucher, tout en énergie et soif de sang. Il n'était pas jusqu'aux genoux dans un cours d'eau frais, ne descendait pas de son minivan pour neutraliser un serpent de ville. Il se battait pour rester en vie. Il sentait ses muscles céder. Sa force déclinait.

Oui… je veux me laisser prendre…

Sa faiblesse l'emplissait d'une colère noire. Il songea à tout ce qu'il avait perdu – Kelly, Nora, Zack, le monde qu'il connaissait – et tira d'un coup brusque, en poussant un cri primitif, arrachant la trachée et brisant le cartilage dense. Simultanément, la mâchoire claqua et se délogea sous la pression de son pouce. Une giclée de sang blanc et de vers capillaires jaillit, Eph recula d'un pas pour éviter les parasites, à la manière d'un boxeur se mettant à distance de son adversaire.

La vampire se releva d'un bond et longea le mur en geignant, un flot de sang s'écoulant de sa caroncule et de sa gorge déchirées. Puis, alors qu'Eph ramassait ses épées pour lui porter le coup de grâce, elle se raidit et partit en courant.

L'une des règles de combat les plus importantes était assurément « Ne jamais suivre un vampire ». Rien de bon ne pouvait en découler. Pourchasser un *strigoï* en fuite n'apportait aucun avantage stratégique. On ne pouvait l'empêcher d'alerter d'autres vampires, car il avait déjà donné l'alerte par télépathie. Poursuivre un vampire relevait soit de la boulette pure et simple, soit d'une pulsion suicidaire.

Pourtant, aveuglé par la rage, Eph agit à l'encontre du bon sens. Il se lança aux trousses du monstre, qui venait de franchir une porte marquée *ESCALIERS*. La femelle monta à l'étage suivant à toute vitesse, repassa dans les couloirs. Au bout du corridor, elle ralentit, et Eph comprit qu'elle voulait être vue avant de tourner le coin.

Il s'arrêta. Ce ne pouvait être un guet-apens. La vampire n'était plus en état de l'attaquer…

Eph entra dans la chambre la plus proche et alla droit aux fenêtres. Le verre dégoulinait d'une eau de pluie grasse qui occultait la ville au-dehors. Le front collé au verre froid, Eph plissa les paupières pour y voir mieux.

Des formes sombres sur les trottoirs convergeaient vers le bâtiment. Il en sortait de partout, des coins de rue et des entrées d'immeubles, droit sur les portes de l'hôpital.

Eph recula. L'alarme psychique avait bien fonctionné. Un des architectes de la résistance, le Dr Ephraïm Goodweather, se trouvait pris au piège dans l'hôpital Bellevue.

Métro de la 28e Rue

À l'angle de Park Avenue et de la 28e Rue, la pluie crépitant sur la capuche de son imperméable, Nora savait qu'elle devait rester en mouvement, mais aussi s'assurer de ne pas être suivie. Sans quoi, s'enfuir par le métro reviendrait à se jeter dans la gueule du loup.

Les vampires avaient des yeux dans tout New York. Nora devait avoir l'air d'un humain qui rentrait chez elle ou se rendait à son travail. Le problème, c'était sa mère.

— Je t'ai dit d'appeler le proprio ! pesta celle-ci, en relevant sa capuche pour sentir les gouttes sur son visage.

— *Mama*, dit Nora, avant de rabattre la protection sur le front de la vieille femme.

— Qu'il la répare, cette douche !

— Chut ! Tais-toi !

Il ne fallait pas s'arrêter. Si Mariela Martinez avait les plus grandes difficultés à se déplacer, quand elle marchait, au moins, elle ne parlait pas. Nora saisit sa mère par la taille pour l'aider à monter sur le trottoir, alors qu'un camion militaire approchait du carrefour. La tête baissée, elle regarda passer le véhicule, conduit par un *strigoï*. Nora serrait sa mère avec fermeté pour l'empêcher de redescendre sur la chaussée.

— Quand je vais le voir, ce proprio, il va regretter de nous avoir filoutés…

Par chance, il pleuvait. La pluie signifiait qu'on portait un imperméable, et surtout une capuche. Dès le début de l'infestation, on avait ramassé les personnes âgées et les infirmes. Les improductifs n'avaient pas leur place dans la nouvelle société. En temps normal, Nora n'aurait jamais pris le risque de s'aventurer en public avec sa mère, mais là, elle n'avait pas le choix.

— *Mama*, et si on jouait encore au jeu du silence ?

— J'en ai marre de ce plafond qui fuit.

— Qui peut se taire le plus longtemps ? Toi ou moi ?

Nora lui fit traverser la rue suivante. Devant elles, à un poteau qui supportait des panneaux d'indications et un feu tricolore, pendait un corps. Les exhibitions de cadavres étaient courantes, surtout dans Park Avenue. Sur l'épaule affaissée du pendu, un écureuil disputait ses joues à deux pigeons.

Mariela ne regarda même pas en l'air. Elles s'engagèrent dans l'escalier glissant de la bouche de métro. Une fois sous terre, la vieille femme tenta encore d'ôter sa capuche, que Nora remit vite en place avant de la réprimander à nouveau.

On avait retiré les tourniquets. Les pancartes invitant à la vigilance contre les attentats, en revanche, étaient toujours accrochées. Nora eut un coup de chance. Les deux seuls vampires présents se trouvaient de l'autre côté du hall et ne regardaient même pas dans sa direction. Elle entraîna sa mère sur le quai et la tint par le bras en s'efforçant de paraître naturelle. Elle espérait qu'un métro arriverait vite.

Autour d'elles, d'autres voyageurs attendaient, comme avant le cataclysme. Certains lisaient un livre. Quelques-uns écoutaient de la musique sur des lecteurs portables. Il ne manquait que les téléphones et les journaux.

Sur un des poteaux, on avait placardé une vieille affiche de police où figurait le visage d'Eph. Une copie de la vieille photo d'identité présente sur sa carte professionnelle. Nora ferma les yeux et le maudit en silence. C'était lui que les vampires attendaient à la morgue. Nora n'aimait pas cet endroit, trop ouvert. Gus, l'ancien membre de gang devenu un frère d'armes de confiance, s'était aménagé un antre souterrain. Fet, quant à lui, s'était établi sur Roosevelt Island, là où Nora se rendait à présent.

Du Eph tout craché. Un génie, et quelqu'un de bien, mais toujours en retard de quelques minutes. Toujours à côté de la plaque.

À cause de lui, elle était restée un jour de trop à l'institut médico-légal. Par loyauté mal placée, mais aussi par culpabilité, elle voulait garder le contact avec lui, pouvoir prendre de ses nouvelles, vérifier qu'il allait bien. Les *strigoï* avaient pénétré dans la morgue au niveau de la rue. Nora tapait sur le clavier d'un ordinateur quand elle avait entendu du verre se briser. Elle n'avait pas pris le temps d'attraper son sac d'armes, tout juste celui d'aller chercher sa mère, endormie dans son fauteuil roulant. Nora aurait pu combattre les vampires, mais elle aurait alors révélé au Maître sa position, ainsi que le repaire d'Eph. Contrairement à Eph, elle faisait particulièrement attention à ne pas lui porter préjudice.

Au profit du Maître, du moins... Elle avait déjà trahi Eph. Avec Fet. Au sein même de leur alliance. Ce pour quoi elle s'en voulait, mais, là encore, Eph avait sa part de responsabilité. Cet incident en était la preuve. Elle qui avait montré tant de patience à son égard, trop de patience – surtout pour son problème de boisson –, elle ne consacrerait désormais son énergie qu'à elle-même.

Et à sa mère. Elle sentit la vieille femme lui tirer sur le bras.

— J'ai un cheveu sur la figure, dit Mariela, en essayant de le chasser.

Nora l'examina rapidement. Rien. Mais elle fit semblant de voir une mèche et de la retirer.

— Je te l'ai enlevé, déclara-t-elle. Tu es fin prête, maintenant.

Hélas, sa ruse n'avait pas fonctionné. Sa mère s'agitait et tentait de souffler sur le cheveu imaginaire.

— Ça me chatouille... Lâche-moi !

Nora sentit quelques têtes se tourner vers elles. Elle libéra le bras de sa mère. La vieille femme s'épousseta le visage, puis tenta encore de retirer sa capuche.

Nora la lui rabattit sur la tête, mais une épaisse chevelure argentée et désordonnée fut brièvement visible.

Près d'elle, quelqu'un eut un hoquet de surprise. Nora lutta contre l'envie de regarder, s'efforçant de se faire oublier. Elle entendit des chuchotis, ou du moins les imagina.

Elle se pencha par-dessus la ligne jaune, dans l'espoir d'apercevoir les feux d'un train.

— C'est lui ! cria sa mère. Rodrigo ! Je te vois. Ne fais pas semblant !

Elle hurlait le nom du propriétaire de l'appartement qu'ils occupaient quand Nora était enfant. Un homme maigre comme un clou, se rappelait Nora, avec une tignasse noire et des hanches si étroites que sa ceinture semblait plus un poids pour lui qu'une nécessité. L'homme que Mariela appelait à présent, brun, mais sans autre ressemblance avec le Rodrigo d'autrefois, se tourna vers elles.

Nora détourna sa mère et tenta de la faire taire, mais la vieille femme pivota de nouveau et interpella le propriétaire fantôme.

— *Mama*, l'implora Nora. Je t'en prie, regarde-moi.

Silence.

— Pour flirter avec moi, ça, il est toujours là, mais quand il y a du travail…

Nora avait envie de plaquer la main sur la bouche de sa mère. Elle emmena Mariela plus loin sur le quai, ce qui leur valut davantage d'attention.

— *Mama*, pitié. Tu vas nous faire repérer…

— Quelle feignasse, ce type !

Alors que Nora envisageait de fuir la station, des phares illuminèrent le tunnel.

— *Mama*, voilà notre métro. Chut. On y va.

La rame entra. Nora se posta devant la voiture de tête. Quelques passagers en descendirent avant que Nora presse sa mère à l'intérieur et trouve deux places. Le métro 6 les conduirait à la 59e Rue en quelques minutes. Elle replaça correctement la capuche sur la tête de sa mère et attendit que les portes se ferment.

Nora remarqua que personne ne s'était installé près d'elles. Lorsqu'elle jeta un coup d'œil alentour, les autres passagers qui entraient s'empressèrent de détourner le regard. Puis elle observa le quai et vit deux vampires qui s'adressaient à des agents de la police des transports, la Transit Authority, des humains, et pointait du doigt la première voiture.

Fermez les portes, implora-t-elle en silence.

Sa prière fut entendue. Avec la même efficacité parfaitement aléatoire qui avait toujours régi le métro de New York, elles coulissèrent. Nora attendit alors la poussée en avant familière, pressée de gagner Roosevelt Island, pour y attendre le retour de Fet.

Sauf que la rame ne démarra pas. Nora surveillait d'un œil les passagers dans la voiture, et de l'autre les deux policiers de la TA qui approchaient, suivis par les *strigoï*, dont les yeux rouges étaient fixés sur elle.

Les portes se rouvrirent et les policiers montèrent à bord les premiers. Nora attendit, sans bouger. Impossible de déclencher une bagarre sans sacrifier sa mère, sans la condamner à la capture ou à la mort.

Un des agents s'avança, releva la capuche de Mariela.

— Mesdames, dit-il, il va falloir nous suivre.

Voyant que Nora tardait à se lever, il posa la main sur son épaule et la pressa avec fermeté.

— Tout de suite.

Hôpital Bellevue

Eph s'éloigna de la fenêtre et des vampires en contrebas qui convergeaient vers l'hôpital. Il avait encore merdé… La terreur lui nouait l'estomac. Ce coup-ci, il ne s'en sortirait pas.

Son instinct premier le poussait à reprendre l'ascension, à gagner du temps en continuant vers le toit, mais c'était une solution sans issue. Le seul avantage qu'offrait le sommet de l'immeuble, c'était de pouvoir se jeter dans le vide s'il devait choisir entre la mort ou la transmutation.

S'il descendait, il allait devoir se frayer un chemin à coups d'épée. Cela revenait à se jeter dans un essaim d'abeilles tueuses ; il se ferait forcément piquer, et il suffisait d'une fois.

Deux options sans issue, donc.

Il avait toutefois passé assez de temps dans des hôpitaux pour s'y sentir sur son territoire. Cela lui conférait un avantage, et il ne lui restait plus qu'à trouver un moyen de l'exploiter.

Il dépassa les ascenseurs des patients, fit volte-face et s'arrêta devant le panneau de contrôle du gaz. Il vit le robinet d'urgence. Il brisa la protection de plastique, vérifia que la vanne était ouverte, puis donna des coups de couteau dans le dispositif jusqu'à ce que retentisse un sifflement sonore.

Il courut jusqu'à l'escalier, gravit une volée de marches quatre à quatre, fonça au tableau de contrôle et lui infligea les mêmes dégâts. Il revint à l'escalier ; cette fois, il entendit les *strigoï* dans les étages inférieurs. Pas de brouhaha, car ils n'avaient pas de voix. On ne percevait que le claquement de leurs pieds nus et morts.

Il grimpa un étage de plus et détruisit rapidement la conduite. Il pressa ensuite le bouton d'ascenseur le plus proche, mais n'attendit pas la cabine et partit à la recherche des ascenseurs de service. Ceux que les aides-soignants empruntaient pour transporter les chariots de matériel et déplacer les patients alités. Il appuya sur tous les boutons et attendit que des portes daignent s'ouvrir.

L'adrénaline propulsée dans son sang par l'instinct de survie et la course-poursuite agissait comme un excitant aussi agréable que n'importe quel stimulant artificiel. Il comprit que c'était précisément cette décharge qu'il cherchait dans les médicaments. Après mille batailles où s'était jouée sa vie, les capteurs de plaisir de son organisme s'étaient détraqués. Trop de hauts et trop de bas.

Il enfonça le bouton indiquant le premier sous-sol. Des écriteaux rappelaient l'importance des lavages de mains fréquents et de la confidentialité concernant les patients. Sur une affiche crasseuse, un enfant souriant, une sucette dans une main, faisait un clin d'œil et levait le pouce. *Ça va super bien se passer*, déclarait le petit crétin. Le poster indiquait un programme et des dates pour des journées de la pédiatrie organisées un million d'années plus tôt.

Eph rengaina une de ses épées dans son sac et regarda les numéros décroître. L'ascenseur eut un soubresaut et s'éteignit, s'arrêtant entre deux étages. Un scénario cauchemardesque, sur lequel Eph n'eut pas le temps de s'attarder, l'engin se remettant en marche dans les secondes suivantes.

La porte émit un tintement et s'ouvrit, libérant Eph dans l'aile de service du sous-sol. Des civières pourvues de matelas nus s'entassaient contre un mur tels des caddies de supermarché attendant leurs clients. Un chariot à linge géant, en toile, se trouvait devant l'ouverture d'un vide-linge.

Dans l'angle, sur quelques chariots à longues poignées, on avait rangé une douzaine de réservoirs à oxygène. Eph procéda aussi vite que son corps affaibli le lui permettait, entassant quatre bouteilles dans chaque ascenseur. Il retira les capuchons de métal, avec lesquels il martela les embouchures jusqu'à entendre le bruit rassurant du gaz qui s'échappe. Il appuya ensuite sur le bouton du dernier étage de chaque ascenseur, libéra les portes et les regarda se refermer.

Il sortit un bidon à moitié plein de liquide allume-barbecue de son sac, et sa boîte d'allumettes-tempête de sa poche d'imperméable. Les mains tremblantes, il renversa le chariot à linge, vida les draps tachés devant les ascenseurs, puis, avec une jubilation mauvaise, aspergea l'empilement de coton de liquide inflammable. Il craqua deux allumettes et les laissa tomber sur le tas, qui prit feu en produisant un souffle brûlant. Eph pressa alors les boutons d'appel des ascenseurs, puis partit comme un dératé à la recherche d'une issue.

Près d'une porte à barre de poussée, il vit un grand panneau de contrôle plein de tuyaux colorés. Il libéra une hache à incendie de son caisson de verre et donna de grands coups dans les joints d'étanchéité des arrivées de gaz, se servant plus du poids de la hache que de sa propre force. Il franchit alors la porte et se retrouva sous un épais crachin, au milieu d'un square boueux, où des bancs ruinés et des allées éventrées surplombaient le Franklin D. Roosevelt Drive et l'East River. Sans savoir pourquoi, tout ce qui lui vint à l'esprit fut la réplique d'un vieux film, *Frankenstein Junior* : « Ça pourrait être pire. Il pourrait pleuvoir. » Il pouffa de rire. Il avait vu ce film avec Zack. Pendant des semaines, ils n'avaient cessé d'en citer des passages pour plaisanter. « Là, château… là… loup »…

Il se trouvait derrière l'hôpital. Pas le temps de rejoindre la rue. Il préféra foncer dans le petit parc afin de s'éloigner au maximum du bâtiment.

Lorsqu'il atteignit l'autre bout, Eph vit d'autres vampires qui escaladaient le haut mur du Roosevelt Drive. D'autres assassins envoyés par le Maître, leurs corps brûlants dégageant de la vapeur sous la pluie.

Eph se précipita vers eux. Le Bellevue allait exploser et s'effondrer d'un moment à l'autre. Il repoussa les premiers arrivés, qui dégringolèrent sur la chaussée en contrebas, où ils se réceptionnèrent à quatre pattes et se redressèrent aussitôt, comme des ennemis invincibles dans un jeu vidéo. Eph courut le long de la rambarde vers le complexe hospitalier de l'université de New York. Devant lui, de longues serres agrippèrent le parapet, et une figure chauve aux yeux rouges apparut. Eph mit un genou à terre et enfonça la pointe de sa lame dans la gueule ouverte du *strigoï*, jusqu'au fond de sa gorge fiévreuse, mais sans la transpercer. La lame d'argent empêchait la créature de projeter son aiguillon.

Incapable de bouger, elle darda sur Eph un regard furieux, chargé de confusion et de douleur.

— Tu me vois ? dit Eph.

Le vampire ne montra aucune réaction. Eph ne s'adressait pas à lui mais au Maître, qui observait à travers sa créature.

— Et ça, tu le vois ?

Il fit pivoter son épée, forçant la chose à diriger son regard vers Bellevue. D'autres *strigoï* gravissaient le mur, certains émergeaient déjà de l'hôpital, alertés de l'évasion d'Eph. Il n'avait pas beaucoup de temps. Il craignit que son sabotage n'ait échoué, que le gaz ne se soit déjà dissipé.

Eph se pencha de nouveau devant le visage du vampire comme s'il s'agissait du Maître en personne.

— Rends-moi mon fils ! cria-t-il.

À peine terminait-il sa phrase qu'une explosion puissante dévasta l'immeuble. Eph fut projeté en avant et son arme perfora la gorge du vampire. Il passa pardessus le mur, le poing serré autour de la poignée de son épée, qui s'extirpa du visage du vampire tandis qu'ils dégringolaient ensemble.

Eph atterrit sur le toit d'une voiture abandonnée, un des nombreux véhicules délabrés qui bordaient la voie intérieure de la route. Le vampire percuta le sol à côté de lui.

Malgré le bourdonnement dans ses oreilles, Eph entendit un sifflement aigu et ouvrit les yeux, en dépit de la douleur à son côté droit, qui avait encaissé le choc. Il vit une sorte de missile fuser dans le ciel, décrire une courbe et finir sa course dans l'Hudson. Un réservoir d'oxygène.

Des briques encore chargées de mortier s'abattirent sur la route. Des éclats de verre, tels des diamants, crépitèrent sur le goudron. Eph se couvrit la tête de son imperméable avant de se laisser glisser du toit enfoncé, sans prêter attention aux élancements dans son flanc.

Lorsqu'il se releva, il remarqua deux éclats de verre fermement plantés dans son mollet. Il les arracha, et du sang s'écoula des plaies. Il entendit alors un hurlement strident, mêlé de gargouillis…

À quelques mètres de là, le *strigoï* gisait sur le dos, hébété, un filet de sang blanc s'échappant de la perforation au fond de sa gorge, mais toujours belliqueux et affamé, son appétit vampirique attisé par le sang d'Eph.

Eph colla son visage devant le sien, saisit son menton déboîté, vit ses yeux rouges se fixer sur lui, puis sur la pointe de sa lame.

— Je veux mon fils, sale enfoiré ! hurla Eph, avant d'achever la créature et de couper tout lien avec le Maître.

Il se redressa.

— Zack, murmura-t-il. Où es-tu ?

Puis il entama le long trajet qui le ramènerait à son repaire.

Central Park

Le Belvedere Castle, érigé près de la pointe nord du lac de Central Park, au bord de la section de la 79e Rue qui traversait l'espace public, était une « folie » de style néogothique bâtie en 1869 par Jacob Wrey Mould et Calvert Vaux, les concepteurs du parc. Zachary Goodweather, en ce qui le concernait, trouvait à ce haut édifice un air à la fois inquiétant et cool. Ce château médiéval (dans son esprit, en tout cas) l'avait toujours fasciné. Enfant, il inventait des histoires à son sujet, imaginait qu'il s'agissait en fait d'une forteresse géante bâtie par des trolls minuscules pour l'architecte originel de la ville, seigneur noir du nom de Belvedere, qui habitait les catacombes enfouies profondément sous le roc et qui la nuit hantait la citadelle.

À présent, ses rêveries étaient réalisables. Ses fantasmes accessibles. Ce qu'il souhaitait, il l'obtenait, ce qu'il désirait advenait.

Depuis le porche qui menait au château, il regardait la pluie s'abattre sur le parc, fouetter la Turtle Pond qui débordait, étang autrefois foisonnant de plantes aquatiques et d'un vert chatoyant, devenu trou de boue noire bouillonnant. Le ciel était couvert d'une chape de nuages sinistres – la normale. L'absence de bleu dans le ciel signifiait l'absence de bleu dans l'eau. Pendant quelques heures chaque jour, une lumière tamisée parvenait à filtrer, et la visibilité s'améliorait alors assez pour que Zack distingue les toits de la ville autour de lui, ainsi que le parc transformé en marécage aux allures de planète Dagobah. Les lampadaires à énergie solaire ne parvenaient pas à accumuler assez de courant dans ce laps de temps pour briller pendant plus de vingt heures d'obscurité ; au moment où ils rendaient l'âme, les vampires émergeaient de leur retraite dans les sous-sols et les ténèbres.

Presque un jeune homme maintenant, Zack avait gagné en taille et en carrure, et mué quelques mois plus tôt. Sa mâchoire s'était dessinée et son torse allongé, comme du jour au lendemain.

Il monta l'escalier voisin, colimaçon d'acier chétif qui menait au muséum d'histoire naturelle Henry Luce, au premier étage.

Le long des murs et sous des vitrines restaient exposés squelettes d'animaux, plumes d'oiseaux, volatiles en papier mâché perchés dans des arbres de contreplaqué. On trouvait autrefois à Central Park une des réserves ornithologiques les plus riches des États-Unis, mais comme pour le reste le bouleversement du climat y avait mis un terme. Pendant les semaines qui avaient suivi les éruptions volcaniques et les secousses telluriques déclenchées par les fusions des réacteurs atomiques et les explosions de têtes nucléaires, on avait vu dans le ciel des nuées d'oiseaux. Cris et stridulations résonnaient toute la nuit. Puis les volatiles moururent en masse, cadavres ailés qui dégringolaient du ciel comme des vêtements tombant de leurs cintres. La vie dans les airs se révélait aussi chaotique et désespérée que celle des humains à la surface. Il n'y avait plus de cieux méridionaux plus chauds où migrer. Des jours durant, le sol avait été littéralement jonché d'oiseaux agonisants, dont les rats s'étaient repus.

À présent, le parc était calme et silencieux lorsque la pluie ne tombait pas, les plans d'eau vides d'oiseaux aquatiques. Quelques ossements maculés et des plumes désagrégées finissaient de se décomposer dans la boue. De temps à autre, des écureuils rachitiques grimpaient encore à toute vitesse en haut d'un arbre, mais leur population était au plus bas.

Zack regarda dans une des lunettes d'observation (grâce à un caillou de la taille d'une pièce de vingt-cinq cents, il avait bloqué la fente pour que le télescope fonctionne sans argent), mais son champ de vision disparut dans le brouillard et la pluie obscure.

Avant l'avènement des vampires, le château accueillait aussi une station météorologique, dont l'équipement se trouvait encore sur le toit en pointe de la tour, à l'intérieur du complexe toujours protégé par une clôture, au sud de l'édifice. Les stations radio de New York annonçaient toujours la météo de la même façon, « La température à Central Park est de… », et le chiffre qu'ils donnaient était toujours relevé sur la tourelle de l'observatoire. On était en juillet, à présent, peut-être en août, période habituelle de canicule, mais la température la plus haute que Zack ait constatée, un soir particulièrement doux, était de seize degrés.

Août était son mois de naissance. Il y avait un calendrier vieux de deux ans dans le bureau de l'administration, et il regrettait à présent de ne pas avoir tenu le compte des jours qui passaient plus scrupuleusement. Avait-il déjà treize ans ? Dans sa tête, c'était le cas. Il décida que oui. Officiellement adolescent.

Zack se souvenait encore (mais à peine) de la fois où son père l'avait emmené au zoo de Central Park, par un après-midi ensoleillé. Ils avaient visité cette même exposition naturaliste dans le château, puis dégusté des glaces italiennes sur le muret de pierre qui donnait sur l'équipement météorologique. Zack se rappelait avoir avoué à son père que ses camarades de classe se moquaient parfois de son nom, Goodweather[1], et lui assuraient en ricanant que plus tard il présenterait la météo.

« Que veux-tu faire, plus tard ? lui avait alors demandé son père.

— Gardien de zoo, avait répondu Zack. Et champion de moto, aussi.

— Ce sont de bons projets. »

Ils avaient jeté leurs gobelets de carton vides dans le bac de recyclage et pris le chemin d'une salle de cinéma. À la fin de la journée, après avoir passé une après-midi parfaite, père et fils s'étaient juré de réitérer cette excursion. Pourtant, ils n'en avaient jamais eu l'occasion. Comme tant de promesses dans l'histoire Zack-Eph, celle-là n'avait pas été tenue.

Ces souvenirs ressemblaient à ceux d'un rêve, si cet épisode avait jamais existé. Son père était mort depuis longtemps, comme le professeur Setrakian et les autres. De temps à autre, rarement, il entendait une explosion quelque part dans la ville, ou apercevait un épais panache de fumée ou de poussière qui s'élevait dans la pluie ; alors, il s'interrogeait. Il restait forcément des humains, qui résistaient à l'inévitable. Cela le faisait penser aux ratons-laveurs qui leur avaient pourri la vie, lors de vacances de Noël, pillant leurs ordures en dépit de tous les efforts de son père pour les mettre à l'abri.

C'était la même chose, se disait Zack. Agaçant, certes, mais guère plus.

Il quitta la salle d'exposition humide et redescendit l'escalier. Le Maître avait créé pour Zack une pièce calquée sur son ancienne chambre. Sauf que chez lui il n'avait pas un écran géant récupéré dans la zone

1. Goodweather signifie « Beau temps ».

ESPN de Times Square. Ni de distributeur de canettes de Pepsi, ni de rayonnages entiers de bandes dessinées.

Zack donna un coup de pied involontaire dans une manette de console vidéo abandonnée par terre, et se laissa tomber mollement dans un des luxueux sièges en cuir du Yankee Stadium, les fauteuils à mille dollars placés autrefois juste derrière le marbre. De temps à autre, on lui amenait des enfants pour jouer avec lui, ou il se mesurait à eux en ligne, sur un serveur dédié, et Zack gagnait presque toujours. Tous les autres manquaient d'entraînement. Dominer peut devenir ennuyeux, surtout si c'est toujours au même jeu.

Au début, vivre dans le château l'avait terrifié. Il s'attendait à être transformé en vampire, comme sa mère, mais ça ne s'était jamais produit. Pourquoi ? On ne le lui avait jamais expliqué, et il n'avait jamais posé la question. Il avait le statut d'hôte, ici, et, en tant que seul humain dans le quartier, presque de célébrité. Au cours des deux années passées, aucun autre non-vampire n'avait été admis dans le Belvedere Castle ou à proximité de l'édifice. Au fil du temps, ce qui au début ressemblait à un kidnapping avait fini par prendre des allures de sélection. De distinction. Comme si on lui réservait une place de choix dans ce monde nouveau.

Parmi tous les autres, Zack avait été choisi. Pour quel dessein, il l'ignorait. Il savait seulement que l'être qui lui accordait ces privilèges représentait l'autorité absolue dans ce nouvel empire. Et il voulait Zack à ses côtés.

Les descriptions qu'il avait entendues au sujet du Maître – un géant effrayant, un tueur impitoyable, le mal incarné – étaient toutes des exagérations évidentes. D'abord, pour un adulte, le Maître était de taille moyenne. Et pour un être âgé de plusieurs siècles, il paraissait presque jeune. Dans ses yeux noirs perçants, Zack devinait bel et bien un potentiel d'horreur prêt à se déchaîner si quelque chose ou quelqu'un s'attirait sa défaveur. Mais celui qui aurait l'immense chance, comme Zack, de plonger son regard dedans découvrirait une profondeur qui transcendait l'humanité, une sagesse qui remontait à des temps immémoriaux, une intelligence connectée à un monde supérieur. Le Maître dirigeait l'immense clan de vampires qui avait envahi la ville, le pays, le monde entier. Une armée qui obéissait aux ordres télépathiques qu'il lançait depuis son trône dans le cœur marécageux de New York.

Le Maître était un être doué de magie. Diabolique, certes, mais la seule dont Zack eût jamais été le témoin. Le bien et le mal étaient des notions relatives. Le monde avait changé. Les repères d'autrefois étaient bouleversés. Ici, le Maître apportait la preuve qu'un être supérieur existait. Un surhomme. Une divinité. Sa puissance était extraordinaire.

Pour preuve, l'asthme de Zack. Sous le nouveau climat, la stagnation, la forte concentration en ozone et la recirculation des particules rendaient la qualité de l'air médiocre, dans le meilleur des cas. À cause de l'épaisse couche nuageuse qui recouvrait le monde à la façon d'une couverture souillée, les cycles météorologiques se déréglaient, les brises marines ne venaient quasiment plus rafraîchir l'atmosphère de Manhattan. La moisissure proliférait, les spores virevoltaient.

Pourtant, Zack allait bien. Mieux que bien ; il avait les poumons dégagés, et il respirait sans difficulté, sans chuintements ni halètements. Depuis qu'il vivait aux côtés du Maître, il n'avait déploré aucune crise. Et il n'avait pas recouru à un inhalateur depuis deux ans.

Son système respiratoire dépendait à présent entièrement d'une substance à l'efficacité plus magique encore que le salbutamol ou la prednisone. Une belle gouttelette de sang du Maître – administrée par voie orale, une fois par semaine, qui tombait du doigt piqué de la Chose sur la langue de Zack – lui libérait les bronches.

Ce qui lui paraissait étrange et répugnant au début, il l'accueillait à présent comme un cadeau ; le liquide d'un blanc laiteux, chargé d'un léger piquant électrique, son goût de cuivre et de camphre chaud. Un médicament amer, certes, mais ses effets tenaient du miracle. N'importe quel asthmatique aurait quasiment tout donné pour ne plus jamais éprouver la panique de sentir sa poitrine se verrouiller au moment d'une crise.

Cette absorption de sang n'avait pas transformé le garçon en vampire. Le Maître empêchait les vers capillaires qui infestaient son système circulatoire d'atteindre la langue de Zack. Le seul désir du Maître était que Zack soit en bonne santé, qu'il se sente à l'aise. La véritable source de respect et d'admiration que Zack ressentait pour le Maître résidait moins dans le pouvoir que la Créature possédait que dans celui qu'il conférait. À l'évidence, Zack disposait d'une place à part. Il était différent, haut placé parmi les humains. Le Maître l'avait sélectionné pour lui consacrer son attention. Pour le dire autrement, le roi des vampires s'était lié d'amitié avec lui.

Le zoo, par exemple. Quand Zack avait appris que le Maître comptait le fermer définitivement, il avait protesté. Le Maître avait accepté de le sauvegarder, lui offrant la totalité du parc zoologique, mais à une condition : Zack devait en assurer l'entretien. Nourrir les animaux et nettoyer les cages, seul. Zack avait saisi cette occasion, et le zoo de Central Park était devenu sa propriété. En un claquement de doigts. On lui avait proposé le manège, aussi, mais les manèges, c'était pour les bébés. Il les avait aidés à le démanteler. Tel un génie, le Maître exauçait des vœux.

Bien sûr, Zack ne s'était pas rendu compte de la charge de travail que cela représentait, de sauver le zoo, mais il s'y était attelé de son mieux. Dans l'atmosphère modifiée, certains animaux avaient péri vite, comme le panda roux et les oiseaux, ce qui lui avait facilité la tâche. Mais, sans personne pour le discipliner, il avait laissé s'allonger les intervalles entre les nourrissages. Il était fasciné de voir certaines bêtes s'en prendre aux autres, mammifères comme reptiles. La panthère des neiges était sa préférée, et l'animal qu'il craignait le plus. C'était donc elle qu'il nourrissait le plus régulièrement. Elle avait d'abord reçu d'épais quartiers de viande fraîche, livrés par camion tous les deux ou trois jours. Puis, un jour, elle avait eu une chèvre vivante. Zack l'avait conduite dans la cage et, caché derrière un arbre, il avait observé pendant que le fauve s'attaquait à sa proie. Puis il lui avait amené un mouton. Puis un faon. Mais, à mesure que le temps passait, le zoo s'était délabré, des excréments d'animaux, que Zack en avait assez de nettoyer, s'accumulaient dans les cages. Au bout de plusieurs mois, il avait pris le zoo en horreur, et de plus en plus failli à ses responsabilités. La nuit, il entendait parfois les autres animaux pousser des cris de détresse, mais jamais la panthère.

Au bout de presque un an, Zack s'était plaint auprès du Maître que la quantité de travail était trop grande pour lui.

Le zoo sera abandonné, alors. Et les animaux seront détruits.

— Je ne veux pas qu'on les détruise. C'est juste que… je ne veux plus m'en occuper. Vous pourriez confier cette tâche à des vampires, ils ne se lamenteraient jamais.

Tu veux que je le garde ouvert pour ton seul plaisir...

— Oui.

Zack avait déjà eu des requêtes plus extravagantes, et toujours obtenu satisfaction.

— Qu'est-ce qui vous en empêche ?

Je le ferai à une seule condition.

— D'accord.

Je t'ai observé, avec la panthère des neiges.

— Ah bon ?

Je t'ai regardé lui donner des animaux à dévorer. Son agilité et sa beauté t'attirent, mais sa puissance t'effraie.

— Sans doute.

J'ai vu aussi que tu avais laissé d'autres bêtes mourir de faim.

Zack commença à protester :

— Ils sont trop nombreux pour que…

Je t'ai regardé les faire combattre. C'est naturel, que tu sois curieux. D'observer comment les espèces inférieures réagissent lorsque leur existence est menacée. Fascinant, n'est-ce pas ? Les regarder se battre pour survivre...

Zack hésitait à l'admettre.

Tu as le droit de vie et de mort sur ces animaux. Cela inclut la panthère. Tu contrôles son habitat et la fréquence de ses nourrissages. Tu ne devrais pas la redouter.

— Euh… je n'en ai pas peur. Pas vraiment.

Alors... pourquoi ne pas la tuer ?

— Quoi ?

N'as-tu jamais imaginé la sensation que te procurerait d'abattre un tel animal ?

— La tuer ? la panthère ?

Tu t'es lassé de l'entretien du zoo parce que c'est un lieu artificiel, sans rien de naturel. Ton instinct te pousse dans la bonne direction, mais tu emploies la mauvaise méthode. Tu veux posséder ces créatures primitives, mais ce ne sont pas des espèces que l'on peut domestiquer. Elles sont trop puissantes, trop fières. Il n'existe qu'une seule façon de s'approprier réellement un animal sauvage. De le faire sien.

— Le tuer.

Prouve que tu es à la hauteur de cette tâche, et pour récompense je donnerai l'ordre que ton zoo reste ouvert, que l'on prenne soin des animaux et qu'on les nourrisse à ta place.

— Je… je ne peux pas.

À cause de la beauté du fauve, ou parce que tu le crains ? Quelle est la seule requête que je t'ai refusée ? La seule chose que tu m'as demandée et que je ne t'ai pas accordée ?

— Un pistolet chargé.

Une carabine en état de fonctionner sera à ta disposition dans l'enceinte du zoo. La décision t'appartient... Je veux que tu choisisses un camp...

Le lendemain, Zack alla au zoo dans le seul but de tenir l'arme. Il la trouva sous une table couverte, dans le hall d'entrée. Flambant neuve, de petite taille, pourvue d'une crosse de noyer satiné et munie d'un coussinet antirecul et d'une lunette de visée. Elle pesait trois kilos cinq cents. Il se promena dans son zoo et mit diverses cibles en joue. Il avait envie de tirer, mais il ignorait combien de cartouches elle contenait. C'était une carabine à culasse mobile, mais il n'était pas sûr à cent pour cent d'être capable de la recharger. Il visa une pancarte *TOILETTES,* posa le doigt sur la détente, sans vraiment la presser, et l'arme sauta dans ses mains. La crosse lui percuta violemment l'épaule, le recul le projeta en arrière. Une déflagration puissante retentit. Après un hoquet de surprise, il vit de la fumée s'échapper du canon. Il regarda l'écriteau, dont le « O » était perforé d'un trou.

Pendant plusieurs jours, Zack s'entraîna au tir sur les animaux de bronze délicats et fantaisistes de l'horloge Delacorte, qui carillonnait encore toutes les demi-heures. Le premier jour, tandis que les statuettes effectuaient leur circuit, Zack visa un hippopotame violoniste. Il manqua ses deux premiers essais, et sa troisième balle égratigna la chèvre qui jouait de la cornemuse. Agacé, il rechargea et attendit le tour suivant, assis sur un banc à proximité. Bercé par le ululement lointain des sirènes, il s'assoupit. Les cloches le réveillèrent, trente minutes plus tard. Cette fois, il tira quelques centimètres devant sa cible au lieu d'en suivre le mouvement. Il vida trois cartouches sur l'hippopotame, entendit distinctement un projectile rebondir contre le bronze. Deux jours plus tard, la chèvre avait perdu le bout d'un des deux tubes de sa cornemuse, et il manquait au pingouin un morceau de baguette de tambour. Zack réussissait alors à atteindre les figurines avec vitesse et précision. Il se sentait prêt.

L'habitat artificiel de l'once consistait en une chute d'eau, un bouleau et une forêt de bambous, le tout contenu sous une tente en grillage d'acier inoxydable. À l'intérieur, le terrain était abrupt, percé de tubes semblables à des tunnels qui menaient à la zone d'exposition vitrée.

La panthère des neiges observait Zack depuis un rocher, associant son apparition à l'heure du nourrissage. Malgré la pluie noire qui avait souillé son pelage, elle avait fière allure. Longue d'un mètre vingt, elle était capable de bondir à douze ou quinze mètres pour attaquer une proie.

Elle descendit du rocher et fit des allers-retours circulaires devant lui. Pourquoi le Maître voulait-il que Zack l'abatte ? Dans quel but ? Cela ressemblait à un sacrifice, comme si l'on exigeait de Zack qu'il exécute l'animal le plus vaillant pour permettre aux autres de survivre.

Il sursauta quand la panthère bondit vers le grillage qui les séparait, en montrant les crocs. Affamée, elle était déçue de ne pas sentir de nourriture. Zack fit un bond en arrière, puis reprit de l'assurance et pointa l'arme sur l'once en réponse à son grognement grave et intimidant. Elle se déplaça en décrivant un cercle resserré, sans le quitter des yeux. Elle était vorace, et Zack comprit qu'elle dévorerait ses repas tant qu'on les lui servirait, et surtout que si la nourriture venait à manquer elle se repaîtrait de la main qui le nourrissait, et ce sans un instant d'hésitation. Si elle en ressentait le besoin, elle prendrait ce qui se présentait devant elle. Elle attaquerait.

Le Maître avait raison. Zack avait peur de la panthère, à juste titre. Mais qui était le gardien, et qui était gardé ? Zack travaillait à son service et la nourrissait depuis des mois. Il était son jouet autant qu'elle était le sien. Soudain, armé de sa carabine, cet arrangement ne lui semblait plus aussi équitable.

Il détestait l'arrogance de l'animal, sa volonté. Il fit le tour de l'enclos, et le fauve suivit son mouvement. Zack pénétra dans la zone de nourrissage marquée *PERSONNEL SEULEMENT* et regarda par la petite vitre qui surmontait la porte par laquelle il laissait tomber la viande ou faisait entrer les animaux vivants. La respiration profonde de Zack sembla emplir l'espace entier. Il se baissa pour franchir la trappe, qui claqua derrière lui.

Il n'était encore jamais entré dans la cage de la panthère. Il leva les yeux vers la tente de grillage. Des ossements de tailles différentes étaient éparpillés devant lui, restes de précédents repas.

Il avait pour fantasme de traverser le petit bosquet et de pister le fauve, de le regarder dans les yeux avant de décider s'il voulait tirer ou pas. Mais le bruit métallique du battant équivalait au tintement de la cloche du dîner, et la panthère parut aussitôt, au détour d'un rocher placé stratégiquement pour protéger l'animal de la vue des visiteurs lorsqu'il se nourrissait.

L'animal s'arrêta net, surpris de voir Zack à l'intérieur. Pour une fois, aucun grillage ne les séparait. Comme si elle essayait de comprendre la signification de ce changement étrange, la panthère baissa la tête, et Zack se rendit compte qu'il avait commis une erreur terrible. Il porta la carabine à son épaule sans viser et pressa la détente. Rien ne se produisit. Il appuya encore. Toujours rien.

Il tira d'un coup sec sur la poignée de la culasse et la repoussa vers l'avant. Il actionna une nouvelle fois la détente, et la carabine sauta dans ses mains. Il rechargea et tira une deuxième fois. Il réitéra l'opération deux fois, puis l'arme cliqueta dans le vide. Encore une fois, et toujours vide.

Il s'aperçut alors que la panthère gisait sur le flanc. Il alla jusqu'à elle et vit les taches rouges qui s'étendaient sur son pelage. Elle avait les yeux clos, ses membres puissants immobiles.

Zack escalada le rocher et s'y assit, son arme sur les genoux. Submergé par ses émotions, il frissonna et se mit à pleurer. Il contempla le zoo depuis la cage. La pluie s'était mise à tomber.

À partir de ce moment, le quotidien de Zack changea. Pendant quelques jours, il retourna au zoo pour s'entraîner au tir sur d'autres cibles – panneaux, bancs et branches. Puis il prit plus de risques. Il fonçait à vélo sur les anciennes pistes de course à pied, accomplissait des dizaines de tours du Great Lawn, la grande pelouse, et s'aventurait dans les rues désertes de Central Park, où il passait devant les cadavres ratatinés de pendus ou les cendres de bûchers funéraires. Lorsqu'il se promenait de nuit, il aimait éteindre le phare de sa bicyclette. C'était grisant, magique – l'aventure. Protégé par le Maître, il n'éprouvait aucune peur.

Ce qu'il ressentait toujours, c'était la présence de sa mère. Leur lien, encore plus fort après qu'elle avait muté, s'était pourtant amoindri avec le temps. La créature qui avait été Kelly Goodweather n'avait presque plus rien d'un être humain. Elle avait le crâne chauve et sale, les lèvres minces comme un fil et dépourvues de la moindre trace de couleur. Le cartilage de son nez et de ses oreilles s'était désintégré pour ne plus laisser que des bosses résiduelles. De la chair molle et fripée pendait de son cou, et une caroncule cramoisie naissante ondulait lorsqu'elle tournait la tête. Sa poitrine était plate, ses seins rabougris, ses bras et ses jambes couverts d'une couche de crasse si épaisse que la pluie abondante ne parvenait même pas à les nettoyer. Ses yeux étaient des disques noirs qui surnageaient au-dessus d'un fond rouge foncé, la plupart du temps sans vie. Rarement, et peut-être dans la seule imagination de Zack, il arrivait qu'une lueur dans son regard laisse penser qu'elle le reconnaissait, et lui offre un lointain reflet de la mère qu'elle avait été. Il ne s'agissait ni d'une émotion ni d'une expression, plutôt d'un voile qui assombrissait son visage, dissimulant davantage sa nature de vampire que révélant son ancienne apparence humaine. Ces moments fugaces se raréfiaient, mais ils suffisaient. Plus psychologiquement que physiquement, sa mère restait à la périphérie de sa nouvelle vie.

Accablé d'ennui, Zack tira le piston de son distributeur automatique, et une barre Milky Way tomba dans le tiroir. Il la mangea en remontant au rez-de-chaussée, puis sortit à la recherche de quelque chose à faire pour tromper son ennui.

Comme si elle avait attendu le bon moment, la mère de Zack gravit la façade rocheuse escarpée qui formait les fondations du château, avec une aisance féline, escaladant le schiste humide apparemment sans effort, ses pieds nus et ses mains pourvues d'une serre allant de prise en prise comme si elle avait déjà emprunté ce chemin des milliers de fois. Au sommet, elle bondit sur le sentier, suivie par deux renifleurs qui virevoltaient à quatre pattes.

Lorsqu'elle approcha de Zack, qui s'abritait de la pluie sous le porche d'entrée, il vit que sa caroncule était rouge vif et gonflée malgré la boue et la crasse accumulées. Cela signifiait qu'elle s'était nourrie récemment.

— C'était sympa, ton dîner, maman ? demanda-t-il, révolté.

L'épouvantail qu'était devenue sa mère le fixa d'un regard vague. Chaque fois qu'il la voyait, il éprouvait les mêmes sentiments contradictoires de répulsion et d'amour. Elle le suivait pendant des heures d'affilée, restant la plupart du temps à distance, à la façon d'un loup vigilant. À une occasion, il lui avait caressé la tête, puis avait pleuré en silence.

Elle pénétra dans le château sans un mot. Ses traces de pas mouillées et la boue déposée par les renifleurs s'ajoutèrent à la saleté qui tapissait le sol de pierre. Zack la regarda et, l'espace d'un instant fugace, il vit émerger le visage de sa mère derrière ses traits déformés par la mutation. Aussitôt, l'illusion se brisa, le souvenir qu'il avait d'elle fut souillé par ce monstre omniprésent qu'il ne pouvait s'empêcher d'aimer. Tous ceux qu'il avait aimés un jour dans sa vie avaient disparu. C'était tout ce qu'il restait à Zack ; une poupée ruinée pour lui tenir compagnie.

Zack sentit une brise chaude balayer la vaste salle, comme un souffle d'air provoqué par le mouvement d'un être véloce. Le Maître était revenu, et un léger murmure envahit le crâne de Zack. Il regarda sa mère monter l'escalier qui menait aux étages supérieurs puis la suivit, tenant à connaître la cause de cette agitation.

Le Maître

Jadis, le Maître avait compris la voix de Dieu. Il l'avait portée en lui et, d'une certaine manière, il conservait une pâle imitation de cet état de grâce. Car la Créature était un être d'un seul esprit mais aux yeux innombrables, un être omniscient, qui observait tout et entendait les milliers de voix de ses sujets. Comme Dieu, la voix du Maître était un concert de flux et de contradictions. Elle apportait la brise et la tempête, l'accalmie et le tonnerre. Elle montait et descendait avec l'aube et le crépuscule.

Mais l'immensité de la voix de Dieu englobait toute la création – pas seulement la Terre et les continents, mais l'univers tout entier. Le Maître, quant à lui, ne pouvait plus qu'en être témoin, sans en comprendre le sens, lui qui en avait été capable aux origines du cosmos.

Ainsi, songea-t-il, comme un million de fois auparavant, *voilà ce que c'est d'être un ange déchu...*

Le Maître scrutait néanmoins la planète par l'intermédiaire de son engeance. Des sources de données multiples, une intelligence centrale unique. L'esprit du Maître étendait un filet de surveillance sur le globe. Il serrait la Terre dans son poing aux mille doigts.

Goodweather venait de détruire dix-sept vampires dans l'explosion de l'hôpital. Dix-sept serviteurs perdus, que d'autres viendraient bientôt remplacer. Pour le Maître, l'arithmétique de l'infection était d'une importance primordiale.

Les renifleurs fouillaient les pâtés d'immeubles alentour, cherchaient le docteur fugitif à travers son odeur psychique. Pour l'instant, rien. À ce stade, cette traque n'était plus qu'une question de principe. La partie d'échecs était presque terminée, mais son adversaire refusait obstinément de reconnaître sa défaite et laissait au Maître la tâche agaçante de pourchasser la dernière pièce encore debout sur l'échiquier.

Cette pièce ultime n'était pas Goodweather, bien sûr, mais l'*Occido Lumen*, la seule édition complète du texte maudit. Détaillant l'origine mystérieuse des Aînés et du Maître, le livre révélait aussi un indice sur la façon de détruire ce dernier – l'emplacement de son site d'origine –, à condition de savoir où regarder.

Par chance, ceux qui détenaient l'ouvrage n'étaient que des ânes illettrés. Au terme d'une vente aux enchères, le volume était tombé entre les mains du vieux professeur, Abraham Setrakian, le seul humain qui possédait assez de savoir pour déchiffrer l'ouvrage et ses secrets.

Le professeur avait eu peu de temps pour étudier le *Lumen* avant de mourir. Pendant le bref laps de temps où le Maître et lui avaient été liés (les précieux instants entre la transformation du professeur et sa destruction), le Maître avait appris, par le biais de leur intellect partagé, tout ce que le professeur avait récolté dans le volume à reliure d'argent.

Tout – et pourtant, cela restait insuffisant. L'emplacement du lieu d'origine du Maître, le « Site noir », était toujours inconnu de Setrakian au moment de sa transmutation.

C'était rageant, mais cela prouvait aussi que sa clique de fidèles ne le connaissait pas non plus. Le savoir accumulé par Setrakian sur l'histoire et le folklore des clans des ténèbres restait sans égal parmi les humains et, telle une flamme qu'on étouffe, s'était éteint avec lui.

Le Maître doutait fort que, même en possession du livre maudit, les comparses de Setrakian puissent en déchiffrer le mystère. Mais la Créature avait besoin de connaître les coordonnées elle-même, afin de garantir sa sécurité pour l'éternité. Seul un imbécile laisse une place au hasard.

Pendant cet instant où son esprit avait fusionné avec celui de Setrakian, ce moment d'intimité psychologique unique avec lui, le Maître avait aussi appris l'identité des complices du professeur. L'Ukrainien, Vassili Fet. Nora Martinez et Augustin Elizalde.

Mais aucun d'entre eux n'était plus fascinant que celui que le Maître connaissait déjà. Le Dr Ephraïm Goodweather. Ce que le Maître avait ignoré jusque-là, et ce qui l'avait étonné, c'était que Setrakian considérait Goodweather comme le maillon fort du groupe. Malgré les vulnérabilités évidentes de Goodweather (son tempérament, la perte de son ex-femme et de son fils), Setrakian le pensait incorruptible.

Le Maître n'était pas un être sujet à la surprise. Une existence longue de nombreux siècles émoussait la force des révélations, mais celle-là avait suscité l'intérêt du Maître. Comment était-ce possible ? Avec réticence, le Maître avait admis avoir une haute opinion du jugement de Setrakian – pour un humain. Comme pour le *Lumen*, l'intérêt du Maître envers Goodweather, au début, n'avait été qu'une manière de distraction.

La distraction était devenue recherche.

Et la recherche obsession.

Tous les humains finissaient par craquer. Parfois, il avait suffi de quelques minutes, à d'autres occasions il avait fallu des jours, voire des dizaines d'années, mais le Maître l'avait toujours emporté. Il livrait des parties d'échecs où la victoire s'enlevait à l'endurance. Ses ressources en temps étaient sans commune mesure, son esprit était parfaitement entraîné – et dépourvu de toute illusion ou espoir.

C'était cette quête qui avait conduit la Chose à la progéniture de Goodweather. Ce pour quoi le Maître n'avait pas transformé le garçon, la raison pour laquelle il soulageait la douleur dans ses poumons avec une goutte de son sang, don qui permettait au Maître de s'immiscer dans son esprit malléable.

Zachary Goodweather avait bien réagi aux incursions du Maître, qui en tirait profit et s'attachait à façonner l'esprit du garçon. Il corrompait les croyances naïves que celui-ci nourrissait au sujet de la divinité. Après une période de peur et de répugnance, Zack avait fini par vouer au Maître admiration et respect. Ses émotions écœurantes envers son père se réduisaient comme une tumeur irradiée. Le jeune esprit du garçon offrait une boule de pâte tendre, que le Maître se plaisait à pétrir.

Il la préparait. À s'élever.

D'ordinaire, le Maître ne rencontrait de tels sujets qu'à la fin du procédé de corruption. Dans ce cas précis, il avait l'occasion exceptionnelle de participer à la perversion du fils et substitut d'un homme prétendument incorruptible. Le Maître pouvait vivre cet effondrement par l'intermédiaire direct du garçon, grâce aux liens créés par le sang qu'il lui administrait. La Créature avait perçu le conflit qui s'était opéré en Zack lors de sa confrontation avec la panthère des neiges, ressenti sa peur et sa joie. Jamais auparavant la Chose n'avait accordé d'importance à une vie, jamais elle n'avait même pensé à protéger un humain de la transformation en vampire. Le Maître avait déjà pris sa décision. L'enfant serait sa prochaine enveloppe charnelle. Il savait qu'il ne fallait pas investir un corps de moins de treize ans. Un jeune organisme présentait de grands avantages – une énergie inépuisable, des articulations neuves et des muscles souples, le tout sans presque nécessiter d'entretien. Mais les inconvénients existaient ; on habitait un corps plus faible, à la structure fragile et à la force limitée. Même si le Maître n'avait plus besoin d'une taille et d'une force extraordinaires (atouts qu'il avait trouvés en Czardu, l'hôte géant dans lequel il avait accompli le voyage jusqu'à New York, et dont il s'était débarrassé après avoir été empoisonné par

Setrakian), un physique engageant, comme celui de Bolivar, lui était encore utile… Ce que le Maître cherchait pour l'avenir, c'était l'aisance.

Expérience des plus instructives, le Maître avait pu se voir à travers les yeux de Zack. Le corps de Bolivar le servait de façon satisfaisante, et la Chose constatait avec intérêt l'attraction du garçon pour son apparence saisissante. Rien d'étonnant, car Bolivar possédait une présence magnétique. C'était un homme de spectacle. Une star. Ajoutés aux talents obscurs du Maître, ces atouts se révélaient irrésistibles pour le jeune homme.

La réciproque était vraie aussi. Le Maître s'était pris à converser avec Zachary, non pas par affection mais comme s'il s'adressait à une version plus jeune de lui-même. Pareil dialogue n'avait eu lieu que rarement au cours de sa longue existence, lui qui depuis des siècles s'attaquait aux esprits les plus endurcis et les plus impitoyables, les amadouait, les modelait à sa volonté. Sa brutalité ne connaissait pas d'égale.

Mais l'énergie de Zack était pure, son essence similaire à celle de son père. Un substrat idéal qui appelait à être étudié et perverti. Tout cela contribuait à la curiosité que le Maître éprouvait pour le jeune Goodweather. La Créature avait perfectionné la technique qui consistait à déchiffrer les humains, grâce à leurs signes révélateurs, mais aussi par leurs omissions. Un expert du comportement est capable de détecter un mensonge grâce aux nombreux microgestes qui le trahissent. Le Maître, lui, pouvait l'anticiper juste avant qu'il se produise. Il ne portait dessus aucun jugement moral, mais déceler la vérité ou la duplicité chez un interlocuteur lui était vital. Il savait alors si l'on accéderait ou pas à ses exigences, s'il devait s'attendre à la coopération ou au danger. Aux yeux du Maître, les humains étaient des insectes, parmi lesquels il vivait en entomologiste. Cette discipline avait perdu tout son pouvoir de fascination pour la Créature, des milliers d'années plus tôt, mais cela venait de changer. Plus Zachary Goodweather cherchait à lui cacher des informations, plus le Maître savait les lui soutirer, sans que le jeune homme ait conscience de lui révéler ce qu'il voulait savoir. Et à travers Zack le Maître amassait des renseignements sur Ephraïm. Curieux prénom. Le deuxième fils de Joseph et d'Asnath, femme qui avait un jour reçu la visite d'un ange. Ephraïm, que l'on ne connaissait que pour ses descendants – perdu au cœur de la Bible, sans identité ni but.

Le Maître sourit.

Les recherches se poursuivaient donc sur deux fronts : celui du *Lumen,* qui contenait le secret du « Site noir » dans ses pages à reliure d'argent, et celui d'Ephraïm Goodweather.

Le Maître était convaincu que le Site noir serait bientôt découvert. Tous les indices l'indiquaient, ceux-là mêmes qui l'avaient conduit en Amérique. La prophétie qui l'avait forcé à traverser l'océan. Pourtant, afin de prendre toutes les précautions possibles, ses esclaves continuaient les excavations dans des parties du monde reculées. Les Falaises noires de Negril. La chaîne montagneuse des Black Hills, dans le Dakota. Les champs pétrolifères de Pointe-Noire, sur la côte ouest de la République du Congo.

Par ailleurs, le Maître aurait bientôt achevé le désarmement nucléaire total. Ayant pris le contrôle immédiat des forces armées du monde entier, par le biais d'infestations ciblées dans les rangs des soldats et des officiers, la Créature avait accès à la majeure partie de l'arsenal mondial. Rassembler et démanteler l'armement des États voyous, ainsi que ce qu'on nommait les « bombes nucléaires égarées », exigerait plus de temps, mais il touchait au but.

Le Maître contemplait sa ferme terrestre avec satisfaction.

Il saisit la canne de Setrakian. Autrefois propriété de Czardu, le chasseur de vampires l'avait modifiée pour qu'elle puisse accueillir une lame d'argent. Ce n'était rien d'autre qu'un trophée, à présent, un symbole du triomphe du Maître. La quantité d'argent présente dans la tête de loup qui décorait sa poignée ne le dérangeait pas, même s'il prenait garde à ne pas la toucher.

Le Maître monta dans la tour du château, le point culminant du parc. Par-delà les branches grêles des arbres dénudés, à travers l'épaisse brume polluée, se dressaient des immeubles d'un gris sale, l'East Side et le West Side. Dans le panorama rougeoyant que lui offrait sa vision sensible à la chaleur, des milliers et des milliers de fenêtres contemplaient la ville, tels les yeux froids et sans vie des témoins disparus. Le ciel obscur bouillonnait et déversait ses immondices sur la ville vaincue.

En contrebas, formant un arc de cercle autour de la base rocheuse, se tenaient les gardiens du château, par rangées de dix à vingt *strigoï*. Plus loin, en réponse à l'appel psychique du Maître, une multitude de vampires s'était rassemblée sur la grande pelouse de trente hectares ; tous levaient vers lui leurs yeux d'améthyste.

Pas d'acclamations. Ni salut ni exultation. Rien qu'une congrégation immobile, armée silencieuse qui attendait ses instructions.

Kelly Goodweather parut aux côtés du Maître, et près d'elle son fils. La première avait été convoquée, mais le garçon la suivait par simple curiosité.

L'ordre du Maître fut transmis dans l'esprit de chaque vampire.

Goodweather.

Son appel ne provoqua pas de réponse. La seule réaction serait l'action. En temps voulu, il tuerait Goodweather. D'abord son esprit, puis son corps. Cet humain endurerait des souffrances insoutenables.

La Créature y veillerait personnellement.

Roosevelt Island

Avant qu'on la réhabilite comme ville nouvelle à la fin du XXe siècle, Roosevelt Island avait jadis accueilli le pénitencier de New York, son asile d'aliénés et un hôpital où l'on soignait la variole. Elle portait autrefois le nom de Welfare Island.

Roosevelt Island avait toujours été peuplée des parias de la ville. Fet y avait sa place.

Il préférait vivre dans l'isolement sur cette île étroite qui s'étendait sur trois kilomètres au milieu de l'East River que résider dans le centre-ville en ruine ou dans un des districts infestés de vampires de la cité. Il ne supportait pas l'idée d'habiter une New York occupée. Apparemment, les *strigoï*, incapables de franchir une étendue d'eau mouvante par eux-mêmes, n'accordaient aucun intérêt à cette petite île satellite de Manhattan. Ainsi, peu après avoir pris le pouvoir, ils l'avaient vidée de ses habitants et incendiée. On avait sectionné les câbles du téléphérique à hauteur de la 59e Rue et détruit le Roosevelt Island Bridge côté Queens. La ligne F du métro passait toujours sous le fleuve, mais la station de l'île avait été condamnée.

Fet connaissait toutefois un moyen d'accéder au centre géographique de l'île par un autre tunnel, construit pour la maintenance du système singulier de collecte et d'évacuation des ordures par tubes pneumatiques. Dans sa grande majorité, y compris ses anciens gratte-ciel qui offraient une vue imprenable sur Manhattan, l'île était en ruine, mais Fet avait découvert quelques appartements en sous-sol quasiment intacts parmi les résidences de luxe édifiées autour de l'Octagone, ancien bâtiment principal de l'asile. Là, bien caché au milieu des décombres, il avait muré les étages supérieurs dévastés. Les canalisations d'eau et d'électricité qui passaient sous l'East River n'ayant pas été endommagées, dès que le réseau du district fut rétabli, Fet disposa de courant et d'eau potable.

Profitant de la lumière du jour, les contrebandiers avaient débarqué Fet et la bombe nucléaire russe à l'extrémité nord de l'île. À l'aide d'un chariot de manutention qu'il cachait dans un cabanon à outils de l'hôpital près de la berge rocailleuse, il avait tracté l'arme, son sac marin et une petite glacière de polystyrène jusqu'à sa cachette.

Surexcité à la perspective de voir Nora, il se sentait même un peu grisé. C'était le propre des retours de voyage. En outre, seule Nora savait qu'il devait rencontrer les Ukrainiens, aussi traînait-il sa trouvaille derrière lui comme un garçonnet qui rapporte un trophée de l'école. Son sentiment de réussite était exacerbé par l'enthousiasme qu'elle montrerait à coup sûr.

Lorsqu'il arriva devant la porte calcinée qui menait à son repaire, il s'aperçut qu'elle était entrouverte de quelques centimètres. Le Dr Nora Martinez ne commettrait pas une telle erreur. Fet sortit son épée de son sac. Il dut rentrer son diable pour le mettre à l'abri de la pluie. Puis il descendit silencieusement l'escalier partiellement fondu.

Il poussa sa porte, qu'il ne verrouillait jamais, car, hormis quelques rares contrebandiers qui se risquaient parfois à remonter le fleuve jusqu'à Manhattan, plus personne ne mettait les pieds sur l'île.

Personne dans la deuxième cuisine. Fet se nourrissait surtout de snacks à grignoter qu'il avait récoltés et stockés au cours des premiers mois de siège, crackers, Granola, Oreo et barres Mars, qui atteignaient ou, pour certains, avaient déjà dépassé la date limite de consommation. Fet s'était essayé à la pêche, mais l'eau du fleuve, d'un noir charbonneux, était tellement polluée qu'il avait vite abandonné l'idée de se nourrir ainsi.

Il traversa la chambre après une inspection rapide des placards. Au début, il s'était contenté du matelas posé à même le sol, mais la possibilité que Nora souhaite passer la nuit chez lui l'avait poussé à se mettre en quête d'une literie digne de ce nom. La deuxième salle de bains, où Fet entreposait l'équipement de dératisation qu'il avait récupéré dans son ancien atelier des Flatlands, plus quelques instruments dont il ne parvenait pas à se séparer, était vide elle aussi.

Fet se faufila par le trou qu'il avait percé à coups de masse et passa dans l'autre appartement, qu'il utilisait comme cabinet de travail. La pièce était remplie d'étagères et de piles de cartons qui contenaient la bibliothèque et les dossiers de Setrakian, agencés en cercle autour d'un canapé de cuir et d'une lampe de lecture basse.

À quelques degrés sur la droite se tenait un intrus à la tête couverte d'une capuche, de carrure massive, qui mesurait dans les un mètre quatre-vingts. Son visage était caché sous le coton noir de son vêtement, ses yeux restant toutefois visibles, d'un rouge perçant. Dans ses mains pâles, il tenait un carnet ouvert noirci de l'écriture précise de Setrakian.

Un *strigoï*, mais vêtu. En plus de son sweat-shirt, il portait un pantalon et de grosses chaussures.

Anticipant une embuscade, Fet jeta un coup d'œil au reste de la pièce.

Je suis seul.

Le *strigoï* dirigea sa voix directement dans la tête de Fet. Le dératiseur considéra le carnet entre les mains de la créature. Aux yeux de Fet, ce lieu était un sanctuaire. Le vampire l'avait envahi. Il aurait pu sans mal tout détruire. La perte de ces documents aurait été catastrophique.

— Où est Nora ? demanda Fet.

Dans la même seconde, il se jeta sur le *strigoï*… qui esquiva et répliqua par une clé au bras qui immobilisa le dératiseur sans le faire souffrir plus que nécessaire.

Je suis venu seul. Vous ne me remettez pas, monsieur Fet ?

Bien sûr… Fet se souvint qu'il l'avait un jour menacé d'une pointe de fer contre le cou, dans un vieil appartement au-dessus de Central Park.

— Vous étiez un des chasseurs. Un garde du corps personnel des Aînés…

Correct.

— Mais vous ne vous êtes pas vaporisé en même temps que les autres.

Comme vous pouvez le constater.

— Vous vous appelez… Ça commence par un Q, il me semble…

Quinlan.

Fet dégagea son bras droit et tenta à nouveau de frapper la créature au visage, mais l'autre lui saisit le poignet et le lui tordit. Cette fois, ce fut très douloureux.

Bon, je peux vous déboîter le bras ou le casser. À vous de voir, mais réfléchissez. Si j'avais l'intention de vous assassiner, vous seriez déjà mort. Au fil des siècles, j'ai servi de nombreux maîtres, livré encore plus de guerres. J'ai combattu pour des empereurs, des reines et des mercenaires. J'ai tué des milliers des vôtres et des centaines de vampires scélérats. J'attends seulement de vous que vous m'accordiez votre attention. Que vous m'écoutiez. Si vous m'attaquez encore, je vous tuerai aussitôt. Me suis-je fait comprendre ?

Fet fit oui de la tête, et Quinlan le lâcha.

— Vous n'avez pas péri avec les Aînés. Vous devez donc être de l'engeance du Maître…

Oui. Et non.

— Ah ah. Pratique, ça. Puis-je vous demander comment vous êtes arrivé ici ?

Votre ami Gus. Les Aînés m'ont chargé de le recruter pour lui confier les chasses diurnes.

— Je m'en souviens. Une mesure trop timide, et trop tardive.

Fet restait sur ses gardes. Quelque chose clochait. Les ruses du Maître le rendaient paranoïaque, mais c'était grâce à cette méfiance qu'il échappait à la mort et à la transformation depuis deux ans.

*Je souhaite consulter l'*Occido Lumen. *Gus m'a indiqué que vous pourriez m'orienter dans la bonne direction.*

— Allez vous faire foutre. Pour ça, il faudra me passer sur le corps.

Chose étrange, Quinlan sourit.

Nous poursuivons le même objectif, vous et moi. Et j'ai un avantage indéniable, dès lors qu'il s'agit de déchiffrer le livre et les notes de Setrakian.

Le *strigoï* avait refermé le carnet du vieux professeur, que Fet avait relu à maintes reprises.

— Lecture intéressante ?

Très. Et d'une précision impressionnante. Le professeur Setrakian était aussi érudit que rusé.

— C'était un cador, ça, c'est sûr.

Lui et moi, nous nous sommes presque rencontrés, autrefois. À une vingtaine de kilomètres au nord de Kotka, en Finlande. Il avait réussi à remonter jusqu'à moi. À l'époque, je me méfiais de lui, comme vous vous en doutez. Avec le recul, ç'aurait été un compagnon de dîner passionnant.

— Plutôt qu'un repas lui-même, rétorqua Fet.

Estimant qu'une rapide mise à l'épreuve s'imposait, il désigna le texte que tenait Quinlan.

— Azraël, c'est ça ? C'est le nom du Maître ?

Lors de son voyage, Fet avait emporté des photocopies du *Lumen* afin de les étudier chaque fois que possible, et parmi elles l'illustration à laquelle Setrakian s'était intéressé dès qu'il avait ouvert le *Lumen*. L'archange que Setrakian nommait Azraël. Sur cette page enluminée, le vieux professeur avait superposé le symbole alchimique constitué de trois croissants de lune qui s'entrecroisaient pour former un signe de danger biologique rudimentaire, de telle façon que les images jumelées donnaient une sorte de symétrie géométrique.

— Le vieux appelait Azraël « l'ange de la mort ». C'est lui qui est devenu le Maître ?

C'est en partie correct.

— Comment ça, « en partie » ? Merde, Setrakian aurait eu mille questions à vous poser. Moi, je ne sais même pas par où commencer…

C'est pourtant déjà fait.

— Il faut croire. Bordel, vous êtes passé où, il y a deux ans ?

J'avais du travail. Des préparatifs.

— Des préparatifs pour quoi ?

Les cendres.

— Ah oui. Ça a un rapport avec les Aînés, dont vous avez sauvegardé les restes. Il y avait trois Aînés de l'Ancien Monde.

Vous en savez plus que vous ne le pensez.

— Mais pas encore assez. Je rentre de voyage, moi aussi, un voyage pendant lequel j'ai tenté de découvrir la provenance du *Lumen*. Je me suis heurté à une impasse… mais je ne suis pas rentré bredouille. J'ai rapporté quelque chose qui pourrait se révéler déterminant…

Fet songeait à la bombe, ce qui lui rappela l'excitation éprouvée à l'idée de rentrer, de rejoindre Nora. Il alla à un ordinateur portable et le réveilla d'un sommeil long d'une semaine. Il consulta la boîte de dialogue chiffrée. Pas de message de Nora depuis deux jours.

— Il faut que j'y aille, dit-il à Quinlan. J'ai des tas de questions, mais il y a peut-être un problème, et je dois retrouver quelqu'un. Je suppose que vous ne m'attendrez pas ici, n'est-ce pas ?

En effet. Il me faut avoir accès au Lumen. *Il est rédigé dans un langage qui dépasse votre entendement. Si vous me le remettez… je promets de vous proposer un plan d'action lors de notre prochaine rencontre.*

Gagné par une soudaine appréhension, Fet fut submergé par un puissant sentiment d'urgence.

— Il faut que j'en discute avec les autres, d'abord. Ce n'est pas une décision que je peux prendre seul.

Quinlan demeurait immobile dans la pénombre.

Vous pourrez me contacter par l'intermédiaire de Gus, lâcha-t-il enfin. *Sachez que le temps nous est compté. Si une situation a jamais exigé que l'on tente une opération décisive, c'est bien celle-là.*

INTERLUDE I

QUINLAN

L'an 40 de l'ère chrétienne, dernière année complète du règne de Caligula, empereur de Rome, fut marqué par d'extraordinaires démonstrations d'orgueil démesuré, de cruauté et de folie. L'empereur se montra en public vêtu en divinité, et dans divers documents officiels de l'époque on le désigne par le nom de « Jupiter ». Il fit remplacer les têtes des statues des dieux par des sculptures à son effigie, et força les sénateurs à le vénérer comme un dieu vivant. Un de ces sénateurs était son cheval, Incitatus.

Le palais impérial du Palatin fut agrandi pour annexer un temple érigé à la gloire de Caligula. Au sein de la cour de l'empereur vivait un ancien esclave, garçon de quinze ans pâle de peau et brun de cheveu, convoqué par le nouveau dieu soleil sur les conseils d'un devin qu'on n'avait jamais revu. L'empereur avait renommé l'esclave Thrax.

Selon la légende, on avait découvert Thrax dans un village abandonné de l'arrière-pays sauvage de l'Orient lointain, dans les terres gelées, habitées par des tribus particulièrement barbares. On le disait d'une brutalité et d'une ruse hors normes malgré son apparence innocente et fragile. D'aucuns prétendaient qu'il était doué du pouvoir de prophétie, et Caligula fut aussitôt fasciné. On ne voyait Thrax que la nuit, en général assis à côté de Caligula, sur qui il exerçait une grande influence pour quelqu'un de si jeune, ou seul dans le temple, sous le clair de lune qui donnait à sa peau blafarde l'aspect de l'albâtre. Thrax, qui maîtrisait plusieurs dialectes barbares, apprit vite le latin et les sciences, son appétit vorace pour le savoir n'ayant d'égal que sa soif de cruauté. Il se gagna vite une réputation sinistre à Rome, à une époque où l'on considérait prestigieux de se distinguer par sa seule férocité. Il conseillait Caligula sur les questions politiques, attribuait ou retirait des faveurs impériales avec une parfaite aisance. Il encouragea aussi l'élévation de l'empereur au rang de divinité. On les voyait siéger côte à côte dans le Circus Maximus, où ils supportaient avec ferveur leur écurie lors des courses équestres. D'après la rumeur, c'était Thrax qui avait suggéré qu'on empoisonne les adversaires qui avaient osé vaincre leurs coureurs.

Comme Caligula, Thrax ne savait pas nager, et ce fut lui qui inspira à l'empereur sa plus grande folie. Un pont provisoire flottant, long de plus de trois kilomètres, avec des barges pour pontons, qui reliait le port de Baïes à celui de Pouzzoles. Thrax n'était pas présent quand Caligula avait accompli une traversée triomphale sur sa monture favorite, Incitatus, affublé de l'authentique cuirasse d'Alexandre le Grand, mais on racontait que l'ancien esclave avait par la suite franchi l'édifice à maintes reprises, de nuit, toujours dans une litière portée par quatre esclaves nubiens, vêtu des habits les plus délicats, entouré d'une dizaine de gardes.

Une fois par semaine, on apportait à Thrax sept femmes esclaves sélectionnées avec soin, dans la chambre souterraine décorée d'or et d'albâtre qu'il occupait sous le temple. Il exigeait qu'elles soient vierges, en parfaite santé, et âgées de dix-neuf ans au plus. Afin de les sélectionner, on utilisait de petits prélèvements de leur sueur. Le septième jour, à la tombée de la nuit, il fermait sa porte massive de l'intérieur avec une barre de fer.

Le premier sacrifice avait lieu sur un piédestal de marbre vert au centre de la salle, orné d'un relief qui représentait une masse de corps grouillants, implorants, qui levaient yeux et bras suppliants vers les cieux. À sa base, deux rigoles jumelles acheminaient le sang des esclaves dans des coupes d'or incrustées de rubis et de grenat.

Thrax émergeait d'un couloir, vêtu de son seul *subligar*, et ordonnait calmement à la première esclave de monter sur le piédestal. Là, il la buvait à la vue des sept miroirs de bronze suspendus aux murs de la chambre, après avoir perforé son cou avec son aiguillon. La succion était si soudaine, si rapide, que l'on voyait les veines se comprimer sous la peau et la couleur quitter la chair en quelques secondes. Les bras filiformes de Thrax bloquaient le torse de sa victime avec une grande force et une maîtrise consommée.

Lorsque l'amusement que lui procurait la panique ainsi provoquée s'estompait, il s'attaquait sans tarder à une deuxième esclave, se nourrissait d'elle et la tuait brutalement. Suivaient une troisième et une quatrième, et ainsi de suite, jusqu'à ce qu'il ne reste qu'une seule esclave, terrorisée. Alors venait le sacrifice final, celui que Thrax préférait.

Mais, par une nuit d'hiver, Thrax s'arrêta net, au moment de se repaître de la dernière esclave, car il avait détecté un deuxième pouls en elle. À travers sa tunique, il palpa son ventre, qu'il sentit dur et rebondi. Ayant eu confirmation de sa grossesse, Thrax lui asséna un coup violent au visage. Puis il saisit un poignard en or posé près d'une corne d'abondance pleine de fruits frais et en abattit la lame en direction de la gorge de l'esclave, mais celle-ci bloqua le coup avec le bras, dont il entailla les muscles et manqua les tendons de quelques millimètres. Thrax attaqua encore, elle para de nouveau. Malgré sa rapidité et son adresse, son corps d'adolescent, à la formation encore incomplète, désavantageait Thrax. La jeune femme fondit en larmes et supplia le Maître d'épargner sa vie et celle de son enfant à naître, cependant que son sang s'écoulait de ses blessures en un filet appétissant. Elle invoqua ses dieux, mais ses supplications ne signifiaient rien pour le Maître, sinon qu'ils participaient du rituel de son nourrissage.

Au même moment, des gardes du palais tambourinèrent à sa porte. Ils avaient pour ordre de ne jamais interrompre sa cérémonie hebdomadaire, et, puisqu'ils connaissaient son penchant pour la cruauté, le Maître en conclut qu'ils devaient avoir une raison importante pour le déranger. La Créature ôta la barre et les laissa accéder à son sanctuaire ensanglanté. Des mois de service dans le palais avaient insensibilisé les soldats à la vue du spectacle de monstruosité et de perversion qui s'offrit à eux. Ils informèrent Thrax que Caligula venait de survivre à une tentative d'assassinat et le convoquait.

Il fallait exécuter l'esclave et mettre fin à sa grossesse. Il ne pouvait en aller autrement. Mais, ne voulant pas qu'on le prive de son plaisir, Thrax ordonna que les portes soient gardées jusqu'à son retour.

La prétendue atteinte à la vie de Caligula se révéla être une simple crise d'hystérie de l'empereur, qui s'était soldée par la mort de sept innocents parmi les convives d'une orgie. Lorsqu'il regagna ses quartiers peu après, Thrax découvrit que, tandis qu'il s'était absenté pour apaiser le dieu soleil, les centurions avaient déserté le palais, y compris le temple, afin de réprimer le coup d'État imaginaire. L'esclave enceinte, maintenant infectée et blessée, avait disparu.

L'aube approchant, Thrax avait persuadé Caligula de dépêcher des légionnaires dans toutes les villes voisines pour retrouver la jeune femme et la ramener au temple. Malgré tous les efforts déployés, les soldats ne parvinrent pas à mettre la main dessus. Lorsque la nuit revint, Thrax partit lui-même à la recherche de l'esclave, mais l'empreinte qu'il avait laissée sur son esprit était faible, à cause de sa grossesse. Alors âgé de quelques centaines d'années à peine, le Maître commettait encore des erreurs.

Le poids de cette négligence allait l'accabler pour les siècles à venir. Au cours du premier mois de la nouvelle année, Caligula fut assassiné. Son successeur, Claudius, revenu après une brève période d'exil, s'assura le soutien de la garde prétorienne, et Thrax, l'esclave maléfique, fut banni du palais.

La jeune esclave enceinte s'enfuit au sud et regagna le pays de ses Êtres chers, où elle donna naissance à un petit garçon blafard, presque diaphane, dont la peau prenait la couleur du marbre au clair de lune. Il était né dans une grotte, au milieu d'une oliveraie de Sicile, et sur ces terres arides ils chassèrent pendant des années. La mère et le bébé partageaient un lien psychique faible, et si tous deux survivaient en attaquant des humains, il manquait à l'enfant l'agent pathogène nécessaire pour transformer ses victimes.

Des rumeurs concernant l'existence d'un démon se répandirent dans toute la Méditerranée cependant que l'Enfanté grandissait – il se développait très vite. Le sang-mêlé pouvait supporter une exposition limitée à la lumière du soleil sans périr. Toutefois, frappé par la malédiction du Maître, il possédait tous les attributs des vampires, à l'exception de la connexion qui l'inféodait à son géniteur.

En revanche, si le Maître venait à être détruit, il le serait lui aussi.

Dix ans plus tard, alors que l'Enfanté regagnait sa caverne peu avant l'aube, il décela une présence. Dans l'obscurité de la grotte, il vit une ombre plus noire encore, qui l'observait. Puis il sentit la voix de sa mère qui s'estompait en lui, son signal qui s'éteignait. Il comprit aussitôt ce qui s'était produit. L'intrus avait assassiné sa mère et l'attendait. Sans même voir son ennemi, l'Enfanté perçut la profondeur de sa cruauté. La chose tapie dans l'ombre ne connaissait pas la pitié. Sans demander son reste, l'Enfanté s'enfuit vers son seul refuge, les premiers rayons du soleil.

L'Enfanté survécut du mieux qu'il le put. Il fouillait dans les ordures pour se nourrir, chassait, et volait parfois les voyageurs sur les chemins de Sicile. Très vite, il fut capturé et jugé. On l'envoya dans une école de gladiateurs. Lors des combats d'exhibition, l'Enfanté vainquit tous ses adversaires, humains comme fauves. Son talent surnaturel et son aspect singulier suscitèrent l'intérêt du Sénat et des militaires romains. La veille de la cérémonie du marquage au fer rouge, plusieurs rivaux jaloux de sa réussite et de l'attention dont il jouissait lui tendirent un guet-apens et lui infligèrent de nombreuses blessures à l'épée, auxquelles il survécut comme par miracle. Vite remis sur pied, il fut aussitôt retiré du camp d'entraînement et confié à un sénateur, Faustus Sertorius, qui possédait une vague connaissance des arts obscurs, ainsi qu'une vaste collection d'objets primitifs. Le sénateur, qui avait identifié le gladiateur comme étant le cinquième immortel né de la chair humaine et du sang vampirique, le nomma Quintus Sertorius.

L'étrange *peregrinus* fut d'abord incorporé dans l'*auxilia* de l'armée romaine, mais il s'éleva vite dans la hiérarchie et rejoignit la troisième légion. Sous la bannière de Pégase, Quintus traversa la mer pour combattre les féroces Berbères d'Afrique. Il devint expert dans le maniement du *pilum*, le long javelot romain, et l'on racontait qu'il pouvait le propulser avec assez de force pour abattre un cheval lancé au galop. Il se battait avec un glaive d'acier à double tranchant, un *gladius hispaniensis*, forgé spécialement pour lui, vierge de toute ornementation d'argent et pourvu d'une poignée en os taillée dans un fémur humain.

Au fil des décennies, Quintus accomplit à maintes reprises la marche victorieuse qui menait du temple de Bellone à la Porta Triumphalis, et servit pendant plusieurs générations, sous le règne de tous les empereurs. Des rumeurs concernant sa longévité ajoutèrent à sa légende, et il devint à la fois craint et admiré. En Bretagne, il sema la terreur au sein de l'armée picte. Chez les Gamabrivii de Germanie, on l'appelait l'Ombre d'acier, et sa simple présence suffisait à maintenir la paix sur les berges de l'Euphrate.

Quintus présentait un aspect impressionnant. Sa musculature taillée au ciseau et la pâleur surnaturelle de sa peau lui donnaient l'apparence d'une statue vivante sculptée dans le marbre le plus pur. Tout en lui respirait la guerre, le combat, et son maintien traduisait une profonde assurance. Il conduisait toutes les charges, quittait toujours le champ de bataille le dernier. Pendant quelques années, il avait conservé des trophées en souvenir de ses victoires, mais à mesure que les tueries se répétaient et que les souvenirs s'entassaient dans sa demeure, il s'en lassa. Il établit des techniques de combat, au nombre exact de cinquante-deux, des mouvements d'une précision de danseur qui lui permettaient de venir à bout de ses adversaires en moins de vingt secondes.

À chaque étape de sa carrière, Quintus eut à subir la persécution du Maître, qui avait depuis longtemps abandonné le corps âgé de quinze ans de Thrax. Il déjoua des guets-apens, repoussa des attaques de vampires fantoches, plus rarement des assauts directs menés par le Maître sous ses diverses enveloppes charnelles. Au début, Quinlan fut désarçonné par la nature de ces agressions, mais au fur et à mesure il se mit à éprouver de la curiosité pour son géniteur. Sa formation militaire romaine lui avait appris à passer à l'offensive en cas de menace, aussi se lança-t-il à la recherche du Maître afin d'obtenir des réponses.

À la même époque, les exploits de l'Enfanté et sa légende grandissante lui valurent l'attention des Aînés, qui l'approchèrent une nuit, au cœur d'une bataille. Par ce contact avec eux, il apprit la vérité sur son ascendance et l'histoire de l'Aîné rebelle qu'ils surnommaient « le Dernier ». Ils lui dévoilèrent beaucoup de choses, convaincus qu'après tant de révélations son choix naturel serait de se joindre à eux.

Quintus refusa. Il tourna le dos à l'ordre fermé des seigneurs vampires nés de la même force cataclysmique que le Maître. Quintus avait passé toute sa vie au sein des humains, et il voulait essayer de s'adapter à leur race. Il tenait à explorer cette part de lui-même.

Et malgré la menace que le Maître représentait pour lui, il préférait vivre en tant qu'immortel parmi les mortels, plutôt que comme un sang-mêlé chez les sangs purs.

Né d'une omission et non d'une action, Quintus ne pouvait procréer. Son incapacité à se reproduire l'empêchait de prétendre à faire une femme complètement sienne. Il lui manquait aussi l'agent pathogène qui lui aurait permis de répandre l'infection et de soumettre des humains à sa volonté.

Au terme de sa carrière militaire, Quintus accéda au rang de légat, reçut des terres fertiles, et même une famille – une jeune veuve berbère à la peau brune et aux yeux noirs, qui avait déjà une fille. Avec elle, il trouva l'affection, l'intimité puis, au bout d'un certain temps, l'amour. La femme basanée lui chantait des chansons dans sa langue maternelle pour l'endormir dans les profondes caves du foyer de Quintus. Au cours d'une période de paix relative, ils vécurent sur le littoral méridional de l'Italie. Puis, un soir, profitant de l'absence de l'Enfanté, le Maître avait rendu visite à la Berbère.

Au retour de Quintus, sa famille transformée l'attaqua en même temps que le Maître. Forcé de les combattre, il libéra son épouse et l'enfant. Il survécut difficilement à l'agression de la Créature. À cette époque, l'hôte qu'avait choisi le Maître était un ancien légionnaire, tribun ambitieux et impitoyable nommé Tacite. Son corps, de taille moyenne mais trapu, conférait à la Chose un avantage indéniable. Tacite était fort comme un bœuf. Ses bras et son cou, épais et court, n'étaient constitués que de muscles saillants. Ses épaules et son dos massifs lui donnaient une allure voûtée, mais alors même qu'il se dressait au-dessus d'un Quintus apparemment vaincu, il se tenait aussi droit qu'une colonne de marbre. L'Enfanté s'était néanmoins préparé pour cet affrontement, le craignant et l'espérant tout à la fois. Dans un pli caché de sa ceinture, il cachait un coutelas d'argent à lame étroite, enveloppé d'un fourreau qui protégeait sa peau mais pourvu d'une poignée de santal sculpté qui lui permit de le dégainer en un instant. D'un coup violent porté au visage de Tacite, il lui creva un œil et lui ouvrit la joue de haut en bas. Le Maître poussa un hurlement de douleur en se couvrant la face, d'où coulaient à flots du sang blanc et une humeur vitrée. D'un bond, il se rua hors de la maison et disparut dans le jardin enténébré.

Lorsqu'il fut remis sur pied, Quintus éprouva un sentiment de solitude qui ne le quitterait plus jamais. Il jura de se venger de la chose qui l'avait créé, même si cet acte devait entraîner sa mort.

Des années plus tard, à l'avènement de la foi chrétienne, Quintus alla à la rencontre des Aînés et reconnut sa véritable nature. Il leur offrit sa fortune, son influence et sa force, et ils l'accueillirent dans leur cénacle. Quintus leur rendit compte de la perfidie du Maître, et ils prirent acte de la menace, sans jamais perdre confiance en leur supériorité numérique et leur sagesse.

Au cours des siècles qui suivirent, l'Enfanté poursuivit sa quête de vengeance.

Pendant sept cents ans, Quintus, devenu Quinlan, n'approcha jamais davantage du Maître qu'à Tartous, dans l'actuelle Syrie, lorsque le Maître l'appela « fils ».

Mon fils, on ne peut gagner des guerres aussi longues qu'en cédant du terrain. Conduis-moi aux Aînés. Aide-moi à les détruire, et je t'accorderai la place qui te revient à mes côtés. Sois le prince que tu es vraiment...

Le Maître et Quinlan se tenaient au bord d'une falaise qui dominait une vaste nécropole romaine. L'Enfanté savait que le Maître n'avait aucun moyen de s'enfuir. À cause des rayons naissants du soleil, sa peau commençait déjà à fumer et à se consumer. Les paroles de la Créature furent inattendues, la voix dans sa tête lui fit l'effet d'une intrusion. Quinlan ressentit alors une intimité qui l'effraya. L'espace d'un instant, qu'il regretterait tout le reste du temps qui lui était imparti, il éprouva un véritable sentiment d'appartenance. Cette chose, réfugiée dans le grand corps pâle d'un ferronnier, était son père. Son père véritable. Lorsque Quinlan baissa son arme, le Maître descendit la façade rocheuse et disparut dans un réseau de cryptes et de boyaux.

Des siècles plus tard, un navire quitta le port anglais de Plymouth pour rejoindre Cape Cod, dans les territoires récemment découverts en Amérique. D'après le manifeste officiel, le vaisseau transportait à son bord cent trente passagers, mais dans ses cales se trouvaient plusieurs caisses chargées de terre. La liste des marchandises indiquait qu'elles contenaient des bulbes de tulipes. Leur propriétaire souhaitait peut-être tirer profit du climat côtier. La réalité se révélait bien plus obscure. Trois Aînés et leur allié loyal, Quinlan, s'établirent dans le Nouveau Monde, sous les bons auspices d'un riche marchand, Kiliaen Van Zandren. Les colonies du Nouveau Monde n'étaient en fait guère plus qu'une république bananière, dont le développement commercial allait donner naissance en moins de deux siècles à la première puissance économique et militaire mondiale, mais sa croissance fulgurante n'était qu'une couverture dissimulant les véritables affaires qui se décidaient dans des salles souterraines, derrière des portes closes. Tous les efforts convergeaient vers un seul objectif, l'acquisition de l'*Occido Lumen*, dans l'espoir de répondre à la seule question qui, à cette époque, demeurait sans réponse pour Quinlan et les Aînés.

Comment détruire le Maître ?

CAMP LIBERTY

Le Dr Nora Martinez fut réveillée par le sifflet strident du camp. Elle était allongée dans un hamac de toile suspendu au plafond, comme enveloppée dans une écharpe. La seule façon d'en sortir fut de se tortiller sous la couverture et de se glisser par le bout, les pieds en avant.

Dès qu'elle fut debout, elle sentit que quelque chose clochait. Elle remua la tête, qui lui parut trop légère, porta aussitôt la main à son crâne.

Chauve. Complètement lisse. Elle en éprouva un choc. Nora était peu portée sur la coquetterie, mais la vie l'avait gâtée en lui offrant des cheveux magnifiques, qu'elle portait longs depuis toujours, même si en tant qu'épidémiologiste ce n'était pas le choix le plus pratique. Elle saisit son crâne comme pour combattre une violente migraine, palpa la chair nue. Des larmes roulèrent sur ses joues, et elle eut soudain l'impression d'être plus petite. Plus faible, même. En lui rasant la tête, on lui avait aussi retiré une partie de sa force.

Mais son malaise ne venait pas que de ses cheveux. Elle se sentait étourdie, aussi, chancelante. Après la procédure d'admission déroutante, et malgré l'anxiété qui la minait, Nora s'étonnait d'avoir pu fermer l'œil. D'ailleurs, ainsi qu'elle s'en souvenait à présent, elle s'était juré de rester éveillée et d'en apprendre le plus possible sur la zone de quarantaine avant qu'on l'intègre au reste de la population de Camp Liberty, prison au nom ô combien absurde.

Mais le goût dans sa bouche, comme si on l'avait bâillonnée avec une chaussette de coton, lui indiquait qu'on l'avait droguée. L'eau qu'on lui avait donnée à boire… on avait dû y diluer un somnifère.

La colère l'envahit, en partie dirigée contre Eph. Improductif. Elle préféra se concentrer sur Fet, qui lui manquait tellement. Elle était presque certaine de ne plus jamais les revoir, ni l'un ni l'autre. À moins qu'elle ne trouve un moyen de s'échapper.

Les vampires qui dirigeaient le camp (ou leurs collaborateurs humains, membres sous contrat du groupe Stoneheart) imposaient à juste raison une période de quarantaine pour les nouveaux arrivants. Ce genre de camp était du petit bois pour une maladie infectieuse qui pouvait décimer en un rien de temps la population rassemblée là pour fournir leurs précieuses denrées de sang aux créatures.

Une femme entra dans la pièce par les tentures de grosse toile qui séparaient les alcôves entre elles. Elle portait la même combinaison gris ardoise que Nora. Nora reconnut son visage, déjà aperçu la veille. D'une maigreur effrayante, sa peau n'était qu'un parchemin livide ridé aux commissures des yeux et de la bouche. Ses cheveux foncés très courts repasseraient bientôt sous la lame du rasoir. Pourtant, pour une raison qui échappait à Nora, cette femme paraissait optimiste. On lui avait attribué une fonction, quelque chose comme « mère de camp ». Elle s'appelait Sally.

— Où est ma mère ? l'interrogea Nora, comme la veille.

Sally affichait un sourire d'hôtesse d'accueil, affable et désarmant.

— Vous avez bien dormi, mademoiselle Rodriguez ?

À l'admission, Nora avait fourni une fausse identité, car du fait de son association avec Eph son nom figurait vraisemblablement sur tous les avis de recherche.

— Et même très bien, répondit-elle, grâce aux sédatifs qu'on a versés dans mon eau. Je vous ai demandé où est ma mère.

— À mon avis, on a dû la transférer au Sunset, une sorte de communauté de retraite active associée au camp. C'est la procédure normale.

— Où est-ce ? Je veux la voir.

— C'est une partie du camp à part. Je suppose que vous pourrez lui rendre visite un de ces jours, mais pas maintenant.

— Conduisez-moi là-bas.

— Je pourrais vous montrer les portes, mais je n'y suis jamais entrée.

— Vous mentez. À moins que vous n'y croyiez vraiment, ce qui signifierait que vous vous mentez à vous-même.

Sally n'était qu'une fonctionnaire, une intermédiaire. Nora devinait qu'elle ne cherchait pas à la tromper intentionnellement, qu'elle se contentait de répéter ce qu'on lui avait appris. Sally ne se doutait peut-être pas – ou n'avait pas la capacité de le soupçonner – que ce « Sunset » n'était pas le lieu de repos que l'on décrivait.

Nora perdit son calme :

— Je vous en supplie, écoutez-moi. Ma mère est souffrante, elle n'a plus toute sa tête. Elle est atteinte de la maladie d'Alzheimer.

— Je suis sûre qu'on s'occupera bien d'elle, là-bas.

— On va l'exécuter, vous voulez dire. Sans un moment d'hésitation. Elle est trop âgée pour être utile à ces… choses. Mais elle est malade, elle est paniquée, il faut qu'elle voie un visage connu. Vous comprenez ? Je veux lui parler, c'est tout. Une dernière fois.

C'était un mensonge, bien sûr. Nora n'avait qu'une idée en tête, s'échapper du camp, mais pour cela elle devait trouver sa mère d'abord.

— Vous êtes humaine. Comment pouvez-vous faire ça… comment, bon sang ?

Sally pressa le bras de Nora d'un geste qui se voulait rassurant.

— Je vous assure qu'elle est mieux là-bas, mademoiselle Rodriguez. On donne aux personnes âgées des rations suffisantes pour assurer leur santé, sans rien exiger d'elles en retour. Franchement, je les envie.

— Vous y croyez vraiment ? s'enquit Nora, stupéfaite.

— Mon père y est.

Nora lui attrapa le poignet.

— Vous n'avez pas envie de le voir ? Montrez-moi où c'est !

Sally lui témoignait tant de compassion que Nora avait envie de la gifler.

— Je sais que la séparation est difficile. Maintenant, ce qui compte, c'est que vous preniez soin de vous.

— C'est vous qui m'avez droguée ?

Le sourire de Sally se vida de toute chaleur, qui fut remplacée par l'inquiétude – peut-être pour la santé mentale de Nora, son potentiel futur en tant que membre productif.

— Je n'ai pas accès aux médicaments…

— Est-ce qu'ils vous droguent ?

— La quarantaine est terminée, dit Sally en guise de réponse. Vous allez intégrer le reste de la population du camp, maintenant, et je suis là pour vous guider, vous aider à trouver vos marques.

Elle la fit passer par une petite zone tampon en plein air, puis elles empruntèrent une allée protégée de la pluie par une bâche. Nora contempla le ciel. Encore une nuit sans étoiles. Sally présenta des papiers à l'humain du poste de contrôle, un homme d'une cinquantaine d'années vêtu d'une blouse blanche par-dessus sa combinaison. Il examina les documents, considéra Nora à la façon d'un agent des douanes, puis leur accorda le passage.

Malgré la toile de protection, la pluie s'immisçait, éclaboussait leurs jambes et leurs pieds. Nora avait des sandales d'hôpital en mousse, aux semelles gorgées d'eau. Sally, elle, portait de confortables chaussures de jogging.

Le chemin de pierres concassées rejoignait une large allée circulaire qui entourait un haut poste de surveillance semblable à une station de sauveteurs. Le cercle formait un carrefour d'où partaient quatre autres chemins. À proximité se dressaient des bâtiments aux allures d'entrepôts et, plus loin, d'autres, qui rappelaient des usines. Aucun panneau n'indiquait les directions, seulement des flèches taillées dans la pierre blanche et incrustées dans le sol boueux. Des lampes de faible puissance, nécessaires aux humains pour se déplacer, balisaient les pistes.

Quelques vampires se tenaient telles des sentinelles autour du giratoire, et Nora réprima un frisson en les voyant. Livrés au vent et à la pluie, sans le moindre vêtement, ils ne montraient pourtant aucun déplaisir, la pluie noire dégoulinant sur leur chair translucide, leurs bras qui pendaient mollement. Ils regardaient les humains aller et venir avec indifférence. Ils remplissaient tout à la fois les fonctions de policier, de chien de garde et de caméra de surveillance.

— La sécurité applique des règles strictes, de façon à ce que tout se passe de façon ordonnée, commenta Sally, qui avait décelé la nervosité de Nora. D'ailleurs, il y a très peu d'incidents.

— Des actes de résistance ?

— Non, des infractions au règlement, répondit Sally, surprise par sa supposition.

Être si près des vampires sans la moindre arme d'argent à portée de main donnait la chair de poule à Nora.

Sally lui donna un petit coup sur le bras pour la faire avancer.

— On ne peut pas traîner ici. C'est interdit.

Nora sentit les yeux noir et rouge des sentinelles les suivre tandis qu'elles continuaient par un long chemin secondaire qui contournait les bâtiments aux dimensions d'entrepôts. Nora évalua la hauteur des clôtures qui ceignaient le camp ; des grillages doublés de treillis de chantier orange, qui avaient pour fonction majeure de cacher à la vue les alentours du camp. Malgré l'inclinaison à quarante-cinq degrés du sommet de l'enceinte, Nora vit à certains endroits des touffes de barbelés qui se dressaient comme des épis. Il lui faudrait trouver une autre issue.

Au-delà, elle apercevait les cimes dénudées de quelques arbres lointains. Elle devina qu'ils se trouvaient hors de New York. Des rumeurs leur étaient parvenues au sujet d'un camp situé à une soixantaine de kilomètres au nord de Manhattan, et de deux autres, le premier sur la route de Long Island, le deuxième dans le nord du New Jersey. Pendant le trajet après son enlèvement, on l'avait cagoulée, et elle était alors de toute façon trop inquiète pour penser à estimer la durée du voyage.

Elles parvinrent à une grosse grille coulissante haute de plus de trois mètres cinquante, verrouillée et gardée par deux femmes qui, à l'abri dans leur guérite, adressèrent un signe de tête à Sally et poussèrent le portail juste assez pour les laisser passer.

De l'autre côté se dressait une grande construction de bois qui ressemblait à un bâtiment médical. Derrière celui-ci, des dizaines de petits mobile homes s'alignaient par rangées, comme dans un campement bien organisé.

Elles pénétrèrent dans le baraquement et se retrouvèrent dans un vaste espace commun. Un croisement entre une salle d'attente haut de gamme et le salon d'un dortoir universitaire. Un téléviseur diffusait un vieil épisode de *Madame est servie*, dont les rires enregistrés sonnaient faux, un rappel des humains insouciants d'autrefois.

Dans des fauteuils moelleux aux couleurs pastel, une douzaine de femmes se prélassaient, vêtues de blanc. Leur combinaison était visiblement rebondie au niveau du ventre.

Chacune d'entre elles était dans son deuxième ou troisième trimestre de grossesse.

Nora remarqua autre chose. On les autorisait à garder les cheveux longs, que les hormones rendaient épais et brillants.

Puis Nora vit le fruit. Une des femmes mordait dans une belle pêche juteuse, à la chair veinée de nervures rouges. L'eau lui vint à la bouche. Les seuls fruits frais que Nora avait goûtés au cours des six derniers mois étaient des pommes ramollies tombées d'un arbre mourant dans un jardin de Greenwich Village.

Après avoir ôté les parties gâtées avec la lame d'un couteau suisse, elle avait eu l'impression que la pomme avait déjà été mangée.

L'expression sur son visage dut refléter son envie, car lorsqu'elle croisa son regard la femme enceinte détourna la tête, mal à l'aise.

— Qu'est-ce que c'est, ici ? demanda Nora.

— La zone de gestation, répondit Sally. C'est là que les femmes terminent leur grossesse et accouchent. Les caravanes, dehors, comptent parmi les logements les plus confortables de tout le complexe.

— Où a-t-elle eu…

Nora baissa la voix.

— … ce fruit ?

— Les femmes enceintes bénéficient aussi des meilleures rations de nourriture. Pendant la grossesse et tant que les enfants sont en bas âge, on les exempte des extractions de sang.

Des bébés en pleine santé. Les vampires avaient besoin de protéger et reconstituer la race, et leur approvisionnement en sang.

— Vous faites partie des chanceux, les vingt pour cent de la population dont le groupe sanguin est B positif, poursuivit Sally.

Nora connaissait son groupe sanguin, bien sûr. Les B positif étaient des esclaves privilégiés. On les internait dans des camps, on leur infligeait des saignées fréquentes, et on les forçait à procréer.

— Comment peuvent-elles donner naissance à un enfant dans ce monde-là ? Dans ce qu'ils appellent un camp ? En captivité ?

Sally parut à la fois avoir honte d'elle et être gênée pour Nora.

— Vous vous rendrez bientôt compte que la grossesse est l'une des rares choses qui rendent l'existence supportable, ici, mademoiselle Rodriguez. Au bout de quelques semaines dans le camp, votre opinion ne sera plus la même, poursuivit Sally. Qui sait ? vous vous réjouirez peut-être même à la perspective de subir ça, ajouta-t-elle en relevant sa manche, révélant de gros hématomes semblables à d'affreuses piqûres d'abeilles, qui empourpraient et brunissaient sa peau. Un demi-litre tous les cinq jours.

— Écoutez, dit Nora. Je ne cherche pas à vous offenser, c'est juste que…

— Et moi j'essaie de vous aider, c'est tout. Vous êtes encore assez jeune. Vous avez des possibilités, ici. Vous pourriez concevoir, améliorer votre condition. Certaines d'entre nous… n'ont pas cette chance.

Nora saisit alors l'état d'esprit de Sally et des autres. Elle comprit que les pertes de sang et la malnutrition les avaient affaiblies et vidées de l'envie de se battre. Elle devinait la pesanteur de l'abattement, le cercle vicieux du désespoir, le sentiment d'être au bord du précipice, et que la perspective d'enfanter constituait pour ces femmes la seule source d'espoir et de fierté.

— Et vous à qui l'idée de la grossesse fait tant horreur, vous devriez pourtant apprécier d'être isolée de l'autre race pendant plusieurs mois, poursuivit Sally.

Nora crut avoir mal entendu. Puis elle se rendit compte qu'il n'y avait en effet aucun vampire à proximité.

— Isolée ? Pourquoi ?

— Je ne sais pas. C'est une règle stricte. Ils ne sont pas admis ici.

— Une règle ? répéta Nora, qui avait du mal à comprendre. Ce sont les femmes enceintes qui doivent être séparées des vampires, ou l'inverse ?

— Je vous le répète, je l'ignore.

Un tintement retentit, comme un bruit de sonnette. Les femmes abandonnèrent leurs fruits ou leur lecture puis se levèrent.

— Qu'est-ce qui se passe ? s'enquit Nora.

Sally s'était redressée, elle aussi.

— C'est le directeur. Je vous suggère fortement de vous tenir à carreau.

Un groupe d'officiels du camp apparut, des bureaucrates, qui portaient le costume et non une combinaison. Ils considérèrent les détenues avec un dégoût à peine contenu. Leur visite ressemblait à une inspection, succincte qui plus est.

Suivirent deux vampires robustes, aux bras et au cou encore couverts des tatouages de leur passé humain. Nora conclut que c'étaient autrefois des prisonniers, devenus gardes d'élite dans cette fabrique de sang. Chacun portait un parapluie noir dégoulinant. Étrange, songea Nora – des vampires qui se souciaient de la pluie –, jusqu'à ce qu'un dernier visiteur entre à leur suite. Il était vêtu d'un uniforme d'un blanc immaculé. Nora n'avait pas vu de vêtements aussi propres depuis une éternité. Les vampires tatoués semblaient être ses gardes du corps personnels, signe qu'elle se trouvait vraisemblablement en présence du commandant du camp.

Agé, il portait une moustache blanche bien taillée et une barbiche pointue qui lui donnait l'apparence d'un Satan aux traits de grand-père. À sa poitrine, il avait piqué des médailles d'amiral de la marine. Nora manqua s'étrangler.

Elle le scrutait avec une telle insistance qu'elle attira aussitôt son regard, trop tard pour qu'elle se détourne.

Elle vit qu'il l'avait reconnue, et un sentiment de nausée l'envahit comme une fièvre subite.

Il s'arrêta et écarquilla les yeux, aussi stupéfait que Nora. Les vampires sur les talons, les mains dans le dos, il s'approcha d'elle, sa stupéfaction laissant place à un sourire narquois.

Le Dr Everett Barnes, autrefois directeur du Center for Disease Control. L'ancien chef de Nora, qui, des mois après la chute du gouvernement, s'évertuait à porter l'uniforme qui symbolisait les origines du CDC, une branche de la US Navy.

— Docteur Martinez, dit-il de sa voix traînante du Sud. Nora… Que voilà une bien agréable surprise !

Le Maître

Lorsque le goût camphré brûla le fond de sa gorge et submergea son palais, Zack toussa et eut un haut-le-cœur. Son souffle revint, les battements de son cœur ralentirent. Il leva les yeux vers le Maître et sourit.

La nuit, les animaux du zoo s'agitaient, lorsque les barreaux contrariaient leur instinct de chasseur. Les singes hurlaient et les grands fauves rugissaient. À présent, des humains entretenaient les cages et nettoyaient les allées.

Le garçon était devenu bon tireur, et pour chaque bête qu'il abattait le Maître le récompensait par un nouveau privilège. Zack s'intéressait aux filles. Plus exactement, aux femmes. La Créature veillait à ce qu'on lui en amène. Pas pour parler. Zack voulait les contempler. La plupart du temps d'un endroit d'où elles ne pouvaient le voir. Il n'agissait pas ainsi par timidité ou peur excessive. En fait, il était plutôt malin. Il ne souhaitait pas les toucher. Pas encore. Il se contentait de les observer, comme pour la panthère des neiges.

Au cours des innombrables années de son existence, le Maître avait rarement eu l'occasion de préparer avec tant de soin le corps qu'il allait occuper. Pendant des siècles, même sous le patronage des puissants, la Chose avait dû se cacher, se nourrir et vivre dans l'ombre, pour éviter ses ennemis. Le monde n'était plus le même, et la Créature possédait un jouet humain.

Le garçon était intelligent, et son esprit perméable. Manipulateur expert, le Maître savait provoquer chez lui cupidité, désir et envie de vengeance. Pour l'instant, la Créature habitait un corps princier. Bolivar était une star du rock, et donc, par extension, le Maître l'était aussi.

Si le Maître suggérait que l'adolescent était rusé, ce dernier le devenait plus encore, désireux de donner son meilleur au Maître. De la même façon, si la Chose insinuait que Zack était cruel et perfide, le garçon adoptait ces traits de caractère pour lui plaire. Depuis des mois, au fil de nombreuses soirées de conversation et d'interaction, le Maître formait le garçon, développait la noirceur qui existait déjà en son cœur. Et le Maître connaissait une sensation qu'il n'avait pas ressentie depuis des lustres : il se sentait admiré.

Était-ce ce qu'on ressentait lorsqu'on était un père humain ? Était-ce toujours une charge aussi lourde d'être père ? De modeler l'âme de ses Êtres chers à son image, dans son ombre ?

La fin approchait. Les temps décisifs. Le Maître le décelait dans le rythme de l'univers, dans des présages et des signes infimes, dans la cadence de la voix de Dieu. La Créature devait habiter un dernier corps pour toujours et son règne sur Terre perdurerait. Car qui pourrait arrêter le Maître aux mille yeux et aux mille bouches ? Celui qui gouvernait à présent les armées, ses esclaves, et maintenait le monde dans la terreur ?

La Chose pouvait manifester sa volonté instantanément dans le corps d'un lieutenant à Dubai ou en France par sa seule pensée, elle pouvait ordonner l'extermination de milliers d'humains sans que nul le sache, car les médias n'existaient plus.

Alors, le Maître regardait dans les yeux du garçon, observait son visage et en eux voyait des traces de son ennemi. Le seul qui, aussi insignifiant fût-il, n'abandonnerait jamais.

Goodweather.

Les attaques perpétrées par Goodweather et son groupe contre l'installation du Maître restaient dérisoires – du vandalisme, tout au plus. Mais leurs actions créaient un écho, on en parlait dans les camps, dans les usines, et le bruit s'amplifiait à chaque redite. Ces rebelles devenaient une sorte de symbole. Et le Maître connaissait l'importance des symboles. Lors de la Nuit Zéro, la Créature avait fait incendier de nombreux immeubles dans toutes les villes passées sous son contrôle. La Chose voulait que les cendres et le métal fondu restent au sol, quadrillant ainsi les cités des symboles de sa puissance. Des signes qui rappelaient sa domination.

Il existait d'autres dissidents (dealers, contrebandiers, pillards), mais ceux-ci restaient des vecteurs anarchiques qui n'interféraient jamais avec les projets du Maître. Il ne se souciait donc guère de leurs transgressions. En ce qui concernait Goodweather, en revanche, c'était différent. Lui et sa bande représentaient les restes de la présence de Setrakian sur Terre, et en tant que tel leur existence constituait un affront à son pouvoir.

Et le Maître retenait en otage l'être qui conduirait Goodweather jusqu'à lui.

La Chose sourit au garçon. Et le garçon lui rendit son sourire.

Institut médico-légal, Manhattan

Après l'explosion de l'hôpital Bellevue, Eph avait poursuivi péniblement vers le nord, par l'East River Drive, en se cachant derrière les voitures et les camions abandonnés. Il courait aussi vite que le lui permettaient sa hanche douloureuse et sa jambe blessée, tout en descendant à contresens une bretelle d'accès pour regagner la 30e Rue. Il se savait poursuivi par les *strigoï*, sans doute aussi par de jeunes renifleurs, ces pisteurs aveugles qui se déplaçaient à quatre pattes.

Il se dirigeait vers l'institut médico-légal, estimant que les vampires ne penseraient pas à fouiller un bâtiment qu'ils venaient d'infiltrer et de nettoyer.

Ses oreilles sifflaient encore après la violente déflagration. Quelques alarmes de voiture sonnaient, et du verre fraîchement brisé jonchait les rues, tombé de fenêtres détruites par le souffle. À son arrivée au carrefour de la 30e Rue et de la Première Avenue, il longea des morceaux de brique et de mortier éparpillés sur le macadam, provenant d'une façade d'immeuble en partie effondrée. À la lumière verte de son viseur, il repéra une paire de jambes qui dépassait entre deux vieux barils de sécurité routière.

Jambes nues, pieds nus. Un vampire étendu face à terre sur le trottoir.

Eph ralentit et fit le tour des barils. La créature gisait au milieu des débris. Une petite flaque de sang blanc s'était formée sous sa figure. Le *strigoï* n'était pas mort ; des vers sous-cutanés frétillaient sous sa chair, signe que son sang circulait encore. Cette chose était inconsciente, ou son équivalent chez les non-morts.

Eph chercha le plus gros éclat de mur. Il le souleva au-dessus de sa tête pour achever le monstre, mais une curiosité morbide l'arrêta. Du pied, il fit rouler le *strigoï* sur le dos. Le vampire avait dû entendre la façade s'écrouler et lever la tête, car il avait le visage défoncé.

Le débris devenait lourd. Il jeta l'amas de maçonnerie, qui se brisa sur le trottoir à trente centimètres de la tête de la créature. Pas de réaction.

L'institut médico-légal se trouvait de l'autre côté de la rue, juste en face. Ce serait très risqué, mais si le vampire était bel et bien aveugle il ne pourrait pas transmettre sa vision au Maître. Et si son cerveau était lui aussi endommagé, peut-être serait-il même incapable de communiquer, et par conséquent de transmettre sa position.

Eph saisit le *strigoï* sous les bras, en prenant garde à la mare de sang poisseux, puis le traîna jusqu'à la rampe qui menait à la morgue en sous-sol.

À l'intérieur, il prit appui sur un marchepied pour hisser le vampire sur une table d'autopsie. Il ligota alors les poignets de la créature à l'aide de tubes de caoutchouc, puis de la même façon attacha ses chevilles aux pieds de la table.

Eph contempla le *strigoï*. Oui, il allait bel et bien se livrer à une expérience. Il sortit une tenue complète de légiste du placard, enfila deux paires de gants de latex. Il scotcha les poignets à ses manches, et les fronces de ses chevilles à ses chaussures montantes pour former un joint étanche. Dans un placard au-dessus d'un évier, il trouva une visière de protection. Puis il fit rouler un plateau, sur lequel il disposa une dizaine d'instruments coupants en acier inoxydable.

Le vampire revint à lui, remua et agita la tête. Puis il sentit ses entraves et se débattit en soulevant les hanches avec vigueur. Eph lui entoura la taille et le cou avec une autre longueur de tube, qu'il noua fermement.

Eph passa derrière la créature et utilisa une sonde pour provoquer son aiguillon, n'écartant pas la possibilité que celui-ci puisse encore fonctionner malgré sa blessure au visage. La gorge du vampire se contracta et un claquement retentit dans ses mâchoires lorsqu'il tenta d'activer son mécanisme de ponction. Mais la mandibule avait subi des dégâts internes. Eph n'avait donc qu'à se soucier des vers de sang, pour lesquels il garda sa lampe Luma à portée de main.

Il enfonça le scalpel dans la gorge de la créature, l'ouvrit le long du lien de caoutchouc et écarta les plis de la plaie. Redoublant de prudence, Eph observa le larynx qui tressautait, et la mâchoire qui cherchait à se débloquer. La protubérance charnue qui constituait l'aiguillon restait molle et rétractée. Eph saisit son extrémité étroite avec une pince et tira. Le dard s'étira sans résistance, puis les muscles à sa base convulsèrent lorsque le *strigoï* tenta d'en reprendre le contrôle.

Par mesure de sécurité, Eph prit une courte lame d'argent et amputa l'appendice.

Le vampire se contracta, comme frappé par une décharge de douleur, puis relâcha une petite quantité d'excréments. L'odeur d'ammoniaque fétide piqua les narines d'Eph, et du sang blanc s'écoula le long de l'incision. Le liquide corrosif suinta sur le tube de caoutchouc.

Eph apporta l'organe sur le comptoir et le posa à côté d'une balance numérique. Il l'examina à la lueur d'une loupe grossissante et, alors que l'aiguillon remuait comme une queue de lézard sectionnée, il remarqua la double canule à son extrémité. Eph coupa l'organe en deux dans la longueur, puis écarta la chair rose et fit apparaître deux canaux dilatés qui se rejoignaient en une fourche.

Il savait déjà que le premier, en même temps que les vers parasites porteurs du virus, injectait une substance anesthésiante et un mélange salivaire d'anticoagulants. L'autre servait de siphon. Le vampire ne pompait pas le sang de sa victime, mais comptait sur les lois de la physique pour procéder à l'extraction, le second tube formant une connexion sous vide par laquelle le sang artériel remontait aussi facilement que l'eau dans la tige d'une plante. Si nécessaire, le *strigoï* pouvait accélérer le processus en contractant la base de son dard à la façon d'un piston. Eph jugeait stupéfiant que ce système biologique complexe soit né d'une croissance endogène radicale.

Le sang humain est constitué d'eau à plus de quatre-vingt-quinze pour cent. Le reste regroupe protéines, glucides et minéraux, mais pas de lipides. Les moustiques, tiques et autres arthropodes peuvent survivre en se nourrissant de manière occasionnelle. En tant qu'hématophages de grande taille, les *strigoï*, malgré l'efficacité de leur organisme transmuté, avaient besoin d'apports en sang réguliers afin d'éviter la dénutrition. Ils excrétaient donc des déjections de façon fréquente, y compris pendant qu'ils s'alimentaient.

Eph laissa l'aiguillon disséqué sur le comptoir et revint à la créature. Le sang blanc acide avait rongé le tube, mais le vampire avait cessé de se débattre.

Eph pratiqua ensuite une incision en Y classique. Derrière les os calcifiés de la cage thoracique, il constata que l'intérieur avait muté en ventricules. Il soupçonnait depuis longtemps que le virus transformait le système digestif entier, mais jamais il n'avait vu la cavité du thorax à maturité.

Le scientifique en lui jugeait le phénomène fascinant.

Le survivant humain, lui, le trouvait absolument répugnant.

Il interrompit sa dissection lorsqu'il entendit des pas à l'étage du dessus. Des bruits durs – des chaussures –, mais certaines créatures en portaient encore, car les modèles de qualité duraient plus longtemps que la plupart des vêtements. Il regarda le visage enfoncé du vampire, son crâne cabossé, espérant qu'il n'avait pas sous-estimé la portée de l'esprit du Maître et involontairement provoqué un affrontement.

Eph saisit la longue épée et sa lampe. Il se cala dans un recoin près de la porte qui menait à la chambre froide, position qui lui offrait une bonne vue de l'escalier. Inutile de se cacher ; les vampires entendaient les battements du cœur humain, qui faisait circuler le sang dont ils étaient friands.

Les pas descendirent d'abord lentement, puis on dévala les dernières marches et on ouvrit la porte d'un coup de pied. Eph aperçut un éclair argenté, une longue lame semblable à la sienne. Il sut aussitôt de qui il s'agissait, se détendit.

Fet vit Eph contre le mur et plissa les yeux de la façon qui le caractérisait. L'exterminateur portait un pantalon de laine et un anorak bleu foncé, la lanière à boucle de son sac tendue en travers de son buste. Il releva sa capuche, révélant davantage son visage grognon, rangea la lame dans son fourreau.

— Vassili ? dit Eph. Qu'est-ce que tu fous ici ?

Lorsque Fet vit la combinaison de protection et les gants que portait Eph, il se tourna vers le vampire toujours vivant éviscéré sur la table.

— Et toi, alors ? demanda-t-il. Je suis rentré aujourd'hui.

Eph s'avança et remit son arme dans son sac posé au sol.

— Je suis en train d'examiner ce vampire.

Fet approcha de la table et observa la face broyée de la créature.

— C'est toi qui lui as fait ça ? s'enquit-il.

— Non… pas directement. Il a reçu un morceau de béton qui s'est décroché d'un mur, quand j'ai fait exploser un hôpital.

Fet le dévisagea.

— J'ai entendu la déflagration. C'était toi ?

— Ils m'avaient encerclé. Presque…

Eph avait ressenti du soulagement dès qu'il avait vu Vassili, mais maintenant c'était de la colère qui montait en lui. Ne sachant quoi faire, il resta figé. Devait-il donner une accolade au dératiseur, ou lui casser la gueule ?

Fet reporta son attention sur le *strigoï* et grimaça de dégoût.

— Et donc tu as décidé de le ramener ici pour t'amuser avec lui…

— J'y ai vu une chance de répondre à des questions cruciales concernant l'organisme de nos ennemis.

— Ça ressemble plus à de la torture, de mon point de vue.

— C'est ce qui différencie un exterminateur d'un scientifique.

— Peut-être, répondit Fet, qui fit le tour de la table pour se trouver face à Eph. Ou alors, tu ne fais pas la distinction. Vu que tu ne peux pas t'en prendre au Maître, peut-être que tu te venges sur ce… machin. Tu te rends compte que cette créature ne t'apprendra pas où est ton fils, hein ?

Eph n'appréciait pas qu'on lui jette Zack à la figure de la sorte. Aucun d'entre eux ne pouvait comprendre ce qu'il ressentait.

— En étudiant sa biologie, je cherche des faiblesses dans sa conception. Des failles que l'on pourrait exploiter…

— Nous savons comment ils fonctionnent, rétorqua Fet. Ce sont des organismes qui nous envahissent et parasitent notre corps. Qui se nourrissent de nous. Ils ne présentent plus aucun mystère pour nous.

La créature gémit et remua. Ses hanches donnaient des poussées et sa poitrine se soulevait comme si elle culbutait un partenaire invisible.

— Bordel, Eph. Détruis cette chose.

Fet s'écarta de la table.

— Où est Nora ? demanda-t-il en essayant de paraître détaché, sans succès.

Eph respira à fond.

— Je crois qu'il lui est arrivé quelque chose.

— Comment ça, « quelque chose » ? Explique-toi.

— À mon retour ici, elle était partie. Et sa mère aussi.

— Parties, où ça ?

— Je pense qu'on les a délogées, et qu'elles ont pris la fuite. Je n'ai pas eu de nouvelles d'elles, depuis. Si c'est pareil pour toi, c'est qu'il s'est passé un truc. Elles ont pu être emmenées…

Fet le fixa du regard, abasourdi.

— Et tu as estimé que la meilleure chose à faire c'était de rester là à disséquer un vampire ?

— De rester ici à attendre que l'un d'entre vous me contacte, oui.

L'attitude d'Eph mettait Fet hors de lui. Il avait envie de le gifler, de lui crier ses quatre vérités. Eph avait tout pour lui, alors que Fet n'avait rien, et pourtant Eph gaspillait ou négligeait souvent sa bonne fortune. Au lieu de le frapper, il poussa un profond soupir.

— Raconte.

Eph le conduisit à l'étage, où il lui montra la chaise renversée, la lampe et l'épée de Nora. Il lut la rage dans les yeux de Fet. Eph pensait qu'il éprouverait du plaisir à le voir souffrir, mais ce ne fut pas le cas. Rien de ce qui se passait n'était réjouissant.

— C'est la merde, déclara-t-il.

— La merde ? répéta Fet, avant de se tourner vers la fenêtre et la ville qui s'étendait au-delà. C'est tout ce que ça t'évoque ?

— Qu'est-ce que tu veux faire ?

— Comme si on avait le choix… Il faut qu'on la sorte de là.

— Rien de plus simple… voulut ironiser Eph.

— Evidemment que c'est simple ! Tu voudrais qu'on vienne te chercher, toi, non ?

— Je n'attendrais pas ça de vous.

— Ah bon ? Il faut croire qu'on n'a pas la même notion de la loyauté…

— À qui le dis-tu ! lâcha Eph, d'un ton tranchant.

Fet ne releva pas, mais il ne battit pas non plus en retraite.

— Alors tu penses qu'on a capturé Nora, mais qu'on ne l'a pas transformée ?

— Pas ici, en tout cas. Mais comment le savoir ? Contrairement à Zack, elle n'a pas d'Etre cher à revenir chercher. Pas vrai ?

Une petite pique pour tourmenter Fet. Eph n'avait pu s'en empêcher. L'ordinateur où s'affichait leur échange intime était juste à côté, sur le bureau.

Cette fois, Fet comprit qu'Eph avait au minimum des soupçons. Plutôt que de répondre à ses insinuations, il lui opposa sa parade habituelle, en attaquant son point faible :

— J'imagine que tu étais encore chez Kelly au lieu de rejoindre Nora ici à l'heure convenue, pas vrai ? Ton obsession pour ton fils, ça t'a déglingué. Oui, il a besoin de toi, mais nous aussi. Nora a besoin de toi. Il ne s'agit pas que de ton fils. D'autres comptent sur toi.

— Et toi, alors ? répliqua Eph. Ton obsession pour Setrakian, tu l'as oubliée ? C'est bien ce qui a motivé ton voyage en Islande, non ? Tu voulais agir comme tu imagines qu'il l'aurait fait. Tu as élucidé tous les mystères du *Lumen* ? Non. C'est bien ce que je pensais. Tu aurais pu être là, toi aussi, mais tu as choisi de suivre la voie du vieillard, de te comporter en disciple autodésigné…

— J'ai pris un risque, le contra Fet. Il faut parfois tenter sa chance…

Il s'interrompit et leva les mains en signe d'apaisement.

— Bref… oublions tout ça. Concentrons-nous sur Nora. Pour l'instant, c'est le seul problème qui nous intéresse.

— Au mieux, déclara Eph, elle est enfermée dans un camp de production placé sous haute surveillance. Si nous devinons correctement lequel, il suffit d'y pénétrer, de la trouver et de ressortir. Il y a des moyens plus simples de se suicider.

Fet rangea les affaires de Nora.

— Nous avons besoin d'elle. C'est pas plus compliqué que ça. Nous ne pouvons pas nous permettre de perdre un des nôtres. Si on veut avoir une chance de nous sortir de cette panade, il nous faut tout le monde sur le pont.

— Fet, cette saloperie dure depuis deux ans. Le système du Maître s'est consolidé. On est largués.

— Faux. J'ai fait chou blanc pour le *Lumen*, mais ça ne signifie pas que je rentre bredouille.

Eph fronça les sourcils.

— À manger ?

— Aussi, oui.

Eph n'était pas d'humeur à jouer aux devinettes. À la perspective d'avaler de la vraie nourriture, l'eau lui vint à la bouche et son estomac se noua.

— Où ça ? demanda-t-il.

— Dans une glacière, pas loin. Tu peux m'aider à la transporter.

— La transporter où ?

— Dans les beaux quartiers. Il faut qu'on aille voir Gus.

Staatsburg,
État de New York

Nora voyageait sur la banquette arrière d'une grosse limousine qui roulait à vive allure dans la campagne de l'État de New York. La garniture brune était propre, mais les tapis du plancher étaient couverts de boue. Ne sachant pas ce qui l'attendait, Nora restait recroquevillée contre la portière droite.

Elle ignorait où on l'emmenait. Après sa rencontre stupéfiante avec son ancien directeur, deux vampires à la carrure massive l'avaient conduite jusqu'à un bâtiment pourvu d'une salle pleine de douches sans rideaux. Les *strigoï* étaient restés près de l'unique porte. Elle aurait pu leur résister, refuser, mais elle devinait qu'il valait mieux obtempérer et espérer qu'une occasion de s'échapper se présente plus tard.

Elle s'était dévêtue et douchée, d'abord gênée, mais quand elle s'était tournée vers les vampires ils semblaient observer le mur opposé, de ce regard vague caractéristique, dépourvu de la moindre lueur d'intérêt pour les formes humaines.

Le jet frais (elle n'était pas parvenue à le réchauffer) sur son crâne lisse lui avait procuré une impression étrange – des aiguilles d'eau froide, puis un écoulement sans entraves dans son cou et son dos nu. L'eau lui avait procuré une sensation des plus agréables. Nora avait pris un savon posé dans un renfoncement carrelé. Elle avait frotté ses mains, sa tête et son ventre, et ce rituel retrouvé l'avait réconfortée. Elle s'était lavé les épaules et le cou, avait marqué une pause pour humer la senteur du savon, rose et lilas, une relique du passé. Quelqu'un, quelque part, avait fabriqué cette savonnette, par milliers probablement, avant de l'emballer et de l'expédier, un jour ordinaire, d'autrefois, avec ses embouteillages, les enfants qu'on dépose à l'école, le déjeuner pris sur le pouce. Quelqu'un avait pensé que ce savon au parfum de rose et de lilas se vendrait bien, et l'avait conçu pour attirer l'attention des femmes au foyer sur les étagères chargées d'une grande surface. Et cette savonnette se retrouvait là, dans une fabrique de sang. Vestige archéologique fleurant la rose, le lilas, et les temps disparus.

Une nouvelle combinaison grise l'attendait, pliée sur un banc au milieu de la salle, ainsi qu'une culotte de coton blanc, posée dessus. Elle s'était habillée, puis on lui avait fait traverser le centre de quarantaine jusqu'à la grille d'entrée du camp. Au-dessus de sa tête, sur une arcade de fer rouillé, dégoulinait le mot LIBERTY. La limousine Town Car était arrivée, suivie de sa jumelle. Nora s'était installée à l'arrière de la première ; personne n'était monté dans l'autre.

Une cloison de plexiglas séparait Nora de la conductrice. Une jeune femme d'une vingtaine d'années, en tenue de chauffeur, les cheveux ras sous sa casquette. Nora supposa qu'elle était chauve, et donc sans doute une résidente du camp elle aussi. Pourtant, le teint rose de sa nuque et la couleur saine de ses mains poussèrent Nora à douter qu'elle appartienne à la population soumise aux saignées.

Nora se retourna une nouvelle fois, obsédée par l'autre véhicule, comme depuis leur départ du camp. La lumière éblouissante des phares dans la pluie l'empêchait d'en être sûre, mais quelque chose dans la posture du conducteur lui laissait penser qu'il s'agissait d'un vampire. Un véhicule de renfort, peut-être, au cas où elle tenterait de s'enfuir. On avait de toute façon retiré les panneaux et les accoudoirs de ses portières, ainsi que les boutons de contrôle des vitres.

Elle s'attendait à un long trajet, mais, à cinq ou six kilomètres à peine du camp, la Town Car quitta la route et franchit une grille ouverte. Au bout d'une longue allée sinueuse, dans l'obscurité brumeuse, apparut une des demeures les plus grandes et les plus majestueuses qu'elle eût jamais vues. Tel un manoir européen dans la campagne de l'État de New York, ses fenêtres presque toutes illuminées d'un jaune chaleureux, comme pour une réception.

La voiture stoppa et la femme chauffeur resta derrière le volant. Un majordome sortit, muni de deux parapluies, dont un ouvert au-dessus de sa tête. Il ouvrit la portière de Nora et l'abrita de la pluie sale tandis qu'ils montaient l'escalier de marbre glissant. À l'intérieur, il rangea les parapluies et prit une serviette blanche sur une patère, puis s'agenouilla pour essuyer les pieds boueux de Nora.

— Par ici, docteur Martinez, dit-il en se relevant.

Nora le suivit, ses talons nus ne produisant aucun bruit sur le carrelage frais du large vestibule. Des pièces illuminées… des grilles de sol qui projetaient de l'air chaud… l'odeur agréable des produits d'entretien… Tout était si civilisé, si humain. En un mot… onirique. La différence entre cette demeure et le camp était la même qu'entre le satin et la suie.

Le majordome ouvrit une double porte qui donnait sur une salle à manger richement décorée, où se trouvait une longue table dressée pour deux personnes à proximité d'un angle. La faïence aux bords cannelés et dorés à l'or fin arborait en son centre un petit blason. Les verres étaient en cristal, mais les couverts en acier inoxydable, pas en argent. C'était apparemment la seule concession du propriétaire des lieux à la réalité d'un monde sous la domination des vampires.

Sur un plateau de cuivre placé entre les deux assiettes, on avait disposé un saladier de prunes splendides, un assortiment de pâtisseries dans un panier en porcelaine, et deux plats pleins de chocolats et d'autres confiseries. Les prunes lui firent envie. Elle tendit la main vers elles puis s'arrêta, se rappelant l'eau droguée qu'on lui avait donnée au camp. Elle devait résister à la tentation et, malgré sa faim, garder la tête froide.

Elle resta debout. Quelque part dans la demeure, de la musique résonnait à faible volume. Elle vit une seconde porte à l'autre bout de la pièce, envisagea d'essayer la poignée, mais elle se sentait surveillée. Elle chercha des caméras, sans en repérer aucune.

La porte du fond s'ouvrit, et Barnes entra, toujours vêtu de son uniforme officiel d'amiral. Sa peau rosée rayonnait de santé autour de sa barbiche blanche. Nora avait presque oublié qu'un humain nourri à sa faim pouvait paraître si bien portant.

— Eh bien, dit-il en longeant la table à grandes enjambées dans sa direction.

Il gardait une main dans sa poche, singeant un châtelain.

— Voici un lieu bien plus agréable pour nous retrouver, n'est-ce pas ? La vie dans le camp est affreuse. Cet endroit, c'est ce qui me permet de m'évader.

D'un geste circulaire, il désigna la pièce et le reste de la bâtisse.

— C'est trop grand pour moi tout seul, bien sûr, mais quand toutes les terres relèvent de la couronne, tous les plats du menu sont au même prix, alors pourquoi se priver du plus luxueux ? Cette propriété appartenait à un rocker obscène, d'après ce que j'ai compris. C'est le stupre qui a permis de la bâtir, aussi je ne me sens pas trop coupable.

Alors qu'il atteignait le bout de la table où attendait Nora, il sourit, les coins de ses lèvres soulevant les bords proprement taillés de sa moustache.

— Vous n'avez rien mangé ? commenta-t-il en considérant le plateau de victuailles, avant de prendre un gâteau au glaçage brillant. Je pensais que vous seriez affamée.

Il regarda le petit-four avec fierté.

— Je les fais fabriquer pour ma consommation personnelle. Chaque jour, dans une pâtisserie du Queens, rien que pour moi. Enfant, je rêvais de les déguster, mais je n'avais pas les moyens de me les offrir. C'est différent, maintenant…

Barnes mordit dedans, s'assit et déplia sa serviette, qu'il lissa sur son genou.

Sachant à présent la nourriture inoffensive, Nora saisit une prune et la dévora. Elle attrapa sa serviette à son tour pour essuyer le jus sur son menton, puis prit un autre fruit.

— Vous êtes un salaud, lâcha-t-elle, la bouche pleine.

Barnes eut un sourire froid.

— Vous m'impressionnez, Nora. Droit au but… Salaud, dites-vous ? Moi, je dirais plutôt réaliste. Vous pensez « opportuniste » ? Pourquoi pas ? Mais nous vivons dans un monde nouveau, docteur Martinez. Ceux qui l'acceptent et s'acclimatent n'en vivent que mieux.

— Profiteur, alors.

Il réfléchit, jouant à tenir avec elle une conversation courtoise, puis termina son gâteau et se lécha le bout des doigts.

— Peut-être.

— Traître, sinon. Ou encore… enfoiré ?

Barnes frappa du plat de la main sur la table.

— Assez… fit-il en repoussant cette insulte comme on chasserait une mouche. Vous vous accrochez à la droiture parce que c'est tout ce qui vous reste ! Mais regardez-moi ! Regardez un peu tout ce que j'ai…

— Ils ont supprimé les véritables chefs dès les premières semaines, déclara Nora en gardant les yeux rivés sur lui. Les leaders d'opinion, les personnes qui comptaient. Pour permettre à des gens comme vous de remonter à la surface. Ça ne doit pas être très gratifiant, ça non plus. D'être un étron flottant dans l'eau de la cuvette…

Barnes sourit, faisant mine de ne pas se soucier de l'opinion qu'elle avait de lui.

— J'essaie de me montrer civilisé. Je cherche à vous aider. Alors asseyez-vous… Mangez… Discutons…

Nora éloigna l'autre chaise pour mettre de la distance entre eux.

— Vous permettez, dit-il, tout en prenant un croissant, qu'il tartina de beurre et de confiture de framboises avec un couteau rond. Vous recourez à des termes qu'on utilise en temps de guerre, comme « traître » et « profiteur ». La guerre, si tant est qu'il y en ait eu une, est finie. Quelques humains tels que vous n'ont pas encore accepté cette nouvelle donne, mais vous vous bercez d'illusions. Cela signifie-t-il que nous devons tous être des esclaves ? Est-ce la seule possibilité ? Je ne le crois pas. Il y a de la place entre les deux, et même au sommet. Pour les rares personnes qui possèdent des capacités exceptionnelles, et qui ont la perspicacité de les utiliser.

Il posa le croissant sur l'assiette de Nora.

— J'avais oublié comme vous étiez sournois, dit-elle. Et ambitieux.

Il sourit comme si elle l'avait complimenté.

— Eh bien… la vie dans le camp peut se révéler très épanouissante. On y vit non seulement pour soi, mais aussi pour les autres. Cette fonction humaine essentielle, la fabrication du sang, représente une ressource primordiale pour leur espèce. Vous pensez que ça ne nous fournit aucun moyen de pression ? Si l'on sait s'y prendre… Si l'on parvient à leur démontrer qu'on peut leur être précieux…

— Comme maton ?

— Encore une fois… c'est très réducteur. Vous employez le vocabulaire des perdants, Nora. Le camp n'a été conçu ni pour le châtiment ni pour l'oppression. Ce n'est qu'une structure construite pour la production de masse et l'efficacité maximale. Mon opinion, même s'il s'agit à mon sens d'un fait établi, c'est que les humains finissent vite par apprécier une existence au cadre clairement défini. Aux règles de survie simples et compréhensibles. Vous fournissez du sang, on vous fournit de quoi vivre. C'est très rassurant. La population humaine mondiale s'est réduite de presque un tiers. C'est en grande partie l'œuvre du Maître, mais les gens s'entre-tuent pour un rien… par exemple pour la nourriture qui se trouve devant vous. Alors croyez-moi, la vie dans le camp, une fois qu'on l'embrasse sans retenue, est dépourvue de stress.

Nora ignora la viennoiserie et se servit de l'eau citronnée.

— Le plus effrayant, c'est que vous semblez en être convaincu, commenta-t-elle.

— La croyance que nous autres humains sommes plus que des animaux, plus que de simples créatures lâchées sur Terre, et qu'on nous avait choisis pour la peupler, voilà ce qui nous a valu tous ces ennuis. Nous nous sommes encroûtés, ça nous a rendus complaisants. Nous nous sommes crus privilégiés. Quand je pense aux contes de fées dont nous nous bercions au sujet de Dieu…

Un domestique ouvrit la double porte et entra avec une bouteille au goulot enveloppé dans du papier aluminium doré, en équilibre sur un plateau de cuivre.

— Ah ! s'exclama Barnes. Le vin.

— Vous me faites quoi, là ? demanda-t-elle.

— C'est du Priorat. Un vin espagnol. Palacios, L'Ermita 2004. Ça va vous plaire. En même temps que cette belle maison, j'ai hérité d'une cave merveilleuse…

— Je parlais de tout ce cinéma. De ma venue ici. Pourquoi ? Qu'est-ce que vous voulez ?

— Vous proposer quelque chose. Une occasion unique, qui pourrait considérablement améliorer votre sort dans cette nouvelle vie, peut-être pour toujours.

Il goûta le vin et, satisfait, laissa le domestique finir d'emplir son verre.

— Quoi, vous avez besoin d'un autre chauffeur ? D'un plongeur ? D'un sommelier ? dit-elle.

Une certaine timidité perça dans le sourire qu'afficha Barnes. Il regardait les mains de Nora comme s'il voulait les prendre dans les siennes.

— Vous savez, Nora, j'ai toujours admiré votre beauté. Et… en toute franchise, j'ai toujours pensé qu'Ephraïm ne méritait pas une femme telle que vous.

Nora en resta bouche bée.

— Bien sûr, à l'époque, dans le cadre du bureau, dans une agence gouvernementale, il aurait été… peu professionnel de faire la moindre avance à une subordonnée. Ç'aurait pu passer pour du harcèlement, ou quelque chose du même genre. Vous vous rappelez ces règles artificielles et ridicules, comme la société était devenue tatillonne, vers la fin ? L'ordre des choses est beaucoup plus naturel, à présent. Pour qui en a le désir et les moyens, il suffit de se servir.

Nora avala sa salive et recouvra sa voix :

— Vous êtes en train de suggérer ce que je pense, Everett ?

Il rougit légèrement, comme s'il lui manquait la conviction pour assumer sa vilenie.

— Il ne reste pas beaucoup de gens de mon ancienne vie. Ni de la vôtre. Vous n'aimeriez pas vous en souvenir, de temps en temps ? Ce pourrait être très agréable, je pense, de se remémorer des expériences que nous avons partagées. Des anecdotes de travail… des dates et des lieux. De se rappeler le monde comme nous l'avons connu. Nous avons tant en commun, vous et moi… notre bagage et notre expérience professionnelle. Vous pourriez même pratiquer la médecine au camp, si vous le souhaitez. Il me semble que le social vous attire. Vous pourriez soigner les malades, les préparer à retourner en production, voire accomplir des travaux plus sérieux encore. Je suis très influent, vous savez.

— Et qu'attendez-vous en échange ? demanda Nora, d'une voix égale.

— Vous aurez le luxe, le confort. Vous résiderez ici, avec moi… à titre d'essai, au début. Mieux vaut éviter de nous engager dans une situation détestable. Avec le temps, je pense que notre arrangement se passerait de façon plaisante. Dommage que je ne vous aie pas retrouvée avant qu'ils rasent vos cheveux ravissants. Mais nous avons des perruques…

Il tendit la main vers le crâne de Nora, qui eut un vif mouvement de recul.

— C'est comme ça que l'autre jeune femme a obtenu son poste de chauffeur ?

Barnes s'écarta, l'air déçu non pour lui mais par Nora, comme si elle avait commis une faute irréparable.

— Eh bien, vous vous êtes donnée assez facilement à Goodweather, qui était votre supérieur, à l'époque, non ?

Cette remarque la stupéfia plus qu'elle ne la blessa.

— Alors c'est ça… Ça ne vous a pas plu. Vous étiez le chef de mon chef. Vous estimiez que c'est vous qui auriez dû… Le droit de cuissage, c'est ça ?

— Je vous rappelle simplement que ce n'est pas la première fois que vous goûtez de ce pain-là.

Il se renversa dans son siège, croisa les bras et les pieds, à la manière d'un débatteur convaincu que son argument est imparable.

— Ce n'est pas une situation inédite pour vous.

— Purée, vous êtes pour de bon un imbécile arriéré ! Je ne m'étais pas trompée.

Barnes sourit, imperturbable.

— Il me semble que vous êtes confrontée à un choix évident... Soit la vie dans le camp, ou, si vous jouez bien vos cartes, la vie ici. C'est un choix auquel aucune personne saine d'esprit ne réfléchirait longtemps.

Nora se prit à sourire, incrédule, le visage tordu par un rictus inconfortable.

— Vous êtes pire qu'un vampire, vous le savez ? Ce n'est pas le besoin qui dirige vos choix, c'est juste l'opportunité. Vous êtes grisé par le pouvoir. Un véritable viol, ce serait trop salissant, pour vous. Vous préférez me ligoter avec votre « luxe ». Vous voulez que je sois reconnaissante et consentante. Que je vous remercie de m'exploiter. Vous êtes un monstre. Je comprends pourquoi vous vous intégrez si bien dans leurs projets. Mais il n'y a pas assez de prunes dans cette maison, ni sur cette planète en ruine, pour me forcer à...

— Pourtant, quelques jours dans un environnement moins clément vous feraient peut-être changer d'avis... Si vous choisissez de rester là-bas, isolée, dans le noir – ce qui est votre droit –, permettez-moi de vous rappeler ce qui vous y attend. Votre groupe sanguin est B positif, ce qui, pour une raison qui m'échappe – le goût, un apport énergisant, paraît-il –, est celui dont les vampires raffolent. Cela signifie que vous devrez vous reproduire. Comme vous n'avez pas rejoint le camp avec un partenaire, on en sélectionnera un pour vous. Il sera aussi B positif, afin d'augmenter vos chances de donner naissance à des enfants du même groupe. Quelqu'un comme moi. Ce sera le seul critère. Cette situation présente des avantages, comme vous avez pu le constater. Télévision, meilleures rations, deux portions de fruits et légumes par jour. En revanche, si vous ne parvenez pas à concevoir, après un certain nombre de tentatives pour lesquelles on vous aura administré divers traitements pour la fertilité, on vous renverra aux corvées du camp, et vous subirez une saignée tous les cinq jours. Au bout d'un moment, pour ne rien vous cacher, vous mourrez.

Barnes affichait un sourire pincé.

— En outre, ayant pris la liberté de consulter votre formulaire d'admission, il me semble que vous êtes arrivée au camp avec votre mère…

Nora sentit un picotement sur sa nuque.

— On vous a arrêtée dans le métro alors que vous tentiez de la dissimuler. Je me demande où vous alliez, toutes les deux.

— Où est-elle ?

— Elle est encore en vie, figurez-vous. Mais comme vous le savez sans doute, à cause de son âge et de son infirmité évidente il est prévu qu'on la saigne et qu'on la retire du camp de façon définitive.

La vision de Nora se brouilla.

— Bref, reprit Barnes, qui décroisa les bras et choisit un chocolat blanc. Il est tout à fait possible qu'on l'épargne. Peut-être que… je viens d'y songer, on pourrait l'amener ici, pour une sorte de semi-retraite. On lui donnerait sa propre chambre, peut-être même une infirmière. On s'occuperait bien d'elle.

Les mains de Nora tremblaient.

— Alors… vous voulez me baiser, et en plus jouer au papa et à la maman ?

Barnes mordit dans sa friandise, apparemment ravi qu'elle soit fourrée à la ganache.

— Les choses auraient pu se passer de façon plus agréable, Nora. J'ai essayé la méthode douce. Je suis un gentleman.

— Vous êtes un enfoiré. Voilà ce que vous êtes.

— Ha ! fit-il en hochant la tête d'un air amusé. Votre fameux caractère latin, pas vrai ? Vous êtes une bagarreuse. Parfait.

— Et vous un salaud.

— Vous l'avez déjà dit, oui. Je voudrais que vous réfléchissiez à une dernière chose. Vous devriez savoir que ce que j'aurais dû faire, à l'instant où je vous ai vue dans le pavillon d'isolement, ç'aurait été de vous identifier et de vous livrer au Maître. Il aurait été ravi d'en apprendre davantage sur le Dr Goodweather et le reste de votre bande de rebelles. Par exemple, l'endroit où ils se cachent et l'état de leurs ressources. Ou simplement l'endroit où votre mère et vous comptiez aller en prenant ce métro de Manhattan, ou encore d'où vous veniez. Le Maître serait très motivé pour obtenir ces renseignements. Je peux affirmer sans la moindre hésitation que le Maître apprécierait votre compagnie encore plus que moi. Et il se servirait de votre mère pour arriver à ses fins. Aucun doute là-dessus. Si vous retournez au camp sans moi, on finira par vous démasquer. Ça aussi, je peux vous le garantir.

Barnes se leva, lissa les plis de son uniforme et s'épousseta.

— Donc, vous comprenez qu'une troisième option s'offre à vous. Un rendez-vous galant avec le Maître, et l'éternité à vivre sous forme de vampire.

Le regard de Nora se perdit dans le vague. Elle se sentait comme anesthésiée, la tête lui tournait presque. C'est ce qu'on doit ressentir quand on est vidé de son sang, songea-t-elle.

— Bref, vous avez une décision importante à prendre. Je ne vais pas vous retenir plus longtemps. Je sais que vous souhaitez rentrer au camp sans tarder. Retrouver votre mère, tant qu'elle est encore en vie.

Il alla à la double porte et l'ouvrit.

— Pesez bien le pour et le contre, et faites-moi connaître votre choix. L'heure tourne…

Sans qu'il la voie, Nora saisit un couteau à beurre sur la table.

Dans les sous-sols de l'université Columbia

Gus savait qu'avant le cataclysme l'université Columbia était une faculté de cracks. Des tas de vieux bâtiments, des frais d'inscription sans équivalent, un max de caméras de surveillance et d'agents de sécurité. Certains étudiants cherchaient le contact avec les habitants du quartier, par souci de se mêler à la communauté, ce qu'il n'avait jamais compris, et parfois pour des raisons moins avouables, ce qu'il comprenait beaucoup mieux.

À présent, c'était le camp de base de Gus, son quartier général, sa maison. Nul n'aurait pu pousser le voyou mexicain à quitter son territoire. Il préférerait le dynamiter plutôt que l'abandonner. Lorsque ses activités de sabotage et ses expéditions de chasse avaient diminué en nombre et gagné en discipline, Gus s'était mis en quête d'un QG permanent. C'était pour lui un besoin vital. Difficile de rester efficace dans ce monde nouveau en proie à la folie. Semer le trouble était devenu une occupation à temps plein, mais de moins en moins gratifiante. Commissariats et casernes de pompiers, services médicaux, surveillance de la circulation, les nouvelles autorités avaient mis tous les secteurs d'activité sous leur botte. En cherchant un endroit où s'établir, alors qu'il explorait les lieux où il traînait autrefois à Harlem, il avait retrouvé deux membres de son gang, La Mugre, Bruno Ramos et Joaquin Soto, devenus eux aussi des saboteurs acharnés.

Bruno était gros. Pas d'autre façon de l'exprimer. Les céréales Cheetos et la bière constituaient l'essentiel de son régime alimentaire. Joaquin, lui, était mince et athlétique. D'allure soignée, tatoué, il aimait se la jouer. Tous les deux étaient comme des frères pour Gus, prêts à donner leur vie pour lui.

Joaquin et Gus avaient fait de la prison ensemble, et même partagé une cellule. Seize mois pour Gus. Ils s'étaient serré les coudes, et Joaquin avait passé un bout de temps à l'isolement après avoir cassé les dents d'un garde, un grand Noir prénommé Raoul. Dès l'arrivée des vampires, que certains nommaient « la Chute », Gus avait recroisé Joaquin pendant le pillage d'un magasin de matériel hi-fi. Joaquin et Bruno l'avaient aidé à emporter un immense écran plasma et un carton de jeux vidéo.

Ensemble, ils avaient investi l'université et découvert qu'elle était peu infestée. Fenêtres et portes étaient scellées avec des plaques d'acier, l'intérieur dévasté et souillé d'urine de vampires. Les étudiants avaient fui les lieux très tôt pour tenter d'échapper à l'infestation. Joaquin estimait qu'ils n'avaient pas dû aller très loin.

En arpentant les bâtiments abandonnés, ils avaient trouvé un réseau de tunnels dans les sous-sols. Grâce à un livre encore exposé dans la vitrine du bureau des admissions, ils avaient appris que le campus se dressait à l'origine sur l'ancien terrain d'un asile d'aliénés du XIXe siècle. Les architectes de l'université avaient rasé tous les bâtiments de l'hôpital sauf un, puis reconstruit sur les fondations existantes. Un grand nombre de boyaux de correspondance servaient de gaines techniques, où passaient des kilomètres de câbles électriques, des conduits à vapeur qui produisaient à l'époque une condensation brûlante. Au fil du temps, on avait condamné ces passages afin d'éviter aux étudiants en quête de frissons de s'y perdre.

Ensemble, les trois amis avaient fouillé et annexé la plus grande partie des souterrains qui reliaient la quasi-totalité des soixante et onze bâtiments du campus, répartis entre Broadway et Amsterdam Avenue, dans l'Upper West Side. Certaines sections éloignées restaient à explorer, pour la simple raison qu'il n'y avait pas assez d'heures dans une journée complète pour chasser le vampire, mettre Manhattan à feu et à sang *et* nettoyer des tunnels humides.

Gus s'était aménagé des appartements, concentrés sous un quart de l'esplanade principale du campus. Son domaine commençait sous Buell Hall, le seul bâtiment d'origine de l'asile, passait sous la Low Memorial Library, puis Kent Hall, et se terminait sous Philosophy Hall, devant lequel trônait la statue de bronze d'un gus à poil, assis là à gamberger depuis des temps oubliés.

Les tunnels lui offraient un QG d'enfer, un véritable repaire de méchant. Les chaudières étant tombées en panne, il pouvait accéder à des zones rarement visitées depuis au moins un siècle (d'après lui, les grosses fibres noires et rêches qui dépassaient de fissures dans les murs des sous-sols étaient du véritable crin de cheval utilisé pour consolider le plâtre), et ses pérégrinations l'avaient conduit dans un sous-sol humide où s'alignaient des cellules à barreaux de fer.

La maison des dingues. Là où l'on enfermait les plus cinglés d'entre les cinglés. Il ne trouva pas de squelette enchaîné ni rien de ce genre, mais il vit des égratignures dans la maçonnerie, comme des traces laissées par les ongles des détenus, et il ne fallait pas beaucoup d'imagination pour entendre les échos lugubres de cris horribles remontant des siècles passés.

C'était à cet endroit qu'il gardait sa *madre*. Dans une cage de deux mètres sur deux, pourvue de barreaux de fer qui montaient du sol au plafond et formaient une cellule d'angle en demi-cercle. Gus avait attaché les mains de sa mère dans son dos avec d'épaisses menottes qu'il avait trouvées sous une table non loin de là, et dont il ne possédait pas les clés. La femme devenue vampire avait la tête couverte d'un casque de moto intégral, dont le vernis noir s'était presque entièrement écaillé à cause des coups répétés qu'elle avait donnés dans les barreaux au cours des premiers mois de sa captivité. Par mesure de sécurité, Gus avait scellé la collerette sur sa chair avec de la Super Glue, seule façon de contenir entièrement l'aiguillon. Le casque couvrait aussi la caroncule de dinde qui poussait sous son menton et dont la vue lui répugnait. Il avait remplacé l'écran de plastique transparent par deux plaques d'acier fermées par un cadenas et montées sur charnières sur les côtés. Il avait calfeutré les coussinets d'oreille avec un épais rembourrage de coton.

Sa mère était privée de la vue et de l'audition, et pourtant, chaque fois que Gus approchait, le casque pivotait. Debout au milieu de sa cage, elle tournait la tête et suivait ses moindres mouvements, nue, son corps flétri sali par la poussière vieille d'un siècle. Un jour, Gus avait tenté de l'habiller à travers les barreaux, de la vêtir d'une cape, d'un manteau, et enfin d'une couverture, mais rien n'avait tenu. Elle n'avait pas besoin de vêtements et n'éprouvait pas la moindre pudeur. Une couche calleuse couvrait la plante de ses pieds, aussi épaisse que des semelles de chaussures de tennis. Insectes et poux se promenaient librement sur son corps, et ses jambes étaient tachées, brunies par les défécations répétées. Ses cuisses et ses mollets veineux étaient zébrés de crevasses.

Des mois plus tôt, après leur séjour dans le tunnel sous l'Hudson, une fois l'air redevenu respirable, Gus s'était séparé des autres. En partie à cause de sa nature solitaire, mais aussi à cause de sa mère. Il savait qu'elle le retrouverait vite, lui, son Être cher, et s'était donc préparé. À l'arrivée de la vieille femme, il lui avait enfermé la tête dans un sac, ligoté les mains et les pieds. Elle s'était débattue avec la force stupéfiante des vampires, mais Gus avait réussi à lui passer le casque, puis à la menotter, avant de la tirer par le col du casque jusqu'à son cachot. Sa nouvelle demeure.

Gus passa le bras entre les barreaux et écarta les plaques d'acier. Les pupilles noires de sa mère, cerclées de rouge écarlate, le fixèrent, folles, dépourvues d'âme, mais affamées. Comme chaque fois, il sentait son désir de darder son aiguillon, et parfois, à force d'essayer, d'épais filets de sécrétion anticoagulante suintaient par les interstices.

Depuis qu'ils cohabitaient, Bruno, Joaquin et Gus formaient une famille imparfaite. D'humeur toujours exubérante, Bruno avait le don de faire rire Gus et Joaquin. Ils partageaient toutes les tâches domestiques, mais Gus se réservait celles qui concernaient sa mère. Il la lavait de la tête aux pieds, une fois par semaine, et assurait du mieux qu'il le pouvait l'entretien de la cellule.

Le casque cabossé donnait à la vieille femme un air de robot ou d'androïde déglingué. Bruno se rappelait un vieux navet qu'il avait vu à la télé, tard un soir, *Le Monstre robot*. Dans le film, la créature portait un casque d'acier vissé sur un corps simiesque bestial. C'était ainsi qu'il voyait les Elizalde : Gustavo contre le monstre robot.

Gus sortit un canif de son blouson et en déplia la lame d'argent. Sa mère le scrutait, comme un animal en cage. Il retroussa sa manche gauche, tendit les deux bras au-dessus d'elle, puis pressa la pointe acérée contre son avant-bras et pratiqua une fine incision d'un centimètre de long environ. Un sang épais et rouge s'écoula de la plaie, et Gus inclina le bras pour que le filet dégouline jusqu'à son poignet et goutte dans le casque.

Il contempla les yeux de sa mère pendant qu'elle ingérait son repas, sa bouche et son aiguillon s'activant derrière la mentonnière.

Lorsqu'elle eut reçu l'équivalent d'un verre à liqueur, Gus s'écarta et alla à la petite table installée contre le mur d'en face, déchira un carré d'essuie-tout sur un épais rouleau brun et le pressa contre sa blessure, puis ferma l'entaille avec du pansement liquide qu'il fit sortir d'un tube presque vide. Il prit ensuite une lingette pour bébé d'une boîte-distributeur, entreprit de nettoyer sa peau. Son avant-bras gauche était couvert de cicatrices similaires, ajoutant à sa collection de tatouages déjà impressionnante. Lorsqu'il nourrissait sa mère, il suivait toujours le même tracé, rouvrant les mêmes plaies, pour graver le mot MADRE dans sa chair.

— Je t'ai apporté de la musique, *mama*, dit-il en sortant une poignée de CD abîmés et roussis. J'ai trouvé certains de tes préférés. Los Panchos, Los Tres Ases, Javier Solis…

Gus tâcha de se rappeler la femme qui l'avait élevé. La mère célibataire, qui vivait parfois avec un mari, parfois avec un compagnon. Elle avait fait de son mieux pour lui, ce qui ne signifiait pas qu'elle s'y était toujours bien prise, mais elle ne connaissait pas de meilleure façon de procéder. Elle avait perdu la bataille pour la garde de Gus contre la rue, le véritable père de Gus. C'était le *barrio* qui l'avait élevé. C'était la rue qu'il prenait en exemple, pas sa *madre*. Il éprouvait mille regrets, à présent, mais ne pouvait revenir en arrière. Il choisissait de se souvenir de son enfance, quand elle le cajolait, soignait ses plaies après une bagarre. Et aussi, même lorsqu'il la mettait en rage, la gentillesse et l'amour… et ses yeux.

De tout cela, il ne restait plus rien. Tout avait disparu.

De son vivant, Gus lui avait manqué de respect. Alors pourquoi la vénérait-il non morte ? Il l'ignorait. Il ne comprenait pas les forces qui le poussaient à agir ainsi. Il savait seulement que lui rendre visite, la voir dans cet état et la nourrir, le rechargeait comme une batterie. Démultipliait son besoin de vengeance.

Il inséra un CD dans l'autoradio haut de gamme qu'il avait volé dans une voiture remplie de cadavres. Il avait récupéré des haut-parleurs de marques différentes et réussi à obtenir un son de bonne qualité. Javier Solis se mit à chanter *No te doy la libertad*

(« Je ne te rendrai pas la liberté »), boléro rageur et mélancolique qui se révéla étrangement approprié.

— Ça te plaît, *madre* ? demanda Gus, par trop conscient qu'il s'engageait là dans un énième monologue. Tu t'en souviens ?

Il revint à la cellule. Alors qu'il rabaissait la visière, enfermant de nouveau sa mère dans l'obscurité, il décela un changement dans son regard.

Il avait déjà assisté à ce phénomène. Il en connaissait le sens.

La voix, pas celle de sa mère, tonna au fond de sa tête.

Je sens ton goût, mon garçon, dit le Maître. *Je connais la saveur de ton sang, je détecte ton impatience. Je perçois ta faiblesse. Je sais de qui tu es le complice. De mon fils naturel.*

Les yeux restaient rivés sur lui, avec le soupçon d'une étincelle derrière les pupilles, comme le petit voyant rouge d'une caméra, celui qui indique qu'elle est en train d'enregistrer.

Gus tenta de faire le vide, de ne penser à rien. Hurler contre la Créature par l'intermédiaire de sa mère ne servait à rien. Il en avait fait l'expérience. Il fallait résister, comme le vieux Setrakian le lui aurait conseillé. Gus s'entraînait à lutter contre l'intelligence noire du Maître.

Oui, le vieux professeur. Il avait des ambitions pour toi. Si seulement il pouvait te voir, en train de nourrir ta mère comme lui nourrissait le cœur infesté de sa femme morte depuis des lustres. Il a échoué, Gus, et tu échoueras aussi.

Gus concentra la douleur dans sa tête sur le souvenir qu'il avait de sa mère jeune femme. Son imagination se figea sur cette image afin de bloquer tout le reste.

Livre-moi les autres, Augustin Elizalde. Ta récompense sera somptueuse. Ta survie te sera assurée. Vis comme un roi, pas comme un rat. Sinon... n'attends nulle pitié de moi. Tu auras beau me supplier de t'accorder une seconde chance, je ne t'écouterai pas. Le temps t'est compté...

— C'est chez moi, ici, dit Gus, à voix haute, mais calmement. C'est *mon* esprit, démon, et tu n'es pas le bienvenu.

Et si je te la rendais ? Sa volonté est enfouie en moi comme des millions d'autres voix, mais je peux la trouver, l'invoquer pour toi. Je peux te ramener ta mère...

Soudain, les yeux de la mère de Gus redevinrent presque humains. Ils s'adoucirent, se firent humides et chargés de douleur.

— *Hijito*, dit-elle. Mon fils. Qu'est-ce que je fais ici ? Pourquoi je suis comme ça ? Pourquoi tu me tortures ?

La nudité de sa mère, la folie, la culpabilité et le sentiment d'horreur, tout cela frappa Gus de plein fouet.

— Non ! hurla-t-il.

D'une main tremblante, il rabattit les plaques du casque. Aussitôt, Gus se sentit libéré, comme si une main invisible venait de le lâcher. Dans le casque, le rire du Maître explosa. Gus couvrit ses oreilles, mais la voix continua à tonner dans sa tête. Au bout d'un moment, tel un écho, elle s'atténua et s'effaça.

Le Maître avait tenté de le retenir assez longtemps dans l'espoir de localiser sa position, afin d'envoyer son armée de vampires le liquider.

Ce n'était qu'une ruse. Pas ma mère. Rien qu'un subterfuge. Ne jamais pactiser avec le diable... Ça au moins, il le savait. *Vis comme un roi*. Tu parles ! Le roi d'un monde en ruine. Le roi du néant. Dans les sous-sols, au moins, il vivait. Il était un agent du chaos. *Caca grande*. La merde dans la soupe du Maître.

Des pas dans le couloir interrompirent sa rêverie. Il alla à la porte et distingua de la lumière artificielle à l'angle du mur.

Fet apparut le premier, Goodweather sur les talons. Gus avait vu Fet un mois plus tôt environ, mais le docteur ne s'était pas montré depuis longtemps. Goodweather avait plus sale mine que jamais.

Ils ignoraient que Gus gardait sa mère là. Fet la vit le premier et s'approcha des barreaux. Le casque suivit son mouvement. Gus leur expliqua la situation, leur assura qu'il en avait le contrôle, et que sa mère ne représentait pas de danger pour lui, ses potes ou la mission.

— Bordel ! s'exclama l'exterminateur. Depuis combien de temps ?

— Un bout de temps, répondit Gus. J'aime pas en parler.

Fet se déplaça de côté et regarda le casque le suivre.

— Elle voit rien, par contre, dit-il.

— Non.

— Ça fonctionne, le casque ? demanda Goodweather. Ça empêche le Maître de trouver l'emplacement ?

— Je pense. En plus, elle sait même pas où elle est. C'est une histoire de triangulation. Ils ont besoin de la vue, du son et d'un truc à l'intérieur du cerveau pour calculer notre position. Il y en a un des trois que je bloque en permanence… ses oreilles. La plaque de fer lui bouche la vue. C'est son cerveau de vampire et son odorat qui te détectent, là.

— Avec quoi tu la nourris ? demanda Fet.

Gus haussa les épaules. La réponse était évidente.

— Pourquoi ? fit Goodweather. Pourquoi tu la gardes ?

— Ça, c'est pas tes oignons, docteur, rétorqua Gus.

— Elle est morte, Gus. Cette chose, dans la cage, ce n'est plus ta mère.

— Tu crois vraiment que je le sais pas ?

— Il n'y a aucune raison de la maintenir dans cet état. Il faut que tu la libères. Tout de suite.

— Je dois rien faire du tout. C'est à moi de décider. C'est ma *madre.*

— Plus maintenant. Moi, mon fils, si je découvre qu'il a été transformé, je le détruirai. Je le sabrerai moi-même, sans une seconde d'hésitation.

— Ouais, eh ben c'est pas ton fils, alors occupe-toi de ton cul.

Dans la pénombre, Gus distinguait mal les yeux de Goodweather. Lors de leur dernière rencontre, le docteur était défoncé aux amphètes. Pour ce que Gus en voyait, il continuait à pratiquer l'automédication.

Le voyou se tourna vers Fet pour exclure Goodweather de la conversation.

— Alors, ces vacances, *hombre* ?

— Ha ha, la bonne blague. Très relaxant. Non, en fait, j'ai cavalé là-bas pour rien, mais ça s'est terminé de façon plutôt intéressante. Et la bataille de rues, ça se passe comment ?

— Je continue à les harceler. Je relâche pas la pression. Au programme l'anarchie, le sabotage, soir après soir, putain. J'ai cramé quatre repaires de vampires cette semaine, et celle d'avant j'ai fait péter un immeuble. Ils ont pas compris ce qui leur arrivait. Je leur sors des techniques de guérilla et des trucs bien vicelards. Nique le pouvoir, Manito.

— C'est ce qu'il faut. Chaque fois qu'il y a une explosion à New York, chaque fois qu'un panache de fumée ou de poussière s'élève dans la pluie, ça rappelle aux gens que certains continuent à se battre. Et c'est un truc de plus que les vampires doivent expliquer.

Fet désigna Goodweather.

— Eph a démoli un hôpital, il y a quelques heures. Il a fait exploser des bouteilles d'oxygène.

Gus se tourna vers Eph.

— Tu cherchais quoi, dans cet hosto ? s'enquit-il, pour indiquer à Ephraïm qu'il connaissait son vice.

Fet était un combattant, un tueur comme Gus. En ce qui concernait Goodweather, c'était plus complexe, et ils avaient besoin de simplicité. Gus n'avait pas confiance en Eph.

— Tu te rappelles El Angel de Plata ? demanda-t-il à Fet.

— Bien sûr. Le vieux catcheur…

— L'Ange argenté, reprit Gus, qui s'embrassa le pouce et serra le poing pour honorer la mémoire du lutteur. Moi, faut m'appeler le Ninja d'argent. J'ai des coups de taré, une vraie tuerie. Avec mes deux potes, on les explose grave.

— Le Ninja d'argent. Ça me plaît.

— Assassin de vampires. Je suis une vraie légende. Et j'ai pas l'intention de me reposer avant d'avoir toutes leurs têtes alignées sur des piques dans Broadway.

— Ils continuent à pendre des corps aux lampadaires. Ils donneraient cher pour t'y percher…

— Et toi aussi. Ils se prennent pour des gros durs, mais je suis dix fois plus dangereux que n'importe quel suceur de sang. *¡Viva las ratas !* Vive les rats !

Fet sourit et frappa dans la paume de Gus.

— Si seulement on en avait dix comme toi…

Gus écarta cette suggestion d'un geste.

— Le problème, avec dix comme moi, c'est qu'on finirait par s'entre-tuer.

Gus les accompagna au rez-de-chaussée du Buell Hall, où Fet et Goodweather avaient laissé leur glacière. Puis ils regagnèrent les souterrains et passèrent sous la Low Memorial Library, avant de remonter par les bureaux de l'administration et de gagner le toit. Là, ils découvrirent un ciel d'après-midi plongé dans la nuit, frais et sans pluie, et un nuage de brouillard d'une noirceur menaçante qui arrivait par l'Hudson.

Fet ouvrit la glacière, qui contenait deux splendides thons étêtés, conservés dans ce qui restait de la glace du cargo.

— Vous avez faim ? demanda Fet.

Manger cru paraissait la solution évidente, mais Goodweather insista pour qu'ils cuisent le poisson. À cause des bouleversements climatiques qui altéraient l'écosystème de l'océan, on ignorait quelles toxines pouvaient se tapir dans la chair crue.

Gus savait où trouver un gril portatif de bonne taille dans les cuisines du réfectoire, et Fet l'aida à le transbahuter. On envoya Goodweather casser de vieilles antennes de voiture qui leur serviraient de broches. Ils allumèrent un feu côté Hudson, entre deux gros blocs de ventilation, cachant ainsi les flammes à la rue et à la plupart des autres toits.

Les poissons grillèrent comme il faut, croustillants à l'extérieur et d'un rose chaleureux à l'intérieur. Au bout de quelques bouchées seulement, Gus se sentit mieux. Affamé en permanence, il ne se rendait pas compte à quel point la malnutrition sapait ses forces mentales et physiques. L'apport en protéines lui redonna aussitôt de l'énergie. Il avait déjà hâte de se lancer dans un nouveau raid diurne.

— Alors, dit-il, savourant la chaleur de la nourriture sur sa langue, qu'est-ce qui nous vaut ce festin ?

— Nous avons besoin de ton aide, dit Fet, soudain grave.

Il raconta à Gus ce qu'ils savaient au sujet de Nora.

— Elle se trouve très certainement dans le camp de production de sang le plus proche, celui qui est au nord de New York. Nous voulons la sortir de là.

Gus se tourna vers Goodweather, censé être le compagnon de Nora, mais il s'étonna de ne pas voir dans son regard la flamme qui brûlait dans les yeux de Fet.

— C'est beaucoup demander.

— Il faut qu'on agisse, et le plus tôt possible. S'ils découvrent qui elle est, qu'elle nous connaît... elle sera dans de beaux draps, et nous, nous serons rudement mal barrés.

— Que je sois clair, je refuse jamais d'aller à la baston, mais j'essaie de penser stratégie. Mon boulot, c'est pas seulement de rester en vie, c'est aussi de crever sous forme humaine. Les risques, on les connaît. Est-ce que ça vaut le coup d'aller la chercher dans la gueule du loup ? C'est juste une question, cousin.

Fet regarda les flammes qui léchaient le poisson.

— Je comprends. La question qu'on peut se poser maintenant, c'est : pourquoi on se démène ? Est-ce qu'on essaie de sauver le monde ? Non, il est déjà foutu. Si les vampires disparaissaient demain, qu'est-ce qu'on ferait ? On reconstruirait ? Comment ? Pour qui ?

Il chercha du soutien auprès de Goodweather, n'en trouva pas, poursuivit :

— Un jour, peut-être. Mais avant que le ciel s'éclaircisse, on devra lutter pour survivre, que ce soit le règne des vampires ou pas.

Fet essuya le gras du thon autour de sa bouche.

— Je pourrais te filer des tas de raisons, mais, en gros, j'en ai ma claque de perdre des amis. On ira la chercher, avec ou sans toi.

— J'ai jamais dit que je vous accompagnerais pas. Je voulais juste connaître ton raisonnement. Je l'aime bien, la toubib. Elle est réglo. Mes gars vont bientôt revenir, alors on pourra se préparer à l'attaque.

Gus prit un autre morceau de thon fumant.

— J'ai toujours eu envie de dézinguer un camp. Il me manquait qu'un prétexte.

— Garde à bouffer pour tes potes, conseilla Fet, débordant de reconnaissance. Qu'ils prennent des forces.

— C'est meilleur que la viande d'écureuil, dit Gus. Eteignons le feu, j'ai quelque chose à vous montrer…

Gus emballa le reste du thon dans un papier pour ses acolytes, puis arrosa les flammes avec la glace fondue. Il emmena ensuite Fet et Ephraïm dans une petite salle du sous-sol où se trouvait un vélo d'appartement relié à quelques chargeurs de batteries. Sur un bureau, on avait disposé divers appareils récupérés dans le département audiovisuel de l'université, parmi lesquels des appareils photo numériques récents, pourvus de longs objectifs, un disque dur multimédia, et quelques petits écrans haute-définition portatifs : toutes choses qu'on ne fabriquait plus.

— Mes gars ont enregistré nos raids. C'est un bon support de propagande, si on arrive à les diffuser. On a effectué des missions de reconnaissance, aussi. Vous êtes au courant pour le château de Central Park ?

— Bien sûr, répondit Fet. C'est le QG du Maître. Entouré par une armée de vampires.

Intrigué, Goodweather s'approcha du moniteur de sept pouces tandis que Gus y insérait une batterie.

L'écran s'anima, dans des tons vert et noir baveux.

— C'est pris avec une lunette de visée nocturne. On en a trouvé une vingtaine dans des éditions collector d'un jeu vidéo de shoot. Elles s'adaptent au bout d'un téléobjectif. C'est pas ce qui s'assemble le mieux, et en gros la qualité est à chier, mais attendez la suite…

Fet et Goodweather se penchèrent pour mieux voir. Après un moment de profonde concentration, des silhouettes sombres et fantomatiques leur apparurent.

— Ça c'est le château, d'accord ? fit Gus en l'indiquant du doigt. Là le socle de roche, le lac. Et par ici, l'armée de vampires.

— D'où vous avez filmé ça ? s'enquit Fet.

— Depuis le toit du Muséum d'histoire naturelle. Je pouvais pas être plus près. J'avais posé la caméra sur un trépied, comme un sniper.

À cause du zoom réglé au maximum, l'image du parapet tremblait considérablement.

— On y est, dit Gus. Vous voyez ?

Lorsque l'image se stabilisa de nouveau, une silhouette parut sur le haut rebord du parapet. Les *strigoï* en contrebas levèrent la tête en un mouvement massif d'allégeance absolue.

— Putain ! s'exclama Fet. C'est le Maître ?

— Il est plus petit, commenta Goodweather. À moins que la perspective ne soit détraquée.

— Pourtant c'est bien le Maître, déclara Fet. Regarde les sbires, en contrebas, comme ils lèvent la tête vers lui à l'unisson. Comme des fleurs qui se tournent vers le soleil.

— Il a changé, déclara Eph. Il est passé dans un autre corps.

— Il faut croire, répondit Fet, une fierté évidente dans la voix. Le professeur a réussi à le blesser, finalement. C'est obligé. Je le savais. Il l'a tellement endommagé que le Maître a dû prendre une nouvelle forme.

Fet se redressa.

— Je me demande comment il s'y est pris.

Gus observa Goodweather, qui scrutait le nouveau Maître en train de se mouvoir.

— C'est Bolivar, dit enfin Ephraïm.

— C'est quoi, ça ? fit Gus.

— Pas quoi, qui. Gabriel Bolivar.

— Bolivar… répéta Gus en fouillant sa mémoire. Le chanteur ?

— Voilà, confirma Goodweather.

— Tu es sûr ? demanda Fet. Comment tu peux le savoir, avec un film aussi sombre ?

— À sa façon de se déplacer. Quelque chose dans sa posture. Je vous assure, c'est le Maître.

Fet se pencha sur l'écran.

— Tu as raison. Pourquoi lui ? Peut-être que le Maître n'a pas eu le temps de choisir. Si ça se trouve, Setrakian l'a tellement déglingué qu'il a dû changer de corps sur-le-champ…

Alors que Goodweather continuait son observation, une autre forme vague rejoignit le Maître sur le parapet. Goodweather sembla se figer, puis trembler, comme s'il avait froid.

— C'est Kelly, annonça-t-il enfin.

Fet recula de quelques centimètres, la qualité de l'image lui donnant plus de mal qu'à Ephraïm, mais Gus vit qu'il était convaincu, lui aussi.

— Et merde… dit-il.

Goodweather prit appui sur le bord de la table. Sa femme devenue vampire servait aux côtés du Maître.

Puis une troisième silhouette parut. Plus petite, plus chétive que les deux autres. Qui ressortait d'une nuance plus sombre.

— Vous voyez ça, là ? dit Gus. Y a un humain qui vit avec l'ennemi. Pas seulement avec les vampires, mais carrément chez le Maître. Dément, non ?

Fet se raidit. Gus devina que quelque chose n'allait pas. Puis Fet se tourna vers Goodweather, qui lâcha la table. Ses jambes cédèrent et il s'assit lourdement sur le sol, sans quitter l'écran des yeux, l'estomac en feu, inondé de suc gastrique. Sa lèvre trembla, ses yeux s'emplirent de larmes.

— C'est Zack. C'est mon fils.

Station spatiale internationale

Fais-la dégringoler.

L'astronaute Thalia Charles ne tournait même plus la tête. Quand la voix lui parvenait, elle se contentait de l'accepter. Elle l'accueillait presque – elle l'admettait – avec plaisir. Aussi seule fût-elle (elle était en effet un des êtres humains les plus seuls de l'Histoire), une présence accompagnait ses pensées. Elle était isolée dans la Station spatiale internationale, cette énorme installation de recherche à présent hors service qui dérivait en orbite autour de la Terre. Ses propulseurs alimentés par l'énergie solaire s'enclenchaient de temps à autre, et le satellite artificiel poursuivait sa trajectoire elliptique à quelque trois cent cinquante kilomètres d'altitude, passant du jour à la nuit toutes les trois heures environ.

Depuis près de deux années calendaires, accomplissant huit journées orbitales pour chaque jour terrestre, elle vivait dans cet état de quarantaine et d'apesanteur. L'absence de gravité et d'exercice physique avait causé de gros dégâts dans son corps décrépit. Ses muscles avaient fondu, ses tendons s'étaient atrophiés. Sa colonne vertébrale, ses jambes et ses bras s'étaient gauchis selon des angles singuliers et gênants, et la plupart de ses doigts étaient devenus des crochets inutiles, recroquevillés sur eux-mêmes. Ses rations de nourriture (pour l'essentiel du bortsch lyophilisé apporté par la dernière mission de ravitaillement russe avant le cataclysme) équivalaient à presque rien, mais son organisme ralenti ne requérait que peu d'éléments nutritifs. Des flocons de sa peau pelée flottaient dans le module, telles des aigrettes de pissenlit. Il ne lui restait que peu de cheveux, ce qui ne la dérangeait pas non plus, car en apesanteur ils représentaient surtout une gêne.

Elle s'était quasiment désintégrée, physiquement et psychiquement.

Le commandant russe était mort à peine trois semaines après le début des avaries dans la SSI. Des explosions nucléaires massives sur Terre avaient agité l'atmosphère, conduisant à de multiples impacts avec des déchets spatiaux. Ils s'étaient abrités dans la capsule d'évacuation d'urgence, le Soyouz, et avaient suivi la procédure en cas d'absence de communications provenant de Houston. Après s'être porté volontaire et avoir enfilé un scaphandre, le commandant Demidov avait gagné courageusement le segment principal pour colmater les fuites des réservoirs d'oxygène, puis réussi à réparer l'un d'eux et à le rediriger dans le Soyouz, avant de succomber à un infarctus. Ce succès avait permis à Thalia et à l'ingénieur français de survivre beaucoup plus longtemps que prévu, ainsi que de se redistribuer un tiers des rations alimentaires disponibles.

Une malédiction autant qu'une bénédiction.

Au bout de quelques mois, l'ingénieur Maigny avait montré des signes de démence. Tandis que la planète disparaissait sous un nuage toxique noir comme l'encre d'une pieuvre, il avait fini par perdre tout espoir et commencé à parler avec des voix étranges. Thalia avait lutté pour rester saine d'esprit, en partie en aidant le Français à combattre la folie. Alors qu'elle croyait être en bonne voie, elle l'avait surpris en train de faire des grimaces à un moment où il croyait qu'elle ne le voyait pas. La nuit suivante, alors qu'elle feignait le sommeil, tournoyant lentement dans la cabine exiguë, les paupières entrouvertes, elle avait vu avec horreur Maigny déballer tranquillement le kit de survie fixé entre deux des trois sièges. Il en avait sorti le pistolet à trois canons, plus proche du fusil que de l'arme de poing. Quelques années plus tôt, une capsule spatiale russe, après une rentrée dans l'atmosphère, s'était posée en catastrophe dans l'immensité sibérienne. On avait mis des heures à localiser les cosmonautes, qui dans l'intervalle avaient dû repousser des loups avec des pierres et des branches d'arbres. Depuis cet épisode, l'énorme pistolet (qui comportait une machette dans sa crosse amovible), conçu spécialement pour les équipages, avait rejoint l'équipement standard du kit de survie portatif des vaisseaux Soyouz.

Maigny avait palpé le canon de l'arme, caressé la détente. Il avait sorti la machette et l'avait fait tournoyer dans le vide, contemplant la lame qui accomplissait tour sur tour et renvoyait un reflet du soleil lointain. Thalia avait senti la lame passer près d'elle et vu un soupçon de plaisir dans les yeux de son coéquipier.

Elle avait alors compris quel acte elle aurait à commettre si elle voulait sauver sa peau. Pour ne pas alerter Maigny, elle avait poursuivi sa thérapie amateur tout en se préparant à l'inévitable. Elle n'aimait pas y penser, même encore à présent.

De temps à autre, selon la rotation de la SSI, le cadavre du Français apparaissait devant le hublot, comme un Témoin de Jéhovah macabre se présentant à la porte.

Encore une fois, une ration de nourriture de plus. Deux poumons en moins.

Et plus de temps à rester emprisonnée seule dans cette conserve spatiale hors service.

Fais-la dégringoler.

— Ne me tente pas, marmonna-t-elle.

La voix était masculine, indistincte. Familière, mais elle ne la reconnaissait pas. Ce n'était pas son mari, pas non plus son père disparu, mais quelqu'un qu'elle connaissait, néanmoins. Elle ressentait bel et bien une présence avec elle dans le Soyouz. Pas vrai ? Ou n'était-ce dû qu'à son désir de compagnie ? Un manque, un besoin ? À qui appartenait la voix qu'elle utilisait pour combler le vide dans sa vie ?

Lorsque la SSI passa de nouveau dans la lumière du soleil, elle regarda par les hublots.

Alors qu'elle contemplait le soleil qui pointait, elle vit des couleurs apparaître dans le ciel. Elle lui donnait ce nom, mais à cette altitude, ce n'était pas le « ciel », ni la « nuit ». C'était le cosmos, qui n'était pas « noir », mais dépourvu de lumière. C'était le vide. Le néant absolu. Sauf que…

Le phénomène se reproduisit ; des couleurs. Une giclée de rouge et un jaillissement d'orange, à la limite de sa vision périphérique, semblables aux explosions lumineuses que l'on voit quand on ferme fort les paupières.

Elle s'y essaya justement, appuyant sur ses yeux avec ses pouces desséchés, crevassés. Encore une fois, l'absence de lumière. Le vide à l'intérieur de sa tête. Une fontaine d'étoiles et de couleurs ondoyantes apparut dans le néant, puis elle rouvrit les yeux.

Dans le lointain, le bleu devint plus lumineux et disparut. Puis, dans une autre zone, une éruption de vert. Et du violet !

Des signes. Même s'il ne s'agissait que d'inventions de son esprit, c'étaient des signes.

Fais-la dégringoler, ma cocotte.

« Ma cocotte ? » Personne ne lui avait jamais donné ce sobriquet. Ni son mari, ni aucun de ses professeurs, ni les administrateurs du programme spatial, ni ses parents, ni ses grands-parents.

Elle ne s'interrogea pas longtemps sur l'identité de la voix. Elle était contente qu'on lui tienne compagnie, qu'on lui donne des conseils.

— Pourquoi ? demanda-t-elle.

Pas de réponse. La voix ne répondait jamais sur commande. Pourtant, elle ne désespérait pas que cela se produise un jour.

— Comment ?

Toujours rien, mais, alors qu'elle flottait dans la cabine en cloche, sa chaussure buta contre le kit de survie.

— Vraiment ? dit-elle, s'adressant à la mallette comme si la voix en provenait.

Elle n'avait pas touché le kit depuis qu'elle l'avait utilisé, la dernière fois. Elle le sortit de son emplacement et l'ouvrit, la serrure à combinaison déjà déverrouillée… L'avait-elle laissée ainsi ?

Elle prit le TP-82, le pistolet à canon long. La machette n'y était plus fixée, car elle l'avait jetée hors de la station avec Maigny. Elle leva l'arme devant ses yeux, comme si elle visait le hublot, puis la lâcha, la laissant virevolter devant elle comme un mot ou une idée en suspens.

Elle inventoria le reste du kit. Vingt balles. Vingt fusées de détresse. Dix cartouches de chevrotine.

— Explique-moi pourquoi, dit-elle, tout en chassant une larme inattendue, qu'elle regarda dériver. Après tout ce temps… pourquoi maintenant ?

Elle se tenait immobile, son corps pivotant à peine. Elle croyait dur comme fer qu'une réponse allait venir. Une raison. Une explication.

Parce que le moment est venu.

La lumière ardente passa en silence devant le hublot avec une telle vélocité qu'elle s'en étrangla. Prise d'hyperventilation, elle agrippa le dos du siège et se propulsa jusqu'au hublot pour admirer la queue de la comète qui se désagrégea dans l'atmosphère et s'éteignit avant d'avoir atteint la stratosphère.

Thalia se détourna brusquement, sentant encore une présence. Quelque chose qui n'était pas humain.

— Est-ce que c'était… ? commença-t-elle, sans pouvoir terminer sa question.

Parce qu'à l'évidence c'en était un.

Un signe.

Quand elle était petite fille, c'était une étoile filante qui lui avait donné envie de devenir astronaute. C'était l'histoire qu'elle racontait chaque fois qu'on l'avait invitée à parler dans des écoles ou à répondre à des interviews, au cours des mois qui avaient précédé le décollage, et pourtant, c'était l'absolue vérité ; son destin s'était écrit dans le ciel pendant son enfance.

Fais-la dégringoler.

Encore une fois, son souffle se bloqua dans sa gorge. La voix… Soudain, elle la reconnut. Son chien, chez elle, dans le Connecticut, un terre-neuve qu'elle avait appelé Ralphie ; c'était la voix qu'elle lui imaginait chaque fois qu'elle lui parlait, quand elle lui ébouriffait le poil et le câlinait, quand il se blottissait contre sa jambe…

Tu veux aller en promenade ?

Ça alors, oui !

Tu veux une friandise ?

Voui, voui !

Qui est un bon toutou ?

Moi, moi, moi !

Tu vas me manquer, quand je serai dans l'espace.

Tu vas me manquer aussi, ma cocotte.

C'était la voix qui résonnait dans sa tête, à présent. Celle qu'elle projetait sur Ralphie. Elle et pas elle à la fois, la voix d'une compagnie indéfectible, de la confiance et de l'affection.

— Pour de bon ? insista-t-elle.

Thalia tâcha d'imaginer ce qu'elle allait ressentir quand elle passerait de segment en segment pour faire exploser les propulseurs jusqu'à percer une brèche dans la coque. Quand la grande structure de capsules assemblées donnerait de la bande et décrocherait de son orbite, s'enflammerait à son entrée dans la mésosphère, tomberait à une vitesse vertigineuse et pénétrerait la couche toxique de la troposphère…

Soudain, la certitude l'envahit. Même si ce n'était que de la démence, elle pouvait agir avec certitude, à présent, sans se poser de questions. Au moins, elle ne finirait pas comme Maigny, frappé d'hallucinations, l'écume aux lèvres.

Les cartouches de chevrotine se chargeaient par la culasse.

Elle allait traverser en vitesse les compartiments pour laisser pénétrer le vide, puis sombrer avec le vaisseau. D'une certaine façon, elle se doutait depuis toujours que tel serait son destin. Ce fut une décision de toute beauté. Née d'une étoile filante, Thalia Charles allait en devenir une à son tour.

Camp Liberty

Nora admira l'objet.

Après y avoir travaillé toute la nuit, elle était épuisée, mais plutôt fière. Transformer un couteau à beurre en poignard : l'ironie de la chose ne lui échappait pas, pourtant. Un ustensile d'une grande délicatesse en une lame pointue et ébréchée.

Elle avait étouffé les crissements (elle frottait le métal contre un angle du mur de béton) en le couvrant avec son oreiller plein de bosses. Sa mère, qui dormait à quelques dizaines de centimètres d'elle, ne s'était rendu compte de rien. Il ne leur restait plus beaucoup de temps à passer ensemble. L'après-midi précédent, une heure environ après son retour de chez Barnes, on leur avait remis un ordre de traitement. On exigeait que la mère de Nora quitte la cour de détente à l'aube.

Comment allaient-ils la « traiter » ? Elle l'ignorait, mais elle ne l'autoriserait pas. Elle ferait appeler Barnes, lui annoncerait qu'elle avait réfléchi, s'approcherait de lui, puis lui poserait sa lame sur la gorge. Si elle n'obtenait pas de lui qu'il les libère, elle le tuerait. Ensuite…

Sa mère murmura dans son sommeil puis replongea dans son ronflement profond mais doux que Nora connaissait si bien. Enfant, au moment de s'endormir, ce bruit, qui accompagnait les mouvements réguliers de la poitrine de sa mère, la berçait. À cette époque, Mariela Martinez était une femme formidable. Une force de la nature. Infatigable, elle travaillait d'arrache-pied pour offrir une bonne éducation à Nora. Elle avait toujours été présente – toujours en mesure de lui payer ses études, ses livres de cours, ses vêtements. Nora avait même eu une robe de cérémonie, le jour de la remise des diplômes, et pas une fois au long de ces années elle n'avait entendu sa mère se plaindre de quoi que ce soit.

Mais un soir, la veille de Noël, Nora avait été réveillée par des sanglots sourds. Agée de quatorze ans, elle s'était montrée particulièrement peste lorsqu'elle avait réclamé une robe de *quinceañera* pour son anniversaire, qu'elle devait fêter peu après.

Après avoir descendu l'escalier en silence, elle s'était arrêtée à la porte de la cuisine. Sa mère était assise seule, un verre de lait à moitié plein à côté d'elle, ses lunettes de lecture posées sur la table couverte de factures.

Ce spectacle avait pétrifié Nora. Elle avait eu l'impression d'observer en catimini Dieu en train de pleurer. Alors qu'elle s'apprêtait à s'avancer et à demander ce qui n'allait pas, les sanglots de sa mère s'étaient intensifiés, pour se muer en mugissement. Mariela avait étouffé le bruit en plaquant les mains sur sa bouche tout en fondant en larmes. Terrifiée, Nora avait senti son sang geler dans ses veines. Elles n'avaient jamais discuté de cet incident, mais cette image de sa mère était restée gravée à jamais dans la mémoire de Nora. Elle avait changé. Elle avait mieux pris soin de sa mère et d'elle-même, et toujours travaillé plus que les autres.

Quand la maladie d'Alzheimer s'était déclarée, Mariela avait commencé à se plaindre. À propos de tout, en permanence. Ses frustrations et sa colère, accumulées au long de sa vie et tues par civilité, resurgirent en torrents de vitupérations incohérentes. Nora encaissait tout. Jamais elle n'abandonnerait sa mère.

Trois heures avant l'aube, Mariela ouvrit les yeux. Elle eut alors un bref moment de lucidité. Cela se produisait de temps à autre, mais de moins en moins souvent. D'une certaine manière, selon Nora, sa mère, tout comme les *strigoï*, voyait son libre arbitre supplanté par une volonté autre que la sienne. Nora ne pouvait s'empêcher de redouter ces moments où sa mère émergeait soudain de la transe provoquée par sa maladie et posait les yeux sur elle. Pour voir sa fille telle qu'elle était devenue.

— Nora ? Où sommes-nous ?

— Chut, *mama.* Ça va. Rendors-toi.

— Nous sommes dans un hôpital ? Je suis malade ? demanda la vieille femme, agitée.

— Non, *mama.* Ne t'inquiète pas. Tout va bien.

Mariela serra fermement la main de Nora, puis caressa sa tête chauve.

— Qu'est-ce qui s'est passé ? Qui t'a fait ça ? voulut-elle savoir, offusquée.

Nora lui baisa la main.

— Personne, *mama.* Ça va repousser, tu verras.

Mariela la considéra avec une grande lucidité, puis, au bout d'une longue pause, elle demanda :

— Est-ce que nous allons mourir ?

Nora ne sut quoi lui répondre. Des sanglots lui vinrent, et ce fut au tour de sa mère de la calmer, de la prendre dans ses bras et de l'embrasser doucement sur la tête.

— Ne pleure pas, ma chérie. Sèche tes larmes.

Puis elle regarda Nora droit dans les yeux.

— Quand on se retourne sur sa vie, on se rend compte que l'amour était la réponse à tout. Je t'aime, Nora. Je t'aimerai toujours. Et ça, on ne nous l'enlèvera jamais.

Elles s'endormirent ensemble. Lorsque Nora se réveilla, le ciel s'éclaircissait.

Et maintenant ? Elles étaient prises au piège. Loin de Fet, loin d'Eph. Sans aucune issue. À part le couteau à beurre.

Elle inspecta sa lame une dernière fois. Elle irait voir Barnes et utiliserait son poignard, puis le retournerait contre elle-même.

Soudain, la lame ne lui parut pas assez acérée.

Elle en travailla le tranchant et la pointe jusqu'à l'aube.

Station d'épuration

La station d'épuration de Stanford se trouvait sous un bâtiment de brique rouge hexagonal, dans La Salle Street, entre Amsterdam Avenue et Broadway. Construite en 1906, elle avait été conçue pour assurer les besoins du quartier, qui connaissait une croissance constante, pour au moins un siècle. Les dix premières années, l'installation traitait plus d'un million d'hectolitres d'eaux usées par jour, mais l'afflux d'habitants provoqué par deux guerres mondiales consécutives rendit vite cette capacité insuffisante. Les riverains se plaignaient de faiblesses respiratoires, d'infections oculaires, et de l'odeur de soufre qui émanait en permanence du bâtiment. On avait partiellement fermé la station en 1947, avant de la condamner, cinq ans plus tard.

L'intérieur était immense, majestueux même. L'architecture industrielle du début du XXe siècle possédait une noblesse réelle, perdue depuis. Des escaliers jumeaux en fer forgé conduisaient aux passerelles qui quadrillaient l'espace ; les structures en fonte qui filtraient les eaux d'égout n'avaient pas subi l'assaut des vandales. Des graffiti aux couleurs passées, des tas de poussière et de saleté hauts d'un mètre ou plus, des paquets de feuilles mortes, des excréments et des cadavres de pigeons ne laissaient aucun doute quant à l'abandon définitif des lieux. Un an plus tôt, après avoir découvert l'installation par hasard, Gus Elizalde avait nettoyé une cuve à la main pour y entreposer son arsenal personnel.

Le seul moyen d'y accéder était un tunnel fermé par une soupape de fer massive et cadenassée par une lourde chaîne d'acier inoxydable.

Gus avait proposé à ses comparses de les mener jusqu'à sa cache d'armes, afin qu'ils s'équipent pour leur raid contre le camp d'extraction de sang. Eph avait choisi de ne pas les accompagner, éprouvant le besoin de rester seul après avoir enfin revu son fils, en vidéo, au bout de deux longues années, aux côtés du Maître et de sa mère vampire. Pour l'heure, Fet éprouvait à son endroit une profonde compassion, eu égard à ce qu'ils venaient de voir. Toutefois, tandis qu'ils se rendaient à l'armurerie improvisée, il ne put se retenir de faire part de ses griefs envers lui, mettant Gus en garde contre son efficacité déclinante. Le tout sans méchanceté ni rancœur. Avec une pointe de jalousie, peut-être, car la présence d'Eph pouvait encore gêner sa relation avec Nora.

— Moi je l'aime pas, déclara Gus. J'ai jamais pu le sentir. Il se plaint de ce qui lui manque, ne voit plus ce qu'il a encore, et il est jamais content. C'est ce qu'on appelle un… comment on dit, déjà ?

— Un pessimiste ? proposa Fet.

— Un emmerdeur, de toute façon.

— Il en bave…

— Tiens donc ! Comme c'est triste ! C'est vrai que moi j'ai toujours voulu que ma mère vive à poil dans une cellule avec un casque collé sur la *cabeza*, putain !

Fet faillit sourire. En définitive, Gus avait raison. Nul ne devrait avoir à endurer de pareilles épreuves, mais il n'empêchait que Fet avait besoin qu'Eph soit fonctionnel et à nouveau prêt à se battre. Leur bataillon s'amenuisait, et il était indispensable que tous soient au mieux de leurs capacités.

— Il est toujours en train de râler, ce gars. Sa femme l'emmerde trop ? Bam ! elle se casse. Et puis là, « Bouh-hou, si seulement elle pouvait revenir »… Boum ! la v'là non morte ? « Bouh-hou-hou, pauvre de moi, ma femme est un vampire »… Et là, bim ! ils lui prennent son fils. « Oh là là, ce que j'aimerais le retrouver »… C'est sans fin, avec lui. Ceux qu'on aime, ceux qu'on protège, c'est tout ce qu'on a, mon pote. Même si c'est la merde. Si ma mère ressemble à un Power Ranger porno à chier, tant pis. C'est ce que j'ai. J'ai ma *mama*. Tu vois ? Je baisse pas les bras. Et je m'en branle. Quand je clamserai, ce sera en butant des enfoirés. C'est peut-être parce que je suis d'un signe de feu…

— Lequel ? demanda Fet.

— Je suis Gémeaux, répondit Gus. Dans le zodiaque, c'est un signe de feu.

— Gémeaux, c'est un signe d'air, Gus, rectifia Fet.

— Peu importe. Je m'en bats les couilles, en fait.

Après une longue pause, Gus reprit :

— Si on avait toujours le vieux avec nous, on leur aurait mis leur pâtée.

— Je le crois aussi.

Gus s'arrêta devant le piston et déverrouilla le cadenas.

— Alors, pour en revenir à Nora, dit-il. Tu lui as…

— Non, non… répondit Fet en rougissant. Je ne lui ai rien… non.

Gus sourit.

— Elle est même pas au courant, c'est ça ?

— Si. Ça au moins… je pense qu'elle sait. Mais pour l'instant ça n'a pas mené à grand-chose.

— Ça va venir, mon grand, rétorqua Gus en ouvrant la soupape qui protégeait l'armurerie. *¡Bienvenido a casa Elizalde !* s'exclama-t-il en écartant les bras devant un vaste étalage d'armes automatiques, d'épées et de munitions de tous calibres.

Fet lui tapota l'épaule en hochant la tête d'un air appréciateur. Il contempla une caisse de grenades.

— Où t'as trouvé tout ça ?

— Bah… Les gamins, ça a besoin de joujoux. Et plus ils sont gros, mieux c'est.

— Tu as un projet en tête ?

— Plusieurs. Je les garde pour une grande occasion. Pourquoi, t'as une idée, toi ?

— Qu'est-ce que tu dirais de faire sauter une bombe nucléaire ?

Gus eut un rire rauque.

— Ce serait l'éclate !

— Content que ça te plaise, parce que je suis pas rentré d'Islande les mains vides…

Il lui narra en quelques mots ses aventures, y compris sa rencontre avec Quinlan. Gus était comme en extase.

— *¿No mames?* T'as une bombe atomique ? !

— Oui, mais sans détonateur. C'est là que j'espérais que tu pourrais m'aider.

— Sans déconner ? fit Gus, toujours stupéfait par la révélation de Fet. Une bombe nucléaire ? !

Fet hocha la tête d'un air modeste.

— Alors là, respect, Fet. Grave respect. On n'a plus qu'à faire péter Manhattan. Genre… maintenant !

— Quoi qu'on décide, on n'aura droit qu'à une seule tentative. Faut être sûr de notre coup.

— Je sais qui pourra nous dégoter un détonateur, mon pote. Le seul connard encore capable de toucher des trucs pas nets, des machins louches, sur toute la côte Est. Alfonso Creem.

— Comment tu vas le contacter ? Passer dans le New Jersey, c'est comme franchir le Mur de Berlin.

— T'inquiète, j'ai des ressources. Fais confiance à Gusto. Comment j'ai chopé les grenades, à ton avis ?

Soudain silencieux, songeur, Fet considéra Gus.

— Toi, t'aurais assez confiance en Quinlan pour lui confier le livre ?

— Le bouquin du vieux ? Le machin en argent, là ?

— Oui. Tu lui permettrais de le consulter ?

— Je sais pas. Pourquoi pas, après tout. C'est qu'un livre.

— Si le Maître le veut, c'est qu'il a une bonne raison. Setrakian s'est sacrifié pour le protéger. Ce qu'il y a dedans, ça doit pas être du baratin. C'est l'avis de ton copain Quinlan…

— Et toi ?

— Moi ? J'ai le livre en ma possession, mais il me sert à rien. Tu connais la vanne : « Il est trop bête pour trouver une prière dans la Bible » ? Eh ben c'est ça, j'y comprends presque rien. Il y a peut-être une astuce. Pourtant, on doit pas être loin du but.

— Quinlan, je l'ai vu se bastonner. Putain, j'ai filmé cet enfoiré en train de nettoyer un nid en un clin d'œil. Il a buté vingt, peut-être trente vampires à lui tout seul…

Gus sourit en savourant ce souvenir. Fet appréciait Gus encore davantage lorsqu'il souriait.

— En zonzon, on apprend qu'il y a deux catégories de mecs, dans ce monde. Et moi je me fous que ce soit un humain ou un suceur de sang. Y a ceux qui se font marcher dessus, et ceux qui s'en laissent pas conter. Et ce mec, mon pote, il a une pêche d'enfer. Je t'assure qu'il veut en buter, du *strigoï*. À mon avis, il déteste le Maître au moins autant que nous.

Fet fut satisfait. L'affaire était entendue.

Quinlan pourrait étudier le livre. Et Fet obtiendrait des réponses.

JOURNAL D'EPHRAÏM GOODWEATHER

Pour la plupart des gens, la crise de la cinquantaine, ce n'est pas si terrible. Autrefois, elle frappait ceux qui voyaient leur jeunesse se flétrir, leur mariage se briser, ou leur carrière stagner. Des blessures qu'on parvenait en général à apaiser, selon son budget, en se teignant les cheveux, en s'offrant une voiture neuve ou un gros Montblanc, en se faisant tout plein de nouveaux potes au bistrot du coin. Ce que moi j'ai perdu, rien ne saurait le compenser. Mon cœur s'emballe chaque fois que j'y pense. Tout est fini. Ou ça le sera bientôt. Ce que j'avais, je l'ai gaspillé, et ce que j'espérais ne se produira jamais. Les choses qui m'entourent ont pris une forme définitive, affreuse. Toutes les grandes promesses que m'offrait la vie – le plus jeune diplômé de ma promotion, le grand déménagement sur la côte Est, ma rencontre avec la jeune femme idéale –, elles se sont envolées. Les soirées passées à manger de la pizza en regardant un film en famille. Se sentir un géant dans les yeux de mon fils…

À la télé, quand j'étais gamin, ils passaient un type qui s'appelait M. Rogers et qui chantait « Tu peux pas dégringoler, tu peux pas tomber au fond du trou »... Conneries !

Autrefois, mon CV aurait ressemblé à une énumération de succès, mais à présent... ça ressemblerait plus à un inventaire de possibilités jamais concrétisées. Jeune homme, je croyais que le monde et la place que j'y occupais suivaient un programme prédéfini. Que la réussite, quelle qu'elle soit, me viendrait à la seule condition que je m'implique à fond dans ma vie professionnelle, que je sois bon « dans mon domaine ». En tant que père bourreau de travail, j'estimais que la chose primordiale était ce boulot quotidien qui me permettait de subvenir aux besoins du foyer, de nous assurer une existence confortable. Et maintenant... maintenant que le monde autour de moi est devenu cet endroit infernal, il ne me reste que cette nausée qui me gagne chaque fois que je pense à mes mauvaises décisions et à ce que j'ai perdu. Voilà ce que je suis, véritablement : la somme de toutes mes erreurs, de tous mes choix grotesques ; un être faible, infirme, sur le déclin. Je ne baisse pas les bras, parce que je n'abandonnerai jamais... mais je vis sans foi en moi-même et sans le moindre espoir.

Mon cœur se serre à l'idée que je ne retrouverai jamais Zack, à la possibilité qu'il soit parti à jamais. Ça, je ne peux l'accepter. Je ne l'accepterai jamais.

Je n'ai pas les idées claires. Mais je le trouverai, j'en suis convaincu. Je l'ai vu dans mes rêves. Les yeux levés vers moi, faisant de nouveau de moi un géant, il m'appelait par le nom le plus chargé de sens auquel un homme puisse jamais aspirer : « Papa. »

J'ai vu une lumière qui nous enveloppait. Qui nous purifiait. Qui m'absolvait... de l'alcool, des drogues, de mes erreurs, du mal que j'ai causé. Cette lumière, je l'ai vue. Je souhaite qu'elle brille de nouveau dans ce monde de ténèbres.

DANS LES SOUS-SOLS DE L'UNIVERSITÉ COLUMBIA

Eph errait seul dans les tunnels de l'ancien asile, sous l'université Columbia. Il voulait seulement marcher. Voir Zack sur un encorbellement du Belvedere Castle avec Kelly et le Maître l'avait ébranlé au plus profond de son être. De tous les sorts qu'il avait redoutés pour son fils – assassiné, ou affamé dans un cachot –, la possibilité qu'il siège aux côtés du Maître ne lui était jamais venue à l'esprit.

Était-ce Kelly, ce démon, qui avait entraîné leur fils ? Ou était-ce le Maître qui voulait Zack auprès de lui… et si oui, pourquoi ?

Le Maître avait peut-être menacé Kelly, ne laissant à Zack nul autre choix que d'obéir. Eph voulait s'accrocher à cette hypothèse. L'idée que son fils ait rejoint le Maître de son plein gré était inimaginable. La pire crainte d'un parent est de voir son enfant dévoyé. Eph avait besoin de voir Zack comme un petit garçon perdu, pas comme un traître.

Il plongea la main dans sa poche de veste, en sortit deux comprimés blancs de Vicodin, qui accrochèrent la lueur de sa frontale à piles. Il les enfourna et les goba à sec.

Il m'appartient.

Eph se retourna d'un bloc. C'était la voix de Kelly – étouffée et lointaine, mais clairement reconnaissable. Il était seul dans le passage souterrain.

Il a toujours été à moi.

Eph tira son épée de quelques centimètres hors de son fourreau. Il partit d'un pas vif vers un court escalier qui descendait. La voix résonnait dans sa tête, mais une sorte de sixième sens lui indiquait le chemin.

Il est assis à la droite du Père.

Eph se mit à courir, furieux, la lampe sur son front agitée de secousses, s'engagea dans un autre couloir, se retrouva dans…

Les cellules. Où était enfermée la mère de Gus.

Il balaya la pièce du regard. Personne d'autre ne s'y trouvait. Il se tourna lentement vers le vampire casqué. Sa lampe projeta l'ombre des barreaux sur son corps immobile.

Zack te croit mort, déclara la voix de Kelly.

Eph dégaina son épée entièrement.

— La ferme !

Il commence à oublier. Le monde ancien, son fonctionnement. Tout s'efface, maintenant, ce n'est plus qu'un rêve de son enfance.

— Silence !

Il écoute le Maître attentivement. Il lui témoigne du respect. Il apprend.

Eph passa son épée entre deux barreaux. Alertée par la présence de l'argent, la mère de Gus tressaillit, ses seins pendants oscillèrent dans la pénombre.

— Il apprend quoi ? Réponds !

La voix de Kelly n'obtempéra pas.

— Vous lui lavez le cerveau, reprit Eph, qui songeait à son fils isolé, psychiquement vulnérable. Est-ce que vous lui lavez le cerveau ?

Nous l'éduquons.

Eph grimaça, comme si ces mots l'avaient tailladé.

— Non, non… que savez-vous de l'éducation ? Que pouvez-vous savoir de l'amour… de ce que signifie être un père, ou un fils ?

— *Nous sommes le sang fertile. Nous avons enfanté de nombreux fils... Joins-toi à nous.*

— Jamais !

C'est la seule façon pour toi d'être réuni avec lui.

Eph baissa légèrement le bras.

— Allez vous faire foutre. Je vous tuerai tous…

Rejoins-nous, et sois avec lui à jamais.

Eph resta figé un moment, paralysé par l'abattement. Elle attendait quelque chose de lui. Le Maître voulait quelque chose. Il s'efforça de reculer, de les repousser. Voulut s'arrêter de parler. S'éloigner.

— La ferme ! ragea-t-il.

Il serra vigoureusement son épée, puis quitta la salle en courant et regagna les tunnels, la voix de Kelly le poursuivant dans sa tête.

Viens à nous.

Il tourna à un angle, poussa une porte rouillée.

Viens à Zack.

Il ne ralentit pas.

Tu en as envie, tu le sais.

Puis le rire de Kelly s'éleva. Pas son rire d'humain, haut perché, léger et contagieux, mais un rire railleur, destiné à le provoquer. À le pousser à revenir.

Il ne céda pas. Et le rire s'estompa, faiblit avec la distance.

Il avançait sans se retourner, sa lame cognant dans les pieds de chaises abandonnées et cliquetant contre le sol. Les cachets faisaient effet, il se sentait comme dans du coton, son corps engourdi mais pas son esprit. En tournant les talons, il avait passé un cap. Plus que jamais, il voulait libérer Nora du camp de production de sang. La délivrer des griffes des vampires. Il voulait prouver à la Créature que même en des temps aussi cataclysmiques on pouvait sauver un humain. Il tenait à lui montrer que Zack n'était pas perdu, et que l'emprise que le Maître avait sur lui n'était pas aussi assurée qu'il le pensait.

Eph s'arrêta pour reprendre son souffle. Sa frontale faiblissait. Il la tapota, le faisceau vacilla. Il lui fallait se repérer au plus vite, puis remonter, sous peine de se perdre dans ce labyrinthe enténébré. Il brûlait de prévenir les autres qu'il était prêt à se rendre au camp et à se battre à leurs côtés.

Au bout du long couloir obscur, Eph aperçut une silhouette. Certains détails de sa posture – les bras tombants, les genoux légèrement fléchis – signifiaient *vampire*. Eph releva son épée. Il fit quelques pas en avant, espérant mieux éclairer la créature.

Celle-ci ne bougea pas. Les parois du tunnel étroit dérivaient légèrement dans la vision d'Eph, vacillaient sous l'effet des narcotiques. Et s'il souffrait d'hallucinations… s'il voyait ce qu'il avait envie de voir ? Il voulait un combat, de fait.

Presque convaincu que la silhouette n'était qu'un produit de son esprit défoncé, Eph s'enhardit et approcha du fantôme.

— Viens là, dit-il, toujours animé par sa rage contre le Maître et Kelly. Viens, que je te dérouille.

La créature demeura immobile, permettant à Eph de mieux l'observer. Un sweat-shirt à capuche formait une pointe par-dessus sa tête, plongeant son visage dans l'ombre et cachant ses yeux. Eph vit un jean et de grosses chaussures. Un de ses bras pendait le long de son corps, la créature cachait l'autre dans son dos.

Eph avança à grands pas, avec une détermination féroce. La silhouette ne bougea pas d'un centimètre. Eph prit un solide appui arrière et, tenant son épée à deux mains comme pour frapper une balle de base-ball, donna un coup circulaire en direction du cou.

À sa grande surprise, son épée produisit un bruit métallique, ses bras furent violemment repoussés, la poignée lui échappant presque. Une gerbe d'étincelles illumina fugacement le couloir.

Le vampire avait paré son attaque avec une barre de fer.

Des fourmis dans les paumes, les doigts endoloris, Eph raffermit sa prise sur son épée et recula pour frapper de nouveau. Maniant sa barre d'une seule main, le vampire le contra facilement et lui expédia dans le même mouvement un coup de pied dans la poitrine. Eph s'étala, roulant sur lui-même pour se mettre hors de portée.

Il leva les yeux vers la silhouette plongée dans l'ombre. Réelle, mais différente. Ce n'était pas un des sbires semi-intelligents qu'il affrontait d'habitude. Ce vampire faisait preuve d'un calme qui le démarquait des masses grouillantes de ses congénères.

Eph se releva maladroitement. La rage alimentait le feu qui brûlait en lui. Il ignorait ce qu'était ce vampire, et peu lui importait.

— Allez, amène-toi ! cria-t-il.

Encore une fois, le vampire ne réagit pas. Eph tendit son épée droit devant lui pour montrer la pointe d'argent acérée au *strigoï*. Il feinta à droite, pivota rapidement sur lui-même (une de ses meilleures bottes), frappant avec assez de force pour couper la créature en deux, mais le vampire avait anticipé et leva sa barre pour le contrer. Eph évita la parade, revint par-dessous, cherchant encore à l'atteindre au cou.

Le vampire attrapa son avant-bras et le lui tordit avec une telle force qu'Eph dut se cambrer pour éviter que son coude ou son épaule ne casse net. Il poussa un cri de douleur, incapable de tenir plus longtemps son épée, qui tomba au sol. De sa main libre, il tenta de saisir sa dague de ceinture, pour lacérer le visage de son adversaire.

La chose le projeta à terre.

Eph s'écarta en rampant, le coude foudroyé par une douleur cuisante. Deux autres silhouettes arrivèrent en courant par son côté du couloir. Deux humains. Fet et Gus.

Juste à temps. Eph se tourna vers le vampire en infériorité numérique, s'attendant à le voir charger.

La créature se contenta de se baisser, de prendre l'épée d'Eph par sa poignée entourée de bandes de cuir. Il la tourna d'un côté puis de l'autre, comme s'il la soupesait et jugeait sa facture. Eph n'avait encore jamais vu un vampire approcher autant d'une arme en argent de son plein gré, encore moins la manipuler.

Fet avait sorti son épée, mais Gus l'arrêta d'une main et passa devant Eph, sans même lui jeter un coup d'œil. Le vampire lança l'épée d'Eph à Gus, crosse en avant, et le jeune Hispanique l'attrapa avec aisance.

— Tu m'as enseigné pas mal de trucs, déclara Gus, mais cette parade-là, t'as omis de me l'apprendre…

Le vampire ne répondit pas. Ou s'il le fit, ce fut par télépathie, à l'usage exclusif de Gus. Il releva sa capuche, révélant une tête parfaitement chauve, sans oreilles, d'un aspect lisse surnaturel, semblable à celui d'un braqueur qui aurait tiré un bas nylon sur son visage.

Ses yeux, toutefois. Ils brillaient d'une lueur rouge flamboyant, comme ceux d'un rat.

Eph se mit debout et se massa le coude. Cette créature était bel et bien un *strigoï*, pourtant Gus se tenait près de lui. *À ses côtés.*

— Encore vous, dit Fet, la main toujours sur la poignée de son épée.

— C'est quoi, ce bordel ? lâcha Eph.

Gus lui lança son épée, plus fort que nécessaire.

— Tu devrais te souvenir de M. Quinlan, dit Gus. C'était le chasseur des Aînés. Le mec le plus chanmé de tout New York.

Gus se tourna alors vers Quinlan.

— Une amie à nous est emprisonnée dans un camp de production de sang. On veut aller la chercher.

Gus montra Eph et Fet du doigt.

— C'est eux qui ont le livre que tu veux voir. Je fais un super entremetteur, non ?

Quinlan posa un regard perçant sur Eph, le scruta de ses yeux qui avaient vu passer des siècles et des siècles, à la fois humain et vampire. Sa voix, lorsqu'elle pénétra dans l'esprit d'Ephraïm, fut d'un timbre doux et mesuré de baryton.

Docteur Goodweather, je présume.

Eph planta son regard dans le sien et acquiesça d'un signe de tête à peine perceptible. Quinlan se tourna vers Fet.

Je me présente à vous dans l'espoir que nous pourrons parvenir à un accord.

Low Memorial Library, université Columbia

Assis à une table de lecture dans une salle de recherche de la bibliothèque de l'université Columbia, près de la vaste rotonde – le plus grand dôme de granite des États-Unis –, Quinlan fixait Fet du regard.

— Vous nous aidez à pénétrer dans le camp, et vous pourrez étudier le livre, déclara le dératiseur. Ce n'est pas négociable.

C'est d'accord. Mais vous savez que vous aurez à affronter des strigoï *et des gardes humains en immense supériorité numérique ?*

— Nous le savons. Alors, vous nous aiderez à entrer ? C'est le prix à payer.

Je le ferai, oui.

L'exterminateur défit une fermeture Eclair cachée de son sac à dos et en sortit un gros paquet de chiffons.

Vous l'aviez sur vous ? demanda l'Enfanté, incrédule.

— Je connais peu d'endroits plus sûrs, répondit Fet en souriant. Caché à la vue de tous. Qui veut le livre aura affaire à moi.

Une perspective décourageante, c'est certain.

— Suffisamment, rétorqua Fet avant de déballer le volume. Voici donc le *Lumen.*

Une vague de froid remonta dans le cou de Quinlan. Sensation rare chez un être si vieux. Il contempla le livre, à la couverture de cuir et de tissu élimés.

— J'ai retiré la protection d'argent. J'ai un peu abîmé le dos, mais tant pis. Comme ça, il paie pas de mine, pas vrai ?

— Où est la couverture d'argent ?

— Cachée. Et facile à récupérer.

Quinlan le considéra.

— Vous ne cesserez jamais de me surprendre, exterminateur.

Fet chassa le compliment d'un haussement d'épaules.

Le vieil homme a bien choisi, monsieur Fet. Votre cœur ne connaît pas la complication. Il sait ce qu'il sait et agit en conséquence. Difficile de trouver plus grande sagesse.

La capuche de son sweat-shirt noir rabattue sur la tête, l'Enfanté consultait l'*Occido Lumen*. La tranche argentée du livre étant toxique pour son organisme vampirique, il le feuilletait avec précaution, à l'aide de la gomme d'un crayon. À présent, il caressait l'intérieur de la page du bout des doigts, à la façon d'un aveugle qui explore le visage de l'être aimé.

Ce document était sacré. Il relatait la création et l'histoire de la race des vampires, et contenait plusieurs références aux Enfantés. Comment réagirait un humain qui accéderait à un livre décrivant les secrets de sa genèse et fournissant les réponses à tous les mystères de la vie ? Les yeux rouge rubis de Quinlan parcouraient les pages avec intensité.

La lecture est difficile. La prose est dense.

— À qui le dites-vous, répondit Fet.

Beaucoup d'éléments sont dissimulés, dans des images et dans les filigranes. Ils m'apparaissent plus clairement qu'à vous, mais cela va prendre du temps.

— C'est justement ce qui nous manque. Ça va être long, à votre avis ?

Les yeux de l'Enfanté continuaient à parcourir les lignes.

Impossible à dire.

Fet se rendait compte que son anxiété déconcentrait Quinlan.

— Nous sommes en train de charger les armes. Ça vous laisse environ une heure… ensuite, vous nous rejoindrez. Nous irons libérer Nora…

Fet partit. Au bout de trois pas, il avait oublié le *Lumen*, le Maître et l'apocalypse. Seule Nora occupait son esprit.

Quinlan reprit sa lecture.

INTERLUDE II

OCCIDO LUMEN : L'HISTOIRE DU MAÎTRE

Il y en avait un troisième.

Chaque livre saint, la Torah, la Bible et le Coran, relate la destruction de Sodome et Gomorrhe. À sa façon, le *Lumen* en fait autant.

Dans le chapitre 18 de la Genèse, trois archanges apparaissent à Abraham sous forme humaine. On raconte que deux d'entre eux rejoignent les cités condamnées de la plaine, résident chez Loth, dégustent un festin et sont plus tard encerclés par les hommes de Sodome, qu'ils aveuglent avant de détruire leur ville.

On passe délibérément sur le troisième archange. Il est caché. Exclu du récit.

Voici son histoire.

Cinq cités se partageaient la vaste plaine luxuriante du Jourdain, près de l'actuelle mer Morte. Parmi elles, Sodome était la plus fière, la plus belle. Elle s'élevait de son environnement fertile, tel un monument à la richesse et à la prospérité.

Irriguée par un réseau complexe de canaux, elle s'était développée au fil des siècles sans plan établi, et avait débordé au-delà des voies d'acheminement de l'eau pour prendre un aspect qui évoquait une colombe en plein vol. Sa superficie de cinq hectares se cristallisa sous cette forme lorsqu'on érigea ses murs d'enceinte, vers 2024 avant Jésus-Christ. Les murailles mesuraient deux mètres d'épaisseur et plus de douze mètres de haut, construites de briques d'argile cuite et enduites de gypse pour qu'elles rayonnent d'un blanc éclatant au soleil. À l'intérieur, on bâtit des édifices si serrés les uns contre les autres qu'ils se superposaient presque, le plus haut étant un temple dressé à la gloire du dieu cananéen Moloch. Sodome comptait environ deux mille âmes. Fruits, épices et céréales y abondaient et marquaient son opulence. On pouvait y voir simultanément le verre et les tuiles de bronze à dorures d'une dizaine de palais, qui scintillaient sous le soleil déclinant.

Ces extraordinaires richesses étaient protégées par les portes massives qui donnaient accès à la cité. Six pierres irrégulières de dimensions énormes constituaient une arche monumentale comblée par deux battants de fer et d'un bois dur comme l'acier, que ne pouvaient entamer ni le feu ni les béliers.

C'était devant ces portes que Loth, fils d'Haran, neveu d'Abraham, se trouvait à l'arrivée des trois anges. Des créatures blafardes, luminescentes et lointaines. D'essence divine, et donc dépourvues de tout défaut. De leur dos dépassaient de longs appendices, baignés d'une douce lumière, que l'on pouvait aisément prendre pour des ailes lumineuses. Ces membres éclatants battaient en douceur tandis qu'ils marchaient, aussi naturellement que l'on compense un mouvement en avant en balançant les bras. À chaque pas, leur forme et leur masse se précisaient, puis ils furent là, nus, et quelque peu perdus. Leur peau avait l'aspect de l'albâtre le plus pur, et leur beauté était à Loth comme un rappel de son imperfection de mortel.

On les avait envoyés à Sodome pour punir l'orgueil, la décadence et la brutalité qui s'y étaient développés. Gabriel, Michel et Azraël étaient les émissaires de Dieu, celles de Ses créations qu'Il chérissait le plus, auxquelles Il accordait le plus Sa confiance, Ses soldats les plus impitoyables.

Et parmi eux, c'était Azraël qui recevait Sa plus grande faveur. Il avait hâte de se rendre sur la place principale de la ville, à la faveur de la nuit, là où on leur avait ordonné d'aller, mais Loth insista pour les recevoir en sa demeure. Gabriel et Michel acceptèrent, aussi Azraël, qui portait le plus d'intérêt aux déviances de la ville, fut-il contraint de se plier aux souhaits de ses frères. Des trois, c'était Azraël qui portait en lui la voix de Dieu, le pouvoir de destruction qui anéantirait les deux cités pécheresses.

Le destin, généreux avec Loth, lui avait donné des terres, du bétail, et une femme vertueuse. Le festin qu'il offrit fut donc copieux et varié. Les trois archanges firent bombance en tant qu'êtres de chair, et les deux filles vierges de Loth leur lavèrent les pieds. Ces sensations physiques, bien que nouvelles pour les trois anges, bouleversèrent Azraël et eurent en lui un retentissement que ne connurent pas les autres. Pour la première fois, Azraël fit l'expérience de l'individualité, d'être détaché de l'énergie de la déité. Car Dieu est une énergie, plus qu'un être anthropomorphe, et Son langage est la biologie. Les globules rouges, le principe de l'attraction magnétique, les synapses neurologiques : chacun d'entre eux constitue un miracle, et en chacun est présent le flux divin. Lorsque la femme de Loth se coupa en préparant les herbes et l'huile pour le bain, Azraël contempla son sang avec curiosité. Son odeur l'excita. Le tenta. Sa couleur lui parut précieuse, riche… comme des rubis liquides qui scintillaient à la lueur des bougies. La femme, qui dès le début avait protesté contre la présence des hommes, eut un mouvement de recul lorsqu'elle découvrit l'archange qui admirait sa blessure d'un air ravi.

Azraël était venu sur Terre à de nombreuses reprises. Il était là lorsque Adam était mort, à l'âge de neuf cent trente ans, là quand les hommes qui raillaient Noé s'étaient noyés dans les flots noirs du Déluge. Mais cette plaine, il ne l'avait traversée que sous une forme incorporelle, son essence liée à celle du Seigneur.

Azraël n'avait donc jamais connu la faim. Ni la douleur. Et à présent, un torrent de sensations l'assaillait. Ayant éprouvé le sol sous ses pieds, la caresse de l'air nocturne sur ses bras, goûté la nourriture cultivée dans les champs, découpée dans des mammifères inférieurs, il sentit que ces découvertes l'attiraient plus près du genre humain, de la terre elle-même. Plus près de cette espèce animale. L'eau coulait sur ses pieds. Les aliments mastiqués glissaient dans sa bouche, dans sa gorge. Ces expériences physiques le poussèrent à en vouloir davantage, et la curiosité l'emporta.

Lorsque les hommes de la ville entourèrent la maison de Loth après avoir appris qu'il accueillait de mystérieux étrangers, Azraël fut captivé par leurs cris. Les habitants, qui brandissaient torches et armes, exigeaient qu'on leur montre les visiteurs, de sorte qu'ils puissent les connaître. Les rumeurs concernant la beauté de ces voyageurs les excitaient tant qu'ils voulurent les posséder sexuellement. Le désir bestial de ces hommes fascinait Azraël, lui rappelait sa propre soif, et quand Loth alla négocier avec eux – leur offrant en vain ses filles à la place – Azraël mit à profit son pouvoir pour quitter la maison sans être vu.

Il observa brièvement la multitude. À quelques mètres, caché dans une venelle, captant l'énergie hystérique du mouvement de foule, une énergie si dissemblable de celle de Dieu. Ces enveloppes de chair remuantes, dont le visage ne connaissait jamais le repos, déliraient à l'unisson, cherchaient la communion avec l'inconnu d'une manière des plus primitives. Leur convoitise était aussi pure que grisante.

On décriait beaucoup les vices de Sodome et Gomorrhe, mais Azraël n'en vit pas grand-chose tandis qu'il arpentait les rues de la ville, éclairées par un système complexe de lampes à huile en bronze et pavées d'albâtre brut. Des chambranles d'argent ou d'or ornaient les portiques de chacune des habitations contenues dans le périmètre de ses trois places concentriques.

Les portiques d'or annonçaient des réjouissances charnelles, ceux d'argent des plaisirs plus obscurs. Ceux qui franchissaient les portes argentées recherchaient des sensations cruelles ou violentes. C'était cette même cruauté que Dieu ne pouvait pardonner. Non pas l'abondance, ni l'abandon, mais le sadisme extrême avec lequel les citoyens de Sodome et Gomorrhe traitaient les voyageurs. C'étaient là des villes inhospitalières et impitoyables. Des caravanes y amenaient esclaves et ennemis capturés pour satisfaire les clients des portiques d'argent.

À dessein ou par hasard, ce fut un seuil argenté que franchit Azraël. Il fut accueilli par une femme râblée à la peau légèrement basanée. Rustaude, mal soignée… l'épouse d'un surveillant d'esclaves que seul le commerce intéressait. Mais ce soir-là, quand l'hôtesse leva les yeux depuis sa place dans le vestibule de ce lieu de débauche, elle vit la plus belle créature, la plus bienveillante, qui se fût jamais tenue devant elle, sous la lumière dorée de la lampe à huile. Les archanges étaient des êtres sublimes, asexués. Imberbes, la peau immaculée et opalescente, les yeux iridescents. Leurs gencives étaient aussi pâles que l'émail de leurs dents, et la grâce de leurs longs membres provenait de leurs proportions parfaites. Ils ne possédaient pas d'organes génitaux, détail physiologique qui serait répliqué chez les êtres horribles que l'un d'eux allait engendrer.

Telle était la beauté d'Azraël, sa douce splendeur, que la femme fut prise de l'envie de pleurer et d'implorer le pardon. Mais ses nombreuses années de métier lui donnèrent le courage de continuer à fournir les services requis. Lorsqu'il assista à la violence raffinée qui se déroulait entre les murs de l'établissement, l'archange sentit sa grâce immanente s'estomper, l'abandonner à mesure que son désir croissait, et bien qu'il ne sût avec exactitude ce qu'il recherchait, il le trouva.

Azraël saisit l'hôtesse au cou, la poussa contre un petit mur de pierre, regarda la peur la gagner. L'ange sentit les tendons fermes mais délicats qui entouraient la gorge de la femme, puis les embrassa, les lécha, goûtant sa sueur âcre et salée. Soudain, mû par une pulsion, il mordit, fort et profondément, déchira la chair de sa victime, arracha ses artères comme les cordes d'une harpe, puis but sauvagement l'essence sanguine qui s'en écoulait. Azraël sacrifia cette femme, non pas en offrande à son Seigneur tout-puissant mais dans le seul but de Le connaître. *Pour savoir. Pour posséder. Pour dominer et conquérir.*

La saveur du sang, la mort de la femme et la fluidité de cet échange de puissance lui procurèrent une extase absolue. Boire le sang, cette essence divine, et par là interrompre le flux qui charriait la présence de Dieu, emplit Azraël d'une frénésie. Il en voulait davantage. Pourquoi Dieu lui avait-il refusé, à lui Son favori, ce délice, l'ambroisie cachée dans ces créatures imparfaites ?

On disait que le vin fermenté à partir de grappes gâtées était le plus savoureux qui soit.

Azraël s'interrogea ; qu'en était-il du vin tiré des grains les plus riches ?

Devant le corps inanimé de l'hôtesse à ses pieds, le sang répandu qui brillait d'une teinte argentée sous le clair de lune vif, Azraël ne parvenait pas à chasser une pensée de son esprit.

Les anges ont-ils du sang ?

LOW MEMORIAL LIBRARY, UNIVERSITÉ COLUMBIA

Quinlan ferma le *Lumen* et leva la tête lorsque Fet et Gus entrèrent, armés jusqu'aux dents et prêts au départ. Il restait beaucoup à apprendre sur les origines du Maître, mais la tête lui tournait déjà sous l'afflux de renseignements que contenait le livre. Il jeta quelques notes sur le papier, entoura quelques transcriptions, se leva. Fet récupéra le livre, l'enveloppa et le fourra dans son sac à dos, qu'il tendit à Quinlan.

— Je ne l'emporte pas avec moi, déclara-t-il. Si on ne s'en sort pas vivants, c'est vous qui devez savoir où il est caché. S'ils nous font prisonniers et tentent de nous extorquer des renseignements… eh bien, même si on saigne, on ne peut pas livrer un secret qu'on ne connaît pas…

Quinlan accepta cet honneur avec humilité.

— Je suis pas mécontent de m'en débarrasser, en fait… ajouta Flet.

Si vous le dites.

— Aucun doute là-dessus. Bien… si on ne s'en sort pas… Vous êtes en possession de l'outil le plus précieux. Terminez le combat. Détruisez le Maître.

New Jersey

Alfonso Creem se prélassait dans un confortable fauteuil de relaxation blanc, ses baskets délacées posées sur le repose-jambes, un jouet pour chien en caoutchouc dur dans la main. Ambassador et Skill, ses deux chiens-loups, étaient allongés sur le sol de la salle à manger, attachés aux pieds en bois de la lourde table, leurs yeux argentés rivés sur la balle rayée rouge et blanc.

Creem fit couiner le jouet, les chiens grommelèrent. Cela l'amusait, et il répétait sans cesse la manœuvre.

Assis sur la première marche de l'escalier, Royal, le lieutenant de Creem – le chef des Saphirs, gang du New Jersey aguerri au combat –, crachait du café dans un mug. Nicotine, ganja et autres substances récréatives étant de plus en plus difficiles à se procurer, Royal avait bricolé un système pour ingérer le seul vice disponible dans ce nouvel ordre mondial : la caféine. Il arrachait l'extrémité d'un filtre, formant ainsi une poche dans laquelle il versait du café moulu, puis il la coinçait contre sa gencive, comme il l'eût fait d'une chique. C'était amer, mais ça lui donnait la pêche.

Devant la fenêtre de devant, Malvo surveillait la rue, guettant l'arrivée d'un convoi de camions. Afin d'assurer leur survie, les Saphirs s'étaient rabattus sur la piraterie routière. Les buveurs de sang variaient leurs itinéraires, mais Creem avait vu une cargaison de vivres passer, quelques jours plus tôt, et conclu qu'une autre finirait bien par emprunter le même itinéraire.

Dans l'ordre des priorités de Creem, assurer leur approvisionnement, à lui et à ses acolytes, était en haut de la liste. Sans surprise, ne pas manger à sa faim était mauvais pour le moral des troupes. Nourrir Ambassador et Skill venait en second. Plus d'une fois, l'odorat affûté et les aptitudes de survie innées des chiens-loups avaient alerté les Saphirs d'une attaque imminente des vampires. Donner à manger à leurs femmes venait en troisième. Ces dernières n'avaient rien de formidable, quelques vagabondes qu'ils avaient récupérées au fil du temps… mais leurs corps étaient chauds, vivants. Être en vie, c'était le summum du bandant, par les temps qui couraient. Bien nourries, elles ne se plaignaient pas, se montraient reconnaissantes, et proches d'eux, ce qui était bénéfique à sa bande. Qui plus est, Creem n'aimait pas les femmes maigrelettes, à l'allure maladive. Il les préférait bien en chair.

Depuis des mois, il se battait contre les vampires sur son ancien territoire, pour rester en vie et en liberté. Impossible pour un humain de prendre pied dans cette nouvelle économie du sang. La monnaie et le foncier ne valaient plus rien, tout comme l'or. Hormis la nourriture, l'argent était le seul produit du marché noir méritant qu'on en fasse trafic. Les humains de Stoneheart confisquaient tous les objets d'argent qu'ils trouvaient, et les enfermaient dans des coffres-forts de banque par ailleurs inutilisés. L'argent représentait une menace pour les vampires, même s'il fallait d'abord le transformer en arme, et même si les forgerons capables de le travailler ne couraient pas les rues.

Les aliments étaient donc devenus la nouvelle monnaie d'échange. (L'eau restait abondante, à condition de la bouillir et de la filtrer.) Le groupe Stoneheart Industries, après avoir transformé ses abattoirs en camps de production de sang, avait maintenu sa structure de transport des marchandises de première nécessité et contrôlait l'ouverture et la fermeture des vannes. Les denrées alimentaires étaient cultivées par les humains qui trimaient dans les camps. On complétait la brève période de lumière quotidienne grâce à d'immenses fermes éclairées par des lampes à ultraviolets, avec des serres luminescentes destinées à la production des fruits et légumes, et de vastes entrepôts consacrés à l'élevage de volailles, de porcs et de bovins. Les UV étant fatals aux *strigoï*, c'étaient les seules zones du camp où n'accédaient que les humains.

Tous ces renseignements, Creem les tenait des chauffeurs qui conduisaient les camions détournés du groupe Stoneheart.

En dehors des camps, on pouvait se procurer à manger avec des cartes de rationnement que l'on gagnait par son travail. Pour y avoir droit, il fallait posséder des papiers officiels ; en résumé, si l'on voulait manger, on devait être aux ordres des vampires. On devait se soumettre.

Les *strigoï* exerçaient leur surveillance essentiellement de façon psychique. Le New Jersey était devenu un État policier, où les suceurs de sang observaient tout et transmettaient leur rapport automatiquement. Ces sangsues ne faisaient que travailler, se nourrir, et, pendant les quelques heures où les rayons du soleil perçaient les nuages, elles s'enfouissaient dans la terre. En général disciplinés, les *strigoï* ne mangeaient (comme les humains réduits en esclavage) que ce qu'on leur donnait, et quand on le leur donnait ; la plupart du temps, du sang conditionné en provenance des camps, même si Creem avait toutefois vu certains d'entre eux enfreindre les règles. De nuit, on pouvait circuler dans les rues parmi les vampires, à condition d'avoir l'air de travailler, mais les humains devaient se soumettre aux *strigoï*, comme l'exigeait leur statut de citoyens d'une caste inférieure.

Une clochette retentit ; Creem rabattit son fauteuil et se leva. Le tintement signifiait qu'il venait de recevoir un message en provenance de New York. De Gus.

Au-dessus de son repaire, Gus avait installé une petite cage pour y garder des pigeons et quelques poules. De temps à autre, ces dernières lui donnaient un œuf frais chargé de protéines, de lipides et de minéraux, un cadeau aussi précieux que la perle d'une huître. Les pigeons lui fournissaient un moyen de communiquer avec le monde extérieur parfaitement indétectable par les vampires. De temps à autre, Gus envoyait un pigeon pour passer une commande à Creem – armes, munitions, quelques magazines pornos – et convenir d'un rendez-vous. À condition d'offrir le bon prix, Creem pouvait presque tout dégoter.

Ce jour-là, ce fut le cas. Le pigeon – Harry, que le Mexicain surnommait « le New Jersey Express » – venait de se poser sur un petit perchoir près de la fenêtre et donnait des coups de bec sur la clochette. Sachant que Creem allait le nourrir.

Le gangster défit la bande élastique qui serrait sa patte, retira la petite capsule de plastique et en sortit une bande de papier serrée en rouleau fin. Harry roucoula.

— T'excite pas, petite merde, dit Creem.

Il ouvrit un Tupperware plein de précieux grains de maïs, en versa dans une tasse pour récompenser l'oiseau et s'en fourra quelques-uns dans la bouche avant de remettre le couvercle.

Creem lut la requête de Gus.

— Un détonateur ? ricana-t-il. Tu te fous de ma gueule…

Malvo produisit deux courts bruits de succion.

— Voiture d'éclaireurs en approche, annonça-t-il.

Les chiens-loups se levèrent d'un bond, mais Creem leur fit signe de se tenir tranquilles. Il détacha leurs laisses et tira fermement sur les chaînes pour qu'ils restent silencieux à ses pieds.

— Avertis les autres, ordonna-t-il.

Royal se dirigea vers le garage attenant. Malgré les trente kilos qu'il avait perdus, Creem gardait une carrure imposante. Ses bras courts et puissants étaient trop larges pour qu'il puisse les croiser sur son torse presque carré. Chez lui, il portait toute sa quincaillerie, sa bague quatre doigts et son dentier en argent. Creem avait déjà un faible pour le métal précieux, avant même qu'il devienne la marque des guerriers, des hors-la-loi.

Ses lieutenants en armes montèrent dans le gros 4 × 4 Tahoe. Les convois comportaient en général trois véhicules militaires, les vampires ouvrant et fermant la marche, entourant le camion de vivres conduit par des humains. Cette fois, Creem espérait mettre la main sur des céréales, des petits pains, des brioches, ce genre de choses. Les glucides les rassasiaient et leur duraient des jours, parfois des semaines. Les protéines étaient une denrée rare et précieuse, et la viande plus encore, mais difficiles à conserver. Le beurre de cacahuète se présentait sous sa forme brute, surmonté d'une couche d'huile (car on ne transformait plus aucun aliment), ce que Creem détestait, contrairement à Royal et aux chiens, qui adoraient.

Les chiens-loups n'impressionnaient pas les vampires, mais les humains en avaient une peur bleue. Il était fréquent qu'ils se fassent dessus à la vue de la lueur argentée dans leurs yeux. Creem avait dressé les animaux à son idée ; ils n'écoutaient que lui, celui qui les nourrissait. Ce n'était pourtant pas des bêtes faites pour être domestiquées ou apprivoisées, raison pour laquelle Creem s'identifiait à elles et les gardait près de lui.

Ambassador tirait sur son collier, Skill grattait le sol du garage. Ils savaient ce qui se préparait. Ils allaient gagner leur repas. Ils étaient plus motivés encore que les Saphirs, car pour les chiens-loups le nerf de l'économie n'avait jamais changé : manger, manger, manger.

La porte du garage se leva. Les camions approchaient ; Creem entendait distinctement leur grondement, car aucun autre bruit de circulation ne le masquait. Ils allaient procéder à une embuscade classique. De l'autre côté de la rue, entre deux maisons, l'un d'eux se tenait prêt à percuter le véhicule de tête avec une remorqueuse. À l'arrière, des voitures de renfort couperaient toute possibilité de fuir aux *strigoï*, immobilisant le convoi dans ce quartier résidentiel.

Maintenir leurs automobiles en état de fonctionnement était aussi une des priorités de Creem. Certains de ses gars excellaient dans ce domaine. L'essence était limitée, les batteries aussi. Les Saphirs utilisaient deux garages du New Jersey pour désosser les poids lourds de Stoneheart afin de récupérer carburant et pièces détachées.

Le camion de tête passa le carrefour à vive allure. Creem repéra un véhicule supplémentaire dans le convoi, un quatrième, mais cela ne l'inquiéta pas. À la seconde près, la dépanneuse démarra dans un crissement de pneus, traversa le jardin boueux sur les chapeaux de roues et quitta le trottoir en bondissant sur ses suspensions, puis enfonça l'aile arrière du camion de tête, qui tournoya sur lui-même avec une telle force qu'il pointait dans la mauvaise direction lorsqu'il s'arrêta enfin. Les voitures de soutien intervinrent aussitôt après, bloquant le camion de queue pare-chocs contre pare-chocs. Les véhicules du milieu pilèrent et dévièrent vers les caniveaux. Deux camions à bâche… peut-être un double butin.

Au volant du Tahoe, Royal fonça droit sur le camion de nourriture et s'arrêta à quelques centimètres de sa calandre. Creem lâcha Ambassador et Skill, qui s'élancèrent à toute allure. Royal et Malvo sortirent du 4 × 4, armés chacun d'une longue épée et d'un poignard. Ils se précipitèrent sur les vampires qui se déversaient du camion. Royal se montrait particulièrement brutal. Il avait soudé des pointes d'argent sur les coques de ses chaussures. L'assaut fut terminé en moins d'une minute.

Le premier détail qui parut étrange à Creem fut le camion de nourriture. Les humains restaient dans la cabine au lieu de s'enfuir. Ambassador sautait devant la portière du conducteur, ses mâchoires claquant en direction de la vitre fermée, l'homme à l'intérieur contemplant la gueule furieuse et les crocs acérés du chien-loup sans réagir.

Puis quelqu'un releva les flancs de toile des camions militaires. Ils ne renfermaient pas des marchandises, mais vingt ou trente vampires qui en jaillirent avec une fureur, une vélocité et une agressivité égales à celles des chiens. Malvo en pourfendit trois avant que l'un d'eux lui fonce dedans et le déséquilibre. Le gangster tomba, ils se jetèrent sur lui.

Royal battit en retraite, reculant comme un garçon muni d'une pelle devant un raz-de-marée. Son dos heurta son véhicule, il n'irait pas plus loin.

Creem ne voyait pas ce qui se passait à l'arrière… mais il entendit les hurlements. Et s'il avait appris une chose, c'était que… les vampires ne crient pas.

Il courut – autant qu'un homme de sa carrure le pouvait – en direction de Royal, acculé contre l'avant du Tahoe par un groupe de six créatures. Royal n'allait pas tenir longtemps, et Creem ne pouvait l'abandonner ainsi. À la ceinture, il portait son 44 Magnum, dont les balles n'étaient pas en argent, mais qu'il aimait bien quand même. Il le dégaina et fit sauter la tête à deux vampires, *bam*, *bam*, le sang blanc acide giclant sur le visage de Royal et l'aveuglant.

Un peu plus loin, Skill avait planté ses crocs dans le coude d'un *strigoï* qui, insensible à la douleur, lui retourna un coup de machette qui lui ouvrit la gorge comme on tranche une pastèque.

Creem tira sur la créature, perçant deux trous béants dans sa gorge. Le monstre s'effondra à côté de Skill, qui gémissait dans une mare de sang.

Deux autres monstres s'étaient jetés sur Ambassador, dont ils vinrent à bout grâce à leur force inhumaine. Creem les canarda à leur tour, leur arrachant des bouts de crâne, d'épaule et de bras, sans les empêcher de déchiqueter le chien-loup.

Les coups de feu avaient attiré l'attention sur Creem. Royal était déjà mort, des aiguillons plantés dans le cou, deux *strigoï* se nourrissant de lui au milieu de la rue. Enfermés dans le camion leurre, les humains observaient la scène, les yeux écarquillés non pas d'horreur mais d'excitation. Creem tira deux cartouches dans leur direction et entendit du verre se briser, mais il ne pouvait ralentir pour vérifier s'il les avait ou non atteints.

Il se glissa dans l'habitacle du Tahoe, son torse massif à l'étroit derrière le volant. Le moteur tournant toujours, il partit en marche arrière, enfonça la pédale de frein et dérapa sur quelques mètres de plus, puis braqua à gauche. Lorsque deux vampires bondirent en travers de son chemin, Creem mit le pied au plancher et les broya sur le trottoir. Il s'engagea sur la route en zigzaguant et poussa le moteur à fond, mais il n'avait pas tenu compte du fait qu'il n'avait pas conduit depuis bien longtemps.

Le Tahoe chassa et heurta le trottoir d'en face ; un pneu éclata sous le choc. Creem contre-braqua et corrigea sa trajectoire, enfonça l'accélérateur, obtint une poussée puissante du 4 × 4… dont le moteur toussa et s'éteignit.

Creem consulta la jauge d'essence, le voyant rouge indiquait clairement qu'il était à sec. Les membres de son gang avaient mis juste assez de carburant pour la mission. La camionnette qui devait servir à la fuite, au réservoir à moitié plein, se trouvait à l'arrière.

Creem ouvrit violemment sa portière et s'extirpa du véhicule alors que les vampires se précipitaient vers lui. Livides et sales, pieds nus, assoiffés de sang. Creem rechargea son 44, avec son unique chargeur de rechange, cribla de balles les enfoirés qui, comme dans un cauchemar, arrivaient en flot continu. Lorsque le pistolet fut vide, il s'attaqua aux vampires avec ses poings couverts d'argent, le métal ajoutant force et dégâts à ses coups. Il retira une de ses chaînes et s'en servit pour étrangler un des *strigoï*, balançant le corps de la créature à droite et à gauche pour bloquer les mains des autres goules qui tentaient de l'atteindre.

Mais, affaibli par la malnutrition, aussi robuste fût-il, il se fatigua vite. Ils finirent par prendre le dessus, mais, au lieu de s'attaquer à sa gorge, ils lui bloquèrent les bras et entraînèrent le chef de gang hébété hors de la rue. Ils gravirent les deux marches qui menaient à une supérette dévastée, le maintinrent en position assise au sol. Ivre de rage, Creem lâcha une bordée d'insultes jusqu'à ce qu'il soit pris d'un vertige. Tandis que le magasin tournoyait autour de lui, il se demanda ce qu'ils attendaient pour en finir. Il ne craignait pas d'être transformé en vampire ; c'était un des avantages majeurs d'avoir de l'argent plein la bouche.

Deux humains firent irruption, des employés de Stoneheart, vêtus d'un costume noir en accord avec leur fonction de fossoyeur. Creem pensa qu'ils venaient le débarrasser de sa quincaillerie, et il recouvra de l'énergie, se débattant avec toute la force qui lui restait. Les vampires s'agenouillèrent sur ses bras et les lui tordirent, provoquant des décharges de douleur. Les hommes de Stoneheart se contentèrent de le toiser pendant qu'il haletait, affalé à terre.

Puis l'atmosphère se modifia. Comme au moment où l'air se fige avant l'orage. La nuque de Creem se hérissa. Il allait se produire quelque chose.

Un bourdonnement emplit le cerveau de Creem, semblable au ronronnement d'une roulette de dentiste, mais sans les vibrations. Au rugissement d'un hélicoptère, mais sans le vent. Aux incantations d'un millier de moines bouddhistes, mais sans le chant.

Les *strigoï* se raidirent tels des soldats qui attendent l'inspection. Les deux types de Stoneheart s'écartèrent et s'appuyèrent contre un rayonnage vide. Les vampires qui tenaient Creem relâchèrent leur prise et le laissèrent seul sur le linoléum sale…

… au moment où entrait une silhouette ténébreuse.

Camp Liberty

La Jeep qui les transportait était un véhicule militaire transformé, au plateau agrandi et dépourvu de toit. Quinlan conduisait à toute vitesse malgré les trombes d'eau et l'obscurité épaisse, sa vision de vampire lui permettant de se passer de phares. Eph et les autres voyageaient à l'arrière, trempés et ballottés par les secousses.

Lorsqu'ils s'arrêtèrent, Eph releva la tête et contempla l'immense grille, dont la masse noire se détachait contre le ciel. Nul besoin d'éclairage. Quinlan coupa le moteur, et il n'y eut alors d'autre bruit que celui de la pluie et le grondement mécanique d'un groupe électrogène, quelque part à l'intérieur.

Autour de l'immense camp, on érigeait un mur sans fioriture, haut d'au moins six mètres. Des équipes y travaillaient jour et nuit, dressant des barres d'armature et coulant du béton à la lumière de lampes à quartz de stade. L'enceinte serait prête bientôt, mais pour l'heure on accédait au camp par un portail de grillage doublé de planches.

Sans savoir pourquoi, Eph avait imaginé qu'à une telle proximité de la souffrance humaine on entendrait des enfants pleurer, des cris, ou quelque autre signe de détresse. L'extérieur calme du camp indiquait une efficacité dans l'oppression presque choquante.

Nul doute que des *strigoï* invisibles les observaient en cet instant précis. Le corps de Quinlan apparaissait brillant et chaud dans la vision sensible à la chaleur des vampires, alors que les cinq autres, à la température corporelle inférieure, étaient détectés comme des humains.

Quinlan prit un sac d'équipement de base-ball sur le siège passager, le mit à l'épaule et descendit de la voiture. Eph se leva docilement, poignets liés, chevilles entravées par de la corde en nylon. Tous les cinq étaient attachés ensemble, avec seulement quelques dizaines de centimètres de mou entre eux, comme un convoi de prisonniers. Eph se trouvait au milieu, Gus devant lui et Fet derrière. Bruno ouvrait la marche, Joaquin la fermait. L'un après l'autre, ils sautèrent du plateau du véhicule, atterrissant tant bien que mal dans la boue.

Eph sentit les *strigoï*, leur odeur de terre, leur chaleur fiévreuse, leurs déjections ammoniacales. Quinlan avançait à côté d'Eph, comme s'il accompagnait ses prisonniers dans le camp.

Eph avait le sentiment de pénétrer dans la gueule de la baleine, et redoutait d'être avalé. Il savait la probabilité qu'ils ressortent de cet abattoir quasi inexistante.

Les communications se déroulaient sans qu'un mot soit prononcé, par télépathie. Quinlan n'émettait pas tout à fait sur la même longueur d'onde que les autres vampires, mais l'existence d'un signal psychique lui suffit à passer avec succès la première inspection. Moins émaciée que les *strigoï* de troupe, sa chair pâle possédait davantage l'aspect soyeux d'un pétale de lis qu'une texture cadavérique proche du plastique, et ses yeux brillaient d'un rouge plus vif et d'une étincelle d'indépendance. Ils s'engagèrent dans un long tunnel de toile étroit, au toit en treillis de poulailler. Eph leva la tête vers la pluie et le ciel sans étoiles.

Ils parvinrent à un poste de quarantaine. Quelques lampes alimentées par batterie illuminaient la salle, car la zone était administrée par des humains. Dans la lumière faible qui projetait des ombres sur les murs, avec la pluie qui tombait sans relâche et la sensation palpable d'être entouré par des centaines d'êtres maléfiques, la station de quarantaine évoquait une petite tente frêle dressée au milieu d'une vaste jungle.

La tête rasée, les yeux secs et fatigués, les membres du personnel portaient des combinaisons de prison gris ardoise et des sabots en plastique perforés.

On demanda leur identité aux cinq détenus, et tous mentirent. Eph signa d'un gribouillis à côté de son pseudonyme avec un crayon à papier mal taillé. Quinlan restait au fond, contre une cloison de toile battue par la pluie. Quatre *strigoï* montaient la garde, deux à chaque tenture de porte, semblables à des golems.

Quinlan prétendit avoir capturé cinq humains réfugiés dans une cave sous un supermarché coréen de la 129e Rue. Un coup à la tête reçu tandis qu'il maîtrisait sa cargaison expliquait sa télépathie détraquée – alors qu'en vérité Quinlan bloquait ainsi l'accès des vampires à ses pensées. Il avait posé son sac géant à ses pieds, sur le sol détrempé.

Les humains tentèrent d'abord de dénouer les liens des prisonniers dans l'espoir de réutiliser la corde, mais le nylon mouillé ne bougea pas. Sous la surveillance des vampires, Eph resta la tête baissée, à frotter ses poignets endoloris. Il lui était impossible de regarder un vampire dans les yeux sans lui laisser voir sa haine. Il craignait aussi d'être repéré à cause de l'esprit de ruche des *strigoï*.

Il percevait pourtant un trouble dans la tente. Le silence était tendu, lourd de soupçons. L'attention se portait sur Quinlan. Les *strigoï* avaient décelé une différence chez lui.

Fet avait dû le remarquer aussi, car il se mit soudain à parler, dans une tentative de faire diversion :

— Quand est-ce qu'on mange ? demanda-t-il.

L'humain à l'écritoire cessa de prendre des notes.

— Quand ils le décideront.

— J'espère que c'est pas trop riche. Les plats trop gras, ça me réussit pas.

Les autres interrompirent leur activité et dévisagèrent Fet comme s'il était fou.

— Je m'inquiéterais pas trop, à ta place, répondit le chef.

— Tant mieux, dit Fet.

Quinlan avait détecté la tension, lui aussi, sans doute plus vite qu'Eph. Au moment convenu, il se détourna sans un mot et partit par la tenture qui menait au tunnel-poulailler et à la grille principale. Sans précipitation, mais avec détermination. Les gardes vampires le regardèrent faire, sans s'interposer, et semblèrent envisager un instant de le suivre. Finalement, ils ne quittèrent pas leur poste. Le départ de Quinlan sembla suffire à apaiser leur confusion.

Ils avaient choisi avec soin le moment de leur arrivée au camp. Le soleil allait se lever.

Un *strigoï* remarqua le sac de Quinlan dans un coin de la pièce, s'en approcha.

Fet se raidit. Un des humains saisit Eph par le menton et lui examina la bouche avec une lampe-stylo. Sous les yeux, l'homme avait des cernes de la couleur du thé noir.

— Vous étiez médecin, avant ? s'enquit Eph.

— En quelque sorte, répondit l'autre en regardant les dents d'Eph.

— Comment ça, « en quelque sorte » ?

— J'étais vétérinaire.

Eph ferma les mâchoires. L'homme passa la lumière devant ses yeux, l'air intrigué.

— Vous êtes sous traitement ?

Eph n'aimait pas le ton du vétérinaire.

— En quelque sorte.

— Vous êtes dans un sale état. Pas mal pollué.

Eph vit le vampire tirer sur la fermeture Eclair. L'enveloppe de nylon du sac était doublée d'une feuille de plomb récupérée sur les tabliers de protection contre les rayons X provenant d'un cabinet de dentiste. Dès que le *strigoï* sentit les propriétés perturbatrices de l'argent, il lâcha les poignées comme si elles étaient chauffées à blanc.

Quinlan réapparut, se précipita vers le sac. Eph repoussa le vétérinaire, qui traversa la moitié de la pièce sur les fesses. Quinlan bouscula le *strigoï* et empoigna vite une épée, se retourna et la tendit devant lui. Les vampires furent d'abord trop stupéfaits pour bouger. Quinlan s'avança lentement pour permettre à Fet, Gus et les autres de s'équiper. Eph se sentit beaucoup mieux dès qu'il eut une épée entre les mains. Celle que Quinlan brandissait était en fait celle d'Eph, mais ce n'était pas le moment de chipoter.

Les vampires ne réagirent pas comme l'auraient fait des humains. Aucun ne se précipita vers la porte pour s'enfuir ou avertir les autres. L'alerte fut donnée par message psychique. Après la stupéfaction initiale, leur attaque fut prompte.

Quinlan en élimina un en le frappant au cou. Gus se dressa devant un vampire qui chargeait et lui transperça la gorge. Dans un espace réduit, les décapiter était difficile, car le mouvement ample requis pour ce faire risquait de blesser les autres humains, et les jets de sang étaient infestés de vers parasites. Il ne fallait combattre les *strigoï* dans des endroits exigus qu'en dernier recours, et la bande se hâta de se diriger vers la sortie de la salle d'admission en quarantaine.

Eph, le dernier à s'être armé, fut attaqué non par les vampires mais par deux humains. Dont le vétérinaire. Sa surprise fut telle qu'il se comporta comme s'il s'agissait de *strigoï* et transperça le vétérinaire à la base du cou. Alors que le sang giclait de la carotide sectionnée jusque sur le poteau de bois au centre de la pièce, Eph et le blessé fixèrent l'un sur l'autre des yeux écarquillés.

— Qu'est-ce que vous avez fait ? hurla Eph.

Le vétérinaire tomba à genoux, sous le regard horrifié de son assistant.

Eph sentit un de ses compagnons le tirer par l'épaule, et il s'éloigna lentement du mourant, ébranlé. Il venait de tuer un homme.

Ils sortirent de la tente et émergèrent dans l'enceinte du camp. La pluie s'était calmée et ne formait plus qu'un crachin brumeux. Devant eux se déroulait un chemin couvert d'une toile, mais la nuit empêchait de voir le camp dans son ensemble. Pas encore de *strigoï*, pourtant ils savaient que l'alarme avait retenti. Il fallut quelques instants à leurs yeux pour s'habituer à l'obscurité, d'où les vampires jaillirent enfin.

Les cinq hommes se déployèrent en arc de cercle et engagèrent le combat avec leurs assaillants. Là, ils avaient assez de place pour donner des coups circulaires, prendre un appui ferme et frapper assez fort pour sectionner des têtes.

Ils parvinrent à repousser la première vague et reprirent leur avancée, sans vraiment savoir où ils allaient. Ils cherchaient des indices concernant l'endroit où l'on gardait la population du camp. Deux vampires les attaquèrent par la gauche, et Quinlan, qui protégeait son flanc, se débarrassa d'eux avant d'entraîner les autres dans cette direction.

Devant eux, une structure de bois haute et étroite se détachait sur les ténèbres ; un mirador au milieu d'un cercle de pierre. D'autres vampires arrivèrent à toute vitesse, et les cinq hommes formèrent un groupe compact, se déplaçant telle une unité, leurs épées frappant simultanément, presque comme une seule lame.

Il fallait faire vite. Les *strigoï* pouvaient sacrifier sans hésiter un ou plusieurs des leurs pour augmenter leurs chances de capturer et transformer un agresseur humain. À leurs yeux, l'élimination d'un seul chasseur humain justifiait la perte d'un ou trois vampires, voire dix.

Eph passa derrière les autres, couvrant l'arrière de leur ovale, anneau d'argent destiné à tenir l'essaim de monstres à distance. Sa vue s'acclimatant de plus en plus à la nuit, il vit d'autres *strigoï* qui ralentissaient au loin, se massaient et restaient en retrait, se contentant de les suivre sans passer à l'attaque, préparant probablement un assaut mieux coordonné.

— Ils se regroupent, prévint-il. J'ai l'impression qu'on nous pousse par là.

Il entendit le bruit humide d'une lame tranchant la chair, puis la voix de Fet :

— Bâtiment juste devant. Notre seul espoir, c'est de procéder zone par zone.

— Nous nous sommes déployés dans le camp trop tôt, déplora Quinlan.

Le ciel ne montrait encore aucun signe d'éclaircie. Toutes leurs chances de réussite reposaient sur l'arrivée de la lumière du soleil, aussi peu fiable fût-elle. Il leur fallait à présent tenir en territoire ennemi jusqu'à l'aube incertaine.

Gus décapita une autre créature.

— On ne desserre pas les rangs, ordonna Fet.

Eph, qui continuait à marcher à reculons, distinguait les visages de la première ligne des vampires qui les suivaient, les regards fixes dirigés vers eux. Rivés à lui, à ce qu'il semblait.

N'était-ce qu'un tour de son imagination ? Eph ralentit, puis s'arrêta, laissant les autres avancer de quelques mètres sans lui.

Les vampires s'immobilisèrent aussi.

— Et merde ! jura-t-il.

Ils l'avaient reconnu. Un signalement diffusé sur le réseau psychique des vampires avait donné un résultat concluant. La ruche était alertée de sa présence, et cela n'avait qu'une seule signification…

Le Maître savait qu'Eph était là. Et il l'observait par le biais de ses spadassins.

— Hé ! cria Fet, qui fit marche arrière pour rejoindre Eph. Qu'est-ce qui te prend de t'arrêter en plein…

Il vit les *strigoï*, peut-être une vingtaine, qui les scrutaient.

— Putain. Qu'est-ce qu'ils ont… ils sont subjugués de te voir en chair et en os ?

— Ils attendent des ordres.

— Bordel, faut qu'on…

La sirène du camp, hurlement strident dans la nuit noire, les fit tressaillir. Quatre sifflements encore, et ce fut le silence.

Eph comprit le but de l'alarme : prévenir les humains. Un appel à se mettre à l'abri, probablement.

Fet regarda le bâtiment le plus proche. Il chercha encore une trace de luminosité dans le ciel.

— Si tu parviens à les éloigner d'ici, et de nous, on pourra entrer et ressortir de là beaucoup plus vite.

Eph n'avait pas réellement envie de servir de leurre pour cette meute de suceurs de sang, mais il comprit la logique du raisonnement de Fet.

— Allez-y, mais rendez-moi un service, dit-il. Grouillez-vous.

— Gus ! cria Fet. Reste avec Eph !

— Pas question, dit Gus, je viens avec vous. Bruno, tu restes !

Amusé par l'antipathie évidente de Gus à son égard, Eph prit Quinlan par le bras et le tira vers lui pour récupérer son épée.

— Je m'occupe des gardes humains, dit l'Enfanté, qui disparut en un éclair.

Eph saisit sa poignée de cuir familière, puis attendit que Bruno le rejoigne.

— Tu es partant ? demanda-t-il.

— À fond, répondit Bruno, hors d'haleine, mais avec un sourire jusqu'aux oreilles, comme un enfant.

Eph baissa sa lame et s'éloigna de la structure à petites foulées. Après une brève hésitation, les vampires le suivirent. Eph et Bruno contournèrent l'angle d'une dépendance oblongue aux allures de remise, plongée dans le noir. Plus loin, de la lumière brillait derrière une fenêtre.

Qui disait lumière disait humains.

— Par ici ! dit Eph, qui repartit en courant.

Bruno suivit le rythme en haletant. Eph regarda derrière eux : les vampires les poursuivaient. Il alla jusqu'à la vitre éclairée, vit un *strigoï* posté près de la porte.

C'était un mâle massif, au dos baigné par la lumière blafarde. Sur son large torse et sur les côtés de son cou de taureau, Eph distingua des vestiges de tatouages dont l'encre s'estompait, verdie par le sang blanc, et de nombreuses marques de vergetures.

Aussitôt, tel un souvenir traumatique pénétrant de force dans sa conscience, la voix du Maître résonna dans la tête d'Eph.

Que viens-tu faire ici, Goodweather ?

Eph s'immobilisa et pointa son épée vers le vampire imposant. Bruno se retourna pour surveiller les *strigoï*.

Qu'es-tu venu chercher ?

Bruno poussa un rugissement et hacha deux vampires qui chargeaient. Eph se détourna et vit les autres groupés à quelques mètres d'eux, tenus en respect par l'argent, puis, se rendant compte qu'il s'était laissé distraire, fit volte-face en frappant.

Sa pointe atteignit le garde à la poitrine, perfora sa peau et son muscle pectoral droit sans le transpercer. Eph dégagea vite son arme et frappa à la gorge, au moment même où la mâchoire de la chose s'abaissait, découvrant son aiguillon. La créature tressaillit et s'effondra.

— Bande d'enculés ! hurla Bruno.

Les vampires passaient à l'attaque. Ils étaient trop nombreux, et tous avançaient en même temps. Eph s'éloigna à reculons…

Tu es venu chercher quelqu'un, Goodweather.

… et sentit les cailloux sous ses pieds comme il approchait de l'édifice. Pendant que les vampires tombaient sous les coups de Bruno, Eph monta trois marches, chercha la poignée de la porte à tâtons dans son dos et ouvrit.

Tu m'appartiens, maintenant, Goodweather.

La voix tonna dans sa tête, le faisant grimacer. Eph tira Bruno par l'épaule. Ils passèrent en courant devant des cages de fortune qui bordaient l'allée étroite de part et d'autre, où l'on avait enfermé des humains plus ou moins mentalement atteints. Une sorte d'asile de fous. Les détenus poussaient des hurlements à leur passage.

La seule issue c'est la mort, Goodweather.

Eph secoua vigoureusement la tête dans une tentative de chasser la voix du Maître. Cette présence le perturbait, peut-être comme la voix de la folie elle-même. En y ajoutant les pauvres hères qui s'agrippaient en hurlant aux barreaux de leurs cages, Eph se trouvait pris dans un cyclone de confusion et de terreur.

Les premiers des vampires qui les pourchassaient pénétrèrent dans la salle. Eph ouvrit une porte qui menait dans une sorte de bureau pourvu d'un fauteuil de dentiste, dont l'appuie-tête, ainsi que le sol directement en dessous, était couvert d'une couche de sang rouge séché. Une autre porte conduisait à l'extérieur, Eph et Bruno dévalèrent les trois marches menant à la sortie. D'autres vampires, qui avaient fait le tour de l'édifice plutôt que le traverser, les y attendaient. Eph donna de grands coups d'épée pour les éliminer, et se retourna juste à temps pour abattre une femelle qui venait de sauter du toit et se précipitait sur lui.

Pourquoi es-tu venu ici, Goodweather ?

Bruno et lui reculèrent côte à côte vers une structure sans fenêtres ni éclairage plaquée contre la haute enceinte. Peut-être les quartiers des vampires ? Le nid des *strigoï* du camp ?

Ils pivotèrent sur eux-mêmes, découvrirent que la clôture effectuait un virage abrupt et se terminait en impasse sur un autre bâtiment aveugle.

La seule issue c'est la mort. Je t'avais prévenu.

Eph fit face aux vampires qui avançaient vers eux.

— La non-mort, marmonna Eph. Espèce d'enfoiré.

Quand je t'aurai transformé, je connaîtrai tous tes secrets.

Eph en eut froid dans le dos.

— Ils vont attaquer, dit Bruno.

Ils se préparèrent à l'affrontement.

Nora était arrivée au bureau de Barnes, dans le bâtiment administratif, prête à tout accepter, y compris à se donner à lui, afin de pouvoir l'approcher. Elle méprisait son ancien patron plus encore que les vampires oppresseurs. L'amoralité de cet homme la révoltait, et le fait qu'il l'imagine assez faible pour se plier à sa volonté sans lutter lui donnait la nausée.

S'il fantasmait de la voir se soumettre, son intention à elle était de lui enfoncer sa lame dans le cœur. Tué par un couteau à beurre… une belle fin pour une ordure !

Elle agirait lorsqu'il serait couché ou pendant qu'il prendrait son repas. Il était plus maléfique encore que les *strigoï*. La corruption de son âme n'était pas due à un virus, on ne la lui avait pas infligée. Elle était de son fait. C'était un choix réfléchi de sa part.

Il commettait une grave erreur en considérant Nora comme une victime potentielle. Il s'était trompé à son sujet, et elle brûlait de le lui prouver. Par l'acier.

Il la fit attendre trois heures dans le couloir, où il n'y avait ni siège ni toilettes. À deux reprises il sortit de son bureau, vêtu de son uniforme immaculé, muni de documents, et passa devant Nora sans lui adresser le moindre signe, avant de disparaître derrière une porte. Elle attendit donc, mijotant dans son jus, même lorsque le sifflet du camp signala l'heure de la ration, la main posée sur son estomac grondant, concentrée uniquement sur sa mère et son projet de meurtre.

Finalement, l'assistante de Barnes (une jeune femme aux cheveux auburn propres, qui lui tombaient aux épaules, vêtue d'une combinaison grise lavée et repassée) ouvrit la porte et fit entrer Nora, sans un mot. La peau parfumée et l'haleine mentholée. Nora pouvait imaginer comment la jeune femme avait obtenu ce poste confortable dans le royaume de Barnes.

Nora s'assit sur l'une des deux chaises pliantes placées contre le mur en face de la secrétaire. Celle-ci s'activait, désireuse d'affirmer sa position de supériorité. La pièce, hormis les murs en bois plaqué et l'ordinateur portable, ressemblait à un bureau des années 1940 ; on y trouvait un téléphone filaire, un stylo et un bloc de papier, un sous-main. Sur l'angle de la table de travail, on avait posé un épais brownie dans une petite assiette en carton. L'assistante remarqua que Nora dévorait la friandise du regard. Elle prit l'assiette, mordit dans le gâteau du bout des dents, faisant tomber quelques miettes sur ses genoux.

La voix de Barnes retentit :

— Faites entrer !

La secrétaire poussa son brownie de côté, fit signe à Nora de passer dans la pièce d'à côté. Celle-ci obtempéra.

Debout derrière son bureau, Barnes fourrait des papiers dans un attaché-case, s'apprêtant apparemment à quitter le camp.

— Carly, la voiture est-elle prête ? aboya-t-il.

— Oui, docteur Barnes, répondit l'assistante d'une voix chantante, depuis son bureau. Ils viennent d'appeler du portail.

— Rappelez-les et dites-leur de mettre le chauffage à l'arrière.

— Bien, monsieur.

— Nora ? dit Barnes, sans lever la tête.

Son comportement n'avait rien de commun avec celui qu'il affectait lors de leur précédent entretien, dans sa demeure palatiale.

— Vous souhaitiez me parler de quelque chose ?

— Vous avez gagné.

— J'ai gagné ? Formidable. Et quoi donc, au juste ?

— J'accepte votre proposition.

Après un moment d'hésitation, il ferma sa mallette, en rabattit les fermoirs, puis regarda Nora et hocha la tête, comme s'il avait du mal à se rappeler de quoi il retournait.

— Parfait, répondit-il, avant de fouiller dans un tiroir, comme pour y prendre quelque chose qu'il aurait failli oublier.

Nora attendit.

— Alors ?

— Alors…

— Et maintenant, qu'est-ce qu'on fait ?

— Maintenant, je suis très pressé. Mais je vous tiendrai au courant.

— Je croyais… je ne rentre pas avec vous ?

— Bientôt. Une autre fois. J'ai eu une journée très chargée.

— Mais… je suis prête à venir tout de suite.

— Oui. Je savais bien que vous auriez hâte. La vie dans le camp ne vous convient pas ? Non, ça m'aurait étonné.

Il prit son attaché-case.

— Je vous convoquerai dans quelque temps.

Nora hocha la tête ; il la faisait mariner délibérément. Il prolongeait sa souffrance pour la punir de ne pas s'être donnée à lui sur-le-champ. Ce vieux dégoûtant prenait plaisir à abuser de son pouvoir.

— Et à l'avenir, tâchez de vous souvenir que je ne suis pas quelqu'un que l'on fait attendre. J'espère que c'est clair. Carly ?

L'assistante parut à la porte.

— Oui, docteur Barnes ?

— Je ne trouve pas le grand livre. Pourriez-vous le chercher et me l'apporter plus tard, chez moi ?

— Oui, docteur Barnes.

— Disons vers neuf heures et demie ?

Sur le visage de l'assistante, Nora vit s'afficher non pas l'air fanfaron auquel elle s'attendait mais un furtif soupçon de dégoût.

Barnes rejoignit Carly dans l'antichambre, où ils se mirent à chuchoter. Ridicule… comme si Nora était la femme de Barnes et Carly sa maîtresse !

Elle en profita pour s'avancer jusqu'au bureau de Barnes, dans l'espoir d'apercevoir quelque chose qui pourrait l'aider, des renseignements qu'elle n'était pas censée découvrir, mais il avait presque tout emporté. Il ne restait qu'un plan du camp déplié, apparemment conçu par ordinateur, sur lequel chaque zone était représentée par un code couleur. Au-delà du bâtiment des « Gestations », qu'elle avait déjà visité, près de l'endroit où, d'après ce qu'elle avait compris, on avait établi la section « Retraite », se trouvait une zone nommée « Saignée ». Cette zone contenait un encart grisé, « Sunshine ». Elle parcourut la carte du regard une fois de plus, tentant de la mémoriser, puis s'écarta du bureau juste avant que Barnes revienne.

Au prix d'un grand effort, Nora parvint à dissimuler sa haine et à lui adresser un sourire.

— Et ma mère ? Vous m'avez promis que…

— Oui, oui. Si vous respectez votre part du marché, j'honorerai la mienne. Parole d'honneur.

À l'évidence, il voulait qu'elle le supplie, ce à quoi elle ne pouvait se résoudre.

— Je veux être sûre qu'elle va bien.

Barnes eut un petit rictus.

— Que d'exigences ! Ici, c'est moi seul qui décide de ce qui se passe et à quel moment.

Nora fit oui de la tête, mais elle avait l'esprit ailleurs, et elle tortillait déjà son poignet pour pousser le poignard vers sa main.

— Si votre mère doit être traitée, elle le sera. Vous n'avez pas votre mot à dire. On est sans doute déjà venu la chercher pour la désinfection. Votre vie à vous, en revanche, peut encore vous servir dans les négociations. Espérons que vous la mettrez sur la table.

Elle empoigna le manche de son surin.

— C'est compris ?

— Compris, répondit-elle en serrant les dents.

— Il faudra vous montrer beaucoup plus conciliante quand je vous ferai venir, alors tenez-vous prête. Et souriez…

La voix paniquée de son assistante s'éleva soudain, interrompant leur échange :

— Monsieur !

Nora entendit un bruit de bousculade dans l'escalier. De la peau qui claquait sur le sol, des pieds nus.

Des pieds de *strigoï*.

Quatre vampires massifs firent irruption dans le bureau. Leur peau flétrie était couverte de tatouages. L'assistante eut un hoquet de frayeur et recula dans un coin tandis qu'ils se précipitaient vers Barnes.

— Qu'y a-t-il ? demanda ce dernier.

Ils l'informèrent par télépathie – très vite. Barnes eut à peine le temps de réagir avant qu'ils s'emparent de lui par les bras et le soulèvent pratiquement du sol, puis l'entraînent dans le couloir à toute allure. Alors la sirène du camp retentit.

Dehors, on criait. Il se passait quelque chose. Nora perçut le bruit et les vibrations de portes que l'on claquait au rez-de-chaussée. D'autres pas lourds se firent entendre dans l'escalier, des bruits de chaussures cette fois. Des humains. L'assistante se recroquevilla et Nora alla à la porte. Au même moment, Fet surgit.

Nora en resta sans voix. Muni de sa seule épée, il avait l'air enragé du chasseur en plein massacre. Un immense sourire de soulagement éclaira le visage de Nora.

Fet jeta un coup d'œil à Nora, à l'assistante, puis fit demi-tour. Alors qu'il avait presque passé l'angle, il s'arrêta, se raidit et regarda derrière lui.

— Nora ?

À cause de son crâne chauve et de sa combinaison, il ne l'avait pas reconnue.

— Vassili, dit-elle.

Il la prit dans ses bras, elle s'agrippa à son dos, enfouit la figure dans son épaule. Il l'éloigna de lui pour la contempler, émerveillé de l'avoir retrouvée.

— C'est toi, dit-il en lui caressant la tête, avant d'inspecter le reste de son corps. Tu es là…

— Et c'est toi… répondit-elle, les larmes aux yeux. Pas Eph. Pas Eph, encore une fois. Toi.

Il l'étreignit encore. D'autres apparurent derrière lui. Gus et deux Mexicains. Gus ralentit lorsqu'il vit Fet serrer dans ses bras une prisonnière chauve.

— Docteur Martinez ? fit-il au bout d'un long moment.

— C'est bien moi, Gus. C'est vraiment toi ?

— *¡À guevo !* En chair et en os.

— C'est quoi, ce bâtiment ? s'enquit Fet. L'administration, ou un truc dans le genre ? Qu'est-ce que tu fais ici ?

L'espace d'un instant, elle ne parvint pas à s'en souvenir.

— Barnes ! s'exclama-t-elle enfin. Le gars du CDC. C'est lui qui dirige le camp… tous les camps !

— Où il est, cet enfoiré ?

— Quatre vampires sont venus le chercher. Sa garde rapprochée. Il est parti par là.

Fet regarda vers le couloir vide.

— Par là, c'est ça ?

— Une voiture l'attend à la grille, expliqua Nora avant de le rejoindre. Eph est avec vous ?

Fet ressentit un pincement de jalousie.

— Il est resté dehors pour les retenir. J'aurais voulu choper ce Barnes, mais il faut retourner chercher Eph.

— Et ma mère, dit Nora en attrapant la chemise de Fet. Ma mère, je ne pars pas sans elle.

— Ta mère ? Elle est encore ici ?

— Oui. Je n'arrive pas à croire que vous soyez venus. Pour moi.

Il aurait pu l'embrasser. Malgré le chaos et le danger. Le monde autour d'eux s'était effacé. Il n'y avait qu'elle… elle seule devant lui.

— Pour vous ? intervint Gus. Si on est là, c'est pour le plaisir de trucider du vampire, aussi, pas vrai Fet ? dit-il sur le ton de la plaisanterie, avec un sourire carnassier. Il faut aller filer un coup de main à mon pote Bruno, et vite !

Ils sortirent de la pièce. Après avoir passé la porte, Nora s'arrêta brusquement et se tourna vers l'assistante, toujours debout derrière son bureau à l'autre bout de l'antichambre, comme statufiée. Lorsque Nora revint vers elle, Carly écarquilla les yeux de frayeur. Nora se pencha pour prendre le brownie sur l'assiette. Elle mordit une grosse bouchée et jeta le reste contre le mur, derrière la secrétaire.

Pourtant, même dans ce moment de triomphe, Nora n'éprouva que pitié pour la jeune femme. Et puis le brownie était loin d'être aussi bon qu'elle l'avait imaginé.

Dehors, Eph faisait le vide devant lui, autant que possible, à grands coups d'épée. Les aiguillons s'étiraient au maximum sur un mètre quatre-vingts, et la longueur combinée de son allonge et de sa lame lui offrait à peu près cette marge. Il s'employait donc à creuser autour de lui un espace d'argent profond de ce rayon.

Bruno, lui, n'appliquait pas la même stratégie. Il s'attaquait à chaque menace individuellement, au fur et à mesure, et parce qu'il était un tueur d'une efficacité redoutable sa méthode lui avait jusqu'à présent réussi. Soudain, les *strigoï* parvinrent à l'isoler d'Eph. Celui-ci tenta de le rejoindre, mais les vampires l'en empêchèrent.

Eph buta contre le bâtiment derrière lui. Son cercle d'argent se fit demi-cercle, de son épée semblable à une torche il tenait à distance les ténèbres vampiriques. Quelques créatures se baissèrent à quatre pattes, cherchant à passer sous sa lame et à le faucher aux jambes, mais il parvint à les contenir, leur assénant des coups assez puissants pour que la boue à ses pieds se couvre de sang blanc.

Bruno, acculé à l'enceinte du camp, poussa soudain un grognement, puis un cri de douleur. Il trancha un aiguillon d'un coup d'épée, mais il était trop tard. Il avait été mordu. Un très bref instant de contact, de pénétration, mais le mal était fait. Le ver s'était implanté, l'agent pathogène des vampires envahissait son système circulatoire. Il n'en continua pas moins à se battre, avec d'ailleurs une vigueur renouvelée. Tout en se sachant condamné. Des dizaines de vers grouillaient sous la peau de son visage et de son cou.

Les *strigoï* qui encerclaient Eph, avertis psychiquement de ce succès et sentant la victoire proche, redoublèrent d'ardeur. Quelques-uns laissèrent Bruno pour aider leurs congénères aux prises avec Eph. Dans son espace vital réduit, celui-ci frappait sans relâche les gueules ouvertes. Il s'efforçait de maintenir un mur d'argent devant lui, les bras et ses épaules chauffés à blanc par la douleur et la fatigue. L'étau des vampires se refermait sur lui…

Quinlan surgit, prenant aussitôt part au combat. Il changeait la donne, mais à eux deux ils ne feraient que retarder l'échéance.

Ce serait bientôt la fin.

Alors, un éclat de lumière parut dans le ciel. Eph crut qu'il s'agissait d'une fusée de détresse, ou de quelque engin pyrotechnique lancé par les vampires, comme signal d'alarme ou pour servir de diversion.

Mais la lumière continua à briller, devint plus vive et plus grosse. Elle se déplaçait, plus haut qu'il ne l'avait cru au départ.

L'attaque des vampires faiblit alors. Leurs corps se raidirent et leurs têtes se tournèrent vers le ciel obscur.

Eph lui-même ne put résister. Ce feu céleste était par trop attirant. Il se risqua à jeter un coup d'œil au firmament pollué.

Un embrasement ardent, coupant comme le bec d'un chalumeau, déchirait la grosse toile noire qui étouffait la planète. Il traversait les ténèbres telle une comète, avec sa tête de flamme pure et sa queue effilée, larme d'un rouge orangé qui filait dans la nuit artificielle.

Ce ne pouvait être qu'un satellite (ou quelque chose de plus volumineux ?) qui chutait de son orbite à une vitesse vertigineuse et pénétrait dans l'atmosphère, à la façon d'un boulet de canon flamboyant tiré depuis le soleil vaincu.

Les vampires reculèrent. Leurs yeux rouges rivés sur la traînée de feu, ils trébuchaient les uns sur les autres avec un rare manque de coordination. La peur, songea Eph, ou quelque chose de semblable. Le signe dans le ciel atteignait leur nature élémentaire, mais ils ne possédaient aucun mécanisme pour exprimer leur terreur, hormis battre maladroitement en retraite.

Même Quinlan recula, subjugué par la lumière et le spectacle.

L'objet déchira l'épais nuage de cendres, et un puits de lumière traversa le ciel, tel le doigt de Dieu, faisceau brûlant de plus de cinq kilomètres de rayon, qui engloba les limites extérieures de la ferme.

Fet, Gus et Joaquin surgirent alors, se jetant sur les vampires en déroute. Ils massacrèrent ceux qui se tenaient à la périphérie, créant un affolement général et obligeant les *strigoï* à détaler dans tous les sens.

Pendant un moment, la colonne de lumière majestueuse révéla le camp qui les entourait. Le haut mur d'enceinte, les bâtiments austères, le sol boueux…

Le flamboiement gagna en intensité, puis sa traîne s'amincit pour ne plus former qu'une mèche frêle, avant de disparaître tout à fait.

À sa suite, la lumière du jour tant attendue apparut enfin, comme annoncée par la mystérieuse comète. La silhouette blafarde du soleil était à peine visible derrière le nuage de cendres, quelques rais filtrant à travers les jointures et les faiblesses du cocon de pollution. La luminosité n'était même pas comparable à celle des premières lueurs de l'aube dans l'ancien monde, mais elle suffit à pousser les dernières créatures encore présentes à fuir sans demander leur reste.

Eph vit une prisonnière du camp derrière Fet et Gus, et malgré son crâne chauve et sa combinaison informe il reconnut Nora sur-le-champ. Un mélange d'émotions déstabilisantes l'assaillit. Il lui semblait que des années, et non des semaines, s'étaient écoulées depuis leur dernière rencontre. Il se ressaisit aussitôt. Pour l'heure, il y avait plus urgent.

Quinlan alla se mettre à l'abri de la lumière. Sa tolérance aux UV approchait ses limites.

Je vous retrouve... à Columbia... je vous souhaite à tous bonne chance.

Il gravit la muraille sans effort et disparut.

Gus remarqua que Bruno se tenait le cou et le rejoignit.

— *¿Que paso, vato?*

— Ces enculés m'ont infesté, répondit le gangster, grimaçant, avant de cracher par terre.

Il avait une posture ouverte et singulière, comme s'il sentait les vers qui grouillaient déjà sous sa chair.

— Je suis foutu, cousin.

Les autres restèrent silencieux. Gus, sous le choc, saisit le visage de Bruno entre ses mains et examina sa gorge. Puis il lui donna une accolade virile.

— Bruno…

— Putains de sauvages, dit Bruno. Ils m'ont eu.

— Et merde ! hurla Gus en s'écartant.

Il se sentait impuissant. Il s'éloigna de quelques pas et poussa un rugissement féroce.

Joaquin vint vers Bruno, les larmes aux yeux.

— Ce camp, déclara-t-il en piquant la pointe de sa lame dans la terre. C'est l'enfer sur terre, bordel.

Puis il leva son épée vers le ciel.

— Je vais massacrer ces enfoirés jusqu'au dernier en ton nom !

Gus revint d'un pas vif. Il montra Eph du doigt, l'apostropha :

— Et toi tu t'en es sorti, par contre ! Hein ? Comment ça se fait ? Vous étiez censés rester ensemble… Qu'est-ce qui est arrivé à mon pote ?

Fet s'interposa :

— Eph n'y est pour rien…

— Qu'est-ce que t'en sais ? rétorqua Gus, le regard brûlant d'amertume. T'étais avec moi !

Gus fit volte-face et retourna près de Bruno.

— Dis-moi que c'est la faute de cet enculé, Bruno, et je le fume sur place. Dis-le-moi !

Bruno ne répondit pas. Il inspectait ses mains et ses avant-bras, comme s'il cherchait à voir les vers qui l'infestaient.

— C'est les vampires qu'il faut accabler, Gus, reprit Fet. Il faut rester concentré.

— Oh, mais je le suis, répliqua le Mexicain, qui s'approcha du dératiseur d'un air menaçant.

Fet le laissa faire, sachant que Gus devait évacuer sa souffrance.

— Je suis aussi concentré qu'un rayon laser, putain. Je suis le Ninja d'argent.

Gus pointa l'index sur Eph.

— Je suis concentré à mort.

Sur le point de répondre, Eph préféra se taire, conscient que Gus ne s'intéressait pas à ce qui s'était vraiment passé. La colère était pour lui le seul moyen d'exprimer sa souffrance.

Fet se tourna vers Eph.

— C'était quoi, ce machin dans le ciel ?

— Je n'en sais rien. J'étais cuit, comme Bruno. Ils m'encerclaient… c'était la fin. Et puis ce machin est apparu. Un truc qui s'est écrasé sur terre. Ça a foutu les jetons aux *strigoï*. Un gros coup de bol.

— Ce n'était pas un coup de chance, dit Nora. C'était autre chose.

Eph la fixa du regard, déstabilisé par son crâne chauve.

— Quoi, alors ?

— Tu ne peux pas le nier, rétorqua Nora, ou alors tu ne veux pas le savoir. Peut-être même que ça t'est égal. Mais ce n'est pas arrivé *par hasard*, Eph. Ça t'est arrivé à *toi*. À *nous*.

Elle jeta un coup d'œil à Fet et précisa sa pensée.

— À nous tous…

Eph se sentait perplexe. Une chose qui se consumait dans le ciel à cause d'eux ?

— Allez, il faut qu'on te sorte d'ici, et Bruno aussi, avant que quelqu'un d'autre soit blessé… intervint Fet.

— Pas question, répondit Gus. Je vais tout défoncer, ici. Je veux retrouver le bâtard qui a eu mon pote.

— Non, fit Nora en avançant d'un pas. Nous allons récupérer ma mère, d'abord.

Eph fut abasourdi.

— Mais, Nora… tu ne penses pas vraiment qu'elle est encore là, non ?

— Elle est encore en vie. Et tu ne croiras jamais de qui je le tiens.

En quelques mots, Nora lui narra sa rencontre avec Barnes dans le camp.

— Everett Barnes, à la tête d'un camp de production de sang ? ! fit Eph, sidéré.

— De tous les camps, précisa Nora.

Eph rejeta cette possibilité quelques secondes de plus, puis son évidence s'imposa à lui. Le pire, dans cette nouvelle, c'était qu'elle paraissait logique.

— Le salopard…

— Ma mère est encore en vie, insista Nora. C'est lui qui me l'a dit. Et je crois savoir où elle est.

— D'accord, dit Eph, épuisé, tout en se demandant dans quelles limites il pouvait la contredire sur ce sujet délicat. Mais tu te souviens que Barnes a déjà essayé de nous doubler, par le passé…

— Ça n'a pas d'importance.

— Nora…

Eph n'avait qu'une envie, sortir de ce piège mortel.

— Tu ne crois pas que Barnes aurait pu te raconter ça pour…

— Il faut qu'on aille la chercher, dit Nora, se détournant de lui.

Fet vint à sa rescousse :

— Nous bénéficions de l'intervalle de soleil, intervint-il. Avant que le nuage de cendres se referme. Allons voir.

Eph regarda l'exterminateur massif, puis Nora. Ils prenaient les décisions ensemble. Eph était minoritaire.

— Très bien, dit-il. Ne traînons pas, alors.

À la lueur qui filtrait du ciel, le camp présentait un aspect particulièrement misérable. Du fil barbelé entremêlé surmontait la haute clôture. De facture médiocre, la plupart des édifices étaient couverts d'une couche de saleté déposée par la pluie polluée, à l'exception notable du bâtiment administratif, dont un flanc portant le vieux symbole du groupe Stoneheart : un globe noir traversé en son milieu par un rayon bleu acier, semblable à un œil qui cligne.

Guidés par Nora, ils s'engagèrent dans le chemin couvert de toile qui s'enfonçait plus loin dans le camp, dépassèrent d'autres grilles et bâtiments.

— Ça c'est la zone des naissances, leur expliqua-t-elle en montrant le haut portail. Ils isolent les femmes enceintes. Ils les séparent des vampires. Une espèce de quarantaine, d'après moi. Imaginez ce qui arriverait au fœtus d'une mère qui serait transformée…

— Je ne sais pas, intervint Eph, je n'y ai jamais réfléchi.

— Eux si. Ils semblent avoir pris d'immenses précautions pour que ça ne se produise pas.

Ils franchirent la grille et longèrent le mur intérieur. Eph ne cessait de se retourner pour vérifier qu'on ne les suivait pas.

— Où sont les humains ? s'enquit-il.

— Les femmes enceintes vivent dans des mobile homes, là d'où on vient. Les autres humains, ceux qui sont soumis aux saignées, sont parqués dans des baraquements plus à l'ouest. C'est comme un camp de concentration. Je pense qu'ils comptent traiter ma mère un peu plus loin, dans cette section.

Elle montra du doigt deux bâtiments sombres au-delà de la zone de gestation. Aucun ne semblait prometteur. Ils atteignirent l'entrée d'un gros entrepôt. Des guérites se trouvaient à l'entrée, mais elles étaient vides.

— C'est là ? demanda Fet.

Nora considéra les alentours, cherchant à se repérer.

— J'ai vu un plan… Je ne sais pas trop. Ce n'est pas comme ça que je me représentais les lieux…

Fet fouilla d'abord les postes de surveillance, équipés d'une rangée de petits moniteurs, tous éteints. Pas de boutons marche/arrêt, pas de fauteuils.

— Les vampires gardent cet endroit, commenta Fet. Pour empêcher les humains d'y entrer ou d'en sortir ?

L'entrée n'était pas verrouillée. Dans la première salle, qui aurait dû être l'accueil ou les admissions, s'entassaient râteaux, pelles, bêches, chariots pour tuyaux d'arrosage, motoculteurs et brouettes. Le sol était de terre battue.

Des grognements et des cris aigus leur parvinrent de l'intérieur. Eph fut traversé par un frémissement et une sensation de nausée, car il crut qu'il s'agissait de bruits produits par des humains.

— Ce sont des animaux, dit Nora en avançant vers la porte.

Une lumière éblouissante baignait l'entrepôt vrombissant. Haut de trois étages et grand comme deux terrains de football, la majeure partie de sa surface servant de ferme couverte, et il était impossible de l'embrasser du regard dans sa totalité. À des poutrelles élevées, on avait suspendu de grosses lampes, que complétaient des poteaux d'éclairage érigés au-dessus de larges parcelles de cultures et d'un verger. Il régnait là une chaleur étouffante, adoucie toutefois par une brise artificielle produite par un système de ventilation géant.

Des porcs s'agglutinaient dans un enclos boueux devant une porcherie sans toit. Un poulailler à haut grillage se dressait en face, près de ce qui ressemblait à une étable ou une bergerie. Le souffle d'air charriait une odeur de purin.

Eph dut se protéger les yeux, ébloui par les projecteurs qui éliminaient presque toutes les ombres de surface. Ils s'engagèrent dans une allée, suivant une canalisation d'irrigation percée posée sur des pieds de soixante centimètres.

— C'est une fabrique alimentaire, commenta Fet, en montrant des caméras fixées çà et là. Les humains la font tourner, et les vampires les surveillent.

Il leva la tête en plissant les paupières.

— Il y a peut-être des lampes à UV mêlées aux autres, histoire de reproduire le spectre lumineux qui provient du soleil.

— Les humains ont besoin de lumière eux aussi, dit Nora.

— Les vampires ne peuvent pas entrer. On laisse donc les prisonniers tranquilles pendant qu'ils s'occupent du bétail et cultivent les récoltes…

— Ça, ça m'étonnerait !

Gus leur désigna quelque chose, au-dessus d'eux.

— Sur les poutrelles !

Eph leva la tête. Il tourna sur lui-même pour avoir une vue des environs à trois cent soixante degrés, jusqu'à ce qu'il aperçoive une silhouette sur une passerelle, à deux tiers environ de la hauteur du mur latéral.

C'était un homme vêtu d'une longue veste de tissu terne qui évoquait une blouse, et d'un chapeau de pluie à large bord. Il se déplaçait aussi vite qu'il le pouvait sur la grille étroite.

— Un type de Stoneheart, dit Fet.

Les complices d'Eldritch Palmer, qui après la mort du vieillard avaient fait vœu d'allégeance au Maître lorsque celui-ci avait pris le contrôle de l'immense infrastructure industrielle du groupe. Des sympathisants des vampires et, dans cette nouvelle économie basée sur le gîte et l'assiette, des profiteurs.

— Hé ! hurla Fet.

L'homme ne répondit pas, baissa la tête et accéléra.

Eph regarda au bout de la passerelle. Montée sur une large plate-forme triangulaire, à la fois poste d'observation et plateau de tireur, une mitrailleuse pointait vers le plafond, dans l'attente d'un opérateur.

— Planquez-vous ! cria Fet.

Tous se dispersèrent ; Gus et Bruno repartirent vers l'entrée, Fet prit Nora par le bras et l'emmena à l'angle du poulailler, Eph fonça jusqu'à la bergerie, Joaquin prit la direction des jardins.

Eph longea la clôture en courant, pareil guêpier étant exactement ce qu'il craignait. Mais s'il devait mourir, ce ne serait pas par la main d'un humain. Il l'avait décidé, de nombreux mois plus tôt.

Ils offraient des cibles faciles dans cet espace fermé, puissamment éclairé.

Les moutons, agités, bêlaient si fort qu'Eph n'entendait rien d'autre. Il regarda en arrière, dans l'angle de l'entrepôt, vit Gus et Bruno courir vers une échelle. L'homme de Stoneheart atteignit la tourelle et manipula la mitrailleuse, qu'il dirigea vers le sol. Il envoya une première rafale vers Gus, labourant la terre derrière le Mexicain avant de perdre son angle de tir. Gus et Bruno montèrent au mur de gauche, mais l'échelle ne passait pas directement sous la passerelle. L'employé de Stoneheart aurait peut-être une autre occasion de les viser avant qu'ils atteignent la passerelle.

Eph fit sauter le crochet qui retenait les moutons dans leur abri. La porte s'ouvrit en claquant bruyamment, et les animaux pénétrèrent dans l'enclos. Eph trouva la partie de la clôture montée sur charnières, sauta par-dessus et tira le loquet extérieur. Il enfourcha le battant, qu'il chevaucha pendant qu'il pivotait, évitant ainsi d'être piétiné par les moutons qui s'échappaient.

Il entendit de nouveaux coups de feu, mais, refusant de se laisser distraire, il courut jusqu'à l'étable et réitéra la manœuvre avec les bovins. Ce n'étaient pas exactement des Prim'Holstein de concours… Maigres, le cuir tombant, les yeux globuleux, elles n'avaient de vaches que le nom, mais elles étaient rapides. Elles partirent dans toutes les directions ; certaines pénétrèrent maladroitement dans le verger, où elles percutèrent les troncs frêles des pommiers.

Eph fit le tour de la laiterie et chercha du regard ses compagnons. Sur sa droite, derrière une des lampes, Joaquin s'aidait d'un outil pour diriger le projecteur brûlant vers le tireur. Une idée de génie, qui fonctionna à merveille et perturba l'homme de Stoneheart assez longtemps pour que Gus et Bruno puissent gravir à toute allure la section exposée de l'échelle.

Joaquin plongea pour se mettre à l'abri quand le mitrailleur fit exploser la lampe, projetant une gerbe d'étincelles alentour.

Fet courait aussi, abrité derrière une génisse affolée qu'il aiguillonnait pour la diriger vers une autre échelle fixée au mur voisin, à droite de la tourelle. Au moment où Eph envisageait de foncer jusqu'au mur à son tour, des balles firent sauter la terre devant ses pieds. Il se rejeta en arrière, évitant de justesse d'être déchiqueté par la rafale suivante.

L'échelle trembla sous le poids de Fet. Ne sachant plus où donner de la tête, l'homme de Stoneheart se désintéressa d'Eph et redirigea son tir vers Gus et Bruno, mais ils avançaient penchés, et ses balles s'écrasaient sur les lattes de fer intermédiaires. En dessous, quelqu'un pointa un autre projecteur vers le tireur, et Fet le vit grimacer, comme s'il comprenait qu'il allait perdre la partie.

Qui sont ces gens qui exécutent de leur plein gré les ordres des vampires ? se demanda Fet.

Cette pensée fournit à Fet un supplément d'énergie pendant qu'il montait les derniers barreaux. L'homme de Stoneheart ignorait toujours qu'il approchait, mais il pouvait se retourner à tout moment. Imaginer l'arme en train de pivoter vers lui poussa Fet à accélérer sa course tout en sortant son épée de son sac.

Le mitrailleur sentit les vibrations des pas lourds de Fet sur la passerelle. Il fit volte-face, les yeux écarquillés, pressant la détente avant même d'avoir achevé sa rotation, mais il était trop tard. Fet était sur lui. Le dératiseur plongea sa lame dans le ventre de l'homme, puis la retira.

Médusé, le tireur tomba à genoux, vomissant de la bile et du sang, qui giclèrent sur le canon de l'arme fumante.

La souffrance de l'homme n'avait aucune commune mesure avec celle des vampires. Fet n'avait pas l'habitude de tuer ses congénères. L'épée d'argent était idéale pour éliminer les *strigoï*, mais nettement moins contre les humains.

Bruno arriva en courant par l'autre bout de la passerelle, s'empara du traître avant que Fet ait pu réagir et le balança par-dessus la balustrade basse de la plateforme. L'homme dégringola, une traînée de sang s'écoulant de sa blessure, et s'écrasa la tête la première sur le sol.

Gus saisit la poignée de la mitrailleuse, balaya du regard la ferme artificielle en contrebas, puis leva le canon vers les rangées de projecteurs qui brillaient telles les lampes halogènes d'un four.

Fet entendit quelqu'un crier, reconnut la voix de Nora. Au milieu des moutons qui trottaient devant elle, elle agitait les bras et désignait la mitrailleuse.

Fet attrapa Gus par le bras, pour attirer son attention.

— Ne les détruis pas, dit-il, en parlant des lampes. Ces denrées, c'est pour les prisonniers. C'est tout ce qu'ils ont.

Gus grimaça. Il avait envie de mettre les lieux à sac, mais il se retint. Il fit feu droit devant lui dans le bâtiment caverneux. Ses balles labourèrent le mur opposé et les douilles éjectées se répandirent sur le poste d'observation.

Nora fut la première à sortir. Elle sentait les autres qui tentaient de la retenir, mais la lumière blafarde s'estomperait bientôt.

Le bâtiment suivant était entouré d'un grillage couvert d'un filet noir opaque. C'était une structure plus ancienne que le reste, élément d'origine de l'usine de conditionnement de viande, moins vaste que la ferme.

Un édifice impersonnel, d'allure industrielle – selon toute vraisemblance, un abattoir.

— C'est là ? s'enquit Fet.

— Je ne sais pas… À moins que… à moins que ça ne corresponde pas au plan.

Elle se raccrochait à un frêle espoir. Ce n'était à l'évidence pas l'entrée d'une communauté pour retraités ou d'un quelconque lieu d'accueil.

— J'y vais d'abord, dit Fet. Attends-moi ici.

Il s'éloigna, et les autres entourèrent Nora tandis que le doute se refermait sur son esprit.

— Non, dit-elle soudain.

Elle se mit à courir, rattrapa Fet.

— Je t'accompagne !

Le dératiseur poussa le portail juste assez pour leur permettre de passer. Les autres les suivirent jusqu'à une porte latérale, située à l'écart de l'entrée principale, qui n'était pas fermée à clé.

À l'intérieur bourdonnaient des machines. Une odeur lourde, difficile à identifier de prime abord, saturait l'air.

Une odeur métallique de vieilles pièces de monnaie chauffées dans un poing en sueur. Celle du sang humain.

Nora sembla soudain se recroqueviller sur elle-même. Elle savait ce qu'elle allait découvrir avant même d'atteindre les premiers box.

Dans des carrés à peine plus grands que des toilettes individuelles, des fauteuils roulants à haut dossier étaient inclinés sous des tubes de plastique entortillés qui en rejoignaient d'autres, plus longs. Nettoyés de tout résidu, ces tuyaux étaient conçus pour transporter le sang dans des canaux plus larges suspendus à des rails. Les box étaient vides.

Plus haut, les conduits traversaient une salle de réfrigération, où le produit récolté était empaqueté et stocké. La limite naturelle de conservation pour le sang était de quarante-deux jours, mais comme nourriture des vampires il perdait son utilité bien avant.

Nora imagina des personnes âgées traînées jusque-là, avachies dans leurs fauteuils, des tubes plantés dans le cou.

Elle ne tenait pas en place. Elle connaissait la vérité, mais ne parvenait pas à l'accepter. Elle appela sa mère, et le silence qu'elle obtint en retour fut horrible, sa propre voix résonnant dans ses oreilles, bourdonnante de désespoir.

Ils arrivèrent dans une vaste salle, s'arrêtèrent net. Des murs couverts de carrelage jusqu'aux trois quarts de leur hauteur, un sol taché de rouge et pourvu de nombreuses rigoles d'évacuation. Un assommoir. Des cadavres fripés pendaient mollement à des crocs, des peaux écorchées s'entassaient au sol.

Nora eut un haut-le-cœur, mais elle n'avait rien à vomir. Elle s'accrocha au bras de Fet, qui l'aida à rester debout.

Barnes, songea-t-elle.

Ce boucher, ce menteur en uniforme.

Je vais le tuer, se jura-t-elle.

Eph parut à côté de Fet.

— Il faut partir.

Nora, le visage enfoui contre la poitrine de Fet, le sentit hocher la tête.

— Ils vont envoyer des hélicoptères. Des policiers, avec des armes à feu.

Fet entoura Nora de ses bras et l'emmena vers la porte la plus proche. Nora ne voulait plus en voir davantage. Elle voulait quitter ce camp pour de bon.

Dehors, le ciel mourant luisait d'un jaune sale. Gus monta dans la cabine d'une tractopelle garée de l'autre côté de la route, près de la clôture. Il tritura les manettes, le moteur démarra.

Nora sentit Fet se raidir et leva les yeux. Une dizaine d'humains d'allure spectrale, en combinaison, avaient quitté les baraquements et s'approchaient, sans tenir compte du couvre-feu. Attirés par les tirs de mitrailleuse, et sans doute curieux de connaître la cause de l'alerte.

Gus descendit de la cabine pour les admonester, leur reprocher d'être aussi passifs et lâches, mais Nora le retint.

— Gusto, dit alors Bruno. Je reste ici.

— Quoi ? fit Gus.

— Je reste pour démolir ce bâtiment de cinglés. Faut que je me venge. Je vais leur montrer qu'ils ont pas mordu le bon lascar.

Gus comprit aussitôt.

— T'es un héros, *hombre*, un vrai dur à cuire.

— Le plus coriace de tous. Plus que toi.

Gus sourit, la gorge serrée par la fierté qu'il éprouvait pour son ami. Ils se donnèrent une poignée de main comme pour se livrer à un bras de fer, suivie d'une accolade virile. Joaquin fit de même.

— On t'oubliera jamais, mon frère, dit ce dernier.

Bruno affichait une expression de colère pour dissimuler ses émotions. Il se tourna vers la structure à saignées.

— Eux non plus, je te le garantis.

Pendant cet échange, Fet, aux manettes de la tractopelle, lui fit faire demi-tour et fonça droit sur le mur d'enceinte du camp, qu'il entreprit d'écraser sous les larges chenilles de l'engin.

On entendait des sirènes de police, à présent, en nombre, qui approchaient.

Bruno se tourna vers Nora.

— Madame ? dit-il. Je vais réduire cet endroit en cendres. Pour vous et pour moi. Je veux que vous le sachiez.

Nora hocha la tête, inconsolable.

— Partez, maintenant, dit le gangster, qui se dirigea vers l'abattoir, son épée à la main. Vous tous ! hurla-t-il aux autres humains, qui prirent peur et se dispersèrent.

Eph offrit sa main à Nora, mais Fet, descendu de l'engin, s'interposa. Ils passèrent devant Eph qui, au bout de quelques secondes, leur emboîta le pas, foulant les barbelés jetés à terre.

Consumé de douleur, Bruno sentait les vers se mouvoir en lui. L'ennemi avait infesté son système sanguin, se répandait dans ses organes, frétillait dans son cerveau. Il se hâta de transporter les lampes à UV des potagers jusqu'à l'usine de saignement, puis les plaça derrière les portes pour retarder l'incursion des vampires. Il s'attacha ensuite à sectionner les tubes et à démanteler l'appareillage de collecte de sang. À mesure qu'il lacérait les paquets de sang réfrigéré à grands coups d'épée, ses vêtements et le sol se trempaient de liquide écarlate. Il s'assura d'avoir vidé jusqu'à la moindre poche de plastique. Puis il alla détruire l'équipement, les pompes et les systèmes d'aspiration.

Les *strigoï* qui essayaient d'entrer grillaient sous les ultraviolets. Bruno hacha les carcasses et les peaux humaines, mais il ne savait pas comment les endommager davantage. Il aurait voulu avoir de l'essence et du feu. Il alluma la machinerie et trancha les câbles électriques, espérant provoquer un court-circuit.

Le premier policier qui pénétra dans les lieux tira sur Bruno sans sommation, lui arrachant un bout d'épaule.

Lorsqu'il entendit d'autres ennemis, Bruno gravit tant bien que mal une échelle fixée à côté de rayonnages de stockage et monta jusqu'au point le plus élevé de la structure. Il se tint au sommet d'une seule main, au-dessus des policiers et des vampires enragés par les dégâts qu'il avait causés, mais surtout par le sang répandu au sol. Alors que des monstres grimpaient à l'échelle à leur tour, Bruno tendit le cou au-dessus d'eux, leva son épée et se trancha la gorge.

New Jersey

Immobile sous le terreau qui emplissait le cercueil – finement ciselé, des dizaines d'années plus tôt, par l'infidèle Abraham Setrakian – chargé à l'arrière d'une camionnette aux feux éteints, le Maître reposait. Le van roulait au sein d'un convoi de quatre véhicules, qui quittait le New Jersey pour pénétrer dans Manhattan.

Les innombrables yeux du Maître avaient vu la traînée ardente du vaisseau spatial en feu traverser le ciel et déchirer la nuit comme l'ongle de Dieu Lui-même. Ainsi que la colonne de lumière, et le retour fâcheux mais prévisible de l'Enfanté.

L'apparition de la météorite était intervenue exactement à l'instant où Ephraïm Goodweather allait périr. L'éclair flamboyant lui avait sauvé la vie. Le Maître savait que les coïncidences n'existaient pas. Il n'y avait que des présages.

Mais que signifiait ce phénomène ? Qu'augurait-il ? Qu'est-ce qui avait poussé les forces de la nature à venir ainsi à la rescousse de Goodweather ?

On lui adressait un défi. Un défi véritable, direct, que le Maître accueillait avec plaisir. Car la grandeur de la victoire dépend de la puissance de l'ennemi.

Le passage de la comète artificielle au-dessus de New York confirmait l'intuition du Maître ; son site d'origine, dont il ne connaissait toujours pas l'emplacement, se trouvait dans cette zone géographique.

Ce savoir ébranla le Maître. D'une certaine manière, cet événement répondait à la comète qui avait annoncé le site de naissance d'un autre Dieu sur Terre, deux mille ans plus tôt.

La nuit allait tomber, les vampires se lèveraient bientôt. Leur roi leur envoya un signal, les mobilisant par sa seule force psychique, et les prépara à la bataille.

JACOB ET L'ANGE

CHAPELLE SAINT PAUL, UNIVERSITÉ COLUMBIA

Les pluies acides qui continuaient à tomber en abondance et de façon presque continue tachaient tout, souillaient New York jusque dans ses moindres recoins.

Du sommet du dôme de la chapelle Saint Paul, Quinlan observa la colonne de lumière qui se refermait et les éclairs au sein des nuages noirs. Des sirènes retentissaient. On voyait des voitures de police se diriger vers le camp. Des forces de l'ordre humaines investiraient bientôt la place. Il espérait que Fet et les autres parviendraient à disparaître avant leur arrivée.

Il trouva la petite niche d'entretien à la base du dôme, en sortit le livre… le *Lumen*. Il se faufila plus profondément à l'intérieur de la cavité et s'installa dans une alcôve de la structure, à l'abri de la pluie et du jour naissant. Dans cet espace exigu sous le granit du toit, Quinlan se sentait en sécurité. Il avait jeté quelques observations dans un carnet, noté quelques indices. À présent bien au sec, il posa le livre à terre avec soin.

Et reprit sa lecture.

INTERLUDE III

OCCIDO LUMEN : SADUM ET AMURAH

L'Ange de la mort chanta avec la voix de Dieu tandis qu'une pluie de feu et de soufre s'abattait sur les villes. Le visage de Dieu fut révélé et Sa lumière consuma tout en un éclair.

La violence exquise de l'immolation ne provoqua toutefois rien chez Azraël… il y était devenu insensible. Il éprouvait le désir d'une destruction plus personnelle. Il brûlait d'enfreindre l'ordre, et par là de l'emporter sur lui.

Alors que Loth s'enfuyait avec sa famille, sa femme se retourna et contempla le visage de Dieu, sans cesse changeant, incroyablement radieux. Plus brillant que le soleil, il brûla tout autour d'elle et la changea en colonne de cendres blanches et cristallines.

Dans un rayon de huit kilomètres, l'explosion transforma le sable de la vallée en verre pur. Les archanges le foulèrent, leur mission accomplie, avec l'ordre de regagner l'éther. Leur temps passé sur terre en tant qu'hommes se terminait.

Azraël sentit le verre lisse et chaud sous ses pieds, le soleil sur sa figure, et fut gagné par une pulsion maléfique. Sous le plus ténu des prétextes, il éloigna Michel de Gabriel, l'emmena au sommet d'un promontoire rocheux où, à force de cajoleries, lui fit déployer ses ailes et sentir la chaleur de l'astre solaire. Ainsi excité, Azraël ne put maîtriser ses pulsions plus longtemps et fondit sur son frère avec une force extraordinaire, lui lacéra la gorge, but son sang luminescent et argenté.

La sensation qu'il éprouva dépassa toutes ses attentes. Une perversion transcendantale. Gabriel le surprit en proie à sa violente extase, les ailes d'Azraël ouvertes dans toute leur envergure, et fut horrifié. Leurs instructions étaient de rentrer sur-le-champ, mais Azraël, toujours sous le joug de sa soif démente, refusa et tenta de détourner Gabriel de Dieu.

Devenons Lui, ici sur terre. Soyons des dieux, marchons parmi ces hommes, et qu'ils nous vénèrent. N'as-tu jamais goûté au pouvoir ? Ne t'attire-t-il pas ?

Gabriel ne céda pas et appela Raphaël, qui arriva sous forme humaine sur une flèche de lumière. Le faisceau paralysa Azraël et le plaqua sur cette terre qu'il aimait tant. Il fut immobilisé entre deux rivières, celles-là mêmes qui alimentaient les canaux de Sodome. La vengeance de Dieu fut prompte ; les archanges reçurent l'ordre de mettre leur frère en pièces et de disséminer ses membres aux quatre coins du monde physique.

Azraël fut démembré, déchiré en sept morceaux, ses jambes, ses bras et ses ailes furent enterrés profondément, jusqu'à ce que ne restent que sa tête et sa gorge. L'esprit et la bouche d'Azraël étant les plus insultants pour Dieu, cette septième pièce fut jetée loin dans l'océan, ensevelie à une profondeur de plusieurs lieues. Sous le limon et le sable le plus noir. Nul ne pourrait jamais toucher ses restes. Nul ne pourrait les repêcher. Là, ils resteraient jusqu'au jugement, à la fin des jours, quand toutes les vies sur terre seraient rappelées devant le Créateur.

Mais, au fil des âges, des lianes de sang suintèrent des morceaux enterrés, donnant naissance à de nouvelles entités. Les Aînés. L'argent, la substance la plus semblable au sang qu'ils avaient bu, agirait à jamais comme un poison sur eux. Le soleil, l'énergie la plus proche du visage de Dieu sur Terre, les anéantirait, et comme à leur origine ils resteraient pris au piège entre des étendues d'eau qu'ils ne pourraient franchir sans aide.

Ils ne connaîtraient pas l'amour et ne pourraient se multiplier qu'en prenant la vie. Jamais en la donnant. Et si le fléau de leur sang devait se répandre de façon incontrôlée, la famine provoquerait la perte de leur race.

UNIVERSITÉ COLUMBIA

Quinlan décela les différents glyphes et les coordonnées qui signalaient les emplacements des lieux d'enfouissement.

Tous les sites d'origine.

Il les inscrivit en hâte. Ils correspondaient à la perfection aux lieux que l'Enfanté avait visités tandis qu'il rassemblait les cendres des Aînés. Sur la plupart d'entre eux on avait bâti une centrale nucléaire, plus tard sabotée par le groupe Stoneheart. Le Maître avait apporté un grand soin à la préparation de son coup d'État.

Le septième site, le plus important de tous, apparaissait comme une tache noire sur la page. Une forme en négatif au nord-est de l'océan Atlantique. Deux mots latins l'accompagnaient. *Oscura. Aeterna.*

Une autre forme singulière ressortait en filigrane.

Une étoile filante.

Le Maître avait bel et bien envoyé des hélicoptères. Ils les virent depuis les vitres de leurs voitures, pendant qu'ils roulaient lentement vers Manhattan. Ils traversèrent Marble Hill et franchirent Harlem River, évitèrent les artères principales et abandonnèrent leurs voitures près du tombeau de Grant, puis terminèrent leur trajet sous la pluie nocturne comme des citoyens normaux, avant de se faufiler dans le campus abandonné de l'université Columbia.

Tandis que les autres regagnaient les sous-sols, Gus traversa Low Plaza pour rejoindre Buell Hall, puis monta jusqu'au toit par le monte-plat. Il y avait installé son pigeonnier.

Son « Jersey Express » était de retour, posé sous le perchoir que Gus avait fabriqué avec une gouttière.

— T'es un champion, Harry, dit le Mexicain en déroulant le message.

Il reconnut l'écriture tout en capitales de Creem, son ancien rival, qui avait aussi l'habitude de barrer tous ses O, comme le symbole de l'ensemble vide.

YØ, MEX,

ÇA CRAINT ICI – G LA DALLE. PAS IMPØSSIBLE QUE JE BØUFFE LE PIAF QUAND IL REVIENDRA.

G EU TØN MESSAGE POUR LE DÉTØNATEUR. G 1 ID PR TØI. DIS-MOI ØÙ T ET PRÉPARE À GRAILLER. CREEM RAPPLIQUE. ARRANGE 1 RDV.

Gus brûla le mot et prit le crayon de charpentier qu'il rangeait avec les graines et des morceaux de papier.

Il répondit à Creem, confirma la rencontre et lui indiqua une adresse en surface, aux abords du campus. Il n'aimait pas Creem et n'avait pas confiance en lui, mais c'était le Colombien qui dirigeait le marché noir dans le New Jersey, et il était le plus apte à leur fournir ce dont ils avaient besoin.

Malgré l'épuisement, Nora ne parvenait pas à se reposer. Prise de longues crises de larmes, elle tremblait, gémissait, ses abdominaux rendus douloureux par ses violents sanglots. D'une certaine manière, songeait-elle, celle qu'elle était avant – celle qui était venue au monde une nuit dans une cuisine, enfantée dans les larmes – n'existait plus. Née dans les pleurs, morte dans les pleurs.

Elle ne cessait de passer sa main sur son crâne chauve, le cuir chevelu parcouru de picotements.

Elle se sentait nerveuse, vide et seule… et pourtant, elle ressentait une impression de renouveau. Le cauchemar de leur existence n'était rien comparé à la vie dans le camp.

Près d'elle en permanence, Fet la couvait du regard. Assis près de la porte, Joaquin tenait au repos son genou blessé. Adossé au mur d'en face, les bras croisés, Eph observait Nora, sans mot dire.

Nora estimait qu'Eph devait soupçonner les sentiments qu'elle éprouvait pour Fet, à présent. Nul n'avait abordé le sujet, mais la vérité flottait dans la pièce comme un nuage menaçant.

Nora prit la parole. Du fait de cette abondance d'énergie et d'émotions qui se superposaient, elle s'exprimait vite. C'étaient les détenues enceintes de la zone de gestation qui la rendaient la plus perplexe. Plus encore que la mort de sa mère.

— Ils forcent des femmes à procréer, là-bas. Dans le but de produire des enfants B positif. Ils les récompensent avec de la nourriture, un certain confort. Et le pire… *c'est qu'elles semblent s'être adaptées.* J'ignore pourquoi c'est cet aspect qui me traumatise le plus. Je suis peut-être trop dure avec elles. Parfois, survivre est synonyme de compromis. De *gros* compromis. La rébellion, c'est déjà difficile quand on ne se bat que pour soi, alors quand on a un être vivant qui grandit dans notre ventre… ou même un jeune enfant, ajouta-t-elle en regardant Eph. Je comprends mieux, maintenant, c'est ce que j'essaie de dire. Je sais à quel point tu es déchiré…

Eph fit un signe de tête pour accepter ses excuses.

— Il n'empêche, reprit Nora, j'aurais voulu que tu te présentes à notre rendez-vous à l'institut médico-légal. Ma mère serait encore là, aujourd'hui.

— Je suis arrivé en retard, je le reconnais. J'ai été retenu…

— Dans la maison de ton ex-femme, oui. Ne le nie pas.

— Je n'en avais pas l'intention, mais…

— Mais ?

— Si on t'a trouvée, là-bas, ce n'était pas ma faute.

Nora fronça les sourcils, surprise qu'il la mette au défi.

— D'où tu sors ça ?

— J'aurais dû être présent. Les choses se seraient passées différemment si j'avais été à l'heure… mais ce n'est pas moi qui ai conduit les *strigoï* jusqu'à vous.

— Ah bon ? Qui ça, alors ?

— Toi.

— Moi ? !

Elle n'en croyait pas ses oreilles.

— C'est l'ordinateur. Internet. Tu t'en es servie pour communiquer avec Fet.

Voilà. C'était sorti. Nora se raidit, mais elle se débarrassa vite de sa culpabilité.

— Tiens donc !

Fet se leva.

— Tu devrais pas lui parler comme ça…

Eph ne battit pas en retraite.

— Ah oui ? J'ai vécu des mois dans cet immeuble sans presque rencontrer aucun problème. Ils surveillent le Net. Vous le savez.

— Alors ce qui m'est arrivé, je l'ai mérité, rétorqua Nora en glissant sa main dans celle de Fet. Le châtiment que j'ai subi était donc justifié… à tes yeux.

Fet frémit au contact de Nora. Lorsqu'elle referma les doigts sur les siens, il se crut sur le point de pleurer. Eph vit en ce geste, anodin en d'autres circonstances, le signe éloquent et public marquant la fin de leur liaison.

— N'importe quoi, répliqua-t-il. Ce n'est pas ce que j'ai voulu dire.

— C'est pourtant ce que tu laisses entendre.

— Ce que je laisse entendre…

— Tu sais quoi, Eph ? Ça correspond à ta façon de fonctionner, le coupa Nora.

Fet serra sa main pour la pousser à ne pas s'emporter, mais elle n'en tint pas compte.

— Tu arrives toujours après la bataille. Et par « arriver », j'entends « piger ». Tu as fini par comprendre à quel point tu aimais Kelly… *après* votre séparation. Tu as compris l'importance d'être un père impliqué… *après* avoir perdu la garde de Zack. D'accord ? Et maintenant… je crois que tu vas te rendre compte à quel point tu avais besoin de moi. Parce que tu ne m'as plus.

Elle fut choquée de s'entendre prononcer ces mots devant les autres, mais elle était incapable de se retenir plus longtemps.

— Tu es toujours juste un peu en retard. Tu as passé la moitié de ta vie à te battre contre les regrets. À essayer de rattraper le passé plutôt que de profiter du présent et de penser à l'avenir. À mon avis, le pire qui te soit arrivé, c'est d'avoir connu la réussite trop vite. D'avoir récolté cette étiquette de « petit génie ». Tu crois que si tu te donnes assez de mal tu parviendras à réparer ce que tu as cassé, au lieu d'en prendre soin dès le départ…

Elle sentait Fet qui l'incitait à se calmer, elle aurait voulu y parvenir, mais les mots sortaient, se suivaient dans un débit rauque et douloureux.

— S'il y a une seule chose que tu devrais avoir retenue depuis le début du cataclysme, c'est que rien ne t'est acquis. Rien du tout. Surtout pas les êtres humains…

Eph était resté immobile. Comme cloué au sol. Si figé que Nora ne fut pas certaine que sa tirade l'ait atteint. Mais après un moment de silence, lorsque Nora sembla en avoir eu terminé, il se leva et sortit d'un pas lent.

Eph parcourait l'ancien réseau de couloirs, hébété. Le sol semblait n'offrir aucune résistance sous ses pieds.

Pendant leur échange, des pulsions contradictoires l'avaient tiraillé. La première le poussait à rappeler à Nora que sa mère, à maintes reprises, avait failli leur valoir d'être capturés ou contaminés. À quel point la maladie de Mme Martinez les avait ralentis, au cours des mois précédents. Peu importait que Nora eût de nombreuses fois exprimé elle-même le souhait que sa mère leur soit enlevée. Non. Eph était responsable de tous leurs déboires.

Ensuite, il était abasourdi de constater la proximité qui existait entre elle et Fet. L'enlèvement et la libération de Nora n'avaient fait que les rapprocher, renforcer leur nouveau lien. C'était ce qui le faisait le plus souffrir, car à ses yeux le sauvetage de Nora était comme une répétition avant celui de Zack, mais leur expédition avait réveillé sa crainte la plus profonde : qu'il parvienne à sauver son fils, mais que celui-ci soit malgré tout tellement changé qu'il lui échappe à jamais.

Une part de lui lui soufflait qu'il était déjà trop tard.

Sa part dépressive, celle qu'il tentait en permanence de tenir à distance. Celle qu'il étouffait avec des médicaments.

Il passa le bras dans son dos, palpa son sac et tira la fermeture Eclair de la poche destinée aux clés et à la petite monnaie. Il ne lui restait plus qu'un comprimé de Vicodin, qu'il déposa sur sa langue et garda ainsi quelques instants, le temps de rassembler assez de salive pour l'avaler.

Eph se remémora la vidéo du Maître en train de contempler sa légion de vampires, dans Central Park, au sommet de la tour du Belvedere Castle, Kelly et Zack à ses côtés. Cette image verdâtre le hantait, le rongeait cependant qu'il continuait à avancer, pas tout à fait sûr de sa direction.

Je savais que tu reviendrais.

La voix de Kelly et ces paroles eurent sur lui l'effet d'une injection d'adrénaline droit dans le cœur. Il tourna dans un couloir d'aspect familier, trouva la lourde porte de bois montée sur des gonds de fer. Elle n'était pas fermée à clé.

Dans la salle, au centre de la cage d'angle, se tenait le vampire qui, autrefois, avait été la mère de Gus. À l'arrivée d'Eph, le casque de moto s'inclina de façon à peine perceptible. La créature avait toujours les mains liées dans le dos.

Eph approcha. Les barreaux étaient espacés de quinze centimètres. Trois antivols de vélo à gaine de vinyle scellaient la porte en haut et en bas, ainsi qu'au milieu, dans l'ancienne anse à cadenas.

La créature demeurait immobile. Peut-être attendait-elle sa ration de sang quotidienne. Eph voulait entendre Kelly de nouveau. Sur le mur du fond, à un clou rouillé, on avait suspendu un petit anneau qui comportait une seule clé en argent.

Il la décrocha, revint à la porte. Pas de mouvement du *strigoï*. Il inséra la clé dans le cadenas du haut, qui s'ouvrit. Il passa ensuite à celui du bas, puis au dernier. Toujours aucune réaction de la mère de Gus. Eph ôta les câbles d'acier des barreaux et ouvrit lentement.

La porte frotta contre son cadre, mais les gonds graissés ne grincèrent pas.

Le vampire ne bougea pas du centre de la cellule.

Tu peux pas dégringoler, tu peux pas tomber...

Eph dégaina son épée et entra.

Le silence de la créature l'attira plus près.

Il attendit. Un bourdonnement vampirique résonnait dans son esprit, mais il restait léger.

La chose lisait en lui.

Tu en as perdu une autre. Maintenant, tu n'as plus personne. Personne d'autre que moi.

— Je sais à qui j'ai affaire, déclara-t-il.

Qui suis-je ?

— Vous avez la voix de Kelly, mais ce sont les mots du Maître.

C'est toi qui es venu à moi. Tu es venu écouter.

— J'ignore pourquoi je suis là.

Tu voulais entendre de nouveau la voix de ta femme. C'est pour toi aussi vital que les cachets que tu avales. Tu en as un vrai besoin. Tu ressens un véritable manque. N'est-ce pas ?

Eph ne demanda pas comment le Maître le savait. Il devait rester constamment sur ses gardes, même mentalement.

Tu veux rentrer. Revenir à la maison.

— À la maison ? Vous rejoindre, c'est ça ? Vous et la voix désincarnée de mon ex-femme ? Jamais.

L'heure est venue de me prêter l'oreille. Il est temps d'ouvrir ton esprit.

Eph ne répondit pas.

Je peux te rendre ton fils. Et ta femme. Tu peux la libérer. Reprendre de zéro, avec Zack près de toi.

Eph retint son souffle, dans l'espoir de ralentir son rythme cardiaque, qui s'emballait. Le Maître savait qu'Eph n'avait qu'une idée en tête, libérer et retrouver Zack, mais Eph tenait surtout à ne pas paraître prêt à tout pour obtenir cela.

Je ne l'ai pas transformé. Il restera un être inférieur, selon ta volonté.

— Qu'est-ce que vous attendez, en échange ?

Eph ne se serait jamais cru capable de prononcer ces mots.

Le livre. Le Lumen. *Et tes complices. Y compris l'Enfanté.*

— Le quoi ?

Vous l'appelez Quinlan, je crois.

Eph fronça les sourcils.

— Hors de question.

Bien sûr que tu le feras.

Eph ferma les yeux et tâcha de vider son esprit, puis rouvrit les paupières, quelques secondes plus tard.

— Et si je refuse ?

Je procéderai comme prévu. La transformation de ton fils aura lieu très bientôt.

— La transformation ? répéta Eph, qui tressaillit, saisi d'effroi, mais lutta pour éradiquer ses émotions. Qu'est-ce que ça signifie ?

Rends-toi tant que tu possèdes encore une monnaie d'échange. Remets-toi à moi à la place de ton fils.

Récupère le livre et apporte-le-moi. J'extrairai les informations que contient le Lumen, *et celles que recèle ton esprit. Toutes tes connaissances seront miennes. Tu pourras même rapporter le livre. Nul n'en saura rien.*

— Vous me rendriez Zack ?

Je lui offrirai la liberté. Celle d'être un humain faible comme son père.

Eph s'efforça de se calmer. Il ne devait pas se laisser entraîner dans cet échange avec ce démon. Le Maître rôdait aux abords de son esprit, cherchant un moyen de s'y introduire.

— Votre parole n'a aucune valeur.

Il est vrai que je n'ai aucun code moral. Rien ne me force à respecter ma part du marché. Toutefois, sache que je manque rarement à ma parole.

Eph considéra son reflet dans le casque… Il se débattait, se raccrochait à sa propre éthique. Et pourtant, tenté, il l'était indéniablement. On lui proposait un troc transparent, son âme contre celle de Zack, qu'il pouvait accepter sur-le-champ. L'idée que Zack puisse être la proie de ce monstre, qu'il devienne un vampire ou un acolyte, était si repoussante qu'Eph aurait concédé quasiment n'importe quel sacrifice pour l'éviter.

Mais le prix à payer allait bien au-delà de sa seule âme ternie. Il était aussi question de l'âme des autres. Ainsi que du destin, ni plus ni moins, de l'humanité, car sa capitulation conférerait à la créature le contrôle total et définitif de la Terre.

Pouvait-il tout sacrifier pour Zack ? Sa décision pouvait-elle être la bonne ? L'alternative semblait disproportionnée, absurde…

— Même si j'envisageais cette possibilité, dit Eph, il y a un obstacle. Je ne sais pas où se trouve le livre.

Tu vois ? Ils te le cachent. Ils n'ont pas confiance en toi.

Eph se rendait compte que le Maître avait raison.

— Plus maintenant, non. Je le sais.

Il serait pourtant plus sûr que tu le saches, par sécurité.

— Il existe une transcription, des notes sur le livre. De bonne qualité. Je peux vous en livrer une copie.

Oui. Parfait. On fait comme ça... et moi je te remettrai une copie de ton fils. Ça te plairait ? J'exige l'original. Il n'y a pas de substitut. Le dératiseur doit te révéler où il est caché.

Eph repoussa son affolement lorsqu'il découvrit que le Maître connaissait l'existence de Fet. La Créature l'avait-elle apprise en déchiffrant son esprit ? Pillait-il les connaissances d'Eph alors même qu'ils parlementaient ?

Non. C'était Setrakian. Le Maître avait dû le transformer avant que le vieil homme se détruise. La Chose avait absorbé le savoir du professeur, exactement comme il cherchait à s'approprier celui d'Eph.

Tu as démontré que tu regorges de ressources, Goodweather. Je suis sûr que tu sauras trouver le Lumen.

— Je n'ai pas encore accepté…

Vraiment ? Je peux t'annoncer que tu auras aussi de l'aide pour accomplir cette tâche. Un allié. L'un des vôtres. Un membre de votre cercle. Il n'a pas été transformé, mais convaincu. Un traître.

Eph refusa de le croire.

— Maintenant, je sais que vous mentez.

Tu crois ? Explique-moi en quoi ce mensonge me profiterait.

— En semant la discorde, tout simplement.

Vous n'avez pas besoin de moi pour cela, apparemment.

Eph y réfléchit. Pas faux.

L'un des vôtres vous trahira tous.

Un renégat ? Un autre avait-il été corrompu ? Eph se rendit compte qu'en formulant les choses ainsi il se comptait déjà parmi les félons.

— Qui est-ce ?

Cette personne se révélera à toi en temps voulu.

Si un autre avait déjà choisi de traiter avec le Maître, Eph était peut-être en train de voir s'envoler sa meilleure et dernière chance de sauver son fils. Il chancela, accablé par une immense indécision.

— Il me faudrait passer un peu de temps avec Zack, d'abord. Je voudrais lui expliquer mes choix. Les justifier, savoir qu'il va bien, et lui dire…

Non.

Eph attendit que le Maître se montre plus explicite. Rien ne vint.

— Comment ça, non ? La réponse est oui. Ajoutez ma requête à notre marché.

Je ne l'ajouterai à aucun marché.

— À aucun…

Dans son reflet sur le casque, Eph put voir son propre dépit.

— Vous ne comprenez pas… Il m'est déjà presque impensable d'envisager ce que vous venez de me proposer. Alors jamais de la vie je n'agirai sans qu'on me garantisse une occasion de voir mon fils et de m'assurer qu'il va bien…

Ce que toi tu ne comprends pas, c'est que je n'ai aucune patience ni compassion pour tes émotions humaines superflues.

— Aucune patience ?… déclara Eph en dirigeant la pointe de son épée vers le casque. Avez-vous oublié que je possède quelque chose que vous voulez, qu'apparemment il vous faut à tout prix ?

As-tu oublié que moi j'ai ton fils ?

Eph fit un pas en arrière comme si on l'avait poussé.

— Je n'en crois pas mes oreilles. Écoutez… c'est simple. Je suis à deux doigts d'accepter, là. Tout ce que je demande, bordel, c'est dix minutes…

C'est plus simple encore. Le livre contre le garçon.

— Cinq minutes.

Tu oublies ta position, humain. Je n'ai aucun respect pour tes besoins émotionnels et ne les inclurai pas dans les termes du contrat. Tu te livreras à moi, Goodweather, et tu me remercieras de t'avoir accordé ce privilège. Chaque fois que je te regarderai, pour le reste de l'éternité, je verrai une reddition représentative de la faiblesse de ta race d'animaux civilisés.

Eph ne put que sourire, abasourdi par la cruauté méprisable de la Créature. Voilà qui il affrontait (et qui ils affrontaient tous) dans ce monde nouveau, impitoyable. Il était en revanche stupéfait de constater l'ignorance du Maître concernant la psychologie humaine.

En fait, c'était cette incompréhension, cette incapacité à éprouver la moindre compassion, qui avait conduit le Maître à les sous-estimer à de nombreuses reprises… Un humain au pied du mur est aussi un humain dangereux, et le Maître semblait incapable de le comprendre.

— Vous voulez connaître ma réponse ? demanda Eph.

Ta réponse, je l'ai déjà, Goodweather. Tout ce qu'il me faut, c'est ta capitulation, le…

— La voilà, ma réponse.

Eph recula et asséna un coup au vampire devant lui. La lame d'argent trancha le cou, détachant la tête des épaules, et Eph n'eut plus à contempler son reflet de traître.

Une maigre giclée jaillit des artères quand le corps s'affaissa, et le sang blanc forma aussitôt une flaque. Le casque tomba bruyamment dans un coin de la cellule, effectuant quelques tours vacillants sur lui-même avant de s'immobiliser sur le côté.

Eph n'avait pas tant frappé le Maître que sa propre honte, et la souffrance que causait en lui cette situation dont il ne pouvait sortir gagnant. Il avait détruit l'émetteur de la tentation au lieu de démolir la tentation elle-même, en un acte qu'il savait entièrement et uniquement symbolique.

La tentation demeurait.

Des pas approchèrent dans le couloir. Eph se rendit alors compte des conséquences de ses actes et s'écarta en hâte du corps décapité.

Fet entra le premier dans la salle, suivi par Nora, et tous les deux s'arrêtèrent net.

— Eph ! Qu'est-ce que tu as fait ?

D'autres bruits de pas résonnèrent. Gus.

Le voyou écarta les deux autres et vit le corps décapité qui gisait au sol, les mains toujours menottées dans le dos, et le casque un peu plus loin.

Gus poussa un cri, sortit un poignard de son sac à dos et se jeta sur Eph. Celui-ci levait son arme pour parer l'attaque, quand une forme sombre et floue surgit, emplissant l'espace entre eux.

Une main livide saisit Gus par le col et le retint. Une autre main repoussait la poitrine d'Eph.

Quinlan. Vêtu de son sweat-shirt noir, rayonnant de sa chaleur vampirique, il les tenait à distance l'un de l'autre avec une force surhumaine.

Gus jurait et donnait des coups de pied pour se libérer, en versant des larmes de rage.

— Quinlan, laisse-moi buter ce connard !

Du calme.

La voix grave et puissante du vampire envahit la tête d'Eph.

— Lâche-moi !

Gus leva son poignard, mais ce n'était que du bluff. Malgré sa fureur, il gardait à l'esprit le respect dû à Quinlan.

Ta mère est détruite. C'est fini. Et tu le sais aussi bien que moi, c'est mieux ainsi. Elle avait disparu depuis longtemps, et ce qui restait d'elle... c'était mauvais pour toi.

— Il n'y a que moi qui pouvais en décider ! C'était à moi de choisir !

Réglez vos différends comme vous le souhaitez. Mais après l'affrontement final.

Quinlan fixa sur Gus ses yeux rouges perçants, qui luisaient telles des braises dans les ombres noires de sa capuche. Un carmin royal, de la teinte la plus intense que Gus eût jamais vue. Plus profond, même, que le plus frais des sangs humains, l'éclat flamboyant des feuilles mortes, n'importe quel plumage. Gus espérait ne jamais les voir se porter sur lui avec colère. Il rengaina son arme. Pour le moment, du moins.

Nous pouvons vaincre le Maître. Mais le temps presse. Nous devons l'affronter... ensemble. Au-delà de ce que nous vivons, il existe un dessein plus grand. Peu importe ce qui est tombé du ciel. Le Maître, comme il aime à se faire appeler maintenant, a échoué à éteindre la flamme. Les dés ne sont pas jetés. La situation demeure ouverte, et tant qu'il existe des possibilités de changement, il y a de l'espoir. La grande aiguille continue à tourner. L'heure approche.

— L'heure de quoi ? s'enquit Fet.

De la bataille décisive. Le Maître le sait aussi. Le temps est compté. Je vous guiderai aussi loin que je le pourrai.

Quinlan resta entre Eph et Gus, même s'il s'adressait à présent à tous.

Aussi loin que c'est écrit. Pour cela, il me faudra accéder au Lumen. *Comme le ciel, il est rédigé dans une langue que vous ne pouvez comprendre.*

Gus montra Eph du doigt.

— Ce camé nous sert à rien. À cause de lui, Nora s'est fait capturer, il m'a coûté un de mes gars, et pour nous c'est un danger… pire, c'est une malédiction. Il nous porte la poisse. Le Maître tient son fils. Il l'a adopté et le tient en laisse comme un toutou…

Ce fut au tour d'Eph de vouloir se jeter sur Gus. La main de Quinlan le bloqua aussitôt, avec la force d'un poteau d'acier.

— Vas-y, raconte, reprit Gus, qui ne baissait pas les bras. Explique ce qu'il te murmurait à l'oreille, ce bâtard. Le Maître et toi, vous aviez un petit tête-à-tête, non ? Je crois qu'on a le droit de savoir, nous autres.

Eph considéra Gus, conscient que Fet et Nora le scrutaient.

— Alors ? insista Gus. Accouche !

— C'était Kelly, répondit Eph. Sa voix. Elle me provoquait.

Gus eut un sourire méprisant et cracha au visage d'Eph.

— T'es qu'un lâche, un sac à merde.

À nouveau, Quinlan dut intervenir pour les empêcher de s'entre-tuer.

— Il est venu ici pour se faire pourrir ! cracha Gus. T'as de sacrés problèmes familiaux, mon pote.

Il s'adressa alors à Quinlan :

— Il nous apporte rien. Laisse-moi le buter, qu'on soit débarrassés de ce boulet une bonne fois.

Je te le répète, et ce sera la dernière fois : tu régleras tes comptes comme tu l'entendras... plus tard.

Tous comprenaient, y compris Eph, que Quinlan le protégeait. Il réservait à Eph un traitement de faveur… ce qui signifiait qu'Eph avait quelque chose de différent.

Il nous manque une dernière pièce, et j'ai besoin de votre aide pour la trouver. Nous devons agir ensemble. Sans tarder.

Quinlan libéra Gus, qui se tourna vivement vers Eph.

— Il ne me reste plus rien, ragea-t-il avec la hargne d'un chien qui montre les crocs. Plus rien. Quand on en aura fini, je te tuerai.

Le Cloître

Les pales de l'hélicoptère combattaient les vagues de pluie diluvienne incessantes. Les nuages noirs déversaient un torrent de précipitations polluées, et pourtant, malgré l'obscurité, le pilote de Stoneheart portait des lunettes de soleil d'aviateur. Barnes craignait que cet homme ne vole à l'aveugle et espérait qu'ils resteraient à une altitude suffisante au-dessus de Manhattan.

Agrippé aux sangles de sécurité qui se croisaient par-dessus ses épaules, l'ex-directeur du Center for Disease Control grinçait des dents dans le compartiment passager. L'appareil, choisi parmi de nombreux modèles disponibles à l'usine Sikorsky de Bridgeport, dans le Connecticut, tanguait et roulait. La pluie semblait passer sous le rotor et se jeter latéralement contre les vitres, comme si Barnes naviguait à bord d'une petite embarcation en pleine tempête. Subitement, son estomac se noua et son contenu remonta. Il détacha son casque juste à temps pour pouvoir vomir dedans.

Le pilote poussa le manche à balai vers l'avant, et ils amorcèrent la descente. Vers où, Barnes l'ignorait. Des immeubles lointains lui apparurent, brouillés, à travers le cockpit dégoulinant, puis il vit des arbres. Il supposa qu'ils allaient atterrir dans Central Park, près du Belvedere Castle, mais une bourrasque violente fit pivoter la queue de l'hélicoptère comme la flèche d'une girouette, forçant le pilote à lutter pour garder le contrôle, et Barnes aperçut les eaux turbulentes de l'Hudson à sa droite, juste de l'autre côté des arbres. Il ne pouvait s'agir du parc.

Ils se posèrent brusquement, d'abord sur un patin, puis sur l'autre. Barnes se réjouissait de retrouver sous peu la terre ferme, mais il lui fallait à présent affronter une tornade. Il ouvrit la portière, fut accueilli par une rafale de vent humide. Courbé sous les pales qui tournaient encore, la main en visière, il vit un autre des châteaux de Manhattan se dessiner sur une hauteur.

Barnes serra le col de son pardessus, s'élança à grandes enjambées à l'assaut de marches de pierre glissantes. Lorsqu'il atteignit la porte, il était hors d'haleine. Deux vampires montaient la garde, sentinelles indifférentes à la pluie mais à demi dissimulées derrière la vapeur qui s'élevait de leur peau brûlante. Ils ne le saluèrent pas, ne lui ouvrirent pas la porte.

Une pancarte indiquait *LE CLOÎTRE*, et Barnes reconnut le nom d'un musée situé près de la pointe nord de Manhattan, administré par le Metropolitan Museum of Art. Il ouvrit et entra, attendit que la porte se refermé, chercha à détecter des bruits de mouvement. S'il y en avait, la pluie les étouffait.

On avait bâti le Cloître avec les restes de cinq abbayes médiévales et d'une chapelle romane françaises. Un morceau de France méridionale, vieux de plusieurs siècles, transporté à l'ère moderne, devenue à son tour âge des ténèbres.

— Il y a quelqu'un ? fit Barnes, sans obtenir de réponse.

Toujours essoufflé, il traversa la salle principale, les chaussures trempées, la gorge à vif. Il inspecta le jardin carré, autrefois planté pour représenter l'horticulture du Moyen Age et qui désormais, abandonné à lui-même et noyé dans un climat oppressant, laissait la place à un marécage boueux. Barnes continua, se retourna deux fois au bruit des gouttes qui tombaient de ses vêtements, mais il était apparemment seul.

Il longea tapisseries, fresques et vitraux en manque de lumière solaire. Puis il passa devant le chemin de Croix, aux représentations gravées dans la pierre ancienne, s'arrêta brièvement devant l'étrange scène de la crucifixion. Le Christ, cloué à la croix du milieu, était flanqué des deux voleurs, les jambes et les bras cassés, attachés à des croix plus petites. Barnes lut l'inscription gravée. *Per signum Sanctae Crucis de inimicis nostris libera nos, Domine Deus noster*. Ce qu'il traduisit ainsi : « Par le signe de la Sainte Croix, de nos ennemis délivre-nous, Seigneur. »

Depuis de nombreuses années, Barnes avait tourné le dos à sa foi, mais cette inscription évoquait une authenticité qui selon lui manquait aux cultes organisés modernes. Ces objets de dévotion constituaient les vestiges d'un temps où la religion régissait la vie et l'art.

Il alla jusqu'à une vitrine brisée, qui contenait deux livres enluminés, aux pages de vélin froissées, à la feuille d'or qui pelait, aux marges tachées de traces de doigts sales emplies d'illustrations richement détaillées. Il remarqua un ovale de taille imposante qui ne pouvait avoir été laissé que par le gros majeur griffu d'un vampire. Les *strigoï* n'avaient nul respect pour de vénérables ouvrages illustrés par des humains. Pour aucune création humaine. L'odeur persistante d'ammoniaque que dégageaient leurs déjections étayait cette observation.

Par une double porte déjà ouverte, Barnes passa sous une arcade romane géante et entra dans une vaste chapelle pourvue d'un immense plafond voûté et de murs puissamment fortifiés. À l'extrémité nord de la chambre, une fresque dominait l'abside qui surmontait l'autel ; la Vierge et l'Enfant Jésus ensemble, deux personnages ailés en équilibre de chaque côté. Au-dessus de leur tête, on avait écrit les noms des archanges Michel et Gabriel. En bas, les rois humains étaient représentés, tout petits.

Barnes sentit la pression de l'air se modifier. Un souffle d'air chaud caressa sa nuque comme le soupir d'un fourneau, et Barnes se détourna lentement.

Au premier regard, la silhouette couverte d'une cape qui se tenait derrière lui ressemblait à un moine qui aurait surgi du passé, d'une abbaye du XIIe siècle. L'illusion ne dura pas. Ce moine serrait les doigts sur une canne à poignée en tête de loup, et il possédait le majeur long et acéré des vampires.

Le nouveau visage du Maître était à peine visible sous les plis noirs de sa capuche. Derrière lui, près d'un banc latéral, se trouvait un vampire femelle en haillons. Barnes lui trouva un air familier et la scruta. Il peinait toutefois à associer ce démon chauve aux yeux rouges à une femme aux yeux bleus, plus jeune et séduisante, qu'il avait connue par le passé...

— Kelly Goodweather, dit-il, si abasourdi qu'il prononça son nom à voix haute.

Lui qui ne se croyait plus capable d'éprouver le moindre choc dans ce monde nouveau, il fut estomaqué. Elle restait en retrait, présence ondoyante qui évoquait une panthère.

Au rapport.

Ayant anticipé cette requête, Barnes hocha la tête. Il relata le raid des rebelles exactement comme il s'y était préparé, de façon succincte, afin de minimiser l'incursion.

— Ils se sont organisés pour attaquer dans l'heure qui précède le midi. Ils ont bénéficié de l'aide d'un être qui n'était pas humain, et qui s'est enfui avant que le soleil n'apparaisse.

L'Enfanté.

Cette réponse surprit Barnes. Il avait parfois entendu des récits le mentionnant, il avait reçu pour instructions de concevoir dans ses camps des zones séparées pour les femmes enceintes, mais avant cet instant on ne lui avait pas révélé qu'il existait déjà de tels êtres. Son esprit de mercenaire lui indiqua aussitôt que c'était positif pour lui, car cela le dédouanait en grande partie des failles dont lui et ses procédures de sécurité avaient fait preuve à Camp Liberty.

— Oui, ils ont eu de l'aide pour s'introduire. Une fois à l'intérieur, ils ont pris l'équipe de quarantaine par surprise. Ils ont ensuite causé de gros dégâts dans l'installation des saignées, comme je l'ai signalé. Nous travaillons d'arrache-pied pour reprendre la production, et nous pourrions revenir à une capacité de vingt pour cent d'ici une semaine ou dix jours. Nous avons réussi à éliminer l'un d'eux. Il a été transformé, mais il s'est donné la mort quelques minutes après le coucher du soleil. Ah, et je crois connaître la véritable raison de leur attaque…

Le Dr Nora Martinez.

Barnes déglutit. Le Maître était au courant.

— Oui, j'ai découvert récemment qu'elle avait été intégrée à la population du camp.

Récemment... c'est-à-dire ?

— Peu avant les troubles, maître. Nos chemins se sont croisés dans la zone de détention. J'ai cherché activement à lui soutirer des renseignements concernant la cachette du Dr Goodweather et de ses complices de résistance. Je pensais qu'un échange moins formel, plus… agréable, porterait ses fruits. Contrairement à une confrontation directe, qui selon moi lui aurait seulement donné l'occasion de prouver sa fidélité à ses amis. J'espère que vous partagez mon avis. Hélas, c'est à ce moment que la bande de maraudeurs a pénétré dans le camp principal. L'alerte a été donnée, et mes gardes du corps sont venus m'évacuer.

Barnes ne pouvait s'empêcher de lancer des regards à l'ancienne Kelly Goodweather, à l'écart derrière le Maître. Étrange de parler de son mari sans déceler chez elle la moindre réaction.

Vous avez localisé un membre de leur groupe et ne m'en avez pas informé sur-le-champ ?

— Comme je vous l'ai expliqué, j'ai à peine eu le temps de réagir et… j'ai été surpris, vous comprenez, désarçonné. Je pensais que je parviendrais à de meilleurs résultats par une approche plus personnelle… Après tout, elle travaillait pour moi, autrefois. J'espérais mettre à profit mes rapports personnels avec elle pour récolter des renseignements utiles avant de vous la remettre.

Barnes gardait son sourire et continuait à afficher une assurance feinte, même s'il sentait la présence du Maître dans son esprit, comme un cambrioleur qui fouille un grenier. Barnes avait la certitude que le seigneur des vampires n'accordait guère d'intérêt aux faux-fuyants des humains.

Sous la capuche, la tête se leva un instant, et Barnes comprit que le Maître considérait la fresque religieuse.

Vous mentez. Et vous êtes un piètre menteur. Alors... pourquoi ne pas m'avouer la vérité, pour voir si vous y réussirez mieux ?

Barnes frémit et, avant qu'il s'en soit rendu compte, il avait expliqué en détail sa tentative de séduction maladroite, les relations qu'il entretenait avec Nora et Eph. Le Maître resta silencieux un instant, puis se détourna.

Vous avez tué la mère du Dr Martinez. Ils vont se lancer à vos trousses, pour la venger. Je vais vous garder à leur disposition... cela les fera venir à moi. Dorénavant, vous consacrerez votre entière attention aux devoirs qui vous sont confiés. La résistance touche à sa fin.

— Ah bon ? dit Barnes, qui s'interrompit aussitôt.

Il n'avait pas eu l'intention de mettre en doute la parole du Maître. Si celui-ci l'affirmait, il en était ainsi.

— Parfait, alors, reprit-il. Nous avons d'autres camps qui entrent en production, et comme je vous l'ai dit les réparations de l'installation des saignées sont en cours. Puis-je vous demander… y aura-t-il des changements, une fois la résistance éliminée ?

Dans quel sens ?

— Je ne sais pas. Lorsque vous régnerez sans partage sur notre peuple et sur la planète… que se passera-t-il ?

Cela ne vous concerne pas. Vous garderez la vie sauve, pour l'instant. Mais ne me mentez plus jamais. Ne me cachez plus jamais rien. Vous ne possédez ni courage ni intelligence. Votre mission est de procéder à l'extraction et au conditionnement efficaces du sang humain. Je vous recommande d'y exceller.

— J'en ai l'intention. Enfin… à vos ordres, maître. Je m'y emploie.

Lorsque le Maître tourna légèrement la tête, Barnes éprouva une peur glaçante, comme si d'une façon ou d'une autre il avait offensé la Créature. Mais non ; un autre être humain venait d'entrer dans la chapelle.

Un jeune garçon, aux cheveux en pagaille qui lui tombaient sur les yeux, vêtu d'une parka encore luisante de pluie. Il avait la posture molle et lasse des enfants qui vont se mettre à geindre pour obtenir quelque chose, comme quitter un endroit ennuyeux, le cabinet d'un médecin ou un musée.

Le garçon ne geignit pas. Il ne prononça pas un mot. Il chassa des mèches de son visage, juste assez pour que Barnes reconnaisse chez lui les traits d'Ephraïm Goodweather. Les mêmes yeux, la même expression d'une grande gravité.

Barnes regarda encore l'ancienne Kelly Goodweather. Le vampire femelle s'était détourné pour observer le garçon.

Était-ce possible ?

Barnes fouilla sa mémoire, cherchant à se rappeler le prénom du petit. Eph leur rebattait les oreilles à son sujet. C'était d'ailleurs pour lui qu'Eph avait insisté pour qu'on établisse le quartier général du Projet Canari du CDC à New York, comme Barnes l'avait découvert plus tard. À cause d'une bataille avec sa femme pour la garde de l'enfant.

Le garçon allait être très grand. Il se comportait comme un jeune de douze ans qui préférerait être ailleurs, faire autre chose.

Sa présence était déroutante. Pourquoi le Maître gardait-il l'ancienne femme de Goodweather et son fils dans son entourage ? Comme moyen de pression ? Mais pour obtenir quoi ?

Central Park

Zachary Goodweather attendit que le Belvedere Castle soit calme et silencieux. Il quitta sa chambre, émergea dans la lumière maladive du midi. Il alla au bord de la surface de pierre au sommet du promontoire et contempla le terrain vide en contrebas. Les gardes vampires s'étaient abrités dans des cavités creusées à cet effet dans le schiste qui constituait le socle du château. Zachary retourna chercher sa parka noire avant de partir au pas de course par l'allée du parc, en violation du couvre-feu imposé aux humains.

Le Maître aimait à regarder le garçon enfreindre les règles, tester les limites. La Créature ne se retirait jamais pour dormir dans le château, qu'il jugeait trop vulnérable à une attaque pendant l'intervalle des deux heures de soleil, et lui préférait sa crypte dans le Cloître, ensevelie sous un lit frais de vieille terre. Durant le temps d'immobilisation ainsi imposé, le Maître avait pris goût à observer la surface à travers le regard de Zack, exploitant le lien créé entre eux par les gouttes de sang qu'il lui administrait pour soulager son asthme.

L'adolescent débrancha son gyropode Segway et s'engagea en silence sur le chemin qui menait au zoo. À l'entrée, il effectua trois cercles avant d'ouvrir la grille, symptôme du syndrome obsessionnel-compulsif qu'il développait. Il alla ensuite au casier qui abritait sa carabine. Il prit la clé qu'il avait volée des mois plus tôt, la porta à ses lèvres sept fois et, rasséréné, tourna la serrure et sortit l'arme. Il vérifia la chambre à quatre cartouches, réitéra l'opération jusqu'à ce que sa compulsion soit satisfaite, puis s'enfonça dans le zoo.

Le parc animalier n'exerçait plus aucun attrait sur lui. Il s'était créé une issue secrète dans le mur derrière la zone tropicale, descendit du Segway, émergea dans le parc, puis poursuivit vers l'ouest. Il resta à l'écart des sentiers, privilégiant la couverture des arbres pour longer la patinoire et les anciens terrains de base-ball, devenus des champs de boue, en comptant ses pas par multiples de soixante-dix-sept jusqu'à avoir atteint l'extrémité de Central Park South.

Là, il sortit des arbres, s'aventura jusqu'à la vieille entrée de Merchant's Gate, restant sur le trottoir derrière le monument érigé en mémoire de l'*USS Maine*. Devant lui se dressait le Columbus Circle, dont la moitié seulement des jets d'eau fonctionnaient, les autres étant bouchés par les sédiments déposés par la pluie polluée. Au-delà, les deux buildings de la place s'élevaient, telles les cheminées d'une usine à l'abandon. Lorsque Zachary vit l'effigie de Christophe Colomb sur la colonne, il cligna les paupières et dut produire un bruit de baiser à sept reprises avant de se sentir à l'aise.

Il repéra du mouvement de l'autre côté de l'immense rond-point. Des piétons, des humains, au nombre de quatre, qui avançaient à grands pas sur le trottoir d'en face. À cette distance, Zachary ne distinguait que leurs longs manteaux et leurs sacs à dos. Eux aussi enfreignaient le couvre-feu. Tout d'abord,

Zachary s'abrita derrière le monument, effrayé à l'idée d'être découvert, puis il alla à pas de loup jusqu'à l'autre bout de l'édifice et passa la tête à l'angle.

Le groupe continuait son chemin sans se douter de sa présence. Zachary les mit en joue, appliquant ce qu'il avait appris sur le tir pour évaluer trajectoire et distance. Ils formaient un groupe serré, et Zachary jugea qu'il disposait d'un bon angle, une occasion unique.

Il avait envie d'ouvrir le feu.

Ce qu'il fit, mais il releva son canon au moment de presser la détente. Le groupe s'arrêta net et regarda dans sa direction. Zack resta baissé et immobile à côté de la base du monument, certain qu'il se fondait dans le décor.

Puis il se redressa et tira trois autres cartouches à la suite. *Pan ! Pan ! Pan !* Il toucha un des humains, qui tituba. Zack rechargea en vitesse.

Ses cibles s'enfuirent, entraînant le blessé, tournèrent dans l'avenue, hors de vue de Zack. Celui-ci fit demi-tour et retourna à l'abri des arbres du parc, parcouru d'un délicieux frisson.

La ville sous la lumière du jour était le territoire de Zachary Goodweather ! Avis aux contrevenants !

Plus bas dans la rue, on tractait le blessé, qui perdait du sang. Vassili Fet, le dératiseur.

Une heure plus tôt…

Ils se rendirent au métro de la 116e Rue une heure entière avant le jour, afin de bénéficier du plus de temps possible. Gus leur indiqua où attendre, près d'une grille d'aération par laquelle ils pourraient entendre approcher une rame de la ligne 1.

Adossé au bâtiment voisin, les yeux fermés, Eph dormait debout sous la pluie battante. Même pendant ces brefs intervalles de sommeil, il rêvait de lumière et de feu.

De temps à autre, Fet et Nora se penchaient l'un vers l'autre en chuchotant ; Gus faisait les cent pas en silence. Joaquin avait refusé de les accompagner, car il avait besoin d'évacuer sa colère concernant la mort de Bruno en poursuivant les sabotages. Gus avait tenté de le dissuader de s'aventurer dans la ville avec un genou blessé, mais Joaquin n'en avait pas tenu compte.

Eph fut tiré de sa torpeur par les crissements souterrains de la rame, et ils dévalèrent l'escalier comme les autres voyageurs qui se hâtaient de quitter les rues avant le couvre-feu. Une fois à bord du métro argenté, ils égouttèrent leurs imperméables. Lorsque les portes se furent fermées, Eph procéda à un rapide examen de la voiture et détermina qu'il n'y avait aucun vampire à bord. Il se détendit et ferma de nouveau les paupières, cependant que le train les transportait cinquante-cinq pâtés d'immeubles plus au sud.

À la station de la 59e Rue et de Columbus Circle, ils débarquèrent et regagnèrent la surface. Ils se faufilèrent dans un grand immeuble d'habitations, se cachèrent au fond du hall en attendant que le linceul noir de la nuit daigne s'entrouvrir.

Alors, ils ressortirent dans la luminosité blafarde du jour. Derrière la chape de nuages noirs, on distinguait le disque solaire, semblable à une lampe électrique plaquée contre une couverture anthracite. Les vitrines brisées de certains cafés et magasins n'avaient pas été réparées depuis les premiers jours de panique et de pillages, mais les fenêtres des étages supérieurs restaient intactes. Ils contournèrent le côté sud de l'immense rond-point, depuis longtemps débarrassé des véhicules abandonnés qui l'encombraient, dont la fontaine centrale crachotait une eau noire. Pendant le couvre-feu, il régnait à New York une ambiance perpétuelle de dimanche matin, comme si la plupart de ses habitants faisaient la grasse matinée, et que la journée peinait à démarrer. Cela donnait à Eph un sentiment d'espoir qu'il tentait de savourer, même s'il savait cette impression fausse.

Un bruit crépitant résonna au-dessus de leurs têtes.

— Qu'est-ce que ?…

Une puissante détonation suivit aussitôt, un coup de feu, le son ayant voyagé moins vite que la balle. Le délai entre les deux indiquait qu'on avait tiré de loin, vraisemblablement depuis les arbres de Central Park.

— Sniper ! cria Fet.

Ils traversèrent la Huitième Avenue en courant, sans paniquer. Des tirs pendant la période de jour étaient synonymes d'humains. Au cours des mois qui avaient suivi la prise du pouvoir par les vampires, les actes de folie avaient été beaucoup plus fréquents, commis par des humains rendus fous par la chute de leur race et l'avènement d'un nouvel ordre. Suicides violents. Meurtres en masse. Après que ces manifestations s'étaient taries, Eph avait encore vu des survivants qui erraient dans les rues, surtout au moment du midi. À présent, il ne croisait presque jamais personne durant le couvre-feu. Les dingues avaient été tués ou supprimés d'une autre manière, et les autres respectaient les règles.

Puis trois autres coups de feu retentirent. *Pan, pan, pan*…

Deux balles atteignirent une boîte aux lettres, mais la troisième toucha Vassili Fet de plein fouet à hauteur de l'épaule gauche. Le choc le fit tournoyer sur lui-même, en répandant un ruban de sang alentour.

Eph et Nora rattrapèrent Fet avant qu'il tombe à terre et, avec l'aide de Quinlan, l'entraînèrent en courant derrière un immeuble.

Nora souleva la main que Fet plaquait sur son épaule et examina rapidement la blessure. Pas trop de sang, pas de fragments d'os.

Fet tira doucement Nora vers lui.

— Il faut bouger. On est trop vulnérables, ici.

Ils coururent le long de la 56e Rue, en direction de la station de la ligne F. Il n'y eut pas d'autres coups de feu, personne ne semblait les suivre.

Ce n'est plus très loin. Vous allez y arriver ? Nous y serons mieux pour vous apporter des soins.

Vassili hocha la tête.

— J'en ai vu d'autres, dit-il à Quinlan.

Il ne mentait pas. Au cours des deux années passées, on lui avait tiré dessus à plusieurs reprises, deux fois en Europe et une autre alors qu'il se trouvait dans l'Upper East Side pendant le couvre-feu.

Au début, davantage de pauvres hères sortaient à l'heure méridienne. Des humains qui abandonnaient leur cachette pour ratisser les lieux à la recherche de nourriture, tels des rats qui quittent leur trou pour se nourrir au cœur de la nuit. À présent, on ne voyait quasiment plus de rôdeurs. De moins en moins d'appels à l'aide déchiraient le silence ambiant. On ne croisait plus d'hommes rendus fous par la chute de l'humanité.

La pluie avait cédé la place à une brume sombre. Ils traversèrent la bordure de Central Park et entrèrent dans la station de la 57e Rue par la bouche de la Sixième Avenue. Sans surprise, ils trouvèrent le quai désert. La ligne F partait vers le nord, les voies suivant un tracé courbe sous le parc avant de poursuivre à l'est, vers le Queens.

Equipés de leurs lunettes de visée nocturne, ils longèrent les rails. En général, les rames cessaient de circuler pendant la période de clarté, car les vampires se terraient sous terre, même si la protection qu'offraient les sous-sols leur permettait d'utiliser les trains en cas de nécessité.

Dans le tunnel au plafond incliné qui s'élevait vers la droite, la paroi de ciment la plus haute servait de support aux graffeurs ; à leur gauche, des tuyaux et une saillie étroite couraient sur le mur plus bas.

Devant le virage, une forme les attendait. Quinlan les avait précédés.

Attendez ici, ordonna-t-il, avant de s'éloigner au pas de course dans la direction d'où ils venaient, pour s'assurer qu'on ne les avait pas filés.

Il revint, apparemment satisfait, et, sans préambule ni cérémonie, ouvrit un panneau inséré dans le cadre d'une porte d'accès fermée à clé. Un levier libéra la porte, qui pivota vers l'intérieur.

Elle donnait sur un couloir court étonnamment sec qui, après un tournant à gauche, conduisait à une autre porte. Au lieu de l'ouvrir, Quinlan tira sur une trappe invisible encastrée dans le sol, qui révéla un escalier.

Gus descendit le premier. Eph passa en avant-dernier, suivi de Quinlan, qui referma derrière eux. Les marches débouchaient sur un passage étroit et sombre.

Vous ne risquez rien à pénétrer dans ce complexe en ma compagnie, mais je vous recommande chaudement de ne jamais tenter d'y revenir seuls. Divers systèmes de sûreté sont en place depuis des siècles, conçus pour éviter toute incursion, que ce soit celle de vagabonds curieux ou d'un commando de vam-

pires. Je viens de désactiver les dispositifs, mais je ne serai pas toujours là pour le faire.

Eph chercha des signes de pièges, n'en vit aucun. Cela dit, il n'avait pas non plus vu la trappe.

Au bout du passage, la paroi coulissa sous une poussée de Quinlan. Parut alors une salle vaste et ronde, qui au premier abord ressemblait à un garage de rames de trains, mais aussi à un croisement entre un musée et une salle de conférences. Le genre de forum où Socrate aurait fait un tabac s'il avait été un vampire condamné à vivre sous terre. Les murs, qui prenaient un aspect verdâtre dans la lunette d'Eph, étaient en fait d'un blanc d'albâtre et exceptionnellement lisses, de robustes colonnes s'élevaient jusqu'à un haut plafond. Les parois brillaient par leur nudité, comme si on avait décroché les chefs-d'œuvre qui les ornaient autrefois pour les entreposer dans une réserve. Eph ne voyait pas jusqu'à l'autre extrémité tant la salle était immense, la portée de sa lunette de vision nocturne s'achevant dans un nuage d'obscurité.

Ils soignèrent la blessure de Fet, qui transportait toujours une trousse d'urgence dans son sac à dos. Le saignement avait presque cessé, ce qui confirmait que la balle n'avait touché aucune artère. Nora et Eph nettoyèrent la plaie avec de la Betadine, appliquèrent une pommade antibiotique, ainsi que des compresses stériles de gaze tenues en place par un pansement absorbant. Fet fléchit les doigts et le bras. Malgré une réelle douleur, il restait valide.

Il parcourut les lieux du regard.

— Qu'est-ce que c'est, ici ?

Les Aînés ont construit cette salle peu après leur arrivée dans le Nouveau Monde, après avoir décidé que New York, et non Boston, serait le port qui servirait de siège à l'économie humaine. Elle leur offrait un sanctuaire sûr dans lequel ils pouvaient méditer longuement. De nombreuses décisions déterminantes et durables concernant la meilleure façon de guider votre race ont été prises ici.

— Tout ça n'était qu'une mascarade, commenta Fet. L'illusion de la liberté. Ils se sont servis de nous pour modeler la planète, nous ont poussés à développer les combustibles fossiles, l'énergie atomique. Et les gaz à effet de serre. Ce qui leur convenait. Ils se préparaient à prendre le pouvoir, à s'approprier la surface. Le cataclysme se serait produit, de toute façon…

Pas sous cette forme. Vous devez comprendre qu'il y a de bons bergers, qui se soucient de leur cheptel, et des mauvais. Il existe des moyens de préserver la dignité du troupeau.

— Ce n'est quand même qu'un vaste mensonge.

Si on suit leur logique jusqu'au bout, tous les systèmes de croyances sont des fabrications élaborées.

— Putain, bougonna Eph.

La salle fonctionnait comme une caisse de résonance. Tous l'entendirent et regardèrent dans sa direction.

— Un dictateur reste un dictateur, qu'il soit bienveillant ou pas. Qu'il vous bichonne ou qu'il vous saigne.

Croyiez-vous honnêtement que vous avez un jour été libres ?

— Oui, répondit Eph. Et même si c'était une fable, je préfère une économie fondée sur des monnaies et des métaux précieux que sur le sang humain.

Ne vous méprenez pas, toutes les monnaies sont en réalité du sang.

— Je préfère vivre dans une illusion de lumière que dans une réalité de ténèbres.

Vous continuez à réfléchir comme quelqu'un qui a perdu quelque chose. Mais ce monde a toujours été le leur.

— Plus maintenant, rectifia Fet. Ils se sont fait mettre encore plus profond que nous.

Etant donné les circonstances, Quinlan se montra patient avec Fet.

On les a renversés de l'intérieur. Ils connaissaient l'existence de la menace, mais croyaient pouvoir la maîtriser. Il est toujours plus facile de passer sur les dissensions dans ses propres rangs.

Quinlan lança un bref regard à Eph avant de poursuivre :

En ce qui concerne le Maître, il faut considérer l'histoire documentée de l'Humanité comme une série d'essais. Des expériences conduites au fil des âges, en prévision de l'offensive finale. Le Maître a assisté à l'ascension et au déclin de l'Empire romain. Il a tiré des enseignements de la Révolution française et des guerres napoléoniennes. Il s'est tapi dans les camps de concentration. Il a vécu parmi vous comme un sociologue déviant, appris tout ce qu'il pouvait de vous et sur vous, afin de préparer votre effondrement. Il a étudié les schémas qui se répétaient. Le Maître s'est allié avec les fournisseurs d'énergie influents, tel qu'Eldritch Palmer, et les a corrompus. Il a mis au point l'équation mathématique du pouvoir. L'équilibre parfait entre vampires, bétail et gardiens.

— Donc, les vôtres, les Aînés, ont chu, dit Eph. Les humains aussi. La question qui se pose, c'est : « Comment on y remédie ? »

Quinlan alla à un autel, une table de granit où l'on avait disposé six récipients circulaires, de la taille d'une canette de soda. Tous dégageaient une faible lueur dans l'appareil à visée nocturne d'Eph, comme s'ils contenaient une source de lumière ou de chaleur.

Avec ces pots. Nous devons les emporter. J'ai consacré la majeure partie des deux années écoulées à effectuer des traversées entre le Nouveau et l'Ancien Monde afin de récupérer les cendres de tous les Aînés. Je les conserve dans du chêne blanc, comme l'exigent les Commandements.

— Vous avez voyagé partout dans le monde ? Vous êtes allé en Europe, en Extrême-Orient ? s'enquit Nora.

Quinlan fit oui de la tête.

— Est-ce que… la situation est la même, là-bas ? Partout ?

Pour l'essentiel. Sauf qu'ils ne sont pas aussi organisés. Plus la région était développée, plus l'infrastructure existante était bonne, et plus la transition a été efficace.

Eph s'approcha des urnes funéraires.

— Pourquoi les conservez-vous ?

Les Commandements m'ont indiqué comment procéder. Ils ne m'ont pas expliqué à quelle fin.

Eph regarda autour de lui, curieux de savoir si les autres mettaient aussi en doute les paroles de l'Enfanté.

— Donc, vous avez parcouru le globe pour ramasser leurs cendres, encourant des dangers que j'ose à peine imaginer, sans jamais chercher à savoir pourquoi ?

Jusqu'à présent, non.

Eph aurait voulu qu'il leur donne plus d'explications sur les cendres, mais il s'abstint d'insister. Il ignorait dans quelle mesure le vampire pouvait pénétrer ses pensées, et il craignait d'être démasqué.

Toujours aux prises avec la tentation que représentait l'offre du Maître, Eph avait le sentiment d'être un espion, lui qui avait laissé Quinlan lui révéler cet endroit secret. Eph ne voulait pas en savoir davantage. Il avait peur de les trahir. De les troquer contre son fils, et de payer l'échange de son âme. Rien que d'y penser, il transpirait et se sentait nerveux.

Il considéra les autres. L'un d'eux avait-il été corrompu, comme le Maître le prétendait ? Ou était-ce encore un mensonge, destiné à atténuer la résistance d'Eph ? Il les examina un par un, comme si cet examen pouvait lui révéler un signe de leur traîtrise, comme une tache noire maligne qui ressortirait sur leur poitrine.

Fet s'adressa à Quinlan :

— Pourquoi nous avez-vous conduits ici ?

Maintenant que j'ai rassemblé les cendres et lu le Lumen, *je suis prêt à procéder. Il nous reste peu de temps pour détruire le Maître, mais cet antre nous permet de le surveiller. D'être près de son propre repaire.*

— Une minute… l'interrompit Fet, d'une voix troublée. Détruire le Maître, ça ne vous détruira pas aussi ?

Nous n'avons pas d'autre choix.

— Vous voulez mourir ? Pourquoi ?

La réponse la plus simple et la plus honnête, c'est que je suis las. L'immortalité a perdu son attrait pour moi il y a déjà des siècles de cela. À cause d'elle, tout perd son éclat. L'éternité est ennuyeuse. Le temps est un océan, et je veux toucher terre. La seule lueur d'espoir qui me reste dans ce monde, c'est la destruction éventuelle de mon créateur. C'est ma vengeance.

Quinlan leur relata ce qu'il avait appris dans le *Lumen*. Il s'exprima en termes simples, avec le plus de clarté possible. Il leur expliqua l'origine des Aînés, le mythe des sites d'origine, insista sur la nécessité de découvrir le Site noir, d'où venait le Maître.

Le passage qui emballa le plus Gus fut celui avec les archanges Gabriel et Michel, et l'ange oublié Azraël, chargés de détruire Sodome et Gomorrhe.

— Les durs à cuire de Dieu, commenta-t-il. Enfin quand même… des anges ? Sans blague. Tu te fous pas de nous, *hermano* ?

— Moi, je crois ce que croyait Setrakian, intervint Fet. Et le livre, il y croyait.

Gus partageait son avis, mais il ne parvenait pas encore à lâcher prise.

— S'il y a un Dieu, ou quelque chose qui peut envoyer des anges assassins, qu'est-ce qu'il attend, bordel ? Et si c'était que des fables ?

— Etayées par des actes, répondit Fet. Le Maître a localisé les six segments ensevelis du corps d'Azraël – les sites d'origine des Aînés – et les a détruits avec l'unique force capable d'accomplir cette tâche. Une fusion nucléaire, la seule énergie quasi divine sur Terre.

En plus d'éliminer ses adversaires, le Maître est devenu six fois plus puissant. Nous savons qu'il cherche encore son site d'origine, non pas pour le détruire mais pour le protéger.

— Génial, dit Nora. Il ne nous reste donc qu'à trouver le lieu d'ensevelissement avant le Maître et le détruire… C'est ça ?

— On pourrait faire exploser une bombe atomique, déclara Fet.

Nora s'esclaffa.

— Ça, ça pourrait être marrant !

Personne d'autre ne parut amusé.

— Oh purée… fit Nora. Tu as une bombe atomique…

— Mais pas de détonateur, répondit Fet, penaud. On s'efforce de se dépatouiller pour trouver une solution, pas vrai, les gars ? dit-il en se tournant vers les autres.

Gus répondit, sans grand enthousiasme :

— Mon pote Creem, tu te souviens de lui, Nora ? Un lascar couvert de quincaillerie d'argent, bâti comme un tank ? Je l'ai branché sur le coup, et il est OK pour traiter avec nous. Il touche à tout ce qui se vend au marché noir dans le New Jersey. Le problème, c'est qu'il garde une âme de dealer de came. On ne peut pas trop se fier à un type qui ne respecte aucun code.

— Tout ça, c'est du vent tant qu'on n'a pas de cible à viser, rétorqua Fet en regardant Quinlan. Pas vrai ? Et c'est pour ça que vous avez voulu étudier le *Lumen*. Vous pensez pouvoir y déchiffrer des informations qui nous échappent ?

Je gage que vous avez tous vu la marque céleste.

Quinlan marqua une pause puis planta son regard dans celui d'Eph. Ce dernier eut le sentiment que l'Enfanté parvenait à lire tous les secrets que recelait son esprit.

Au-delà des limites des circonstances et de l'organisation, il existe un dessein. Qu'importe ce qui est tombé du ciel. Il s'agissait d'un présage, prophétisé il y a des millénaires, et prévu pour désigner le site d'origine. Nous approchons du but. Songez-y. Le Maître est venu sur ce continent pour cette même raison. Nous sommes au bon endroit, au bon moment. Nous le trouverons.

— Le prenez pas mal, intervint Gus, mais j'ai du mal à comprendre… Si vous voulez tous aller lire un livre en pensant que vous allez y trouver des indices pour savoir comment buter cet enfoiré de vampire, alors allez-y. Installez-vous dans des fauteuils bien confortables. Moi, je suis pour trouver un moyen de l'affronter et de lui exploser la gueule. Le vieux nous a montré la voie, mais d'un autre côté, la parlote mystique, regardez où ça nous a menés… on crève la dalle, on est traqués, on se terre comme des rats…

Très agité, le voyou déambulait dans la salle ancestrale.

— J'ai le Maître en vidéo, au Belvedere Castle. Alors je vote pour qu'on mette la bombe en état de marche et qu'on s'attaque au problème de façon directe…

— Il y a mon fils, là-bas, le coupa Eph. Le Maître n'est pas notre seul souci.

— J'ai l'air d'en avoir quelque chose à foutre, de ton gnard ? Te fais pas de fausses idées, parce que je m'en branle d'une force !

— On se calme, intervint Fet. Si on loupe notre coup, ce sera terminé. Personne ne pourra plus jamais approcher du Maître.

Fet regarda Quinlan. L'immobilité de l'Enfanté indiquait son assentiment.

Gus fronça les sourcils mais ne contesta pas. Il respectait Fet, Quinlan encore davantage.

— Tu dis que si on creuse un cratère avec la bombe, le Maître disparaît… Si ça marche, je suis partant, mais si ça foire ? On laisse tomber et basta ? Pas moi, en tout cas, reprit Gus. Ça risque pas.

Il soulevait une question valable. Le silence des autres le confirma.

Eph sentit les poils de sa nuque se dresser. Il venait d'avoir une idée, qu'il se hâta de leur présenter avant de s'en dissuader :

— Il y a peut-être un moyen… commença-t-il.

— Un moyen de quoi ? s'enquit Gus.

— De s'approcher du Maître. Pas en assiégeant son château, non. Et si on l'attirait dans nos filets, plutôt ?

— C'est quoi, ces conneries ? D'un seul coup tu nous sors un plan de ton chapeau, *hombre* ? railla Gus en souriant aux autres. Ç'a intérêt à être béton !

Eph s'efforça de maîtriser sa voix.

— Je ne sais pas pourquoi, mais le Maître est axé sur moi. Il détient mon fils. Et si je lui proposais de le troquer contre autre chose ?

— Contre le *Lumen*, commenta Fet.

— Tu nous racontes la messe, là, dit Gus. Qu'est-ce que tu mijotes ?

Eph leva les mains devant lui pour demander qu'ils prennent sa suggestion en considération.

— Écoutez ce que j'ai à proposer. D'abord, nous fabriquons un faux livre. Je prétends que je vous l'ai volé et que je souhaite l'échanger contre Zack…

— Ce n'est pas un peu dangereux ? intervint Nora. Et s'il arrive malheur à Zack ?

— C'est un risque énorme, mais je ne vois pas comment récupérer mon fils sans rien tenter. Par contre, si nous détruisons le Maître, tout sera terminé…

Gus ne dit mot.

Fet paraissait inquiet, Quinlan ne laissait rien paraître, mais Nora hochait la tête.

— Je pense que ça pourrait fonctionner.

— Quoi donc ? lui demanda Fet. On devrait peut-être en discuter tous les deux, d'abord ?

— Laisse ta dame s'exprimer, intervint Gus, qui ne manquait jamais une occasion de retourner le couteau dans la plaie d'Eph. Ecoutons-la.

— Je pense qu'Eph peut l'attirer par la ruse. Il a raison. Il me semble évident qu'Eph a un statut à part, que le Maître désire ou redoute quelque chose en lui.

Je repense sans arrêt à la lumière dans le ciel. Ça n'a rien d'anodin.

Eph ressentit une impression de brûlure dans le cou.

— Ça pourrait marcher, poursuivit Nora. Eph qui nous trahit, ce n'est pas illogique. On fait sortir le Maître de sa tanière avec Eph et le faux *Lumen*. On l'attire dans une embuscade.

Elle se tourna vers Eph.

— Seulement si tu es partant.

— Il n'y a pas d'autre solution.

— C'est extrêmement dangereux, reprit Nora. Parce que si on rate notre coup et que le Maître te soumet, alors c'est fini. La Créature saura tout ce que tu sais – où nous sommes, comment nous trouver. Nous serons condamnés.

Tandis que les autres pesaient le pour et le contre, Eph resta immobile. La voix de baryton résonna dans leurs têtes.

Le Maître est beaucoup plus rusé que vous ne semblez le croire.

— Je ne doute pas qu'il soit sournois, répondit Nora en se tournant vers Quinlan. Mais peut-il refuser une telle offre ?

Encore une fois, le silence de l'Enfanté sembla traduire son consentement.

Eph sentait sur lui le regard de Quinlan. Il était déchiré. Il sentait que la situation lui conférait une certaine souplesse ; il pouvait aller au bout de sa trahison, ou s'en tenir au plan s'il avait une chance de réussir. Pourtant, une autre question le travaillait.

Il scruta le visage de son ex-compagne, y cherchant un signe de sa traîtrise. Etait-elle l'agent du Maître ?

Au bout du compte, il pria pour que ni elle ni lui ne renoncent jamais à l'intégrité dont ils avaient fait montre depuis le début.

— Je veux qu'on tente le coup, reprit Eph. On travaillera sur les deux fronts en même temps.

Tous comprenaient qu'un premier pas dangereux venait d'être franchi. Gus paraissait perplexe, mais même lui semblait partant. Il préférait l'action et, en même temps, il se réjouissait de donner à Eph assez de corde pour se pendre.

L'Enfanté s'attela à envelopper chaque urne dans une poche de plastique, avant de les disposer dans un grand sac de cuir.

— Une minute, intervint Fet. On oublie un détail, là…

— Lequel ? dit Gus.

— Comment on propose ce marché au Maître ? Comment on le contacte ?

Nora posa la main sur l'épaule indemne du dératiseur.

— Je sais comment faire, affirma-t-elle.

Spanish Harlem

Les camions de livraison en provenance de Queens pénétraient dans Manhattan par la voie du milieu, dégagée, du pont de Queensboro enjambant l'East River et tournaient vers le sud par la Deuxième Avenue ou au nord par la Troisième.

Quinlan se tenait sur le trottoir devant la cité George Washington, entre les 97e et 98e Rues, à quarante pâtés d'immeubles au nord du pont. L'Enfanté attendait sous le crachin, la tête couverte de sa capuche, observant les véhicules qui passaient de temps à autre. Les convois étaient exclus. Ainsi que les camions ou les voitures de Stoneheart. Quinlan se souciait avant tout de ne pas donner l'alerte au Maître.

Fet et Eph étaient tapis dans l'ombre d'une entrée du premier pâté de maisons. Au cours des trois quarts d'heure écoulés, ils avaient vu passer un véhicule toutes les dix minutes environ. Chaque fois, le faisceau des phares faisait naître en eux un espoir que le désintérêt aussitôt manifesté par Quinlan réduisait à néant. Ils demeuraient dans l'entrée obscure, à l'abri de la pluie mais en butte à l'embarras nouveau de leurs relations.

Fet repassait dans sa tête leur plan en tentant de se convaincre qu'il pouvait marcher. Sa réussite semblait fort peu probable, mais ce n'était pas comme s'ils disposaient de dizaines d'autres choix possibles. Tuer le Maître… Ils avaient essayé une fois en l'exposant aux rayons du soleil et avaient échoué. Lorsque Setrakian, à l'agonie, avait empoisonné le sang de la Créature avec le raticide anticoagulant de Fet, le Maître s'était simplement dépouillé du corps humain dont il était l'hôte pour transmigrer dans un autre organisme. Il semblait invincible.

Et cependant, ils lui avaient fait mal, les deux fois. Quelle qu'ait été à l'origine la forme de la Créature, il lui fallait apparemment posséder un corps humain pour exister. Et les humains pouvaient être détruits.

— Faut pas le rater, ce coup-ci, dit Fet. On n'aura jamais une meilleure chance.

Eph acquiesça tout en inspectant la rue. Dans l'attente du signal de Quinlan. Fet trouvait son attitude étrange. Peut-être parce qu'il se posait des questions sur le plan, peut-être pour une autre raison. Le fait qu'on ne pouvait pas compter sur Eph avait nui à leurs rapports… et le problème Nora y avait creusé une brèche définitive. Fet craignait surtout que l'irritation d'Eph à son égard n'ait un impact négatif sur leur tentative.

— Il ne s'est rien passé, lança-t-il. Entre Nora et moi.

— Je sais, répondit Eph. Mais il s'est passé *plein de choses* entre elle et moi. Et c'est fini. Je le sais. Le moment venu, nous en discuterons et nous en viendrons peut-être aux mains. Mais pas maintenant. Nous devons nous concentrer sur le plan, en faisant abstraction de tout sentiment personnel... On fait équipe, Fet. C'était toi et moi ou Gus et moi. Je préfère que ce soit toi.

— Je suis content qu'on retravaille ensemble, dit Fet.

Eph s'apprêtait à répondre quand des lueurs apparurent. Cette fois, Quinlan descendit sur la chaussée et se plaça sur le passage du camion, illuminé par ses phares.

Selon les règles en cours depuis l'infestation, tout vampire pouvait réquisitionner un véhicule conduit par un humain, tout comme un soldat ou un flic pouvait le faire avec un civil du temps des États-Unis d'Amérique. Quinlan leva une main, montrant bien son majeur anormalement long et ses yeux rouges. Le camion s'arrêta et son chauffeur, un membre de Stoneheart portant un costume sombre sous un chaud manteau, ouvrit sa portière sans arrêter le moteur. Quinlan s'approcha de l'homme, en partie dissimulé à la vue de Fet. Soudain, le chauffeur tressauta dans la cabine et l'Enfanté se rua à l'intérieur. À travers les vitres mouillées de pluie, Fet crut les voir s'empoigner.

— *Go !* cria-t-il.

Eph et lui surgirent de leur cachette, descendirent du trottoir et coururent vers le camion. Fet faillit télescoper Quinlan, l'évita au dernier moment et se rendit compte que l'Enfanté n'était pas en train de se battre. Seul le chauffeur s'agitait.

L'extrémité de l'aiguillon congestionné de Quinlan, saillant du fond de sa gorge par sa bouche grande ouverte, était plantée dans le cou du malheureux.

Fet recula et détourna la tête. Eph le contourna, découvrit la scène et, l'espace d'un instant, un même dégoût les unit. Quinlan se nourrissait rapidement, les yeux rivés à ceux du chauffeur dont le visage s'était figé en un masque de stupeur.

Cela rappela à Fet que Quinlan pouvait facilement se retourner contre eux – n'importe lequel d'entre eux – à tout moment.

Fet ne regarda de nouveau qu'une fois sûr que Quinlan en avait terminé. Il aperçut l'aiguillon rétracté dont la fine extrémité dépassait de sa bouche, telle la queue sans poil d'un animal qu'il aurait presque entièrement avalé. Gonflé d'énergie, Quinlan tira le corps flasque du chauffeur de Stoneheart de la cabine et le porta, aussi aisément qu'un ballot de vêtements, sur le trottoir. Dans l'ombre de l'entrée d'immeuble, par pitié, il brisa le cou de l'homme d'un brusque mouvement de rotation.

Il laissa le cadavre dans l'entrée avant de les rejoindre rapidement. Il fallait qu'ils repartent avant l'arrivée d'un autre véhicule. Fet et Eph retrouvèrent Quinlan à l'arrière du camion, Fet saisit la poignée, leva la porte coulissante. Un camion frigorifique.

— Tu parles d'un coup de pot, marmonna-t-il.

Ils avaient une bonne heure de trajet devant eux, peut-être deux, et le voyage serait glacial pour Fet et Eph, qui ne pouvaient pas courir le risque d'être vus à l'avant.

— Y a même pas de quoi bouffer, ajouta-t-il en montant à l'intérieur et en remuant les morceaux de carton.

Quinlan tira sur la lanière en caoutchouc abaissant le hayon, enfermant les deux hommes dans le noir. Fet s'assura qu'il y avait des ouvertures pour laisser passer l'air. Ils entendirent la portière de la cabine claquer et furent projetés en arrière quand le camion se mit en branle.

Fet trouva dans son sac un autre sweat polaire, l'enfila et boutonna son manteau par-dessus. Il disposa des cartons sur le plancher, cala la partie molle de son sac sous sa tête pour avoir un peu de confort. À en juger au bruit qu'il entendait, Eph faisait de même. Le moteur du camion et les vibrations empêchaient toute conversation, ce qui était aussi bien. Fet croisa les bras, tenta de se détendre, songea à Nora. Jamais il n'aurait attiré l'attention d'une telle femme en d'autres circonstances, il le savait. La guerre rapproche les hommes et les femmes, parfois par nécessité, parfois par commodité. Fet était convaincu que leur attirance mutuelle était le fait du destin. C'est aussi en temps de guerre que les gens se trouvent eux-mêmes. Fet avait découvert ce qu'il avait de meilleur en lui dans la pire des situations, alors qu'Eph semblait s'être totalement perdu.

Nora aurait voulu les accompagner, mais Fet l'avait persuadée de rester avec Gus, principalement parce qu'il savait qu'elle se jetterait sur Barnes si elle le revoyait, compromettant ainsi leur plan. En outre, Gus aurait besoin d'aide pour sa propre mission, elle aussi importante.

« Qu'est-ce que tu en penses ? » avait-elle demandé à Fet tout en frottant son crâne rasé.

Fet regrettait la longue chevelure de Nora, mais il y avait une beauté austère dans son visage sans ornement. Il aimait la douce inclinaison de son cou, la ligne délicate qui joignait la nuque à l'amorce des épaules…

« Une deuxième naissance, on dirait. »

Elle avait plissé le front.

« Ça ne fait pas bizarre ?

— Un peu plus fragile. Plus vulnérable…

— Tu aimerais que je sois plus vulnérable ? avait-elle demandé, haussant les sourcils d'étonnement.

— Ben, rien qu'avec moi. »

Cela avait fait sourire Nora, et lui aussi. Denrée rare, les sourires. Rationnée comme la nourriture, en ces jours sombres.

« Ce plan me plaît pour la possibilité qu'il offre, avait-il déclaré. Mais je m'inquiète, aussi.

— À cause d'Eph, avait dit Nora, qui avait compris et partageait son avis. Ça passe ou ça casse. Ou il s'effondre – et on devra faire face – ou il se montre à la hauteur…

— Je crois qu'il tiendra le coup. Il faut. Il n'a pas le choix. »

Nora admirait la confiance de Fet envers Eph, même si elle n'était pas convaincue.

« Quand ça commencera à repousser, j'aurai une coupe en brosse », avait-elle prédit en touchant de nouveau son crâne nu.

Fet avait haussé les épaules en l'imaginant.

« Je m'y ferai.

— Ou alors, je me rase, je reste comme ça. De toute façon, je porte un bonnet, la plupart du temps.

— Tout ou rien, avait-il commenté. C'est toi tout craché. »

Elle avait enfoncé son bonnet de tricot sur sa tête.

« Ça ne te dérangerait pas ? »

La seule chose qui comptait, pour Fet, c'était qu'elle voulait son avis. Il faisait partie de ses projets.

Dans le grondement du camion glacé, Fet s'assoupit, les bras croisés comme s'il serrait Nora contre lui.

Staatsburg,
État de New York

La porte s'ouvrit et Quinlan les regarda se mettre debout. Fet sauta à terre, les genoux raides et les muscles froids, fit quelques pas pour ranimer sa circulation sanguine. Eph descendit à son tour et demeura planté là, son sac sur le dos, tel un autostoppeur ayant encore un long chemin à faire.

Le camion était garé sur le bas-côté d'une route de terre, ou peut-être d'une longue allée privée, assez loin de la rue pour être masqué par les troncs des arbres dénudés. La pluie avait cessé, le sol était mouillé mais pas boueux. Quinlan partit brusquement en courant, sans donner d'explication. Fet se demanda s'ils étaient censés le suivre et décida qu'il avait d'abord besoin de se réchauffer.

Près de lui, Eph semblait tout à fait réveillé. Impatient, presque. Son ardeur apparente avait-elle une source médicamenteuse ? Non, son regard n'était pas trouble.

— Tu es prêt, toi, on dirait.

— Oui, confirma Eph.

Quinlan revint quelques instants plus tard. Toujours un peu effrayant à voir : une vapeur dense montait de son crâne, sous sa capuche, mais plus rien ne sortait de sa bouche.

Quelques gardes à la grille, d'autres aux différentes portes. Je ne vois pas le moyen d'empêcher que le Maître soit alerté. Mais peut-être n'est-ce pas si fâcheux, à la lumière du plan.

— Qu'est-ce que vous en pensez, du plan ? lui demanda Fet. Sincèrement. On a une chance ?

Quinlan examina le ciel noir entre les branches sans feuilles.

C'est une tactique qui mérite d'être tentée. Débusquer le Maître représente la moitié de la bataille.

— L'autre moitié, c'est de le battre, enchaîna Fet.

Il scruta le visage de l'Enfanté encore tourné vers le haut, impossible à déchiffrer.

— Et vous ? Quelle chance vous auriez contre le Maître ?

L'Histoire a prouvé ma défaite. Je n'ai pas réussi à détruire le Maître, mais le Maître n'a pas réussi à me détruire. Il veut ma mort, comme il veut celle du Dr Goodweather. Nous avons au moins ce point en commun. Naturellement, tout leurre que j'agiterais personnellement devant lui ne serait qu'un stratagème transparent.

— Aucun homme ne peut vous détruire mais le Maître le peut. Inversement, le Monstre est peut-être vulnérable à vos attaques.

Tout ce que je puis dire, c'est que je n'ai jamais tenté de le tuer avec une arme nucléaire.

Eph, qui avait fixé sur sa tête la lunette à vision nocturne, était impatient de se mettre en route.

— Je suis prêt, annonça-t-il. Allons-y avant que je me persuade de laisser tomber.

Fet hocha la tête, resserra les lanières de son sac sur son dos. Ils suivirent Quinlan, le vampire de naissance paraissant se fier à un sens instinctif de l'orientation. Fet ne distinguait aucun chemin, mais c'était facile – trop, peut-être – de faire confiance à Quinlan. Il n'aurait jamais imaginé qu'il baisserait un jour sa garde devant un vampire, de naissance ou non.

Il entendit un ronronnement devant lui. Les arbres s'espaçaient de plus en plus à l'approche d'une clairière. Le bruit provenait d'un groupe électrogène – ou de plusieurs – alimentant en électricité la propriété que Barnes occupait apparemment. Le bâtiment était massif, le terrain immense. Ils se retrouvèrent à l'arrière de la résidence, devant une clôture entourant l'arrière du parc et, à l'intérieur de cette boucle, un parcours d'équitation.

Les générateurs couvriraient en grande partie le bruit qu'ils feraient, mais il était impossible d'échapper à la vision nocturne par détection de chaleur des vampires. La main à plat de Quinlan signifia aux deux hommes de rester en arrière tandis que l'Enfanté se glissait entre les arbres, passant en souplesse d'un tronc à l'autre. Fet le perdit rapidement de vue, puis, soudain, Quinlan émergea des arbres, au premier quart environ de la courbe de la vaste clairière. Il avançait d'un pas vif et confiant mais sans courir. Les gardes proches le repérèrent et quittèrent leur poste devant la porte latérale pour aller à sa rencontre.

Fet savait reconnaître une diversion quand il en voyait une.

— Maintenant, murmura-t-il à Eph.

La tête baissée, ils sortirent du couvert des arbres pour s'avancer dans l'obscurité argentée de la clairière. Fet n'osait pas encore tirer son épée du sac de peur que les vampires sentent la proximité de l'argent. À l'évidence, Quinlan communiquait d'une manière ou d'une autre avec les gardes et s'arrangeait pour qu'ils tournent le dos à Fet et Eph courant sur l'herbe molle, grise et morte.

Les gardes perçurent la menace derrière eux quand Fet ne fut plus qu'à six mètres. Ils se retournèrent et il saisit son épée avec sa main valide mais ce fut Quinlan qui les élimina, ses bras puissants se refermant d'un mouvement vif pour écraser les muscles et les os de leurs cous. Sans hésiter, Fet se précipita pour les achever. Quinlan pensait qu'ils n'avaient pas eu le temps de donner l'alarme par télépathie, mais il n'y avait de toute façon pas un instant à perdre. Suivi de Fet, il se mit à la recherche d'autres gardes, laissant Eph continuer en direction de la porte latérale non sécurisée.

Le salon du premier étage était celui que Barnes préférait. Des murs couverts de livres, une cheminée carrelée avec un large manteau de chêne, un fauteuil confortable, un lampadaire à la lumière ambrée et une petite table sur laquelle son verre à cognac était posé, attendant son bon vouloir.

Il défit les trois boutons du haut de sa chemise d'uniforme et but le reste de son troisième brandy Alexander. La crème fraîche, un luxe rare à présent, là était le secret de la douce et épaisse onctuosité de ce cocktail décadent.

Barnes poussa un profond soupir avant de se lever et s'examina un moment, une main sur l'accoudoir tendu de peluche. L'alcool qu'il avait absorbé avait pris possession de lui. Le monde entier était devenu un délicat esquif de verre dans lequel il flottait sur un lit de brandy tournoyant doucement.

La maison avait autrefois appartenu à Bolivar, la rock star. C'était sa gentilhommière. Barnes se rappelait vaguement le tapage médiatique quand Bolivar avait déboursé une somme à huit chiffres pour l'acheter à une vieille famille tombée dans la mouise. Il s'agissait d'un véritable événement parce que ça ne cadrait pas avec le personnage de l'artiste gothique, mais c'était ce que le monde était devenu avant de s'effondrer : les rock stars jouaient au golf, les rappeurs se la donnaient au polo et les comédiens se piquaient d'art moderne.

Barnes s'approcha des hautes étagères, tituba légèrement devant les livres érotiques anciens de Bolivar, choisit une édition joliment reliée de *The Pearl* et l'ouvrit sur un lutrin proche. Ah, les victoriens ! Très portés sur la fessée. Il dénicha ensuite un texte relié main, plus un album illustré qu'un véritable livre, composé de vieilles photos collées sur des pages d'épais papier. Traditionaliste, Barnes avait un faible pour les positions où le mâle dominait et il aimait les femmes soumises.

L'heure vint de son quatrième et dernier brandy. Il tendit le bras vers le téléphone intérieur, appuya sur le bouton de la cuisine. Laquelle de ses séduisantes domestiques lui apporterait ce soir son célèbre quatrième brandy Alexander ? En sa qualité de maître de maison, il avait la possibilité – et il y recourait lorsqu'il était assez ivre – de satisfaire ses moindres fantasmes.

Le téléphone sonna longuement… sans que personne réponde. Le front plissé, il raccrocha, appela de nouveau, au cas où il se serait trompé de bouton. Tandis que la sonnerie reprenait, il entendit un coup sourd quelque part dans la maison. Peut-être qu'une accorte femme de chambre avait anticipé sa demande et était déjà en chemin pour la satisfaire. Avec un sourire imbibé, il reposa l'appareil sur son socle à l'ancienne, traversa l'épais tapis en direction de la porte.

Le large couloir se révéla désert. Barnes sortit de la pièce en faisant légèrement grincer ses chaussures blanches cirées.

Des voix, en bas. Vagues et étouffées, ne parvenant à ses oreilles qu'en faibles échos. Ne pas répondre au téléphone et faire du boucan : deux motifs clairs pour qu'il descende inspecter personnellement la domesticité et choisir qui lui apporterait son brandy. Posant un pied devant l'autre au milieu du couloir, il était impressionné par sa capacité à marcher droit. Parvenu sur le palier, il pressa le bouton d'appel de l'ascenseur. La cage dorée de la cabine s'éleva du hall. Barnes ouvrit la porte, fit coulisser la grille, entra, referma derrière lui, abaissa la poignée. La cabine descendit, le déposa au rez-de-chaussée, tel Zeus sur un nuage. Il sortit de l'ascenseur, fit halte pour se regarder dans un miroir doré. La partie supérieure de sa chemise d'uniforme, rabattue, cachait des médailles pendant lourdement sur sa poitrine. Il s'humecta les lèvres, arrangea ses cheveux sur son crâne pour leur donner plus de volume, lissa son bouc et, d'une manière générale, s'efforça de se donner une allure digne avant d'entrer dans la cuisine.

La vaste pièce en L était vide. Un moule à cookies refroidissait sur un plateau à côté d'une paire de mains en tissu sur l'îlot central. Devant le placard à liqueurs, une bouteille de cognac et un pot de crème fraîche entamé encadraient un gobelet doseur et un bocal de noix de muscade. Le téléphone pendait au bout de son support mural.

— Il y a quelqu'un ? appela Barnes.

Il entendit un bruit sourd, comme un coup sur un élément, puis deux voix de femmes, en même temps :

— Par ici !

Intrigué, il longea l'îlot, en tourna le coin et découvrit cinq de ses servantes – toutes bien nourries, charmantes et chevelues –, attachées aux montants des étagères d'ustensiles de cuisine par des cordonnets de sac de congélation.

Il était dans une telle disposition d'esprit que les voir ainsi ligotées, les yeux implorants, provoqua en lui une réaction de plaisir. Son cerveau imprégné d'alcool transforma la scène en tableau érotique.

La réalité tarda à dissiper le brouillard et un long moment de confusion s'écoula avant qu'il comprenne que quelqu'un s'était introduit dans la maison et avait maîtrisé son personnel.

Quelqu'un qui *se trouvait* dans la maison.

Barnes fit volte-face et déguerpit. Poursuivi par les cris des femmes, il se cogna la hanche à l'îlot, se plia en deux sous l'effet de la douleur et avança à tâtons vers la porte. Aveuglé, il traversa le hall, tourna, se dirigea vers la porte d'entrée, son esprit embrumé ne pensant qu'à une chose : fuir ! Il vit dehors à travers les panneaux de verre violets flanquant les doubles portes un affrontement qui se termina quand l'un de ses gardes vampires fut terrassé par une lourde silhouette sombre. Une seconde forme approcha, abattit une lame d'argent. Barnes recula, trébucha, vit d'autres gardes accourir d'autres endroits du parc pour faire face aux intrus.

Il courut tant bien que mal vers l'ascenseur, fut pris de panique à l'idée de se retrouver enfermé dans la cage et monta par l'escalier incurvé en se cramponnant à la large rampe. L'adrénaline neutralisa une partie de l'alcool dans son sang.

Le bureau. C'était là que les pistolets étaient exposés. Il se ruait vers le long couloir menant à la pièce quand deux mains l'agrippèrent sur le côté et le tirèrent dans le salon.

S'attendant à une volée de coups, Barnes se couvrit instinctivement la tête de ses bras. Il fut projeté dans un des fauteuils, y demeura assis, tremblant de peur et de stupéfaction. Il ne voulait pas voir le visage de son assaillant. Sa terreur hystérique provenait en partie d'une voix dans sa tête qui ressemblait beaucoup à celle de sa chère défunte mère et déclarait : *Tu n'as que ce que tu mérites.*

— Regarde-moi.

Cette voix. Cette voix furieuse. Barnes écarta les bras de sa tête. Il la connaissait mais ne parvenait pas à l'identifier. Quelque chose avait changé. Elle était devenue plus rauque, plus grave.

La curiosité prit le pas sur la peur et Barnes leva les yeux.

Ephraïm Goodweather. Ou, pour mieux rendre compte de son aspect, le jumeau maléfique d'Ephraïm Goodweather. Ce n'était pas l'homme qu'il avait connu, l'épidémiologiste réputé. Des cernes noirs lui donnaient des yeux fuyants de raton laveur. La faim avait vidé son visage de toute jovialité et changé ses joues en crevasses, comme si la chair avait été raclée de l'os. Des favoris blancs s'accrochaient à sa peau grise sans parvenir à en combler les creux. Il portait des mitaines, un manteau crasseux, des bottines décolorées aux lacets remplacés par du fil électrique. La poignée d'une épée dépassait du sac attaché sur son dos. Il avait l'air d'un clochard vindicatif.

— Everett, dit Eph d'une voix enrouée, possédée.

— Non, supplia Barnes, terrifié.

Eph souleva le verre dont le fond gardait une pellicule chocolatée. Il l'approcha de son nez, le huma.

— Un brandy Alexander, hein ? C'est bon pour les bals de lycéens de terminale, ça, Barnes.

Il plaça le verre dans la main de son ancien patron et fit exactement ce que celui-ci redoutait : refermant le poing sur la main de Barnes, il brisa le verre et de multiples éclats s'enfoncèrent dans la chair et les tendons, jusqu'aux os.

Barnes hurla, tomba à genoux en sanglotant.

— Je vous en supplie, gémit-il.

— J'ai envie de te crever un œil, déclara Eph.

— *Par pitié.*

— De te piétiner le cou jusqu'à ce que tu meures, et de t'incinérer dans ta cheminée carrelée.

— J'essayais de sauver Nora… je voulais la délivrer du camp…

— Comme tu as délivré les jolies soubrettes d'en bas ? Nora ne se trompait pas sur ton compte. Tu sais ce qu'elle ferait si elle était ici ?

Une pensée traversa l'esprit en déroute de Barnes : Elle n'est pas là, Dieu merci.

— Elle… elle serait raisonnable, parvint-il à dire. Elle verrait ce que j'ai à vous offrir… Je peux vous aider…

— Dieu vous damne, toi et ton âme noire.

Alors Eph se mit à cogner, des coups calculés, brutaux.

— Non… suppliait Barnes. Arrêtez… je vous en prie…

— C'est donc ça, la corruption absolue, dit Eph en frappant encore. Vous êtes une belle merde, commandant Barnes, vous le savez ? Comment avez-vous pu vous retourner ainsi contre votre propre espèce ? Vous étiez médecin, vous étiez le directeur du CDC, bon Dieu ! Vous n'avez aucune compassion ?

— S'il vous plaît… Arrêtez…

Eph recula. Barnes se redressa un peu, répandant son sang sur le sol, il voulait parler, éviter que la pluie de coups tombe à nouveau sur lui. Mais ses dents en moins et le gonflement de sa bouche faisaient obstacle à ses compétences – reconnues en d'autres lieux – en relations publiques.

— C'est un… un nouveau monde, Ephraïm. Regardez ce qu'il a fait de vous…

— Vous avez laissé votre putain d'uniforme d'amiral vous monter au cerveau.

Eph saisit Barnes par ses cheveux clairsemés, tira sa tête en arrière pour exposer son cou.

— Je devrais t'égorger, là, tout de suite.

Il saisit son épée et la lui montra.

Barnes sentit l'odeur de pourriture du corps de Goodweather.

— Vous… vous n'êtes pas un assassin, hoqueta-t-il.

— Autrefois, peut-être. J'en suis un, aujourd'hui. Et contrairement à toi, je ne tue pas en appuyant sur un bouton ou en signant un papier. Je le fais moi-même. De près. Personnellement.

La lame d'argent effleura la peau au-dessus de la trachée. Barnes, terrifié, arqua le cou le plus loin qu'il put en arrière. Eph éloigna l'épée de quelques centimètres.

— Heureusement pour toi, tu m'es encore utile. J'ai besoin de ton aide et tu vas me la donner. Fais signe que oui.

Barnes s'empressa d'obtempérer.

— Bien. Ecoute attentivement. Il y a des gens qui m'attendent dehors. Tu comprends ? Tu n'es pas trop soûl pour te souvenir de ça, toi l'amateur de brandy Alexander ?

Barnes hocha la tête à nouveau. À cet instant, il aurait acquiescé à n'importe quoi.

— Je suis venu te faire une proposition, poursuivit Eph. Elle te permettra de te montrer à ton avantage. Va voir le Maître, dis-lui que j'accepte d'échanger l'*Occido Lumen* contre mon fils. Prouve-moi que tu as compris.

— Trahir est une chose que je comprends, Eph.

— Tu peux même être le héros de l'histoire. Raconte-lui que je suis venu chez toi pour t'assassiner mais que tu m'as convaincu de trahir les miens et que tu m'as proposé de transmettre mon offre au Maître.

— Est-ce que les autres sont au courant ?

Des larmes montèrent aux yeux d'Eph.

— Ils croient que je suis de leur côté, et je le suis, bordel… Mais il s'agit de mon fils.

Ephraïm Goodweather était submergé d'émotion, désemparé…

— Vous allez lui remettre le livre ?

— Pour mon fils…

— Oui, oui, bien sûr. C'est tout à fait compréhensible.

Eph saisit de nouveau Barnes par les cheveux et cogna. Deux fois, sur la bouche. Une autre dent se brisa.

— Je ne veux pas de ta compréhension, espèce de monstre. Transmets simplement le message. Je vais m'arranger pour mettre la main sur le *Lumen*, et quand je serai prêt à le livrer, j'informerai le Maître, peut-être par toi.

— J'ai entendu dire que le Maître a un jeune garçon près de lui… un humain. Mais j'ignorais…

Le regard de Goodweather étincela.

— Il s'appelle Zachary. Il a été enlevé il y a deux ans.

— Par Kelly, votre femme ? Je l'ai vue. Avec le Maître. Elle est… elle n'est plus elle-même. Mais cela vaut pour nous tous, je suppose.

— Certains deviennent même des vampires sans avoir été piqués, répliqua Eph. Tu es un capitulard, un lâche, et passer de ton côté me déchire les entrailles, mais je ne vois pas d'autre solution. Je dois sauver mon fils. Je le dois.

Le poing d'Ephraïm se serra de nouveau.

— C'est le bon choix, le seul choix possible. Pour un père. Mon fils a été enlevé, la rançon est mon âme et le destin du monde. Je paierai. Soyez maudits, toi et le Maître.

Même Barnes, dont la loyauté allait aux vampires, se demandait s'il était bien avisé de conclure une forme quelconque d'accord avec le Maître, un être que n'entravait aucune moralité ni aucune règle. Un virus, et vorace en plus.

Naturellement, il n'en dit rien à Eph. L'homme qui tenait une épée près de sa gorge était presque totalement usé, comme une gomme dont il reste juste assez de caoutchouc rose pour une ultime correction.

— Vous pouvez compter sur moi, assura Barnes.

Il tenta de sourire mais ses lèvres coupées et ses gencives enflées l'en empêchèrent. Eph l'examina de nouveau avec une expression de pur dégoût sur son visage émacié.

Voilà le genre d'homme avec qui tu conclus des accords, maintenant.

Puis il repoussa Barnes en arrière, se retourna et se dirigea vers la porte.

Barnes tâta son cou épargné mais ne put tenir sa langue :

— Je vous comprends, Ephraïm. Peut-être mieux que vous-même.

Eph s'immobilisa sous la délicate moulure ornant l'encadrement de la porte.

— Tout le monde a un prix, continua son ancien patron. Vous croyez votre sort plus noble que le mien parce que ce prix est la vie de votre fils. Mais pour le Maître Zack n'est qu'une pièce de monnaie dans sa poche. Je suis navré qu'il vous ait fallu si longtemps pour le comprendre. Vous vous êtes imposé une souffrance bien inutile.

Eph le regarda, l'épée pendant lourdement à sa main.

— Et moi, je suis désolé que tu n'aies pas souffert davantage.

Garage de l'université Columbia

Lorsque le soleil éclaira par-derrière le filtre grisâtre du ciel – ce qui passait maintenant pour la lumière du jour –, la ville se fit d'un coup silencieuse. Les vampires cessèrent toute activité, les téléviseurs projetèrent leur lueur changeante sur les rues et les bâtiments. Rediffusions et pluie, c'était la norme. Une eau noire, acide, tombait du ciel torturé en grosses gouttes huileuses. Le cycle écologique consistait à « rincer et recommencer » mais l'eau sale ne nettoyait jamais rien. Il faudrait des dizaines d'années pour qu'elle se purifie elle-même, si tant est qu'elle y parvienne un jour. Pour le moment, l'aube était comme un lever de soleil qui n'aboutissait jamais.

Gus attendait devant le portail ouvert du garage. Creem était un allié de circonstance et il avait toujours été un bel enfoiré. Apparemment, il venait seul, ce qui ne tenait pas debout et Gus se méfiait. Lui-même avait pris des précautions. Notamment le Glock luisant calé au creux de ses reins, une arme récupérée dans une planque de dealer pendant le chaos des premiers jours. Ou encore le rendez-vous donné à Creem dans cet endroit sans l'informer que le repaire souterrain de Gus se trouvait à proximité.

Creem arriva dans un Hummer jaune. Couleur criarde mise à part, c'était le genre de boulette que Gus attendait de lui : rouler dans un véhicule notoirement goinfre alors que le carburant était rare. Gus haussa mentalement les épaules, parce que Creem était comme ça. Et la prévisibilité d'un adversaire constituait un avantage dans les moments décisifs.

Creem avait besoin d'une grosse voiture pour loger sa carcasse derrière le volant. Malgré les restrictions, il avait réussi à garder sa corpulence, à cela près qu'il n'y avait plus sur son corps une seule once de graisse. Par un moyen ou un autre, il mangeait. Cela indiquait à Gus que les raids des Saphirs contre le pouvoir vampire étaient couronnés de succès.

Sauf qu'aucun Saphir ne l'accompagnait, du moins Gus n'en avait repéré aucun. Creem mit le Hummer à l'abri de la pluie dans le garage, arrêta le moteur et s'extirpa du siège du conducteur. Il mâchonnait un bâton de bœuf séché qu'il faisait aller et venir dans sa bouche. Sa calandre argentée étincela quand il sourit.

— Salut, Mex. Tu te débrouilles bien on dirait.

Avec un geste circulaire de ses bras courtauds, il ajouta :

— Ton île, là, ça devient merdique.

— Le proprio est un sale con, convint Gus.

— Un vrai suceur de sang, hein ?

Après les amabilités de rigueur, ils échangèrent une simple poignée de main – pas toutes ces simagrées de jeunes de bande – sans se quitter des yeux.

— T'es tout seul ? s'enquit Gus.

— Pour ce voyage, répondit Creem en remontant son pantalon. Faut que les autres continuent à surveiller ce qui se passe dans mon coin. Toi, t'as de la compagnie, je suppose.

— Toujours.

Creem regarda autour de lui, ne vit personne.

— Ils se planquent ? Hé, je suis cool.

— Et moi, je suis prudent.

Creem sourit, croqua un morceau de son bâton.

— T'en veux un ? proposa-t-il.

— Pas maintenant, répondit Gus pour lui faire croire qu'il mangeait bien et régulièrement.

— Le régal du chien-chien, reprit le chef des Saphirs. On est tombé sur un entrepôt avec une cargaison de bouffe pour clébards qu'est jamais partie. Je sais pas ce qu'y a dans ce truc, mais c'est de la nourriture, hein ? Ça me donne un beau poil, ça me nettoie les dents… Que demander de plus ?

Il aboya deux ou trois fois puis ricana.

— Les boîtes pour chat restent bonnes longtemps. Ça a le goût de pâté.

— De la bouffe, c'est de la bouffe, commenta Gus.

— Et rester en vie, c'est rester en vie. Regarde, nous. Deux loubards des cités. On magouille toujours. On est toujours là. Les autres, ceux qui pensaient que la ville leur appartenait, où ils sont, maintenant ? Comme je dis toujours : la Creem, elle reste au-dessus.

Il rit de nouveau, peut-être trop fort.

— Elle te plaît, ma caisse ?

— Comment tu trouves du jus ?

— Y a encore des pompes qui marchent, chez moi. T'as vu le devant ? Comme mes dents. De l'argent.

Gus regarda. La calandre était effectivement plaquée argent.

— Ah, ouais, approuva-t-il.

— Le prochain truc que je m'offre, c'est des jantes en argent. Bon, tu fais sortir tes copains de leur planque, que j'aie pas l'impression que je vais me faire arnaquer.

Gus siffla, Nora sortit de derrière un chariot à outils, un Steyr semi-automatique à la main. Elle abaissa son arme, s'arrêta prudemment à une dizaine de mètres des deux hommes.

Joaquin apparut à son tour, le pistolet à la hanche. Il ne pouvait cacher qu'il boitait, son genou le faisait toujours souffrir.

Creem ouvrit largement ses petits bras en guise d'accueil.

— On s'y met ? Faut que je repasse ce putain de pont avant que les affreux ressortent de leurs trous.

— Montre, répondit Gus.

Creem fit le tour du Hummer, ouvrit le hayon, révélant quatre caisses de déménagement en carton remplies d'objets en argent. Gus en sortit une pour l'examiner : elle contenait des chandeliers, des ustensiles, des urnes décoratives, des pièces de monnaie et même quelques lingots ternis estampillés.

— Que du massif, Mex, affirma Creem. Pas de cuivre en dessous. J'ai un kit de contrôle là-dedans quelque part, je l'ajoute gratos.

— T'as trouvé tout ça où ?

— J'ai ramassé des merdes pendant des mois, comme un broc. On a tout le métal qu'il te faut. Je sais que tu veux de ce truc qui tue les vampires. Moi, je préfère les flingues. Les gros, précisa-t-il en regardant le Steyr de Nora.

Gus fouillait dans les objets en argent. Ils devraient les fondre comme ils pourraient et ensuite forger. Aucun d'eux n'était forgeron, mais les épées qu'ils avaient ne dureraient pas éternellement.

— Je peux te débarrasser de ta camelote. Tu veux des flingues ?

— C'est tout ce que t'as à vendre ? dit Creem, qui regardait non seulement le Steyr mais Nora elle-même.

— J'ai des batteries, des choses de ce genre. Mais c'est tout.

Creem ne détachait pas les yeux de Nora.

— Elle a le crâne lisse, comme les ouvriers des camps…

— Pourquoi tu parles de moi comme si je n'étais pas là ? lui lança-t-elle.

Il lui adressa son sourire argenté.

— Je peux voir ton calibre ?

Elle s'approcha, le lui tendit. Il le prit sans cesser de la regarder puis accorda enfin son attention à l'arme. Il actionna la culasse, fit apparaître le chargeur, l'examina, le remit dans la crosse. Visa une ampoule du plafond et fit semblant de tirer.

— T'en as d'autres, des comme ça ?

— Des comme ça, confirma Gus. Pas exactement les mêmes. Il me faut un jour pour livrer. Ils sont stockés un peu partout.

— Et des munitions. Plein, ajouta Creem, ôtant et remettant le cran de sûreté. Je prends celui-là comme acompte.

— Une lame d'argent est beaucoup plus efficace, fit observer Nora.

Il lui sourit avec condescendance.

— Je suis pas arrivé où j'en suis en étant juste efficace, crâne d'œuf. J'aime bien faire du boucan quand j'efface ces suceurs de sang. C'est ça qui est marrant.

Il tendit le bras pour lui toucher l'épaule, elle écarta sa main d'une taloche. Il se contenta de rire. Elle se tourna vers Gus.

— Fais-moi partir ce bouffeur de boîtes pour chiens.

— Pas tout de suite. Bon, et le détonateur ? demanda Gus en se tournant vers Creem.

Le chef de bande ouvrit la portière avant, posa le Steyr sur le siège, la referma.

— Quoi, le détonateur ?

— Arrête de jouer au con. Tu peux m'en avoir un ?

Creem feignit l'indécision.

— Ma foi… Peut-être. J'ai une piste mais faut que j'en sache plus sur le truc que vous voulez exploser. Hé, j'habite de l'autre côté du pont, quand même !

— T'as pas besoin de savoir. Dis juste ton prix.

— Un détonateur du type utilisé par l'armée ? J'ai repéré un bâtiment militaire dans le nord du New Jersey. Je t'en dis pas plus pour le moment. Mais il me faut des précisions.

Gus regarda Nora, non pour obtenir son accord mais pour lui reprocher de l'avoir mis dans cette situation.

— C'est simple, dit-il. Un détonateur pour bombe nucléaire.

Creem eut un large sourire.

— T'en as dégoté une ? Où ça ?

— À la boutique du coin. Avec mes bons d'achat.

Creem regarda Nora pour avoir confirmation.

— Une grosse ?

— Assez grosse pour tout détruire dans un rayon de huit cents mètres. Onde de choc, acier tordu, etc.

Creem s'amusait comme un fou.

— Wahou… Bon, je sais pas si vous me prenez vraiment pour une brêle, mais j'ai pas l'habitude de refiler à mon voisin de quoi faire péter une bombe nucléaire sans fixer quelques putains de règles.

— Vraiment ? fit Gus. Du genre ?

— Juste que vous bousilliez pas mon butin.

— C'est-à-dire ?

— Je vous rends service, vous renvoyez l'ascenseur. D'abord, je veux être sûr que votre engin pétera au moins à plusieurs kilomètres de moi. Ni à Jersey ni à Manhattan, minimum.

— Tu seras prévenu.

— Pas suffisant. Parce que je pense que vous savez ce que vous faites en utilisant ce vilain machin. Y a qu'une chose qui vaut la peine d'exploser, dans ce monde. Et si le Maître dégage, ça libère un beau secteur dans l'immobilier. C'est ça, mon butin.

— L'immobilier ?

— Cette ville. Manhattan me revient de droit, en fin de compte. À prendre ou à laisser, Mex.

Gus serra la main de Creem.

— Un pont, ça t'intéresserait ?

Bibliothèque centrale de la Ville de New York

Une autre rotation de la terre et ils se retrouvèrent de nouveau ensemble, les cinq humains : Fet, Nora, Gus, Joaquin et Eph, Quinlan les ayant précédés à la faveur de l'obscurité. Ils sortirent de la gare de Grand Central et empruntèrent la 42e Rue jusqu'à la Cinquième Avenue. Il ne pleuvait pas mais il soufflait un vent du diable, assez fort pour déloger les immondices accumulées dans les entrées d'immeubles. Emballages de fast-food, sacs en plastique et autres détritus dévalaient la rue comme des esprits traversant un cimetière.

Ils montèrent le perron de la Bibliothèque centrale, passèrent entre les lions de pierre jumeaux, Patience et Courage. L'insigne bâtiment ressemblait à un mausolée. Ils franchirent le portique pour pénétrer dans l'entrée, traversèrent Astor Hall. L'imposante salle de lecture n'avait subi que des dégâts mineurs : pendant la brève période d'anarchie qui avait suivi la Chute, les pillards ne s'étaient pas beaucoup intéressés aux livres. L'un des majestueux lustres s'était écrasé sur le sol, mais c'était peut-être dû à un défaut de structure du haut plafond. Quelques livres étaient restés sur les tables ; des sacs à dos et leurs contenus répandus jonchaient les dalles du plancher. On avait renversé des chaises, brisé plusieurs lampes. Le vide silencieux de la vaste salle était glaçant.

Les fenêtres cintrées percées haut de chaque côté laissaient passer le peu de jour du dehors. L'odeur d'ammoniaque des excréments des vampires était si commune dans la ville qu'Eph ne la sentait quasiment plus, mais il la remarqua dans ce lieu. Il n'aurait su dire si le fait que les vampires avaient chié avec tant de désinvolture sur le savoir et l'art accumulés d'une civilisation avait valeur de symbole ou si c'était juste le signe d'une urgence des plus naturelles.

— On doit descendre ? demanda Gus. On peut pas juste en prendre un dans ceux qui sont là ?

Les étagères, de chaque côté, sur deux niveaux en dessous et au-dessus des passerelles, étaient remplies de livres aux dos colorés.

— Il nous faut un vieux bouquin plein d'ornements pour remplacer le *Lumen*, répondit Fet. On doit le vendre, ce truc, n'oublie pas. Je suis souvent venu ici. Les rats et les souris sont attirés par le papier moisi. Les textes anciens sont conservés en bas.

Ils prirent l'escalier, allumèrent leurs torches électriques et préparèrent les appareils à vision nocturne. La Bibliothèque centrale avait été construite sur l'emplacement du Croton Reservoir, un lac artificiel fournissant de l'eau à l'île et devenu obsolète au début du XXe siècle. Il y avait sept niveaux sous le rez-de-chaussée, et une rénovation récente sous le Bryant

Park adjacent, côte ouest du bâtiment, à l'arrière, avait ajouté quelques kilomètres de rayonnages.

Fet ouvrait la marche dans l'obscurité. La silhouette qui les attendait sur le palier du troisième niveau était celle de Quinlan. La torche de Gus éclaira le visage de l'Enfanté d'un blanc presque phosphorescent, les yeux semblables à de la verroterie rouge. Gus et lui eurent une brève conversation et Gus prit son épée.

— Des suceurs de sang dans les rayonnages, prévint-il. On va devoir nettoyer.

— S'ils repèrent Eph, ils informeront le Maître et nous nous retrouverons prisonniers en bas, intervint Nora.

La voix de Quinlan entra dans leurs têtes :

Le Dr Goodweather et moi attendrons à l'intérieur. Je peux repousser toute tentative d'intrusion psychique.

— Bien, approuva Nora tout en préparant sa Luma.

Gus descendait déjà vers le niveau inférieur, l'épée à la main, Joaquin boitillant derrière lui. Côte à côte, Nora et Fet prirent leur sillage tandis que Quinlan franchissait la porte la plus proche donnant accès au troisième niveau. Eph le suivit à contrecœur, au milieu des meubles de rangement contenant de vieux périodiques, des casiers d'enregistrements audio. Le vampire de naissance entra dans une cabine d'audition, Eph sur ses talons.

Quinlan referma la porte insonorisée. Eph ôta sa lunette à vision nocturne, s'appuya à un comptoir proche et les deux hommes se tinrent immobiles dans le noir et le silence. Craignant que l'Enfanté ne lise en lui, Eph créa un bruit de fond dans sa tête en imaginant et en nommant les choses qui l'entouraient.

Il ne voulait pas que le chasseur détecte son intention de trahir. Il faisait de la corde raide en jouant le même jeu avec les deux camps, en racontant à chacun qu'il s'efforçait de corrompre l'autre. En définitive, il n'était loyal qu'envers Zack. La perspective de se retourner contre ses amis ou de passer une éternité dans un monde d'horreur le torturait.

J'avais une famille autrefois.

La voix de Quinlan le fit sursauter, mais il se ressaisit rapidement.

Le Maître les a tous contaminés, me laissant le soin de les détruire. Une chose de plus que nous avons en commun.

— Mais le Maître avait une raison de s'en prendre à vous. Un lien. Je n'ai pas de passé commun avec lui. Je me suis retrouvé par hasard sur son chemin parce que je suis épidémiologiste.

Il y a une raison. Nous ne la connaissons pas, c'est tout.

Eph avait passé des heures à s'interroger sur ce point.

— J'ai peur que ce ne soit lié à mon fils, Zack.

Quinlan garda un moment le silence. Puis :

Vous avez sans doute noté une similarité entre votre fils et moi. J'ai été contaminé dans le ventre de ma mère. De ce fait, le Maître est devenu pour moi un substitut paternel supplantant mes ancêtres humains. En corrompant l'esprit de votre fils pendant ses années de formation, le Maître cherche à vous supplanter, à éliminer votre influence sur la maturation de votre enfant.

Au lieu de se sentir découragé, Eph trouva là une raison de se réjouir.

— Alors, il y a de l'espoir. Vous vous êtes retourné contre le Maître. Vous l'avez rejeté. Alors qu'il avait sur vous une influence bien plus grande que sur Zack.

Transporté par son hypothèse, Eph s'écarta du comptoir.

— Zack en fera peut-être autant. Si je parviens à lui à temps, comme les Aînés l'ont fait avec vous. Il n'est peut-être pas trop tard. C'est un bon garçon, je le sais…

Tant qu'il n'est pas contaminé biologiquement, il reste une chance.

— Il faut que je l'éloigne du Maître. Ou, plus exactement, que j'éloigne le Maître de lui. Pouvons-nous vraiment détruire cette Créature ? Si Dieu n'y est pas parvenu, il y a longtemps…

Dieu a réussi. Azraël a été détruit. C'est son sang qui s'est répandu.

— En un sens, nous devons réparer l'erreur de Dieu.

Dieu ne commet pas d'erreurs. Finalement, toutes les rivières se jettent dans la mer…

— Pas d'erreurs ? Vous pensez que la marque céleste n'est pas apparue par hasard ? Qu'elle m'était destinée ?

À moi aussi. Afin que je sache que je devais vous protéger. Vous mettre à l'abri de la corruption. Les éléments s'emboîtent. Les cendres sont rassemblées. Fet a l'arme. Une pluie de feu est tombée du ciel. Signes et présages : le langage même de Dieu. Tous connaîtront l'ascension et la chute face à la force de notre alliance.

De nouveau un silence, qu'Eph ne put déchiffrer. Quinlan était-il déjà dans sa tête ? Avait-il amadoué son esprit par sa conversation pour pouvoir lire ses véritables intentions ?

M. Fet et Mme Martinez ont nettoyé le sixième niveau. M. Elizalde et M. Soto s'activent encore au cinquième.

— Je veux aller au sixième, dit Eph.

Ils descendirent l'escalier, enjambèrent une flaque de sang blanc de vampire. En passant devant la porte du cinquième niveau, Eph entendit Gus pousser un juron sonore, presque joyeux. Le sixième niveau commençait par une salle de cartes. Une lourde porte en verre s'ouvrait sur une longue pièce qui avait autrefois été soigneusement climatisée. Des panneaux de thermostats et d'hygromètres étaient accrochés aux murs et il y avait au plafond des grilles d'aération auxquelles pendaient mollement des rubans.

À ce niveau, les rayonnages étaient plus longs. Quinlan s'arrêta et Eph sut qu'il se trouvait maintenant quelque part sous Bryant Park. Il avançait lentement pour ne pas surprendre Fet et Nora, ni être surpris par eux. Il entendit des voix devant lui, s'engagea dans un passage entre les étagères.

Ils avaient allumé une lampe électrique, ce qui permit à Eph d'ôter sa lunette à vision nocturne. Il se rapprocha suffisamment pour les distinguer entre les livres. Ils se tenaient devant une table de verre et lui tournaient le dos. Au-dessus de la table, une vitrine contenait apparemment les acquisitions les plus précieuses de la bibliothèque. Fet en força les serrures, prit les autres textes anciens et les posa devant lui. Il concentra son attention sur une Bible de Gutenberg pouvant faire un acceptable faux *Lumen.* Argenter le bord des pages ne présenterait pas de difficulté et il pourrait ajouter des enluminures provenant d'autres volumes. Vandaliser des trésors littéraires était un petit prix à payer pour renverser le Maître et son clan.

— Celui-là, dit Fet. La Bible de Gutenberg. Il en restait moins d'une cinquantaine… Maintenant ? C'est peut-être la dernière.

Il continua à l'examiner en la retournant.

— C'est un exemplaire incomplet, imprimé sur papier, non sur vélin, et la reliure n'est pas d'origine.

Nora le regarda.

— Tu as beaucoup appris sur les textes anciens, dis-moi.

Le compliment le fit rougir. Il se retourna, lui montra le carton explicatif protégé par un étui de plastique où il avait puisé toutes ces informations. Elle lui donna une légère tape sur le bras.

— On le prend, décida-t-il. Avec quelques autres.

Il fourra plusieurs ouvrages enluminés dans un sac à dos.

— Attends ! s'écria Nora. Ta blessure s'est rouverte…

C'était vrai ; il saignait abondamment. Nora déboutonna la chemise de Fet, déboucha une petite bouteille d'eau oxygénée prise dans la trousse de secours. Elle versa le liquide sur les taches du tissu. Le sang bouillonna et grésilla. L'eau oxygénée détruirait l'odeur que les *strigoï* auraient pu déceler.

— Tu dois te reposer, conseilla-t-elle. Je te l'ordonne, en tant que médecin.

— Oh, tu es mon médecin, maintenant ?

— Oui, répliqua-t-elle avec un sourire. Tu as besoin d'antibiotiques. Eph et moi, nous t'en trouverons. Tu vas retourner avec Quinlan.

Délicatement, elle nettoya la plaie et versa à nouveau de l'eau oxygénée, qui coula sur les poils de sa poitrine massive.

— Tu veux me teindre en blond, hein ? plaisanta Vassili.

Bien que la plaisanterie fût lamentable, Nora en rit pour récompenser l'intention. Il lui ôta son bonnet.

— Hé, donne-moi ça ! lui enjoignit-elle en tentant de saisir son bras valide.

Il lui rendit le bonnet mais l'emprisonna dans une étreinte.

— Tu saignes encore.

Il caressa le crâne chauve de Nora et murmura :

— Je suis si content de te retrouver…

Et pour la première fois, il lui dit, à sa façon, ce qu'il éprouvait pour elle :

— Je ne sais pas où je serais maintenant, sans toi.

En d'autres circonstances, l'aveu du dératiseur aurait été ambigu et insuffisant. Nora aurait attendu quelque chose de plus. Mais, à cet instant et en ce lieu, cela suffit. Elle l'embrassa doucement sur les lèvres, sentit ses bras musclés l'entourer de nouveau, l'envelopper, la presser contre lui. Et tous deux sentirent la peur disparaître et le temps se figer. *Ils étaient là, et maintenant*. En fait, ils avaient l'impression d'avoir toujours été là. Aucun souvenir de souffrance ou de perte.

Tandis qu'ils s'enlaçaient, le faisceau de la lampe que tenait Nora balaya les rayonnages et éclaira brièvement Eph avant qu'il recule dans l'obscurité.

Belvedere Castle, Central Park

Cette fois, le Dr Everett Barnes parvint à attendre d'être sorti de l'hélicoptère pour vomir. Lorsqu'il eut fini de régurgiter son petit déjeuner, il essuya sa bouche et son menton avec un mouchoir et promena alentour un regard penaud, mais les vampires ne manifestèrent aucune réaction. Leur expression demeura fixe et insensible. Barnes aurait pu pondre un œuf géant dans l'allée boueuse proche du Shakespeare

Garden sur la 79e Rue traversant le parc, ils auraient pu voir un troisième bras lui jaillir de la poitrine que leurs yeux vitreux n'auraient montré ni embarras ni étonnement. Il avait un aspect épouvantable, le visage boursouflé et violacé, les lèvres couvertes de sang coagulé, sa main blessée bandée et maintenue. Ils ne lui accordèrent pas la moindre attention.

Barnes reprit sa respiration et se redressa à quelques mètres des rotors tournoyant de l'hélicoptère, prêt à avancer. L'appareil s'éleva, projetant de la pluie contre son dos, et quand il se fut éloigné Barnes ouvrit son large parapluie noir. Ses gardes non morts asexués semblaient ne pas remarquer davantage la pluie que ses vomissements et marchaient à ses côtés, tels de pâles automates en plastique.

Les cimes nues des arbres morts s'écartèrent et Belvedere Castle apparut, juché sur Vista Rock, se dessinant sur le ciel contaminé.

Dessous, à la base du rocher, une légion de vampires formait un anneau épais. Leur immobilité était perturbante, leur apparence de statues faisant penser à quelque construction artistique bizarre et d'une ambition stupéfiante. Au moment où Barnes et ses deux gardes approchaient du bord extérieur de l'anneau, les créatures s'écartèrent – sans respirer, sans rien exprimer – pour le laisser passer. Barnes s'arrêta à la dixième rangée – soit à la moitié à peu près – pour contempler cet anneau imposant. Il tremblait et le parapluie vibrait tellement que des gouttes de pluie sale jaillissaient de l'extrémité des baleines. Il éprouva un profond sentiment d'étrangeté à se retrouver au milieu de ces prédateurs de l'homme qui auraient dû normalement le vider de son sang ou le déchirer en morceaux mais qui se tenaient là sans bouger, sinon avec respect du moins avec indifférence.

C'était comme si, au zoo, il passait devant les lions, les tigres et les ours sans susciter aucune réaction. C'était tout à fait contraire à leur nature, mais telle était la profondeur de leur asservissement au Maître.

L'ex-Kelly Goodweather se tenait devant la porte mais, à la différence des autres vampires, ses yeux croisèrent ceux de Barnes. Il ralentit, fut presque tenté de la saluer d'un « Bonsoir », vestige de l'ancien monde. Finalement, il se contenta de passer devant elle et entra, suivi par le regard de la non-morte.

Le seigneur du clan apparut dans sa cape noire, des vers de sang ondulant sous la peau de son visage tandis qu'il regardait Barnes.

Goodweather a accepté.

— Oui, acquiesça Barnes en pensant : Si tu le sais, pourquoi m'avoir traîné en hélicoptère jusque dans ce château plein de courants d'air ?

Il tenta d'expliquer le double jeu, s'embrouilla dans les détails. Le Maître ne parut pas particulièrement intéressé.

— Il trahit ses compagnons, résuma Barnes. Il m'a semblé sincère, mais je ne sais pas s'il faut lui faire confiance.

Je fais confiance à ce pitoyable besoin de son fils.

— Oui. Je vois ce que vous voulez dire. Et lui fait confiance à votre besoin du livre.

Une fois que Goodweather sera en ma possession, ses compagnons le seront aussi. Une fois que j'aurai le livre, j'aurai toutes les réponses.

— Ce que je ne comprends pas, c'est comment Quinlan a réussi à passer à travers le système de sécurité de ma maison… Pourquoi les membres de votre clan n'ont pas été alertés ?

Il est l'Enfanté. Engendré par moi mais pas de mon sang.

— Il n'est pas sur la même longueur d'onde.

Je n'ai pas sur lui le même contrôle que sur les autres.

— Et il est dans le camp de Goodweather, maintenant ? Comme un agent double ? Un transfuge ?

Le Maître ne répondit pas.

— Un tel être pourrait être très dangereux.

Pour toi ? Oui. Pour moi ? Non. Seulement difficile à saisir. L'Enfanté s'est allié au voyou que les Aînés ont recruté pour la chasse de jour et à la racaille qui l'accompagne. Je sais où trouver des informations sur eux...

— Si Goodweather se rend à vous... vous disposerez de toutes les informations pour trouver l'Enfanté.

Oui. Deux pères retrouvant deux fils. Il y a toujours de la symétrie dans les plans de Dieu. S'il se rend à moi...

Entendant du vacarme derrière lui, Barnes sursauta et se retourna. Un adolescent dont les cheveux emmêlés lui retombaient dans les yeux descendait en trébuchant l'escalier en colimaçon. Un humain, pressant une main contre sa gorge.

Zachary Goodweather. Manifestement en proie à de gros problèmes respiratoires, le teint virant au bleu grisâtre.

Barnes fit instinctivement un pas vers lui. Plus tard, il lui viendrait à l'esprit qu'il y avait fort longtemps que son instinct de médecin ne l'avait pas fait réagir ainsi. Il intercepta le garçon en lui empoignant l'épaule.

— Je suis docteur...

L'adolescent le repoussa et alla droit au Maître. Barnes recula de quelques pas en titubant, plus stupéfait qu'autre chose. Le garçon aux cheveux dans la figure s'agenouilla devant le Maître, qui baissa les yeux vers le visage en souffrance. Le Maître le laissa se débattre quelques instants encore puis leva un bras, rabattant en arrière un pan de la cape. Son pouce et son majeur démesuré se rapprochèrent vivement pour pincer la peau. Le Maître tint son pouce au-dessus du visage du garçon, une goutte de sang suspendue à l'extrémité. Lentement, la perle s'allongea, se détacha, toucha le fond de la bouche ouverte de Zack.

Pris de nausée, Barnes déglutit. Il avait déjà vomi une fois dans la matinée. L'adolescent ferma la bouche comme s'il venait d'avaler le contenu d'un compte-gouttes de médicament. Il grimaça – à cause du goût ou de la difficulté à déglutir – et quelques instants plus tard sa main s'écarta de sa gorge. La tête penchée en avant, il retrouva une respiration normale, les voies respiratoires ouvertes, les poumons miraculeusement dégagés. Presque aussitôt, de pâle son teint redevint normal – le nouveau normal, c'est-à-dire jaunâtre et privé de soleil. Il cligna des yeux et regarda autour de lui, sembla voir la pièce pour la première fois depuis son arrivée. Sa mère – ou ce qui restait d'elle – était entrée par la porte, peut-être appelée par la détresse de son Être cher. Sa figure n'exprimait néanmoins ni inquiétude ni soulagement. Barnes se demanda si ce rituel de traitement se répétait souvent. Une fois par semaine ? Une fois par jour ?

Le garçon regarda Barnes comme s'il découvrait l'homme au bouc blanc qu'il avait écarté de lui quelques instants plus tôt.

— Pourquoi un autre humain ici ? demanda Zack Goodweather.

Ses manières arrogantes étonnèrent Barnes, qui gardait du fils de Goodweather le souvenir d'un enfant songeur, curieux et bien élevé. Il se passa une main dans les cheveux en tentant de recouvrer un peu de dignité.

— Zachary, tu te souviens de moi ?

L'adolescent plissa les lèvres comme s'il n'appréciait pas d'être invité à examiner le visage de l'homme, le même qu'il avait aperçu, quelques heures plus tôt, au Cloître.

— Vaguement, répondit-il d'un ton dur, hautain.

Barnes s'efforça à la patience.

— J'étais le patron de ton père. Dans l'ancien monde.

Il vit de nouveau le père dans le fils – moins qu'avant, cependant. Tout comme l'Eph qui lui avait rendu visite, le garçon avait changé. Son jeune regard était distant, méfiant. Il avait l'attitude d'un prince enfant.

— Mon père est mort, déclara Zachary Goodweather.

Barnes fut sur le point de parler, retint sagement ses mots. Il jeta un coup d'œil au Maître, dont le visage ondulant n'avait pas changé d'expression, mais Barnes sut d'une manière ou d'une autre qu'il ne devait pas détromper l'adolescent. Un instant, tandis qu'il percevait l'ensemble du tableau, voyant le jeu et la position de chacun dans ce drame particulier, il fut désolé pour Eph. Son propre fils…

Mais Barnes étant Barnes, ce sentiment ne dura pas longtemps et il se mit aussitôt à chercher un moyen de tirer parti de la situation.

Low Memorial Library, université Columbia

Considérez une chose, concernant le Lumen.

Les yeux de Quinlan brillaient d'un éclat inhabituel tandis qu'il formulait cette pensée.

Deux mots figurent sur la page indiquant le Site noir du Maître : obscura *et* aeterna. *Sombre et éternel. Sans coordonnées précises.*

— Tous les sites en ont, souligna Fet. Sauf celui-là.

Il s'activait sur la Bible, tentait de la rendre aussi semblable que possible au *Lumen.* Il avait rassemblé une pile de livres qu'il examinait et dont il prélevait des morceaux de texte ou des gravures.

Pourquoi ? Et pourquoi uniquement ces deux mots ?

— Vous croyez que c'est la clé ?

J'en suis convaincu. J'ai toujours pensé que la clé du site se trouvait dans les informations fournies par le livre mais elle se trouve, apparemment, dans celle qui n'y est pas. Le Maître a été le dernier à naître. Le plus jeune de tous. Il lui a fallu des siècles pour se reconnecter à l'Ancien Monde et plus longtemps encore pour acquérir l'influence requise pour détruire les sites d'origine des Aînés. Mais maintenant... maintenant il est revenu dans le Nouveau Monde, à Manhattan. Pourquoi ?

— Pour protéger son propre site d'origine.

La marque céleste l'a confirmé. Mais où est ce site ?

Fet semblait songeur, distrait.

Qu'y a-t-il ?

— Pardon. Je pensais à Eph. Il est sorti. Avec Nora.

Pour aller où ?

— Chercher un médicament. Pour moi.

Il faut protéger le Dr Goodweather. Il est vulnérable.

— Je suis sûr qu'il ne leur arrivera rien, répondit Fet, pris de court.

Mais ce fut à son tour de s'inquiéter.

Macy's,
Herald Square, New York

Eph et Nora sortirent du métro à Pennsylvania Station. C'était là que, deux ans plus tôt, il avait laissé Nora, Zack et la mère de Nora dans une dernière tentative désespérée pour les mettre en lieu sûr hors de la ville avant que New York succombe au fléau des vampires. Une horde de créatures avaient provoqué le déraillement de la rame dans le North River Tunnel, faisant échouer leur évasion, et Kelly était partie avec Zack pour le conduire au Maître.

Ils regardaient une petite pharmacie fermée occupant le coin du grand magasin. Nora observait les passants, humains abattus qui allaient au travail ou en revenaient, se rendaient au poste de rationnement de l'Empire State Building pour échanger des bons de travail contre des vêtements ou de la nourriture.

— Et maintenant ? demanda Eph.

Par-dessus la Septième Avenue, Nora inspectait l'entrée principale du Macy's, condamnée par des planches.

— Nous allons traverser le magasin pour pénétrer dans la pharmacie. Suis-moi.

Les portes à tourniquet étaient fermées à clé depuis longtemps, les vitres brisées remplacées par des plaques de bois. Le shopping, par nécessité ou pour occuper ses loisirs, n'existait plus. Tout se faisait par cartes de rationnement et par bons.

Eph détacha une planche de contreplaqué de l'entrée sur la 34e Rue. À l'intérieur, « le Plus Grand Magasin du Monde » était un vrai chantier. Présentoirs renversés, vêtements déchirés. Cela ressemblait moins à un endroit pillé qu'à un lieu de bagarre, d'une série de bagarres. Violences d'humains et de vampires.

Ils accédèrent à la pharmacie par le comptoir du magasin. Les étagères étaient presque vides. Nora prit quelques articles, notamment un antibiotique léger et des seringues. Eph subtilisa un flacon de Vicodin pendant qu'elle ne regardait pas et le glissa dans un petit sachet.

En moins de cinq minutes, ils rassemblèrent ce qu'ils étaient venus chercher. Elle le regarda et dit :

— J'ai besoin de vêtements chauds et d'une paire de chaussures solides. Mes pantoufles du camp sont mortes.

Il eut envie de faire une plaisanterie sur les femmes et le shopping, s'en abstint et hocha la tête. Plus au fond, le magasin avait moins souffert. Ils montèrent le célèbre escalator en bois, premier escalier mécanique jamais installé à l'intérieur d'un bâtiment.

Leurs lampes éclairèrent l'espace d'exposition désert, où rien n'avait changé depuis la fin des courses telles que le monde les connaissait. Les mannequins firent sursauter Eph, avec leurs têtes chauves et ces expressions figées qui leur donnaient – à l'instant où ils étaient pris dans le faisceau lumineux – une ressemblance certaine avec les *strigoï*.

— Regarde la coupe de cheveux, dit Nora avec un léger sourire. Très tendance, en ce moment.

Ils traversèrent l'étage en guettant d'éventuels signes de danger.

— J'ai peur, Nora, avoua soudain Eph, la surprenant. Le plan… J'ai peur et je n'ai pas honte de le reconnaître.

— L'échange sera difficile, convint-elle à voix basse en cherchant sa pointure parmi les boîtes à chaussures d'une pièce de rangement. Je pense que tu devrais dire au Maître que nous voulons mettre la main sur le livre pour le donner à étudier à Quinlan. Le Maître est sûrement au courant, pour l'Enfanté. Tu diras que tu comptes t'emparer du livre dès que tu pourras. D'ici là, nous aurons choisi un endroit où placer la bombe et tu l'y attireras. Il pourra faire venir tous les renforts qu'il voudra. Une bombe est une bombe.

Eph approuva de la tête, chercha sur son visage un signe de trahison. Ils étaient seuls, maintenant : si elle devait lui révéler qu'elle jouait double jeu, c'était le moment.

Elle délaissa d'élégantes boots en cuir pour un modèle plus robuste et sans talons.

— Il faut que le faux livre fasse illusion, dit-il. Il faut qu'il ait l'air *vrai*. Tout ira si rapidement qu'il suffira qu'il passe le test du premier coup d'œil.

— Fet s'en occupe, déclara-t-elle avec certitude, presque avec fierté. Tu peux lui faire confiance.

Elle se rappela soudain à qui elle parlait.

— Ecoute, Eph. Concernant Fet…

— Ne dis rien. Je comprends. Le monde est foutu, chacun mérite d'être avec ceux qui l'aiment – qui l'aiment par-dessus tout. Curieusement, quitte à ce qu'il y ait quelqu'un d'autre, je suis content que ce soit lui. Parce qu'il donnera sa vie pour qu'il ne t'arrive rien. Setrakian le savait et il a choisi Fet de préférence à moi, et tu le sais aussi. Il est capable de ce que je n'ai jamais su faire : être là pour toi.

Nora se sentit tiraillée par des sentiments contradictoires. C'était Eph dans ce qu'il avait de meilleur : généreux, intelligent, aimant. Elle aurait presque préféré qu'il soit un sale con. Elle voyait maintenant en lui ce qu'il était vraiment : l'homme dont elle était autrefois tombée amoureuse. Son cœur ressentait encore cette attirance.

— Et si le Maître veut que je lui *apporte* le livre ? demanda-t-il.

— Tu pourrais lui répondre que nous sommes à tes trousses. Qu'il faut que ce soit lui qui vienne à toi. Ou tu peux exiger qu'il t'amène Zack.

Le visage d'Eph s'assombrit quand il songea à l'abject refus du Maître sur ce point.

— Cela pose un problème majeur, argua-t-il. Comment je m'enfuis après avoir déclenché l'engin ?

— Je ne sais pas. Trop de variables, pour le moment. En tout cas, il faudra beaucoup de chance. Et de courage. Je ne te reprocherais rien si tu hésitais.

Elle l'observait attentivement, cherchant une faille dans son comportement… ou une ouverture pour lui révéler sa complicité ?

— Si j'hésitais ? dit-il, pour l'appâter. À aller jusqu'au bout ?

Elle secoua la tête avec une expression inquiète. Aucune trace de duplicité. Et il en fut heureux. Soulagé. Leurs rapports avaient profondément changé mais, au fond, Nora restait la vieille combattante pour la liberté qu'elle avait toujours été. Cela aidait Eph à croire qu'il l'était resté, lui aussi.

— Qu'est-ce qu'il y a ? lui demanda-t-elle.

— Quoi ?

— Tu souriais presque.

— Je pensais simplement que l'essentiel, c'est que Zack retrouve la liberté. Je ferai tout pour ça.

— C'est étonnant, Eph.

— Tu penses que le Maître me croira capable d'une chose pareille ? Vous trahir tous ?

— Je crois que oui. Parce que ça cadre avec sa façon de penser.

Il hocha la tête, content qu'elle ne le regarde pas à cet instant. Si ce n'était pas Nora, qui était le traître ? Pas Fet, impossible. Gus ? Ses fanfaronnades devant Eph ne seraient qu'une couverture ? Joaquin faisait un autre suspect possible. Ces réflexions tortueuses le rendaient encore plus fou.

Tout à coup, il entendit quelque chose dans la zone principale d'exposition. Un léger bruit de mouvement, qu'on attribuait autrefois à des rongeurs mais qui ne pouvait maintenant signifier qu'une seule chose.

Nora l'avait perçu, elle aussi. Ils éteignirent leurs torches.

— Reste ici, murmura-t-il.

Elle comprit que pour que le stratagème soit efficace il fallait qu'il soit seul.

— Et sois prudente.

— Toujours, répondit-elle en saisissant sa lame d'argent.

Eph sortit de la petite pièce en prenant soin de ne pas heurter quelque chose avec la poignée de l'épée qui dépassait de son sac. Il mit sa lunette à vision nocturne, attendit que l'image se stabilise.

Tout semblait immobile. Les mannequins avaient des mains normales, sans longue serre en guise de majeur. Eph tourna à droite et longea le bord de la salle jusqu'à ce qu'il voie un cintre osciller doucement sur un portant circulaire, près de l'escalator.

Il empoigna son épée et gagna rapidement la première marche en bois. L'escalier mécanique arrêté s'enfonçait dans un espace étroit bordé de murs. Eph descendit quelques marches aussi silencieusement qu'il put tout en inspectant l'étage inférieur. Quelque chose le poussait à continuer à descendre, ce qu'il fit.

Il ralentit en parvenant en bas, sentit une odeur. Un vampire était passé par là. Curieux qu'il soit en maraude, seul, et non pas occupé à quelque tâche. À moins qu'on ne lui eût précisément assigné de patrouiller dans ce grand magasin. Eph s'avança. Rien ne bougeait. Il se dirigeait vers une vitrine quand il entendit un léger *clic* dans la direction opposée.

De nouveau il ne vit rien. La tête baissée, il se faufila entre les portants en direction du bruit. Au-dessus de l'entrée, une pancarte indiquait le chemin à suivre pour les toilettes et le service administratif, et pour l'ascenseur. Eph passa d'abord lentement devant les bureaux en regardant par chaque porte ouverte. Il s'occuperait des portes fermées en revenant sur ses pas après avoir exploré le reste du secteur. Il alla jusqu'aux toilettes, entrouvrit la porte de celles des femmes. Il entra, inspecta chaque cabinet, l'épée à la main.

De retour dans le couloir, il tendit l'oreille, eut l'impression d'avoir perdu la piste fragile qu'il avait suivie. Il poussa la porte des toilettes des hommes, se coula à l'intérieur. Passa devant les urinoirs et ouvrit là aussi la porte de chaque cabinet de la pointe de son épée. Déçu, il se tourna pour ressortir.

Dans une explosion de papier et de détritus, un vampire jaillit de la poubelle cylindrique placée dans le coin derrière la porte, atterrit sur le bord d'un des lavabos, de l'autre côté de la salle. Eph recula en chancelant, jura et fendit l'air de sa lame pour parer l'éventuel surgissement d'un aiguillon. Puis il s'arrêta et prit fermement position pour ne pas se retrouver acculé dans un des cabinets. L'épée brandie, il tourna autour du vampire qui émettait des sifflements, accroupi, agrippé au bord lisse du lavabo, les genoux près de la tête. Eph eut enfin une vision claire de la créature dans la lumière verte de sa lunette. C'était un jeune garçon d'une dizaine d'années, d'origine afro-américaine, avec dans les yeux ce qui semblait être du verre pur.

Un aveugle. Un des renifleurs.

Sa lèvre supérieure se retroussait en une sorte de sourire appréciateur. Ses doigts et ses orteils se crispaient sur la porcelaine, comme s'il allait sauter. Eph gardait la pointe de son arme braquée sur la poitrine du renifleur.

— On t'a envoyé me chercher ?

Oui.

Eph relâcha son attention, étonné. Non par la réponse mais par la voix.

C'était celle de Kelly. Prononçant les mots du Maître.

Il se demanda si Kelly était devenue la responsable des renifleurs. Leur boss, en quelque sorte. Leur dispatcher. Si c'était le cas, si ces enfants vampires aveugles et médiums avaient été placés sous sa gouverne officieuse, c'était à la fois tout à fait approprié et tristement ironique. Kelly Goodweather demeurait une mère poule, jusque dans la mort.

— Pourquoi ça a été si facile, cette fois ?

Tu voulais qu'on te trouve.

Le renifleur bondit mais pas sur Eph. Il s'élança vers le mur opposé, retomba à quatre pattes sur le carrelage du sol. Eph le suivit de la pointe de son épée. Accroupie, la créature le regardait.

Tu vas me tuer, Ephraïm ?

La voix tentatrice de Kelly. Était-ce son idée de lui envoyer un garçon de l'âge de Zack ?

— Pourquoi me tourmentez-vous ainsi ?

Je pourrais envoyer une centaine de vampires assoiffés t'encercler en quelques instants. Dis-moi pourquoi je devrais m'en abstenir.

— Parce que le livre n'est pas ici. Et – plus important – si vous brisez notre accord, je me trancherai la gorge avant de vous laisser avoir accès à mon esprit.

Tu bluffes.

Eph avança brusquement vers l'enfant, qui détala et courut se réfugier dans un cabinet.

— Vos menaces ne m'incitent pas à croire que vous respecterez votre partie du marché.

Prie pour que je le fasse.

— Intéressant choix de mot, « prie ».

Eph se trouvait maintenant dans l'encadrement de la porte du cabinet et cet endroit des toilettes empestait, faute d'entretien.

— Azraël. Oui, j'ai lu le livre que vous voudriez tellement avoir. Et j'ai discuté avec Quinlan, l'Enfanté.

Alors tu devrais savoir que je ne suis pas Azraël.

— Non, vous êtes les vers qui sont sortis des veines de l'ange meurtrier. Après que Dieu l'eut découpé comme un poulet.

Nous partageons la même nature rebelle. Comme ton fils, j'imagine.

Eph chassa cette pensée, déterminé à ne plus être une cible facile pour le Maître.

— Mon fils ne vous ressemble absolument pas.

N'en sois pas si sûr. Où est le livre ?

— Il est resté caché tout ce temps dans les rayonnages du sous-sol de la Bibliothèque centrale de New York, au cas où vous vous poseriez la question. Je suis censé faire gagner un peu de temps aux autres.

L'Enfanté l'étudie avec passion, je suppose ?

— En effet. Cela vous inquiète ?

Qui n'en est pas digne mettrait des années à le déchiffrer.

— Tant mieux, vous n'êtes donc pas pressé. Je devrais peut-être faire machine arrière, maintenant. Attendre une meilleure offre de votre part.

Et je devrais peut-être découper ton fils comme un poulet.

Eph eut envie d'enfoncer son épée dans la gorge de l'enfant vampire. De faire attendre le Maître encore un peu. En même temps, il ne voulait pas pousser la Créature à bout, pas alors que la vie de Zack était en jeu.

— C'est vous qui bluffez, maintenant. Vous êtes inquiet et vous prétendez ne pas l'être. Vous voulez ce livre à tout prix. Pourquoi si vite ?

Le Maître ne répondit pas.

— Il n'y a pas d'autre traître. Vous ne faites que mentir.

Le renifleur demeurait accroupi, le dos contre le mur.

— Très bien. Comme vous voudrez.

Mon père est mort.

Le cœur de Goodweather manqua un battement, s'arrêta un instant dans sa poitrine. Tant le choc avait été violent, d'entendre la voix de son fils Zack, aussi claire que s'il avait été dans la pièce.

Il tremblait et dut lutter pour refouler le cri furieux montant dans sa gorge.

— Espèce de…

Le Maître revint avec la voix de Kelly :

Tu m'apporteras le livre dès que tu pourras.

Eph craignit un instant que son fils n'ait été changé en vampire. Mais non : le Maître avait seulement jeté la voix de Zack dans la tête d'Eph par l'intermédiaire du renifleur.

— Soyez maudit !

Dieu a essayé de me maudire. Et où est-Il, maintenant ?

— Pas ici, dit Eph en abaissant un peu sa lame. Pas ici.

Non. Pas dans les toilettes pour hommes d'un grand magasin déserté. Pourquoi ne libères-tu pas ce pauvre enfant, Ephraïm ? Regarde ses yeux aveugles ? L'abattre ne te procurerait pas une vive satisfaction ?

Eph regarda dans les yeux vitreux et fixes ; il vit le vampire… mais aussi l'enfant qu'il était autrefois.

J'ai des milliers de fils. Ils me sont tous absolument fidèles.

— Vous n'avez qu'un seul véritable rejeton. L'Enfanté. Et tout ce qu'il souhaite, c'est vous détruire.

Le renifleur s'agenouilla et leva le menton, offrant son cou à Eph, les bras pendant mollement le long du corps.

Prends-le, Ephraïm, et qu'on en finisse.

Les yeux morts fixaient le néant, comme ceux d'un suppliant attendant les ordres de son seigneur. Le Maître voulait qu'il exécute cet enfant. Pourquoi ?

Eph dirigea la pointe de la lame vers le cou exposé du jeune garçon.

— Voilà. Poussez-le vers mon épée si vous voulez qu'il soit libéré.

Tu n'as pas envie de le tuer ?

— Si. Mais je n'ai aucune raison de le faire.

Le renifleur ne bougea pas ; Eph recula et écarta son épée. Quelque chose n'allait pas.

Tu es incapable de tuer ce garçon. Tu te caches derrière une faiblesse en la qualifiant de force.

— La faiblesse, c'est de céder à la tentation, la force, c'est de lui résister.

La voix de Kelly résonnant encore dans sa tête, il regarda le renifleur. Sans Kelly, la créature n'avait aucun accès à Eph. Et c'était le Maître qui projetait la voix de Kelly en lui pour tenter de le déconcentrer, de l'affaiblir, mais le vampire Kelly pouvait être n'importe où à cet instant. N'importe où. Eph sortit des toilettes et se précipita dans l'escalator pour retourner à l'endroit où il avait laissé Nora.

Longeant le mur, Kelly passait à pas feutrés devant les portants. L'odeur de la femme flottait encore dans la pièce de rangement, derrière le rayon des chaussures… mais les battements de son cœur résonnaient de l'autre côté de l'espace d'exposition. Kelly approcha de la cabine d'essayage. Nora Martinez attendait dans l'encadrement de la porte avec une épée d'argent.

— Bonjour, sale garce, lui lança Nora en guise de salut.

Bouillonnante de rage, Kelly appela mentalement les renifleurs à la rescousse. Elle n'avait pas d'angle d'attaque. L'arme d'argent étincela dans son champ de vision tandis que la femme chauve s'approchait d'elle.

— Tu te laisses vraiment aller, lui asséna Nora en contournant une caisse enregistreuse. Le rayon maquillage se trouve au rez-de-chaussée, à propos. Et il te faudrait peut-être aussi un col roulé pour couvrir ce vilain cou de dindon.

Une renifleuse s'approcha en bondissant, s'arrêta près de Kelly.

— Shopping entre mère et fille, comme c'est charmant, s'extasia Nora. J'ai des bijoux en argent que j'aimerais vous faire essayer…

Elle leva son arme ; Kelly et la renifleuse se contentèrent de la regarder fixement.

— Avant, j'avais peur, avoua Nora. Dans le tunnel du métro, j'avais peur de vous. Plus maintenant.

Elle décrocha la Luma pendant à son sac, alluma la lampe noire alimentée par piles. Les rayons ultraviolets repoussèrent les vampires, la renifleuse gronda et recula, à quatre pattes. Kelly demeura immobile, pivotant simplement tandis que Nora s'éloignait d'elles, retournait vers l'escalier. À l'aide des miroirs, elle surveillait ce qui se passait derrière elle, et c'est ainsi qu'elle aperçut la forme floue bondissant de la rampe.

Nora se retourna et enfonça sa lame dans la bouche du renifleur, presque aussitôt libéré par l'argent fulgurant. Elle retira son épée et fit volte-face, prête à une nouvelle attaque.

Kelly et la renifleuse avaient disparu. C'était comme si elles n'avaient jamais été là.

— Nora ! appela Eph de l'étage en dessous.

— J'arrive ! cria-t-elle en descendant les marches de bois.

Il l'accueillit en bas de l'escalator, remarqua le sang blanc luisant sur sa lame.

— Ça va ? demanda-t-il.

Elle hocha la tête, prit un foulard sur un présentoir proche pour essuyer son épée.

— Je suis tombée sur Kelly, là-haut. Elle t'embrasse.

Il baissa les yeux vers l'arme.

— Est-ce que tu…

— Non, malheureusement. Juste un de ses petits monstres adoptifs.

— Sortons d'ici, décida Eph.

Nora s'attendait à moitié à ce qu'un essaim de vampires les guette dehors ; mais non. Rien que des humains entre boulot et maison, les épaules voûtées sous la pluie.

— Comment ça s'est passé avec le Maître ? voulut savoir Nora.

— C'est un salaud. Un vrai salaud.

— Mais tu crois qu'il a mordu ?

Eph n'arrivait pas à la regarder dans les yeux.

— Oui. Il a mordu.

Sur ses gardes, il inspectait les trottoirs en avançant.

— Où allons-nous ? demanda Nora.

— Continue à marcher.

De l'autre côté de la 36e Rue, il s'arrêta, passa sous la voûte d'un marché couvert. À travers les gouttes de pluie, il regarda les toits. Là-haut, de l'autre côté de la chaussée, un renifleur sauta d'un immeuble à un autre.

— Ils nous suivent, dit Eph. Viens.

Ils se remirent à marcher en tentant de se fondre dans la foule.

— Il faut qu'on tienne jusqu'à midi.

Université Columbia

Eph et Nora retournèrent sur le campus désert peu après l'aube, certains de ne pas avoir été suivis. Eph supposait que Quinlan devait être dans les sous-sols, en train d'étudier le *Lumen*. Ils avaient pris cette direction quand Gus les intercepta – ou plus exactement quand il intercepta Nora, avec qui Eph se trouvait encore.

— T'as le médoc ? demanda Gus.

Nora lui montra le sac gonflé de leur butin.

— C'est Joaquin, ajouta-t-il.

Elle s'arrêta, pensa aussitôt à un affrontement contre des vampires.

— Que s'est-il passé ?

— Faut que tu le voies. C'est moche.

Ils entrèrent à sa suite dans une salle de cours où Joaquin était allongé sur un bureau, une jambe de pantalon retroussée. Son genou était gonflé en deux endroits. Le voyou souffrait beaucoup. De l'autre côté du bureau, Gus attendait des réponses.

— C'est comme ça depuis combien de temps ? demanda Nora à Joaquin.

— Je ne sais pas, répondit-il avec une grimace luisante de sueur. Un bout de temps.

— Je vais palper, prévint-elle.

Joaquin se raidit et elle toucha les chairs gonflées autour du genou, remarqua sous la rotule une petite plaie, longue de moins de trois centimètres et incurvée, aux bords jaunis et croûteux.

— Tu t'es blessé quand ?

— J'en sais rien. Je crois que je me suis cogné au camp du sang. J'ai pas fait gaffe tout de suite.

— Pendant que tu rôdais seul, intervint Eph, tu es entré dans un hôpital ou un centre de soins ?

— Euh… sûrement. Ouais, à Saint Luke.

Eph regarda Nora, leur silence exprimant la gravité du moment.

— De la pénicilline ? suggéra-t-elle.

— Peut-être. Il faut réfléchir. Rallonge-toi, Joaquin, nous revenons dans un instant.

— Attends, doc. Ça a l'air sérieux, mon truc.

— C'est infecté, manifestement. Dans un hôpital, ce serait facile à soigner. Le problème, c'est qu'il n'y a plus d'hôpitaux. Les humains malades sont simplement éliminés. Voilà pourquoi nous devons en discuter.

Joaquin hocha la tête sans paraître convaincu et s'étendit de nouveau sur le bureau. Sans un mot, Gus suivit Eph et Nora dans le couloir.

— Pas de pipeau, exigea-t-il en regardant surtout Nora.

Elle secoua la tête.

— Une bactérie, très résistante. Il s'est peut-être blessé au camp, mais il a attrapé ça dans un établissement médical. La bestiole peut vivre longtemps sur les instruments, les surfaces. Elle est coriace, et redoutable.

— OK, dit Gus. Vous avez besoin de quoi ?

— Nous avons besoin de quelque chose qu'on ne trouve plus et que nous étions justement partis chercher. De la vancomycine.

Il y avait eu une ruée sur la vancomycine pendant les derniers jours du fléau. Des experts médicaux déroutés, des professionnels qui auraient dû savoir qu'ils provoqueraient une panique, avaient suggéré à la télévision « ce médicament de dernier recours » comme traitement possible contre la souche encore non identifiée qui se répandait dans tout le pays à une vitesse incroyable.

— Et même si nous trouvions de la vancomycine, poursuivit Nora, il faudrait un long traitement pour le débarrasser de cette infection. Ce n'est pas une piqûre de vampire, mais en termes d'espérance de vie, cela revient au même.

— Si nous pouvions lui injecter des médicaments par intraveineuse, ça ne ferait que retarder l'inéluctable, diagnostiqua Eph.

Gus le regarda comme s'il allait le frapper.

— Doit bien y avoir un autre moyen. Vous êtes docteurs, bordel…

— Sur le plan médical, nous sommes revenus au Moyen Age, déclara Nora. Comme nous ne fabriquons plus de médicaments, les maladies que nous pensions avoir vaincues sont de retour et nous font mourir jeunes. En maraudant par-ci par-là, nous pouvons peut-être trouver quelque chose pour le soulager…

Elle se tourna vers Eph, Gus aussi. Il défit de son dos le sac dans lequel il avait glissé le Vicodin, ouvrit la fermeture à glissière d'un soufflet, en tira une petite trousse pleine de tablettes et de pilules. Des dizaines, de formes, de couleurs et de dimensions différentes. Il choisit deux Lorcet à faible dose, quelques Percodan et quatre Dilaudid à deux milligrammes.

— Commence par lui donner ça, dit-il en indiquant les Lorcet. Garde les Dilaudid pour la fin.

Il remit le reste du contenu de la trousse à Nora.

— Prends-les. Je n'en ai plus besoin.

Gus regarda les pilules qu'il avait dans la main.

— Ça ne le guérira pas ?

— Non, répondit Nora. Ça calmera seulement la douleur.

— Et si, vous savez… si on lui coupait la jambe ? Je pourrais le faire.

— Il n'y a pas que le genou qui est infecté, argua Nora en lui touchant le bras. Je suis désolée. Vu la situation, nous ne pouvons pas faire grand-chose.

Gus fixait les médicaments comme s'ils étaient des morceaux brisés de Joaquin.

Fet entra, les épaules de son manteau mouillées par la pluie. Il ralentit, troublé par cette scène étrange, Eph, Nora et Gus partageant un moment d'émotion.

— Il est là, annonça-t-il. Creem. Dans le garage.

Gus referma le poing sur les pilules.

— Allez-y. Occupez-vous de ce tas de merde. Je vous rejoindrai.

Il retourna auprès de Joaquin, caressa son front moite et l'aida à avaler les médicaments. Gus savait qu'il disait adieu à la seule personne au monde à qui il tenait encore. La seule qu'il aimait vraiment. Son frère, sa mère, ses *compas* les plus proches : tous étaient morts, maintenant. Il ne lui restait personne.

Dehors, Fet regarda Nora.

— Tout va bien ? Vous avez mis le temps.

— On nous a suivis, expliqua-t-elle.

Eph les regarda s'enlacer et dut feindre l'indifférence.

— Quinlan avance, avec le *Lumen* ? demanda-t-il lorsqu'ils s'écartèrent l'un de l'autre.

— Non, répondit Fet. Ça se présente mal.

Ils traversèrent la Low Plaza, aux allures d'amphithéâtre grec, passèrent devant la bibliothèque et gagnèrent la lisière du campus, où se trouvait le bâtiment de maintenance. Le Hummer jaune de Creem était dans le garage. Le chef de bande bling-bling avait sa main grassouillette posée sur un chariot de supermarché rempli des armes semi-automatiques que Gus lui avait promises. Son large sourire découvrait des dents argentées qui brillaient comme celles du chat du Cheshire dans sa grande bouche.

— Je vais faire du dégât avec ces pistolets à bouchon, dit-il en en braquant un sur la porte ouverte du garage.

Il regarda Fet, Eph et Nora.

— Il est où, le Mex ?

— Il nous rejoindra plus tard, répondit Fet.

Le chef des Saphirs rumina l'information avant de sembler estimer que ça ne posait pas de problème.

— Vous parlez en son nom ? J'ai fait une offre intéressante à ce bouffeur de fayots.

— Nous en sommes tous conscients.

— Et ?

— Nous paierons ce qu'il faudra. Mais d'abord, on veut voir le détonateur.

— Ouais, bien sûr. Ça peut s'arranger.

— S'arranger ? s'étonna Nora.

Elle regarda l'horrible 4 × 4 jaune.

— Je pensais que tu l'avais apporté…

— Apporté ? Je ne sais même pas à quoi ça ressemble. Vous me prenez pour MacGyver ? Non, je vous montre où il faut aller. Arsenal militaire. Si y en a pas là, y en a nulle part.

Nora échangea un regard avec Fet. Manifestement, ce Creem était un bel enfoiré.

— Tu nous conduis au magasin ? C'est ça, ta grande contribution ?

Creem lui sourit.

— L'info et l'accès au lieu. C'est ce que je mets sur la table.

— Pourquoi tu es venu ici si tu n'as pas encore le détonateur ?

Il brandit l'arme non chargée.

— Pour prendre mes flingues et avoir la réponse du Mex. Avec un peu de munitions pour ces petits engins…

Il ouvrit la portière côté chauffeur, extirpa quelque chose glissé entre les sièges avant : une carte du New Jersey, avec une autre carte, dessinée à la main, agrafée dessus.

— Voilà ce qu'il nous donne contre l'île de Manhattan, dit Nora à Fet et à Eph en leur montrant les cartes. Les Indiens ont fait une bien meilleure affaire que nous…

Creem eut l'air amusé.

— C'est une carte de l'arsenal de Picatinny. Vous voyez, il se trouve là, dans la partie nord des Skylands du New Jersey, à cinquante, soixante kilomètres seulement d'ici. Un terrain militaire immense contrôlé maintenant par les suceurs de sang. Je sais comment y entrer. Ça fait des mois maintenant que j'y pique des munitions. Mais le stock s'épuise, c'est pour ça que je suis là.

Il tapota les armes en les chargeant à l'arrière de son Hummer.

— Pendant la guerre de Sécession, c'était déjà un endroit où l'armée entreposait de la poudre. Juste avant que les vampires s'en emparent, c'était un centre de recherches et de fabrication de l'armée.

Fet leva les yeux de la carte.

— Ils ont des détonateurs ?

— S'ils n'en ont pas, personne n'en a. J'ai vu des mèches et des systèmes de retardement. Faut savoir le modèle dont vous avez besoin. Elle est ici, votre bombe nucléaire ? Je demande juste ça comme ça…

Fet ne répondit pas à cette question.

— Elle fait environ un mètre sur un mètre cinquante. Portable mais plus grande qu'une valise. Lourde. Comme un petit tonneau ou une poubelle.

— Vous trouverez quelque chose qui marchera. Ou pas. Je garantis rien, sauf de vous amener là-bas. Ensuite, vous emmenez votre machin le plus loin possible et vous voyez si ça marche. Y a pas de remboursement possible. Si ça pète pas, c'est votre problème, pas le mien.

— Tu ne nous offres quasiment rien, au total, estima Nora.

— Vous voulez faire les magasins quelques années de plus ? Vous gênez pas.

— Je suis contente que ça t'amuse.

— Ah, ça, je m'éclate, ma poule. Le monde entier me fait rigoler. Qu'est-ce que tu veux que je fasse ? Que je chiale ? Cette histoire de vampire est une blague énorme et, comme je vois les choses, on fait avec ou pas.

— Et toi, tu fais avec ?

— Je vais te dire, beauté chauve : personne ne m'empêchera de faire avec, et longtemps s'il le faut. Alors, vous, les rebelles, vous avez intérêt à allumer la mèche de ce machin loin de l'île. Prenez un morceau du… du Connecticut, par exemple. Mais mettez pas les pieds sur mon territoire. Ça fait partie du marché.

Fet souriait, à présent.

— Qu'est-ce que tu comptes faire avec cette île, quand elle sera à toi ?

— Je sais même pas. Personne peut voir si loin. J'ai jamais été propriétaire. Y a des travaux à prévoir, mais il est unique, ce coin. Je pourrais peut-être en faire un putain de casino. Ou une patinoire – pour vous, ça change rien.

Gus entra, les mains profondément enfoncées dans les poches, le visage crispé. Il portait des lunettes noires, mais si on regardait attentivement – comme le fit Nora – on pouvait voir qu'il avait les yeux rouges.

— Ah, le v'là ! s'exclama Creem. On a un accord hein, Mex ?

Gus hocha la tête.

— On a un accord.

— Attends, il ne nous donne rien à part ces cartes, protesta Nora.

Gus hocha de nouveau la tête : il n'était pas encore vraiment sur le coup.

— Ça peut se faire quand ?

— Pourquoi pas demain ? proposa Creem.

— Entendu pour demain. À une condition. Tu restes ici. Avec nous. Tu nous conduis là-bas avant l'aube.

— Tu me tiens à l'œil, Mex ?

— On te nourrira, promit Gus.

Creem hocha la tête.

— Ça marche. À point, mon steak, je te rappelle.

Il referma le coffre de son Hummer.

— C'est quoi, votre plan, à propos ?

— T'as pas vraiment besoin de le savoir, répondit Gus.

Creem les regarda tour à tour.

— On peut pas le piéger, cet enculé, j'espère que vous le savez.

— On peut si on a quelque chose qu'il veut, rétorqua Gus. Quelque chose dont il a besoin. C'est pour *ça* que je t'ai à l'œil…

JOURNAL D'EPHRAÏM GOODWEATHER

Cher Zack,

C'est la seconde fois que je t'écris ce qu'aucun père ne devrait jamais écrire à son fils : une lettre avant de se suicider. La première, c'était avant de t'amener au train, pour t'expliquer mes raisons de rester et de poursuivre un combat que je soupçonnais être une bataille perdue.

Je suis toujours ici et je mène toujours ce combat.

Tu m'as été enlevé de la plus cruelle des manières. Cela fait près de deux ans que tu me manques terriblement, que j'essaie de trouver un moyen de te libérer des griffes de ceux qui te détiennent. Tu me crois mort mais je ne le suis pas – pas encore. Je vis, je vis pour toi.

Je t'écris ces mots au cas où tu me survivrais et le Maître aussi. En ce cas – qui est à mes yeux le pire des scénarios possibles – j'aurai commis un crime grave contre l'humanité ou ce qui en restait. J'aurai sacrifié le dernier espoir de liberté de notre race asservie pour que tu puisses vivre, toi, mon fils. Que tu vives comme un être humain, non contaminé par cette plaie du vampirisme propagée par le Maître.

Mon espoir le plus cher est que tu te sois maintenant rendu compte que ce que fait le Maître est le mal sous sa forme la plus vile. Une sage maxime affirme que l'histoire est écrite par le vainqueur. Aujourd'hui, je ne parle pas d'histoire mais d'espoir. Nous avons eu autrefois une vie commune, Zack. Une belle vie, dans laquelle j'inclus aussi ta mère. Rappelle-toi cette vie, je t'en prie, son soleil, ses rires et sa joie. C'était ton enfance. Tu as dû grandir beaucoup trop vite et si tu ne sais plus trop qui t'aime vraiment, qui veut ton bien, c'est compréhensible et pardonnable. Je te pardonne tout. Pardonne-moi la trahison que je commets pour toi. Ma propre vie est un prix dérisoire à payer pour sauver la tienne, mais celle de mes amis et l'avenir de l'humanité... c'est un prix exorbitant.

J'ai souvent perdu espoir en moi, jamais en toi. Mon seul regret est que je ne verrai pas l'homme que tu deviendras. Puisse mon sacrifice te guider sur le chemin du bien.

J'ai maintenant une autre chose très importante à te dire. Si ce plan se termine aussi mal que je le crains, cela signifiera que je suis devenu un vampire. Et tu dois savoir qu'à cause du lien d'amour qui m'unit à toi mon être vampirique te cherchera sans cesse. Si, quand tu liras cette lettre, tu m'as déjà tué, je t'en remercie. Je t'en remercie infiniment. N'éprouve aucun sentiment de culpabilité, aucune honte, uniquement la satisfaction d'une bonne action accomplie. Je suis en paix.

Mais si pour une raison ou une autre tu ne m'as pas encore libéré, détruis-moi dès que tu en auras l'occasion, je t'en prie. C'est ma dernière requête. Il faudra aussi que tu exécutes ta mère. Nous t'aimons. Si tu as trouvé ce journal là où j'ai l'intention de le laisser – sur ton lit d'enfant, dans la maison de ta mère, Kelton Street, Woodside, Queens –, tu découvriras sous le lit un sac d'armes d'argent qui, je l'espère, te rendront la vie plus facile dans ce monde. C'est tout ce que j'ai à te léguer.

Le monde est cruel, Zachary Goodweather. Fais ce que tu peux pour le rendre meilleur.

Ton père,

Ephraïm Goodweather

UNIVERSITÉ COLUMBIA

Eph avait sauté le repas promis par Gus pour écrire sa lettre à Zack dans l'une des salles de cours désertes au bout du couloir. En cet instant, il haïssait le Maître plus qu'il ne l'avait jamais haï depuis le début de cette longue et terrible épreuve.

Il relisait à présent ses mots en s'efforçant de les voir avec les yeux de Zachary. Il n'avait jamais essayé auparavant de se mettre dans la tête de son fils. Qu'est-ce que Zack en penserait ?

Mon père m'aimait – oui.

Mon père a trahi ses amis et son peuple – oui.

Eph prit conscience que cette lettre accablerait Zack de culpabilité, que le poids du monde perdu pèserait sur ses épaules : son père avait choisi l'esclavage pour tous contre la liberté d'un seul.

Était-ce vraiment un acte d'amour ? Ou autre chose ?

Une tromperie. Une échappatoire. Zack survivrait dans la peau d'un esclave humain – *si* le Maître honorait sa part du marché – et la planète deviendrait un nid de vampires pour l'éternité.

Eph eut l'impression de s'éveiller d'un rêve fiévreux. Comment avait-il pu envisager un tel plan ?

C'était presque comme si, ayant laissé la voix du Maître pénétrer dans sa tête, il y avait aussi laissé entrer la corruption et la démence. Comme si la malfaisance du Maître s'était nichée dans son esprit et avait commencé à métastaser. Y songer lui fit craindre plus encore pour Zack, et surtout que Zack reste en vie à côté de ce monstre.

Entendant quelqu'un approcher dans le couloir, Eph referma son journal et le glissa sous son sac... juste au moment où la porte s'ouvrait.

C'était Creem, dont la masse emplissait presque le chambranle. Eph s'attendait à voir Quinlan et la présence du gangster le désarçonna. En même temps, il fut soulagé : Quinlan aurait sans doute compris la raison de sa détresse.

— Doc, je te cherchais. Envie d'être seul un moment, hein ?

— Pour mettre de l'ordre dans mes idées.

— J'ai besoin de toi ou du Dr Martinez mais elle est occupée.

— Je ne sais pas où elle est.

— Partie quelque part avec le gros balèze, le dératiseur, probable.

Creem entra, referma la porte, tendit un bras dont la manche était relevée jusqu'au coude. Il avait un pansement carré à l'avant-bras.

— Tu pourrais jeter un œil à la coupure que je me suis faite ? J'ai vu l'autre métèque, là, Joaquin. Il est foutu. Je voudrais me faire examiner. J'aimerais pas qu'il m'arrive la même chose qu'à lui...

— Euh, oui, bien sûr, répondit Eph en tâchant de se ressaisir.

Creem s'avança, Eph prit une lampe électrique dans son sac, la braqua sur l'avant-bras musclé. La peau avait une couleur saine à la lumière.

— Ote ton pansement.

Les doigts épais ornés de bagues d'argent s'activèrent. En même temps que le pansement, Creem arracha des poils noirs mais il ne broncha pas. Eph dirigea le faisceau sur la chair révélée. Pas de coupure, ni d'écorchure.

— Je ne vois rien.

— Parce qu'y a rien à voir, lâcha Creem.

Il regarda fixement Eph, attendant qu'il comprenne.

— Le Maître a dit que je devais te parler en privé.

Eph faillit faire un bond en arrière. La lampe lui échappa des mains, roula à ses pieds. Il la ramassa, tâtonna pour l'éteindre. Le chef de bande lui adressa un sourire argenté.

— C'est toi ? dit Eph.

— Et c'est toi ? J'aurais pas cru.

Creem se tourna vers la porte fermée avant de poursuivre :

— Ecoute, mon gars, faut que t'en fasses un peu plus, tu sais. Tu bosses pas assez ton rôle.

Eph l'écoutait à peine.

— Depuis combien de temps…

— Le Maître m'a contacté y a pas très longtemps. Putain, il avait niqué le reste de mon équipe. Mais respect. C'est lui le patron.

Un claquement de doigts argenté puis :

— Il m'a épargné, il avait un plan. Il m'a fait une offre, la même chose que ce que je vous ai demandé.

— Nous trahir… pour Manhattan ?

— Enfin, une partie. Un peu de marché noir, les putes, le jeu. Le Maître pense que ça aiderait à distraire les gens pour qu'ils se tiennent tranquilles.

— Alors… le détonateur… c'est un mensonge ?

— Non, c'est vrai. Je devais juste infiltrer votre groupe. C'est Gus qui m'a demandé d'en trouver un.

— Et le livre ?

— Le livre d'argent dont tout le monde parle à voix basse ? Le Maître a rien dit là-dessus. C'est ce que vous lui refilez ?

Contraint de jouer le jeu, Eph acquiesça de la tête.

— T'es bien le dernier à qui j'aurais pensé. Hé, les autres, ils vont bientôt regretter de pas avoir passé un marché avant nous.

Le sourire de Creem donnait la nausée à Eph.

— Tu crois vraiment que le Maître tiendra la promesse qu'il t'a faite ?

Le malfrat fit la grimace.

— Pourquoi pas ? Et tu penses qu'il la tiendra, pour toi ?

— Je n'en sais rien.

— Tu crois qu'il nous baisera la gueule ? dit Creem, dont la colère montait, soudain. Il te donnerait quoi, à toi ? T'as pas intérêt à me répondre que c'est cette ville…

— Mon fils.

— Et ?

— C'est tout.

— Rien d'autre ? Ton gamin… Contre ce foutu livre sacré et tes copains ?

— C'est ce qu'il veut.

Creem recula, feignit d'être impressionné, mais Eph devina qu'il le prenait pour un demeuré.

— Tu sais, ça m'a fait gamberger quand j'ai appris, pour toi. Pourquoi deux plans ? Il veut faire quoi, le Maître ? Il tiendra ses deux promesses ?

— Probablement ni l'une ni l'autre.

La réponse ne plut apparemment pas à Creem.

— Bref, je me suis dit qu'un de nous deux était le plan de secours. Et si tu lui donnes ce qu'il veut avant, à quoi je sers, moi ? Je me fais entuber et à toi le pactole…

Creem hocha la tête. Eph aurait dû accorder plus d'attention à la réaction du gangster mais il était trop perturbé. Trop épuisé. Il se voyait reflété dans ce mercenaire exsangue.

— Je crois que le Maître a essayé de me faire un gosse dans le dos. Je crois que si y a deux marchés, c'est comme si y en avait aucun. C'est pour ça que j'ai parlé aux autres de l'arsenal. Parce qu'ils y arriveront jamais. Parce que je vais régler l'affaire maintenant…

Eph prit soudain conscience de la proximité de Creem. Il regarda les mains de l'homme et elles étaient vides – mais fermées en poings.

— Attends, contra-t-il. Ecoute-moi. Je… je ne le ferai pas. C'était de la folie, ne serait-ce que d'y songer. Je ne me retournerai pas contre mes amis, et tu ne dois pas le faire non plus. Tu nous conduis au détonateur, nous le branchons sur la bombe de Fet et nous cherchons le Site noir du Maître. Comme ça, chacun obtient ce qu'il veut. Moi, je récupère mon garçon. Toi, tu as ton morceau d'immobilier. Et nous éliminons ce fumier une fois pour toutes.

Creem parut peser la proposition.

— Marrant, fit-il enfin. C'est exactement ce que j'aurais dit si les rôles étaient inversés et si t'étais sur le point de me doubler. *Adios*, doc.

Il attrapa Eph par le col, leva un gros poing aux phalanges argentées et l'abattit sur sa tempe. D'abord, Eph ne sentit pas le coup, il remarqua simplement le soudain tournoiement de la salle, l'effondrement des chaises sous le poids de son corps. Son crâne heurta le sol, la pièce devint blanche puis très, très noire.

La vision

Comme d'habitude, du feu surgirent les formes lumineuses. Eph demeura immobile, submergé, quand elles s'approchèrent de lui. L'énergie de l'une d'elles le frappa en plein plexus solaire. Il résista, lutta pendant ce qui lui parut une éternité. Une deuxième forme apparut, mais Ephraïm Goodweather n'abandonna pas. Il se battit courageusement, désespérément, jusqu'à ce qu'il revoie le visage de Zack dans le rougeoiement.

Papa, dit Zack, et il y eut de nouveau l'explosion.

Cette fois, Eph ne se réveilla pas. L'image fit place à un paysage d'herbe verte ondulant au vent sous un chaud soleil jaune.

Un pré. Et sûrement une ferme, pas loin.

Un ciel clair, bleu. Des nuages filant au-dessus d'arbres luxuriants.

Eph leva une main pour protéger ses yeux du soleil et mieux voir. Une simple ferme. Petite, en briques rouge vif, avec un toit de bardeaux noirs. Elle se trouvait à une bonne cinquantaine de mètres, mais il y parvint en trois enjambées.

De la fumée montait en volutes de la cheminée, en une formation parfaite, répétée. Le vent tourna, aplatit le cordon de fumée et le tuyau forma des lettres parfaitement lisibles.

... LEARZALEARZALEARZALEARZA...

Les lettres de fumée disparurent, se transformèrent en cendre légère qui descendit sur l'herbe.

Dans le mur de la ferme, une unique fenêtre à quatre carreaux. Eph en approcha son visage et quand il souffla sur le verre opaque son haleine le rendit transparent.

Une femme était assise à une vieille table dans la cuisine. Cheveux d'un blond éclatant, écrivant dans un épais cahier avec une magnifique plume d'oie en argent, démesurée, qu'elle trempait dans un encrier rempli de sang rouge.

Kelly tourna la tête vers la fenêtre, pas totalement, juste assez pour qu'Eph sache qu'elle sentait sa présence. La vitre s'embruma de nouveau et quand il l'éclaircit de son haleine Kelly avait disparu.

Il longea la ferme en cherchant une autre fenêtre ou une porte. Mais après avoir fait le tour du bâtiment de briques, il ne parvint même pas à retrouver le mur avec la fenêtre originelle. Les briques étaient devenues noires et tandis qu'il reculait la ferme devint château. La cendre avait noirci l'herbe, en aiguisant les brins, et chaque pas entaillait ses pieds nus.

Une ombre passa devant le soleil. Elle avait des ailes, comme un grand oiseau de proie, virant avant de s'éloigner, son ombre s'estompant sur l'herbe obscurcie.

En haut du château, une cheminée d'usine crachait une cendre noire dans le ciel, transformant une belle journée en nuit menaçante. Kelly apparut sur les remparts, Eph l'appela.

— Elle ne peut pas t'entendre, lui dit Fet.

Il portait sa combinaison de dératiseur et fumait un corona, mais il avait une tête de rat, de petits yeux rouges.

Eph regarda de nouveau le château et les cheveux blonds de Kelly s'envolèrent comme de la fumée. Elle devint Nora la chauve et disparut à l'intérieur du château.

— Nous devons nous séparer, dit Fet, ôtant le cigare de sa gueule avec une main d'homme, rejetant une fumée gris argent qui tournoya devant ses magnifiques favoris noirs. Nous n'avons pas beaucoup de temps.

Fet le rat fila vers le château et se glissa la tête la première dans une fissure des fondations, parvint à faire passer son gros corps entre deux pierres noires.

En haut, un homme se tenait sur une tourelle, vêtu d'une chemise d'ouvrier portant le logo de Sears. Matt, le compagnon de Kelly, premier remplaçant d'Eph comme figure paternelle, premier vampire qu'il avait tué. Alors qu'Eph le regardait, il eut une attaque, ses mains griffèrent sa gorge. Il se tordit, se plia en deux, cachant son visage, se contorsionnant… jusqu'à ce que ses mains s'écartent de sa tête. Ses majeurs s'étirèrent en épaisses serres et la créature se redressa, mesurant à présent vingt centimètres de plus. Le Maître.

Le ciel noir s'ouvrit, il plut à verse mais les gouttes, en touchant le sol, au lieu de l'habituel crépitement, émettaient un son ressemblant à « Papa ».

Eph chancela, se retourna et se mit à courir. Il tenta de distancer la pluie en traversant le pré à l'herbe coupante mais les gouttes le criblaient à chaque pas, criant dans ses oreilles : « Papa ! Papa ! Papa ! » Puis tout s'éclaira. La pluie cessa, le ciel devint une coque de cramoisi. L'herbe avait disparu et le sol de terre reflétait la rougeur du ciel, exactement comme le fait l'océan. Au loin, une silhouette approcha. Quand elle fut plus près, Eph put mieux estimer sa taille. C'était apparemment une forme humaine et masculine, mais au moins trois fois plus grande que lui. Elle s'arrêta à quelque distance, bien que sa taille la fît paraître proche. C'était un géant, mais aux proportions tout à fait normales. Vêtu, ou plutôt enveloppé, d'un nimbe de lumière.

Eph tenta de parler. Il n'avait pas peur de cette créature. Il se sentait seulement écrasé. Quelque chose murmura dans le dos du géant. Deux grandes ailes d'argent se déployèrent en même temps, d'une envergure supérieure encore à la taille de la créature. Le souffle de leur mouvement fit reculer Eph d'un pas. Les bras le long du corps, l'archange – ce ne pouvait être autre chose – battit encore deux fois des ailes et s'envola.

Il plana, bras et jambes détendus, ses grandes ailes faisant tout le travail, vola vers Eph avec une grâce et une aisance surnaturelles. Il se posa devant lui, le dominant de toute sa hauteur. Quelques plumes d'argent se détachèrent de lui, tombèrent, tuyau en avant, et s'enfoncèrent dans la terre rouge. Une autre flotta vers Eph, qui la saisit. Elle se transforma en épée d'argent à poignée d'ivoire.

L'archange se pencha vers Eph, le visage encore dissimulé par le nimbe qu'il projetait. Sa lumière semblait étrangement froide, presque brumeuse.

Il semblait fixer quelque chose derrière Eph qui, à contrecœur, se retourna.

À une petite table installée au bord d'une falaise était assis Eldritch Palmer, ancien patron du groupe Stoneheart, vêtu de son habituel costume sombre, un bandeau frappé d'une croix gammée rouge à la manche droite, utilisant une fourchette et un couteau pour manger un rat mort servi sur une assiette en porcelaine. Une forme floue apparut à droite, un gros loup blanc se ruant vers la table. Palmer ne leva pas les yeux. Le loup blanc lui sauta à la gorge, le fit tomber de sa chaise, lui déchira le cou.

L'animal se figea, regarda Eph et courut vers lui. Eph ne s'enfuit pas, ne leva pas son épée. Le loup ralentit, ses pattes projetant de la terre. Le sang de Palmer tachait la fourrure neigeuse de sa gueule.

Eph reconnut les yeux du loup. C'étaient ceux d'Abraham Setrakian. Comme sa voix :

Ahsudagu-wah.

Eph secouait la tête sans comprendre quand une grande main l'empoigna. Il sentit battre les ailes de l'archange lorsqu'il le souleva de la terre rouge. Sous lui, le sol rapetissait et changeait. À l'approche d'une grande étendue d'eau, ils virèrent à droite, survolèrent un immense archipel. L'archange descendit, plongea droit sur l'une parmi ce millier d'îles.

Ils se posèrent sur un terrain vague en forme de bassin, jonché de fer tordu et d'acier fumant. Des vêtements déchirés, des papiers à demi brûlés parsemaient des ruines calcinées. L'île était le ground zero de quelque catastrophe. Eph se tourna vers l'archange mais il avait disparu. À sa place il y avait une porte. Toute simple, solitaire dans son encadrement. Sur la pancarte qui y était fixée, une main d'enfant avait tracé cette mise en garde, illustrée par des pierres tombales, des squelettes et des croix :

VOUS ÊTES MORT SI VOUS ENTREZ !

Eph connaissait cette porte. Et cette écriture. Il tendit la main vers la poignée, l'abaissa, entra.

Le lit de Zack. Le journal d'Eph était posé dessus mais, au lieu de sa couverture en lambeaux, il était plaqué argent, devant et derrière.

Eph s'assit sur le lit, sentit l'affaissement familier du matelas, l'entendit grincer. Il ouvrit son journal et ses pages de parchemin étaient celles de l'*Occido Lumen*, écrites à la main et rehaussées d'enluminures.

Plus extraordinaire encore, Eph était capable de lire et de comprendre les mots latins. Il perçut le subtil filigrane qui révélait un second texte sous le premier. Il le comprit. À cet instant, il comprit tout.

Ahsudagu-wah…

Alors, comme appelé par ce mot, le Maître franchit la porte sans murs. Il rejeta en arrière la capuche qui dissimulait son visage et ses vêtements tombèrent. La lumière du soleil calcina sa peau, la rendit noire et croustillante. Des vers se tortillaient sous la chair de sa figure.

Le Maître voulait le livre. La plume qu'Eph tenait à la main redevint une magnifique épée d'argent mais, au lieu d'attaquer, il renversa sa prise sur la poignée de l'arme et la tint pointe en bas, comme l'enjoignait le *Lumen*.

Au moment où le Maître se ruait sur lui, Eph enfonça la lame d'argent dans le sol noir. Une première onde de choc partit de la terre telle une ride dans l'eau. L'éruption qui suivit fut d'une puissance divine, une boule de feu aveuglante qui anéantit le Maître et tout ce qui l'entourait, ne laissant qu'Eph, qui regardait fixement ses mains, des mains qui avaient accompli cet acte. Des mains juvéniles – pas les siennes.

Il leva les bras, toucha son visage. Il n'était plus Eph.

Il était Zack.

L'ÉVEIL AU FEU

UNIVERSITÉ COLUMBIA

Réveillez-vous, Goodweather.

La voix de l'Enfanté lui fit reprendre conscience. Eph ouvrit les yeux. Il gisait sur le sol, Quinlan debout à côté de lui.

Que s'est-il passé ?

Quitter la vision pour retourner à la réalité fut un choc. Passer d'une surcharge sensorielle à une privation sensorielle. Dans son rêve, il avait eu l'impression d'évoluer dans une des pages enluminées du *Lumen*. Ce qui lui avait paru plus que réel.

Il se redressa sur les coudes, sentit un mal de crâne. Un côté du visage douloureux. Au-dessus de lui, la figure de Quinlan avait sa pâleur crue habituelle.

Eph cligna des yeux, s'efforça de chasser un reste d'effet hypnotique de sa vision qui collait à lui comme un placenta gluant.

— Je l'ai vu, dit-il.

Vous avez vu quoi ?

Eph entendit alors un bruit de percussion en approche, qui passa au-dessus d'eux et secoua le bâtiment. Un hélicoptère.

Nous sommes attaqués.

Quinlan l'aida à se mettre debout.

— Creem, dit Eph. Il a informé le Maître de notre position. Le Maître sait maintenant que nous avons le *Lumen*.

Quinlan se tourna vers la porte et se tint immobile, comme s'il écoutait.

Ils ont emmené Joaquin.

Eph entendit des bruits de pas, légers et distants. Des pieds nus. Des vampires. Il plongea le regard dans les yeux rouges de l'Enfanté en se remémorant la fin de son rêve, le chassa aussitôt de son esprit pour se concentrer sur la menace présente.

Donnez-moi votre deuxième épée.

Eph la lui tendit. Après avoir récupéré son journal et remis son sac sur son dos, il suivit Quinlan dans le couloir. Ils tournèrent à droite, trouvèrent l'escalier menant au sous-sol, descendirent et s'engagèrent dans les corridors souterrains. Des vampires rôdaient déjà dans les passages. Des bruits parvinrent à Eph, comme portés par un courant. Des cris humains, des cliquetis de lames s'entrechoquant.

Eph empoigna son épée, alluma sa lampe électrique. Quinlan avançait rapidement, Eph s'efforçait de rester à sa hauteur. Soudain l'Enfanté se rua en avant et quand Eph tourna le coin du couloir le faisceau de sa torche se posa sur deux vampires décapités.

Derrière vous.

Une autre créature sortit d'une pièce, Eph pivota et lui enfonça sa lame dans la poitrine. L'argent affaiblit le vampire et Eph retira vivement son épée pour lui trancher le cou.

Quinlan et lui progressèrent ainsi dans les passages de l'asile souterrain. Un escalier marqué par la peinture fluorescente de Gus les mena à un couloir conduisant à un autre escalier. Ils remontèrent, sortirent du bâtiment de mathématiques situé près du centre du campus, derrière la bibliothèque. Leur présence attira immédiatement l'attention des vampires qui avaient envahi l'université et qui se jetèrent sur eux de toutes parts sans se soucier de leurs armes d'argent. Grâce à sa vitesse stupéfiante et à son immunité naturelle aux vers infectieux contenus dans le sang blanc des créatures, Quinlan tuait trois fois plus de *strigoï* que Goodweather.

Un hélicoptère de l'armée approcha de l'eau, vira au-dessus des bâtiments du campus. Eph vit la mitrailleuse qui y était montée mais son esprit rejeta dans un premier temps cette image. Il repéra la tête chauve d'un vampire derrière le long canon, entendit les détonations mais demeura incapable d'analyser cette information avant de voir les impacts de balles sur les dalles de l'allée, près de ses pieds : une rafale dirigée sur Quinlan et lui. Seule l'inexpérience du vampire en matière de tir les sauva, causant des blessures à quelques autres créatures. Eph et Quinlan coururent se mettre à couvert sous le surplomb du bâtiment le plus proche tandis que l'hélicoptère décrivait un cercle pour revenir à la charge.

Ils se précipitèrent vers l'entrée, hors de vue pour le moment, mais ne pénétrèrent pas dans le bâtiment : le risque était trop grand de s'y retrouver piégés. Eph tira sa lunette de son sac, la tint devant son œil juste assez longtemps pour voir des dizaines de silhouettes vertes de vampires entrer dans la cour en forme d'amphithéâtre, tels des gladiateurs appelés au combat.

Quinlan se trouvait toujours près d'Eph. Immobile, il regardait droit devant lui, comme s'il voyait quelque chose quelque part ailleurs.

Le Maître est ici.

— Quoi ? s'exclama Eph en regardant autour de lui. Il doit être venu pour le livre.

Le Maître est ici pour tout.

— Où est le livre ?

Fet le sait.

— Pas vous ?

Je l'ai vu pour la dernière fois dans la bibliothèque. Il l'avait dans les mains et cherchait de quoi en fabriquer un faux...

— Alors, allons-y, dit Eph.

Quinlan n'hésita pas. L'immense bibliothèque surmontée d'un dôme se trouvait presque droit devant eux, en face du bassin de la cour. Il s'élança de l'entrée, quitta l'abri du surplomb, abattit son épée sur un vampire qui se ruait vers lui. Eph le suivit, vit l'hélico revenir vers eux par la droite. La mitrailleuse tirait maintenant en semi-automatique, arrachant au granit des éclats qui criblèrent les mollets de Goodweather.

L'appareil ralentit, s'immobilisa au-dessus de la cour pour donner au tireur plus de stabilité. Eph plongea entre les deux gros piliers du portique de la bibliothèque, qui le mirent partiellement à l'abri des balles. Devant lui, un vampire s'approcha de l'Enfanté et, pour récompense, se fit arracher la tête. Quinlan tint la porte ouverte pour Eph, qui se précipita à l'intérieur.

Il s'arrêta à mi-chemin de la rotonde, sentit la présence du Maître quelque part dans la bibliothèque. Ce n'était ni une odeur ni une vibration ; c'était la façon dont l'air bougeait dans le sillage de la Créature, se retournant sur lui-même et créant de curieux contre-courants.

Quinlan dépassa Eph, pénétra dans la principale salle de lecture.

Eph entendit des bruits lointains ressemblant à des livres tombant par terre.

— Fet ! appela-t-il. Nora !

Pas de réponse. Il courut derrière Quinlan mais, conscient de la présence du Maître, il gardait son épée à la main, l'agitant devant lui. À un moment, il perdit de vue l'Enfanté, prit sa lampe dans son sac et l'alluma.

À l'abandon depuis près d'un an, la bibliothèque était devenue un nid à poussière et le cône lumineux de la lampe éclaira des particules suspendues dans l'air. Lorsque Eph braqua sa torche le long des rayonnages vers un espace découvert, à l'autre bout de la salle, il remarqua une rupture dans la poussière, comme si quelque chose se déplaçait trop vite pour que l'œil puisse le voir. Cette rupture, ce réarrangement de particules, filait droit sur lui à une vitesse incroyable.

Violemment repoussé par-derrière, il s'effondra, leva les yeux juste à temps pour voir Quinlan asséner un coup de taille à l'air qui avançait. Son épée ne rencontra que du vide, mais il enchaîna en plaçant son corps de manière à parer l'assaut qui suivit. Le choc fut terrible, mais l'Enfanté était prêt.

Un rayonnage de livres s'écroula près d'Eph, le montant d'acier s'enfonça dans le sol moquetté. La perte d'élan du Maître révéla son corps, roulant sur les étagères renversées. Eph entrevit le visage sombre – un instant, juste le temps de distinguer les vers grouillant sous la surface de la chair – avant que la Créature se relève.

Feinte classique. Quinlan s'était éclipsé afin de pousser le Maître à se jeter sur un Eph présumé sans défense et de pouvoir le prendre à revers quand il attaquerait. Le Maître le comprit en même temps qu'Eph, peu habitué qu'il était à se faire berner.

Furieuse, la Créature décocha un coup à l'Enfanté, le projetant contre le rayonnage d'en face.

Puis elle s'éloigna vivement, tache noire retraversant la rotonde.

Le vampire de naissance se releva rapidement, tendit sa main libre à Eph pour l'aider à se mettre debout. Ils s'élancèrent derrière le Maître tout en cherchant leurs amis des yeux.

Eph entendit un cri, crut reconnaître la voix de Nora et se rua dans une salle adjacente. Il la découvrit braquant sa torche sur des vampires entrés par l'autre côté. L'un d'eux la menaçait, perché en haut d'une étagère, deux autres bombardaient Fet de livres. Quinlan bondit vers le *strigoï* juché sur l'étagère, lui trancha le cou et retomba dans l'allée suivante, le tout dans le même mouvement. Libérée, Nora put s'attaquer aux lanceurs de livres. Eph sentait la présence du Maître mais n'arrivait pas à le prendre dans le faisceau de la lampe. Les vampires servaient de diversion, Eph en avait conscience, mais ils constituaient aussi une véritable menace en soi. Descendant au pas de course une allée parallèle à celle de Fet et Nora, il tomba sur deux autres créatures qui arrivaient en courant de la porte la plus éloignée.

Elles se ruèrent sur lui. Il les supprima facilement – trop facilement. Leur objectif était simplement de détourner son attention. Un autre vampire entra mais Eph, avant de l'attaquer, risqua un œil au bout de l'allée.

Fet frappait en tous sens, protégeant son visage et ses yeux des livres que les *strigoï* jetaient sur lui.

Eph se retourna, esquiva le vampire qui était presque sur lui, lui enfonça sa lame dans la gorge. Deux autres apparurent à la porte et il se préparait à les affronter quand il reçut un coup puissant sur l'oreille droite. Il pivota, découvrit dans le faisceau de sa lampe un troisième vampire, à cheval sur les étagères, qui lui jetait des livres. Eph comprit qu'il devait sortir de là au plus vite.

Tout en combattant la paire de *strigoï* qui s'était dressée devant lui, il vit Quinlan surgir de l'arrière de la salle. D'un coup d'épaule, l'Enfanté fit tomber le lanceur de livres de son perchoir, le saisit et l'expédia à l'autre bout de la salle… puis se figea. Il se tourna dans la direction de Fet. Suivant son regard, Eph fit de même.

Au moment où la large lame de Fet éventrait un vampire particulièrement déchaîné, le Maître sauta des étagères et atterrit derrière lui. Sentant la présence de la Créature dans son dos, Fet voulut se retourner pour lui porter un coup d'épée. Mais le Maître empoigna le sac à dos du dératiseur et tira vers le bas. Le sac glissa jusqu'aux coudes de Fet, lui bloquant les bras derrière lui. Il aurait pu se libérer, mais aurait dû pour cela abandonner son sac. L'Enfanté se rua vers le Maître qui, de l'ongle tranchant de son majeur semblable à une serre, venait de couper les bretelles du sac. De son autre main, il saisit le dératiseur et le lança – aussi facilement qu'un livre – sur Quinlan.

La collision fut violente et bruyante.

Eph vit le Maître, tenant à la main le sac de livres. Nora, plantée au bout de sa rangée, lui faisait maintenant face, l'épée à la main. Ce que Nora ne voyait pas – contrairement au Maître et à Goodweather –, c'était les deux vampires femelles qui couraient en haut des étagères, droit sur elle.

Eph cria pour la prévenir, mais elle était comme pétrifiée. Le murmure du Maître, probablement. Eph cria de nouveau en chargeant le Maître, l'épée brandie.

Le Maître para adroitement, il avait anticipé l'assaut – mais pas l'objectif réel de Goodweather. La lame visait non pas la chair du Maître mais les bretelles du sac, juste en dessous de la main qui les tenait. Le sac tomba sur le sol de la bibliothèque. Emporté par son élan, Eph passa à quelques centimètres du Maître et le mouvement suffit à tirer Nora de sa torpeur. Elle se retourna, découvrit les deux vampires au-dessus d'elle, prêts à frapper. Leurs aiguillons se détendirent mais l'épée d'argent de Nora les repoussa.

Le Maître décocha à Eph un regard chargé de dégoût et de fureur. Déséquilibré, Goodweather était vulnérable, mais Quinlan s'était relevé. Le Maître ramassa le sac de livres avant Eph et fila vers la porte de derrière.

Quinlan jeta un coup d'œil à Eph puis se précipita derrière le Maître et franchit la porte.

Quelque part au sous-sol, Gus frappa de son épée le suceur de sang qui courait vers lui, lui trancha le cou avant qu'il s'effondre. Il remonta à la salle de cours où il avait laissé Joaquin et le trouva allongé sur le bureau, la tête sur une couverture repliée. Il aurait dû être plongé dans un profond sommeil narcotique mais il avait les yeux ouverts et fixait le plafond.

Gus comprit. Malgré l'absence de symptômes évidents – il était trop tôt pour cela –, il savait que Quinlan avait raison. Conjugués, l'infection bactérienne, les médicaments et la piqûre du vampire avaient plongé Joaquin dans un état stuporeux.

— *Adios*.

Gus l'acheva. Un coup d'épée rapide, puis il demeura immobile, les yeux fixés sur son ami, jusqu'à ce que des bruits provenant de l'intérieur du bâtiment le remettent en mouvement. Dehors, l'hélicoptère était de retour. Il entendit des détonations, décida de sortir. Mais d'abord il retourna dans les passages souterrains, tailla en pièces deux malheureux vampires qui se mirent en travers de son chemin quand il se rendit au local de rechargement. Il prit toutes les batteries sur les chargeurs, les jeta dans un sac avec ses lampes et ses lunettes à vision nocturne.

Il était seul maintenant, vraiment seul. Et sa planque était grillée.

Il attacha une Luma à sa main gauche, empoigna son épée et partit casser du vampire.

Eph monta une volée de marches en cherchant une issue. Il fallait qu'il sorte du bâtiment. Une porte lui donna accès à une zone de chargement et à la fraîcheur humide de la nuit. Il éteignit sa lampe, tenta de s'orienter dans le noir. Pas de vampires. Pour le moment. L'hélicoptère se trouvait quelque part de l'autre côté de la bibliothèque, au-dessus de la cour. Eph prit la direction du garage-atelier où Gus gardait ses armes lourdes. Leur groupe était très largement inférieur en nombre aux vampires et le combat au corps à corps tournait à l'avantage du Maître. Il leur fallait une plus grande puissance de feu.

En courant d'un bâtiment à l'autre, s'attendant à tout moment à une attaque, il prit conscience d'une présence sur les toits. Une créature le suivait. Il ne fit qu'entrevoir une vague silhouette, mais il ne lui en fallut pas davantage. Il savait qui c'était.

En approchant du garage, il remarqua de la lumière à l'intérieur. Cela voulait dire une lampe, et une lampe voulait dire un être humain. Eph courut vers l'entrée, assez près pour remarquer que la porte était ouverte.

Il aperçut la calandre lourdement argentée d'un véhicule, le Hummer jaune de Creem, garé à l'intérieur.

Il croyait le gangster parti depuis longtemps mais, en tournant le coin, Eph découvrit sa silhouette aisément reconnaissable en forme de tonneau. Creem chargeait des outils et des batteries à l'arrière du 4 × 4.

Goodweather avança rapidement et en silence, dans l'espoir de surprendre cet homme beaucoup plus costaud que lui. Mais Creem était sur ses gardes. Il se retourna d'un bloc, saisit le poignet armé levé sur lui, projeta Eph contre le Hummer.

Le chef des Saphirs approcha son visage si près de celui de Goodweather que celui-ci put sentir dans son haleine l'odeur de la nourriture pour chiens et distinguer des miettes encore collées à ses dents argentées.

— Tu t'imaginais que j'allais me faire baiser par un connard de petit bourge comme toi ? Tu t'es gamellé, là, mon pote.

Creem ramena en arrière sa main massive serrée en un poing aux jointures d'argent. Au moment où il la projetait vers le visage d'Eph, une mince forme surgit de devant la voiture, lui saisit le bras et le repoussa vers le fond du garage.

Eph s'écarta du Hummer en peinant pour retrouver sa respiration. Il alluma sa lampe, la braqua sur Creem et le nouveau venu.

Un vampire, qui grondait et griffait le chef de bande, lequel se défendait comme il pouvait grâce à ses bagues criardes et les lourdes chaînes d'argent pendant à son cou. La créature, qui crachait et se tortillait en tous sens, entailla la cuisse de Creem avec son long majeur en forme de serre, provoquant une douleur si vive que le voyou s'écroula.

Eph braqua sa torche sur la tête du vampire. Kelly. Elle l'avait sauvé de Creem… parce qu'elle le voulait pour elle seule. Grondant dans la lumière de la lampe, elle abandonna le malfrat blessé pour se diriger vers Eph. Celui-ci chercha son épée à tâtons sur le sol du garage, ne parvint pas à la trouver. Il plongea la main dans son sac pour prendre l'autre, se souvint de l'avoir laissée à Quinlan. Il recula, espérant sentir sous ses pieds l'épée tombée au sol, mais son souhait ne fut pas exaucé.

Kelly approchait, les jambes fléchies, un rictus de plaisir anticipé sur son visage de vampire. Enfin, elle était sur le point de s'emparer de son Être cher.

Ce rictus fit place à une expression de surprise et de frayeur quand, plissant les yeux, elle regarda par-dessus l'épaule de Goodweather.

Quinlan était arrivé. L'Enfanté vint se poster à côté d'Eph, l'épée d'argent à la main, la pointe luisante de sang blanc.

Kelly émit un sifflement et se raidit. Eph ignorait quels mots ou sons le vampire de naissance infiltrait dans la tête de Kelly, mais ils la déconcentrèrent et provoquèrent sa rage. Jetant un coup d'œil à Quinlan, il ne vit pas le sac de Fet. Le livre avait disparu.

Eph, qui se trouvait maintenant à hauteur de la portière avant du Hummer, aperçut à l'intérieur les armes automatiques que Gus avait livrées à Creem. Tandis que l'Enfanté imposait sa puissance psychique à Kelly, Eph monta dans le 4 × 4, saisit l'arme la plus proche, enroula la bretelle autour de son avant-bras. Il ressortit et fit feu sur Kelly, la mitraillette tressautant dans ses mains.

La première rafale manqua sa cible, Kelly s'était mise en mouvement, sautant par-dessus le toit du Hummer pour échapper aux balles. Eph fit rapidement le tour du véhicule et tira à nouveau sur Kelly, qui sortait du garage en courant. Elle escalada le mur du bâtiment jusqu'au toit et disparut.

Eph retourna immédiatement dans le garage, où Creem s'était relevé et tentait de s'approcher du Hummer. Eph se dirigea vers lui en braquant l'arme fumante sur l'énorme poitrine du chef de bande.

— C'est quoi, ce bordel ? s'écria Creem en baissant les yeux vers le sang qui tachait sa jambe de pantalon tailladée. Y a combien de monstres qui se battent pour t'avoir ?

Eph se tourna vers Quinlan.

— Que s'est-il passé ?

Le Maître. Il est parti. Loin.

— Avec le *Lumen*.

Fet et Nora arrivèrent en courant, hors d'haleine.

— Surveillez-le, dit Eph à Quinlan.

Il se précipita dehors pour éliminer d'éventuels poursuivants, n'en repéra aucun.

Il revint à l'intérieur, où Fet et Nora s'efforçaient encore de retrouver leur souffle.

— Il faut sortir d'ici, dit Fet entre deux inspirations pantelantes.

— Le Maître a le *Lumen*, déclara Goodweather.

— Tout le monde va bien ? demanda Nora en voyant Creem avec Quinlan. Où est Gus ?

— Vous m'avez entendu ? s'emporta Eph. Le Maître a le livre. Nous sommes foutus.

Nora regarda Fet et sourit. D'un doigt, il décrivit un cercle dans l'air et elle se retourna pour qu'il puisse ouvrir le sac accroché au dos de sa partenaire. Il en tira un paquet enveloppé de vieux journaux, le déballa.

Il contenait le *Lumen* désargenté.

— Le Maître a seulement la Bible de Gutenberg sur laquelle je travaillais, expliqua-t-il, souriant plus de sa propre intelligence que de l'issue heureuse de l'épisode qu'ils venaient de vivre.

Eph dut toucher le livre pour se convaincre de sa réalité. Il se tourna vers l'Enfanté pour en avoir confirmation.

— Le Maître doit être furax, à l'heure qu'il est, commenta Nora.

— Non, répondit Fet. Le livre a l'air vrai. Je crois que le Maître sera ravi…

— Vite ! s'exclama Eph. Il faut partir. Tout de suite.

Quinlan saisit brutalement Creem par la nuque et Nora s'en étonna :

— Qu'est-ce que vous faites ?

— C'est lui qui a amené le Maître ici, révéla Eph en pointant brièvement son arme sur le mastodonte. Mais il a changé d'avis. Il va nous aider, maintenant. Il nous conduira à l'arsenal pour y prendre le détonateur. Mais d'abord, il nous faut la bombe.

Fet remballa le *Lumen* et le remit dans le sac à dos de Nora.

— Je peux vous amener là-bas.

Eph se glissa derrière le volant du Hummer, posa la mitraillette sur la plage avant.

— Montre-moi le chemin.

— Attends, dit Fet en s'asseyant sur le siège passager. Il faut d'abord récupérer Gus.

Les autres montèrent dans la voiture et Goodweather démarra. Les phares s'allumèrent, éclairant deux vampires qui venaient dans leur direction.

— Accrochez-vous !

Eph appuya sur l'accélérateur, fonça droit sur les *strigoï*, les percuta avec la calandre d'argent, les tuant sur le coup. Il tourna sèchement à droite, quitta la route, roula sur une pelouse poussiéreuse, monta deux marches et se retrouva sur une allée du campus. Fet prit la mitraillette et baissa sa vitre, passa le torse dehors, arrosa de balles les groupes de deux ou trois vampires avançant vers eux.

Eph tourna le coin d'un des plus grands bâtiments de l'université, écrasa un vieux râtelier à vélos. Avisant l'arrière de la bibliothèque, il accéléra, évita une fontaine à sec et renversa deux autres vampires égarés. Parvenu devant la façade du bâtiment, il découvrit l'hélicoptère suspendu au-dessus de la cour du campus.

Les yeux fixés sur l'hélico, il ne vit qu'au dernier moment la longue volée de larges marches descendant devant lui.

— Attention ! cria-t-il à Fet, toujours penché par la fenêtre, et à Nora, qui manipulait les armes à l'arrière.

Le Hummer plongea et rebondit sur les marches. Les passagers du véhicule furent rudement secoués, la tête de Goodweather heurtant le plafond. Ils parvinrent en bas de l'escalier après une dernière embardée et Eph tourna à gauche, vers la statue du *Penseur* installée devant le bâtiment de philosophie, près de l'endroit où il avait vu l'hélicoptère.

— Là-bas ! brailla Fet en tendant le bras.

Gus apparut avec sa lampe Luma près de la statue derrière laquelle il s'était abrité pour échapper aux rafales venues de l'hélicoptère. Quand l'appareil vira en direction du Hummer, Fet leva son arme et se mit à tirer d'une seule main sur l'appareil tout en s'agrippant de l'autre à la galerie de la voiture, forçant le tireur adverse à cesser le tir pour se mettre à l'abri dans le fond de la carlingue. Eph fonça vers la statue, pulvérisa un autre vampire avant de s'arrêter devant Gus.

L'arme de Fet s'enraya. Gus s'approcha en courant, vit Eph derrière le volant, ouvrit la portière derrière lui.

— File-moi une de ces pétoires ! enjoignit-il à Nora.

Elle s'exécuta, il porta la mitraillette à son épaule, tira sur l'hélicoptère, d'abord une balle à la fois, en visant soigneusement, puis par courtes rafales.

L'hélicoptère recula, tourna rapidement sur lui-même puis piqua de l'avant et s'éloigna. Trop tard : Gus avait touché le pilote, qui bascula de son siège, une main encore sur le manche à balai.

L'appareil piqua de nouveau, se renversa sur le flanc et tomba dans l'angle de la cour, écrasant sous lui un autre vampire.

— Ça t'apprendra, enculé, marmonna Gus.

L'hélico s'embrasa. Fait remarquable, un vampire parvint à s'extirper de la carcasse en flammes et courut vers eux.

Gus l'abattit d'une salve dans la tête.

— Monte ! hurla Eph par-dessus le sifflement dans ses oreilles.

Gus regarda à l'intérieur du véhicule. Il avait plutôt envie de rester et de trucider tous les suceurs de sang qui avaient osé envahir son territoire. Puis il vit Nora qui pressait le canon de son arme contre le cou de Creem.

— Qu'est-ce qui se passe ?

— Monte, on te dit !

Sur les indications de Fet, Eph prit à l'est pour traverser Manhattan, ensuite au sud, puis de nouveau vers l'est, en direction du bord de l'eau. Pas d'hélicoptère, personne ne semblait les suivre. Le Hummer jaune vif était un peu trop voyant, mais ils n'avaient pas le temps de changer de voiture.

Ils gagnèrent rapidement le terminal du ferry, où Fet avait remarqué qu'un remorqueur était toujours amarré, en cas d'urgence.

Il courut s'installer au poste de commande dès qu'ils furent tous montés à bord, lança le bateau sur les eaux agitées de l'East River.

— Quelqu'un peut m'expliquer ? demanda Gus en indiquant Creem, surveillé à présent par Eph.

— Il était de mèche avec le Maître, répondit Nora. Il lui a donné notre position.

Gus s'approcha de Creem en se tenant au bastingage du remorqueur secoué.

— C'est vrai ?

Le gangster, apparemment plus fier qu'effrayé, montra ses dents d'argent.

— J'ai passé un accord, Mex. Un bon.

— T'as amené les suceurs de sang dans mon jardin ? Tu les as menés à Joaquin ?

La tête inclinée sur le côté, Gus scrutait le visage de Creem et semblait sur le point d'exploser.

— En temps de guerre, on pend les traîtres, grosse merde. Ou on les colle devant un peloton d'exécution. Tu le sais, ça, non ?

— À propos de traître, faut que tu saches que je ne suis pas le seul, *hombre*.

Creem sourit et se tourna vers Eph. Gus suivit la direction de son regard, les autres aussi.

— Y a autre chose qu'on sait pas ? demanda Gus.

— Le Maître m'a contacté par l'intermédiaire de ta mère, reconnut Eph. Il m'a proposé un marché pour mon fils. Et j'ai été assez fou, ou assez faible, ou ce que vous voudrez, pour envisager d'accepter. Je me laissais plusieurs options. Je sais maintenant que c'était perdu d'avance, mais…

— Alors, ton grand plan, ton idée de génie d'offrir le livre au Maître pour le piéger… c'était pas un piège, tout compte fait…

— Si. À condition que ça marche. Je jouais sur les deux tableaux, j'étais désespéré.

— On est tous désespérés, rétorqua Gus. Mais aucun de nous n'aurait balancé les autres.

— Je fais preuve de franchise, là, argua Goodweather. Je savais que c'était condamnable. Mais je l'ai quand même envisagé.

Gus se jeta soudain sur lui, un couteau d'argent à la main. Quinlan, réagissant en une fraction de seconde, s'interposa et retint Gus en lui posant une main à plat sur la poitrine.

— Laisse-le-moi, gronda Gus. Laisse-moi le buter tout de suite.

Goodweather a autre chose à nous dire.

La partie phare de Roosevelt Island devint visible.

— Je sais où est le Site noir, lâcha Eph.

Par-dessus l'épaule de Quinlan, Gus lui lança un regard haineux.

— Encore une de tes conneries ! cracha-t-il.

— Je l'ai vu, argua Eph. Creem m'a mis KO et j'ai eu une vision.

— *Une vision ?* s'exclama Gus. Hé, il a fini par craquer ! Ce mec est fêlé !

Eph devait convenir que cela paraissait plus qu'un peu fou. Il ne savait pas comment les convaincre.

— J'ai eu une… une révélation.

— D'abord traître, maintenant prophète ! ricana Gus en tentant de contourner Quinlan pour atteindre Goodweather. Tu te fous de nous, oui !

— Écoute, je sais que ça semble bizarre, admit Eph. Mais j'ai vu des choses. Un archange est venu à moi…

— *Oh, putain !*

— Avec de grandes ailes d'argent…

Gus chercha de nouveau à l'atteindre et l'Enfanté s'interposa – sauf que cette fois Gus tenta de l'écarter. Quinlan arracha le couteau de la main de Gus en lui broyant presque les os, puis cassa la lame en deux et jeta les morceaux par-dessus bord.

Pressant sa main endolorie, Gus recula comme un chien qui vient de recevoir un coup de pied.

— Marre de ce mec et de ses conneries de camé !

Il a lutté contre lui-même, comme Jacob... comme tous les leaders que cette terre a jamais portés. Ce n'est pas la foi qui distingue les vrais chefs. C'est le doute. Leur capacité à le surmonter.

— L'Archange… m'a montré… Il m'a emmené là-bas, dit Eph.

— Il t'a emmené où ? demanda Nora. Au site ? Où est-ce ?

Eph craignait que sa vision n'ait commencé à s'estomper de sa mémoire, tel un rêve, mais elle demeurait fixée dans sa conscience. Il n'estima pas cependant avisé de la décrire en détail.

— Sur une île. Une parmi beaucoup d'autres.

— Une île ? Où ça ?

— Pas loin d'ici… mais j'ai besoin du livre pour en avoir confirmation. Je peux le lire, maintenant, j'en ai la certitude. Je peux le déchiffrer.

— C'est ça ! lâcha Gus. Apportez-lui le bouquin ! Celui qu'il voulait refiler au Maître ! Peut-être que Quinlan est dans le coup, lui aussi !

L'Enfanté ne releva pas l'accusation et Nora fit signe à Gus de se taire.

— Comment sais-tu que tu peux le lire ?

Eph ne pouvait pas l'expliquer.

— Je le sais, c'est tout.

Nora s'approcha de lui.

— Une île, tu dis… Mais pourquoi ? Pourquoi as-tu eu cette vision ?

— Notre destin – même celui des anges – nous est donné par fragments. L'*Occido Lumen* contenait des révélations que la plupart d'entre nous ignoraient ; elles ont été transmises à un prophète par une vision puis consignées sur une poignée de tablettes d'argile perdues. Cela a toujours été ainsi : les indices, les bribes qui constituent la sagesse de Dieu nous parviennent par des voies improbables : visions, rêves, présages. Dieu nous envoie le message mais nous laisse le soin de le déchiffrer, me semble-t-il.

— Tu te rends compte que tu nous demandes de croire à ta vision juste après nous avoir avoué que tu cherchais à nous tromper ? ! dit Nora.

— Je peux vous montrer. Je sais ce que vous pensez mais vous pouvez me faire confiance. Vous le *devez*. Je ne sais pas pourquoi… mais je sais que je peux nous sauver. Nous sauver tous. Y compris Zack. En anéantissant le Maître une fois pour toutes…

— T'es complètement barré, diagnostiqua Gus. Déjà que t'étais le roi des cons, mais maintenant t'es raide dingue ! Je parie qu'il s'est enfilé les mêmes pilules que celles qu'il a données à Joaquin ! lâcha-t-il à la cantonade. C'est un trip d'acide, sa vision ! C'est un toxico, ce mec. Ou alors il délire… Et on est censés le croire ? Parce qu'il a rêvé d'un ange ? !

Il leva les bras au ciel et poursuivit :

— Si vous avalez ça, vous êtes aussi frappés que lui.

Il dit la vérité. Ou ce qu'il pense être la vérité.

— C'est la même chose qu'avoir raison ? rétorqua Gus à Quinlan.

— Moi, je le croirais plutôt, dit Fet, dont la magnanimité toucha Goodweather. Ce signe dans le ciel, au camp du sang, il lui était destiné. Il y a une raison pour qu'il ait eu cette vision.

Nora regardait maintenant Eph comme si elle le connaissait à peine. Tout sentiment de familiarité à son égard avait disparu chez elle, il le voyait bien. Il était à présent pour Nora un simple objet, comme le *Lumen*.

— Je pense que nous devons l'écouter, conclut-elle.

Belvedere Castle

Assis sur un gros rocher sous les branches d'un arbre mort dans l'espace autrefois dévolu au léopard des neiges, Zack sentait qu'il se passait quelque chose. Quelque chose de bizarre. Le château reflétait toujours l'humeur du Maître, comme les instruments de mesure météorologique réagissent aux changements de température et de pression. Quelque chose se préparait.

La carabine était posée en travers de ses genoux et il se demandait s'il aurait besoin de s'en servir. Il songea au léopard des neiges, qu'il avait naguère traqué à cet endroit. Il lui manquait, cet animal de compagnie, cet ami, et cependant, dans un sens, le léopard était encore avec lui. En lui.

Percevant un mouvement de l'autre côté de la clôture métallique, Zack utilisa la lunette de son arme pour repérer l'intrus. Cela faisait deux ans que le zoo n'avait pas eu de visiteurs.

C'était sa mère, qui courait vers lui. Zack l'avait suffisamment observée pour reconnaître en elle un état d'extrême agitation. Elle ralentit quand elle vit Zack à l'intérieur de l'espace du léopard. Un trio de renifleurs la suivait à quatre pattes en bondissant, tels des chiots derrière leur maître pendant la promenade du soir.

Ces vampires aveugles étaient désormais ses enfants. Pas Zack. Il avait maintenant le sentiment que ce n'était pas elle qui avait changé, qui était devenue un vampire et avait quitté la société des vivants, mais lui qui avait abandonné une existence normale. Lui qui était mort pour sa mère et vivait maintenant devant elle comme un souvenir qu'elle ne parvenait plus à se rappeler, un fantôme dans sa demeure. C'était lui, l'être étrange. L'autre. Un moment, la tenant en joue, il posa son index sur la détente, prêt à appuyer. Puis il abaissa la carabine.

Il franchit la porte de derrière, celle par laquelle on passait la nourriture, et s'approcha de sa mère, dont l'extrême nervosité se révélait dans divers détails. La façon dont elle tenait ses bras le long du corps, les doigts écartés. Il se demanda d'où elle venait. Et où elle allait quand le Maître l'envoyait quelque part. Zack était son seul Être cher vivant, alors qui cherchait-elle ? Et pourquoi cette soudaine urgence ?

Ses yeux étaient rouges et luisaient. Elle se retourna et commença à s'éloigner, ordonnant aux renifleurs de la suivre, et Zack prit leur sillage, la carabine au bout du bras. En sortant du zoo, il vit un groupe de vampires – une unité de la légion entourant le château du Maître – courir parmi les arbres vers la lisière du parc.

Il se passait quelque chose. Et le Maître l'avait réclamé.

Roosevelt Island

Eph et Nora attendaient sur le bateau amarré côté Queens de Roosevelt Island, après la pointe nord de Lighthouse Park. Assis à l'arrière, Creem les observait, observait leurs armes. Eph distingua entre les bâtiments, de l'autre côté de l'East River, les feux d'un hélicoptère survolant les abords de Central Park.

— Que va-t-il se passer ? lui demanda Nora, protégée de la pluie par la capuche de son blouson. Tu le sais ?

— Non.

— On va réussir, hein ?

— Je ne sais pas.

— Tu es censé me répondre oui. Me donner confiance. Me faire croire qu'on y arrivera.

— Je pense que c'est possible.

Rassurée par le calme de la voix d'Eph, elle demanda, parlant de Creem :

— Et qu'est-ce qu'on fait de lui ?

— Il coopérera. Il nous conduira à l'arsenal.

La réponse fit marmonner le chef des Saphirs.

— Quelle autre solution il a ? argua Goodweather.

— Et nous ? Quelle autre solution avons-nous ? La planque de Gus a été découverte, la tienne aussi, au service de médecine légale. Et la planque de Fet ici, Creem la connaît, maintenant.

— Nous n'avons pas d'autres choix. D'ailleurs, nous n'avons jamais eu qu'une alternative.

— Laquelle ?

— Renoncer ou détruire.

— Ou mourir en essayant, ajouta Nora.

Eph vit l'hélicoptère monter de nouveau et filer vers le nord au-dessus de Manhattan. L'obscurité ne les dissimulerait pas aux yeux des vampires et la traversée du retour serait dangereuse.

Des voix. Gus et Fet. Quinlan était avec eux et portait quelque chose dans ses bras, une sorte de tonneau de bière enveloppé d'une bâche. Gus monta le premier à bord.

— Ils se sont tenus tranquilles ? demanda-t-il à Nora.

Elle secoua la tête et Eph comprit alors qu'elle était restée pour les surveiller, Creem et lui, pour les empêcher de partir avec le bateau en abandonnant les autres sur l'île. Nora parut embarrassée que Gus l'ait révélé à Eph avec sa question.

Quinlan monta à son tour et l'embarcation s'enfonça sous son poids et celui de l'engin. Il le posa néanmoins sur le pont avec une aisance témoignant de sa force exceptionnelle.

— On jette un œil à ce méchant machin ? proposa Gus.

— Quand nous serons là-bas, répondit Fet en se dirigeant vers le poste de commande. Il vaut mieux ne pas l'exposer à la pluie. En plus, pour pénétrer dans l'arsenal, il faut arriver là-bas pendant la période de jour.

Gus s'assit contre le bastingage, à un endroit d'où il pourrait surveiller à la fois Creem et Eph. Ils revinrent à la jetée et Quinlan porta la bombe au Hummer jaune de Creem. Auparavant, ils avaient chargé les urnes en chêne.

Fet s'installa derrière le volant, prit au nord en traversant la ville, vers le pont George Washington. Eph se demanda s'ils tomberaient sur un barrage puis se rendit compte que le Maître ne connaissait encore ni leur itinéraire ni leur destination. À moins que…

Il se tourna vers Creem, coincé sur la banquette arrière.

— Tu as parlé de la bombe au Maître ?

Le truand le regarda, pesant le pour et le contre d'une réponse sincère.

Il ne l'a pas fait.

Creem parut agacé par l'intervention de Quinlan, ce qui confirma que l'Enfanté avait vu juste.

Pas de barrages. Ils franchirent le pont, passèrent dans le New Jersey, suivirent les panneaux menant à l'Interstate 80 Ouest. Eph avait enfoncé la calandre d'argent du Hummer en percutant quelques voitures pour dégager la route mais ils ne rencontrèrent pas d'obstacles majeurs. Lorsqu'ils firent halte à un carrefour, hésitant sur la direction à prendre, Creem tenta de s'emparer de l'arme et de s'enfuir. Mais sa corpulence le privait de vivacité et un coup de coude de Quinlan en pleine face eut raison de sa tentative.

Si leur véhicule avait été repéré en chemin, le Maître aurait immédiatement été informé de leur position. Mais l'impossibilité pour les vampires de traverser des étendues d'eau en mouvement avait sans doute ralenti les esclaves du Maître, voire le Maître lui-même. Eph et son groupe n'avaient donc à se soucier que des vampires du New Jersey pour le moment.

Le Hummer consommait beaucoup et l'aiguille de la jauge d'essence approchait du zéro. Il fallait absolument arriver à l'arsenal pendant la période de jour, alors que les vampires dormaient.

Ils quittèrent la grand-route pour prendre la direction de Picatinny. Les trois mille trois cents hectares du vaste terrain militaire étaient clôturés. La façon dont Creem se glissait habituellement à l'intérieur exigeait de se garer dans les bois et de patauger sur huit cents mètres pour traverser un marais.

— Pas le temps pour ça, décréta Fet tandis que le Hummer brûlait ses dernières vapeurs d'essence. Où est l'entrée principale ?

— Et la lumière du jour ? objecta Nora.

— Elle arrive. On ne peut pas attendre.

Il abaissa la vitre de Goodweather et indiqua la mitraillette.

— Prépare-toi.

Il fonça droit vers la grille dont la pancarte indiquait : *ARSENAL PICATINNY, CENTRE INTERARMES POUR ARMEMENTS ET MUNITIONS*, passa devant un bâtiment affecté au contrôle des visiteurs. Des vampires sortirent du pavillon de garde, Fet les aveugla avec ses phares et les projecteurs de la galerie avant de les percuter avec la calandre d'argent. Ceux qui échappèrent au passage du Hummer dansèrent devant la mitraillette d'Eph, appuyée sur la vitre côté passager.

Ils communiqueraient la position d'Eph au Maître, mais l'aube proche – qui commençait à éclairer les nuages noirs tourbillonnant dans le ciel – donnerait au groupe deux bonnes heures d'avance.

Cela ne valait pas pour les gardes humains, dont quelques-uns se ruèrent hors du bâtiment des visiteurs après le passage du Hummer. Ils coururent vers leurs véhicules de sécurité tandis que Fet tournait et traversait à toute allure ce qui ressemblait à une petite ville. Creem tendit le bras vers l'endroit où il pensait que se trouvaient les détonateurs.

— Là, dit-il quand ils approchèrent d'un groupe de bâtiments bas sans pancartes.

Le Hummer toussa, eut une embardée ; Fet s'engagea sur un parking, s'arrêta. Ils descendirent. Quinlan tira Creem hors du 4 × 4 comme un gros sac de linge sale. Il ouvrit le hayon et souleva la bombe nucléaire comme une valise tandis que tous les autres, excepté Creem, saisissaient leurs armes. Une porte non fermée à clé donnait accès à une salle de recherche et développement qui n'avait manifestement pas été utilisée depuis quelque temps. L'éclairage fonctionnait et l'endroit ressemblait à un magasin bradant tous ses articles ainsi que les étagères qui les soutenaient. Les armes avaient été emportées, mais pas les engins non mortels, et il restait des pièces sur les tables à dessin et les bureaux.

— On cherche quoi ? demanda Eph.

Quinlan posa la bombe, Fet la déballa. Elle ressemblait à un petit tonneau, un cylindre noir avec sur les côtés et le couvercle des poignées portant des inscriptions en russe. Une touffe de fils électriques jaillissait du dessus.

— C'est ça ? dit Gus.

Eph examina l'enchevêtrement de fils épais sortant du couvercle.

— Tu es sûr que ce machin marche ? demanda-t-il à Fet.

— Personne n'en sera absolument sûr avant qu'il envoie son champignon dans le ciel. C'est une bombe d'une kilotonne, petite selon les normes des armements nucléaires mais largement assez grosse pour nos besoins. C'est une bombe à fission, basse efficacité. Des morceaux de plutonium servent d'élément déclencheur. Elle détruira tout dans un rayon de huit cents mètres.

— Si t'arrives à la faire exploser, rappela Gus. Comment on peut faire marcher ensemble des pièces russes et américaines ?

— Elle fonctionne par implosion. Les morceaux de plutonium sont projetés vers le cœur comme des balles. Tout est là-dedans. Ce qu'il nous faut, c'est quelque chose pour déclencher l'onde de choc.

— Avec un système de retardement, précisa Nora.

— Exactement, approuva Fet.

— Nous n'avons pas beaucoup de temps, poursuivit Nora. Gus, tu peux nous trouver un autre véhicule ? Ou deux, peut-être ?

— OK. Vous bricolez les fils de votre bombe, moi je bricole les fils de deux caisses.

— Il reste une dernière chose…

Nora défit son sac, s'approcha d'Eph, le lui tendit. Le *Lumen* était à l'intérieur.

— D'accord, dit-il, intimidé maintenant que le moment était venu.

Fet fouillait déjà dans le matériel abandonné. Quinlan demeurait près de Creem. Eph trouva une porte menant à un couloir de bureaux, en choisit un qui ne contenait plus aucun effet personnel. Une table, une chaise, un classeur et un tableau blanc, vierge de toute inscription.

Il tira le *Lumen* du sac de Nora et le posa sur le bureau balafré d'encoches, prit une profonde inspiration, tenta de mettre de l'ordre dans son esprit puis tourna les premières pages. Dans ses mains, le livre paraissait très ordinaire, rien à voir avec l'objet magique de son rêve. Il continua à tourner lentement les pages sans qu'il se passe quoi que ce soit, ni éclair d'inspiration ni soudaine révélation. Les fils d'argent des pages enluminées semblaient ternes à ses yeux sous la lumière du plafonnier, le texte plat et sans vie. Il essaya les symboles, les toucha du bout des doigts.

Toujours rien. Comment était-ce possible ? Il était peut-être trop nerveux, trop tendu… Nora apparut à la porte, suivie de Quinlan. Eph mit ses mains en visière au-dessus de ses yeux pour ne pas les voir, pour tout chasser de son esprit, à commencer par ses propres doutes. Il ferma les yeux, tenta de se détendre. Que les autres pensent ce qu'ils veulent. Il descendit en lui-même, pensa à son fils, Zack. À le libérer des griffes du Maître. À mettre fin à l'obscurité enveloppant la Terre. Aux anges volant dans sa tête.

Il rouvrit les yeux et s'assit, revint au livre avec confiance. Il lut le texte en prenant son temps, étudia des illustrations qu'il avait déjà regardées cent fois.

Ce n'était pas seulement un rêve, se dit-il.

Il y croyait ferme. Sauf qu'il ne se passait rien. Quelque chose n'allait pas. Le *Lumen* gardait tous ses secrets.

— Tu pourrais peut-être essayer de dormir, suggéra Nora. De laisser faire ton subconscient.

Il sourit, appréciant ses encouragements alors qu'il s'attendait à des railleries. Les autres voulaient qu'ils réussissent. Ils en avaient *besoin.* Il ne pouvait pas les décevoir. Il regarda Quinlan en espérant que l'Enfanté aurait une idée, une intuition.

Ça va venir.

Ces mots le firent douter de lui plus que jamais. Quinlan n'avait rien à proposer, rien que sa foi en Eph, alors que la propre foi d'Eph vacillait.

Qu'ai-je fait ? pensa-t-il. Que pouvons-nous faire, maintenant ?

— Nous te laissons, murmura Nora, qui recula et ferma la porte.

S'arrachant à son désespoir, Goodweather se renversa en arrière, posa les mains sur le livre et ferma les yeux.

Il somnolait par instants mais se réveillait aussitôt. Aucune idée ne lui venait. Il tenta deux fois encore de lire le texte avant de renoncer et referma le livre, retourna auprès des autres en redoutant leur réaction.

Les têtes se tournèrent vers lui. Fet et Nora déchiffrèrent son expression, sa posture, et perdirent tout espoir. Eph demeurait muet. Il savait qu'ils comprenaient sa détresse et sa frustration, mais cela ne rendait pas son échec plus acceptable.

Gus les rejoignit, secouant la pluie de son blouson, passa devant Creem assis par terre près de Quinlan et de la bombe.

— J'ai dégoté deux caisses, annonça-t-il. Une grosse Jeep de l'armée et un Explorer.

Se tournant vers l'Enfanté, il poursuivit :

— On peut monter la calandre d'argent sur la Jeep, si tu m'aides. Elles roulent mais je garantis rien. Faudra siphonner des réservoirs en chemin, ou trouver une station qui marche encore.

Fet lui montra ce qu'il tenait à la main.

— J'ai déniché ça. Tout ce que je sais, c'est que c'est un détonateur qui résiste aux intempéries et qu'on peut régler manuellement. Mode instantané ou retardement. Suffit de tourner ce bouton.

— De combien, le retardement ? demanda Gus.

— Je ne sais pas. Au point où on en est, on prend ce qu'on peut. Les fils ont l'air de pouvoir être raccordés.

Fet haussa les épaules pour indiquer qu'il avait fait tout ce qu'il pouvait et conclut :

— Il ne nous manque plus qu'une destination.

— Il y a quelque chose qui bloque parce que je m'y prends mal, dit Eph. Ou quelque chose que nous avons oublié… quelque chose que je ne sais pas, tout simplement.

— Il ne reste plus beaucoup de jour, souligna Fet. Quand la nuit tombera, ils nous tomberont dessus aussi. Nous devons partir d'ici, quoi qu'il arrive.

Eph eut un bref hochement de tête.

— Je ne sais pas… Je ne sais pas quoi vous dire.

— Tu n'as rien tiré du livre ? lui demanda Nora. Pas même…

Il secoua la tête.

— Et la vision ? Tu avais parlé d'une île…

— Une parmi des dizaines d'autres. Il y en a douze rien que dans le Bronx, huit à Manhattan, une demi-douzaine à Staten Island… C'était comme un lac gigantesque.

Eph fouilla son esprit fatigué et ajouta :

— C'est tout ce que je sais.

— Il y a peut-être des cartes d'état-major dans l'arsenal, hasarda Nora.

Gus eut un rire sarcastique.

— Je suis vraiment un gland de m'être fourré là-dedans, d'avoir fait confiance à un traître, à un lâche, à un dingue, grommela-t-il en regardant Eph. De pas t'avoir buté pour m'épargner toutes ces emmerdes…

Quinlan gardait son silence habituel. Les bras croisés, il attendait patiemment. Eph eut envie de s'approcher de lui, de lui dire que la confiance qu'il lui accordait encore était bien mal placée.

Avant qu'il puisse faire un pas, Fet intervint :

— Ecoute, après tout ce qu'on a enduré – tout ce qu'on endure encore –, je n'ai rien à te dire que tu ne saches déjà. Je veux simplement que tu te rappelles un instant le vieil homme. Il est mort pour ce que tu tiens entre tes mains, souviens-t'en. Il s'est sacrifié pour que nous puissions l'avoir. Je ne dis pas ça pour te mettre plus de pression mais pour t'en enlever, au contraire. De fait, il n'y a plus de pression. On est arrivés au bout. On est avec toi, que ça marche ou que ça foire. Je sais que tu penses à ton gosse. Je sais que ça te ronge. Mais pense un instant au vieux. Plonge en toi-même. Et s'il y a quelque chose, tu le trouveras. Tu le trouveras maintenant.

Eph s'efforça d'imaginer le professeur Setrakian près de lui en cet instant, vêtu de son costume de tweed, appuyé sur sa canne au pommeau en forme de tête de loup qui dissimulait sa lame d'argent. L'expert en vampires et le tueur.

Il rouvrit le livre. Il se rappela le jour où, après la vente aux enchères, Setrakian avait enfin pu toucher et feuilleter ce volume qu'il avait cherché pendant des dizaines d'années.

Eph alla à l'illustration que Setrakian leur avait montrée, un mandala complexe en noir, rouge et argent sur une double page. Sur un papier-calque, le professeur avait reproduit les contours d'un archange à six membres.

L'*Occido Lumen* était un livre *sur* les vampires, pas un livre *pour* les vampires. Sa couverture et sa tranche étaient argentées afin d'empêcher les *strigoï* de le toucher. On l'avait rendu soigneusement inaccessible aux vampires.

Eph repensa à sa vision, au moment où il avait découvert le livre posé sur le lit, dehors…

Il faisait jour.

Il s'approcha de la porte, l'ouvrit et sortit sur le parking en levant les yeux vers les nuages sombres qui commençaient à effacer l'orbe pâle du soleil.

Nora et Fet le suivirent, Quinlan, Creem et Gus demeurèrent près de la porte.

Sans s'occuper d'eux, Eph baissa les yeux vers le livre qu'il tenait dans ses mains. Le soleil. Même si des vampires parvenaient à circonvenir d'une façon ou d'une autre les protections d'argent du *Lumen*, ils ne pourraient jamais le lire à la lumière du jour à cause des propriétés antivirus des ultraviolets.

Il ouvrit le livre, inclina ses pages vers le soleil comme un visage offert aux derniers rayons chauds de la journée. Le texte sembla jaillir du parchemin. Goodweather alla à la première des illustrations, dont les incrustations d'argent étincelaient, donnant à l'image une vie nouvelle.

Il parcourut rapidement le texte. Des mots apparurent derrière les mots, comme écrits à l'encre sympathique. Les filigranes changeaient la nature même des illustrations, des dessins détaillés émergeaient. Une autre couche d'encre réagissait aux rayons ultraviolets…

À la lumière du jour, le mandala de deux pages montrait l'image de l'archange délicatement dessiné en argent sur le parchemin.

Le texte latin ne se traduisit pas aussi magiquement que dans son rêve, mais son sens devint clair. Le plus révélateur fut le symbole de danger biologique avec, à l'intérieur de la fleur, des points disposés comme sur une carte. Sur une autre page, certaines lettres apparurent en relief et, mises ensemble, formèrent un mot étrange et cependant familier :

AHSUDAGU-WAH

Eph le lut rapidement et une idée bondit dans son cerveau par l'intermédiaire de ses yeux. Le jour pâle finit par disparaître et les rehauts du livre aussi. Il restait tant à lire et à apprendre. Mais Eph en avait assez vu pour le moment. Ses mains tremblaient. Le *Lumen* lui avait montré le chemin.

Il passa devant Fet et Nora pour retourner à l'intérieur. Il ne ressentait ni soulagement ni exaltation, mais il vibrait encore, tel un diapason. Il se tourna vers Quinlan, qui remarqua son expression.

La lumière du jour. Bien sûr.

Les autres savaient qu'il s'était passé quelque chose. Excepté Gus, qui semblait sceptique.

— Alors ? s'enquit Nora.

— Je suis prêt, maintenant, répondit Eph.

— Prêt à quoi ? dit Fet. Prêt à partir ?

Eph regarda Nora.

— J'ai besoin d'une carte du coin.

Elle fit le tour des autres bureaux et ils entendirent des tiroirs claquer. Goodweather restait immobile, comme un homme se remettant d'une décharge électrique.

— La lumière du jour, expliqua-t-il. Lire le *Lumen* à la lumière du jour. C'était comme si les pages s'ouvraient pour moi. J'ai tout vu… ou j'aurais tout vu si j'avais eu plus de temps. A l'origine, les Indiens donnaient à ce lieu le nom de « Terre Brûlée ». Mais leur mot pour « brûlé » est le même que « noir ».

Oscura. Sombre.

— Tchernobyl, la tentative manquée – la simulation, intervint Fet. Elle apaisait les Aînés parce que Tchernobyl signifie « terre noire ». Et j'ai vu une équipe de Stoneheart procéder à des fouilles autour d'une zone géologiquement active de sources chaudes, à la sortie de Reykjavik, connue sous le nom de « Bassin noir ».

— Mais il n'y a pas de coordonnées, dans le livre… fit observer Nora, de retour avec un atlas de la partie nord-est des États-Unis.

— Parce que le site était sous l'eau, répondit Eph. Au temps où les restes d'Azraël furent dispersés, le site était sous l'eau. Le Maître n'a émergé que des centaines d'années plus tard.

Le plus jeune. Le dernier.

Eph ouvrit l'atlas à la carte de l'État de New York, dont la partie supérieure incluait la région de l'Ontario, au Canada.

— Le lac Ontario, dit-il. Ici, à l'est. À l'entrée du Saint-Laurent, à l'est de Wolfe Island, un archipel de petites îles sans nom appelé « Thousand Islands ». C'est là. C'est l'une d'elles. Au large de la côte new-yorkaise.

— Le site funéraire ? demanda Fet.

— Je ne sais pas quel nom il porte aujourd'hui. Mais ce nom ne comporte pas le mot « noir ». C'est pour ça que le Maître ne l'a pas encore découvert. Le nom indien de cette île était Ahsudagu-wah. Traduit de l'onondaga, il signifie à peu près « lieu sombre », « lieu noir ».

Fet prit l'atlas des mains de Goodweather, revint au New Jersey.

— Comment nous pouvons la trouver, cette île ? demanda Nora.

— Elle a approximativement la forme du symbole du danger biologique, comme une fleur à trois pétales…

Fet traça rapidement leur itinéraire du New Jersey à la Pennsylvanie, puis au nord de l'État de New York, et déchira la page.

— De l'Interstate 80 Ouest jusqu'à l'Interstate 81 Nord. Ça nous amène droit au Saint-Laurent.

— Combien de kilomètres ? voulut savoir Nora.

— Environ cinq cents. On peut les faire en cinq ou six heures.

— Si tout se passe bien, argua-t-elle. Quelque chose me dit que ce ne sera pas si simple.

— Le Maître devinera notre destination et tentera de nous barrer la route, prédit Fet.

— Il faut partir maintenant, déclara Nora. Nous avons à peine un peu d'avance.

Elle se tourna vers l'Enfanté.

— Vous pouvez charger la bombe dans le…

Quand sa voix mourut, tous se retournèrent, alarmés. Quinlan se tenait près de l'engin enveloppé de sa bâche. Mais Creem avait disparu.

Gus courut à la porte.

— Qu'est-ce que…

Il revint près du vampire de naissance.

— Tu l'as laissé filer ? ! C'est moi qui l'ai mis dans ce coup-là, j'allais le liquider !

Nous n'avons plus besoin de lui. Et cependant il peut encore nous être utile.

— Comment ? Cette balance ne mérite pas de vivre !

— Et s'ils le capturent ? s'inquiéta Nora. Il en sait trop.

Il en sait juste assez. Faites-moi confiance.

— Juste assez ?

Pour inspirer de la crainte au Maître.

Eph comprenait, maintenant. Aussi clairement qu'il avait compris les symboles du *Lumen*.

— Le Maître est en route pour l'arsenal, c'est sûr. Nous devons le défier. L'effrayer. Il prétend être au-dessus de toute émotion, mais je l'ai vu furieux. Si l'on remonte aux temps bibliques, c'était une créature vindicative. Il n'a pas changé. Quand il gouverne sans passion, sa maîtrise sur son royaume est absolue. Il est efficace et détaché, il voit tout. Mais quand on l'affronte directement il commet des erreurs. Il agit avec imprudence. Rappelez-vous, il était assoiffé de sang, au siège de Sodome et Gomorrhe. Il a assassiné un autre archange sous l'emprise d'une folie meurtrière. Il a perdu tout contrôle de lui-même.

— Tu *veux* que le Maître trouve Creem ?

— Nous voulons que le Maître sache que nous avons une bombe nucléaire et le moyen de la faire exploser. Et que nous connaissons l'emplacement du

Site noir. Il faut le pousser à avoir une réaction excessive. Nous avons le dessus, maintenant. C'est à son tour d'être acculé.

D'avoir peur.

Gus s'approcha d'Eph et tenta de lire en lui comme Eph avait lu dans le livre. De prendre sa mesure. Il tenait dans ses mains une petite caisse en carton pleine de grenades fumigènes, quelques-uns des rares engins que les vampires n'avaient pas emportés.

— Alors, maintenant, on doit protéger le mec qui allait tous nous poignarder dans le dos… résuma Gus. Je ne comprends pas. Et je ne comprends rien à toute cette histoire, et surtout que tu puisses lire le livre. Pourquoi toi ?

La réponse d'Eph fut franche et honnête :

— Je ne sais pas, Gus. Mais je crois que cette histoire va me permettre de le découvrir.

Gus ne s'attendait pas à une réponse aussi sincère. Il vit dans les yeux de Goodweather le regard d'un homme qui a peur et qui l'accepte. D'un homme résigné à son destin, quel qu'il soit.

— Je pense qu'on va *tous* le découvrir, dit-il.

— Le Maître en premier, renchérit Fet.

Le lieu sombre

La gorge était enfouie dans la terre sous les eaux froides de l'Atlantique. Le sol qui l'entourait était devenu noir à leur contact et rien ne vivait ni ne poussait à proximité.

Il en allait de même pour tous les sites où les restes d'Azraël étaient enterrés. La chair angélique demeurait intacte, non décomposée, mais son sang s'était infiltré dans la terre et s'était lentement répandu. Il avait une volonté propre et chaque filet remontait instinctivement vers le haut, traversant le sol à l'abri du soleil, cherchant un hôte. C'était ainsi que les vers de sang étaient nés. Ils contenaient un reste de sang humain qui teintait leur chair, qui les guidait vers l'odeur d'un hôte potentiel. Mais ils portaient aussi en eux la volonté de leur chair originelle. La volonté des bras, des ailes, de la gorge…

Leurs corps minces se tortillaient tandis qu'ils parcouraient aveuglément de longues distances. Beaucoup mouraient, émissaires infertiles brûlés par la chaleur impitoyable de la terre, ou arrêtés par un obstacle géologique se révélant impossible à franchir. Ils s'éloignaient tous de leur site de naissance, certains emportés au loin par un insecte ou par un autre vecteur animal involontaire.

Ils finissaient par trouver un hôte et s'enfonçaient dans sa chair, en bon parasite, creusant profondément. Au début, il fallait au ver pathogène des semaines pour supplanter l'hôte, pour s'emparer de la volonté et des tissus de la victime infectée. Même les parasites et les virus apprennent par essais et erreurs – et ils avaient appris. À leur cinquième hôte humain, les Aînés commencèrent à maîtriser l'art de la survie et de la supplantation. Ils étendirent leur domaine par l'infection, ils apprirent à jouer selon les nouvelles règles terrestres du jeu.

Et ils devinrent maîtres à ce jeu.

Le plus jeune, le dernier à naître, fut le Maître, la gorge. Le verbe capricieux de Dieu donna vie à la terre et aux mers, les fit s'affronter et pousser vers le haut le sol qui constituait le lieu de naissance du Maître. C'était une péninsule qui, des siècles plus tard, devint une île.

Coupés de leur site d'origine, les vers capillaires provenant de la gorge furent ceux qui s'aventurèrent le plus loin car sur cette terre récemment formée les êtres humains n'avaient pas encore mis le pied. Il était inutile et douloureux de tenter de dominer une forme de vie inférieure, un loup ou un ours. Leur contrôle était imparfait, limité ; leurs synapses étaient étrangères et de courte durée. Chacune de ces invasions se révéla vaine, mais la leçon apprise par un parasite était instantanément transmise à l'esprit du groupe. Bientôt les vers ne furent plus qu'une poignée, dispersés loin de leur site de naissance, aveugles, perdus et faibles…

Sous une froide lune d'automne, un jeune brave Iroquois établit son camp sur une bande de terre située à quelques dizaines de kilomètres du lieu de naissance de la gorge. C'était un Onondaga (« gardien du feu ») et alors qu'il était étendu sur le sol un ver de sang s'empara de lui en s'enfonçant dans son cou.

La douleur réveilla le guerrier, qui porta aussitôt la main à la zone blessée. Comme le ver ne s'était pas encore entièrement insinué dans la chair, l'Indien le saisit par son extrémité et tira. Mais l'animal se tordit, résista et, échappant finalement à la prise de l'homme, pénétra dans le tissu musculaire du cou. La souffrance fut insupportable, pareille à un lent coup de poignard brûlant, tandis que le ver descendait dans la gorge de l'hôte, dans sa poitrine, et se nichait finalement sous son bras gauche, où il découvrit en aveugle le système circulatoire de l'être humain.

Pendant que le parasite envahissait le corps, une fièvre se déclencha et dura près de deux semaines, déshydratant l'organisme hôte. Une fois la supplantation accomplie, le Maître chercha refuge dans les grottes obscures, dans l'apaisante saleté froide qu'elles contenaient. La Créature découvrit que, pour des raisons dépassant son entendement, le sol sur lequel elle avait pris possession du corps hôte lui fournissait un très grand confort et elle se mit à transporter un peu de terre partout où elle allait. Les vers avaient à présent envahi presque tous les organes, s'en repaissaient et se multipliaient dans le système sanguin de l'Indien. La peau du guerrier devint pâle et tendue, offrant un contraste saisissant avec ses tatouages tribaux et ses yeux affamés, voilés par une membrane nictitante, luisant au clair de lune. Quelques semaines s'écoulèrent sans autre nourriture jusqu'à ce qu'enfin, peu avant l'aube, il tombe sur un groupe de chasseurs mohawks.

Le contrôle que le Maître exerçait sur son hôte était encore hésitant, mais la soif compensait le manque de précision et d'habileté. Cette fois, le transfert fut plus rapide, de nombreux vers pénétrant dans chaque victime au moyen de l'aiguillon. Même lorsque l'attaque était maladroite et inachevée, elle remplissait son objectif. Deux des chasseurs combattirent vaillamment et blessèrent de leurs haches le corps du guerrier onondaga possédé. Mais finalement, alors que son sang coulait lentement dans la terre, les parasites s'emparèrent des corps de ses adversaires et la meute se multiplia. Le Maître était désormais trois.

Au fil des ans, il apprit à utiliser les qualités et le sens tactique de ses hôtes pour satisfaire son besoin de secret. La région était peuplée de farouches guerriers et les endroits où il pouvait se cacher se limitaient à des cavernes et crevasses que les chasseurs et les trappeurs connaissaient bien. Le Maître transmettait rarement sa volonté dans un nouveau corps et le faisait uniquement s'il jugeait la stature et la force d'un nouvel hôte hautement désirables. Avec les années, il devint une légende et les Algonquins l'appelèrent le *wendigo*.

Le Maître aspirait à communier avec les Aînés, dont il sentait naturellement l'existence et dont le phare empathique l'attirait par-dessus les mers. Mais chaque fois qu'il tentait de traverser des eaux vives, son corps humain échouait, frappé par une attaque, quelle que fût la force de l'organisme occupé.

Cela tenait-il au lieu de son démembrement ? Coincé entre les bras du Yarden[1] ? Ou à une alchimie secrète, un élément dissuasif tracé sur son front par le doigt de Dieu ? Le Maître devait apprendre cette règle et de nombreuses autres au cours de son existence.

Il alla vers le nord-ouest en cherchant une route pour « l'autre terre », le continent où les Aînés prospéraient. Il sentait leur appel et le désir crût en lui, le soutenant pendant l'équipée épuisante d'un bord du continent à l'autre.

Le Maître parvint à l'océan menaçant dans les terres gelées du lointain Nord-Ouest, où il se nourrit des habitants de ce désert glacé, les Unangam[2]. C'étaient des hommes aux yeux bridés et à la peau tannée, qui portaient des peaux de bête pour avoir chaud. Le Maître, en pénétrant dans l'esprit de ses victimes, apprit l'existence d'un point de passage menant à une vaste terre de l'autre côté de l'eau, un endroit où les deux côtes se touchaient presque, telles des mains tendues. Il explora le littoral en cherchant ce point de lancement.

Une nuit, le Maître avisa près d'une falaise plusieurs barques de pêche primitives et des hommes déchargeant le poisson et les phoques qu'ils avaient rapportés. Le Maître comprit qu'il pouvait traverser

1. Nom hébreu du Jourdain.
2. Ou Aléoutes.

l'océan avec leur aide. Il avait appris à franchir des gués grâce à des corps humains, pourquoi pas des étendues d'eau plus vastes ? Il savait comment fléchir et terroriser l'âme des plus endurcis. Il savait comment profiter et se nourrir de la peur de ses sujets. Il tuerait la moitié du groupe et se présenterait comme une déité, une furie des bois, une force élémentaire d'une puissance plus grande encore que la sienne, déjà sidérante. Il étoufferait toute résistance et obtiendrait des ralliements par le pardon ou les faveurs accordées… et puis il traverserait les eaux. Caché sous un lourd manteau de peau de bête, étendu sur un mince lit de terre, le Maître tenterait la traversée qui le réunirait à ceux qui étaient le plus proches de sa nature.

Arsenal de Picatinny

Creem, soucieux d'échapper à Quinlan, avait couru se planquer dans un autre bâtiment. Il avait encore mal à la bouche après le coup de coude qu'il avait dégusté en pleine face. Ses dents d'argent ne devaient plus bien mordre, maintenant. Quelle connerie d'être revenu au garage de l'université pour les armes ! Il était trop gourmand, il lui en fallait toujours plus, toujours plus… Au bout d'un moment, il entendit une voiture passer mais pas trop vite, et en silence. Sûrement un de ces petits machins électriques qu'on rechargeait sur le secteur.

Il se dirigea vers l'endroit qu'il évitait d'habitude, l'entrée devant l'arsenal. L'obscurité était retombée et il marcha vers une grappe de lumières, trempé et mourant de faim, pressant une main sur son point de côté. Après avoir tourné le coin, il vit la grille qu'ils avaient enfoncée en entrant et des silhouettes rassemblées près du bâtiment de contrôle des visiteurs. Les bras levés, il avança jusqu'à ce qu'on le voie.

Il expliqua aux humains ce qui s'était passé, mais ils l'enfermèrent dans les toilettes alors que tout ce qu'il voulait, c'était quelque chose à manger. Il donna quelques coups de pied à la porte, qui se révéla étonnamment solide, et il comprit que les toilettes servaient aussi de cellule pour les visiteurs de l'arsenal posant problème. Alors il s'assit sur l'abattant de la cuvette et attendit.

Un énorme craquement, presque une explosion, secoua les murs. Le bâtiment avait pris un coup et Creem pensa d'abord que ces nuls avaient roulé trop vite sur un ralentisseur en partant et fait péter la moitié de Jersey avec leur engin nucléaire. Puis la porte s'ouvrit et le Maître apparut devant lui, vêtu de sa cape. Il tenait à la main une canne au pommeau en forme de tête de loup. Deux de ses petites bestioles, les mioches aveugles, trottinaient autour de ses jambes tels des chiots impatients.

Où sont-ils ?

Creem se renversa contre le réservoir de la chasse d'eau, curieusement soulagé par la présence du roi des suceurs de sang.

— Ils se sont barrés. Ça fait un moment.

Combien de temps ?

— Je ne sais pas. Deux voitures. Au moins.

Dans quelle direction ?

— Qu'est-ce que j'en sais ? J'étais enfermé dans ces putains de chiottes. Le vampire qui est dans leur camp, le chasseur, là, Quinlan, c'est un beau salaud. Il m'a esquinté le portrait, se plaignit Creem en touchant ses dents de travers. Alors, si vous voulez me faire plaisir, quand vous les choperez, filez-leur un coup de latte dans la gueule de ma part, à lui et au Mexicain.

Ils ont le livre ?

— Ouais. Et aussi une bombe nucléaire. Et ils savent où ils doivent aller. Le Site noir, quelque chose comme ça…

Le Maître demeura un moment sans rien dire. Creem attendit. Même les renifleurs remarquèrent le silence du Maître.

— J'ai dit qu'ils allaient…

Ils connaissent son emplacement ?

L'élocution du Maître avait changé, les mots sortaient plus lentement de sa bouche.

— Vous savez ce qui me rafraîchirait la mémoire ? De la bouffe. Je me sens faible…

Tout à coup, le Maître se jeta sur Creem, le saisit à deux mains et le souleva du sol.

Ah, oui, fit le Maître, dont l'aiguillon pointa hors de sa bouche. *Un peu de nourriture. Ça nous ferait peut-être du bien à tous les deux…*

L'aiguillon se détendit et le gangster sentit le contact sur son cou. S'attendant à être vidé de son sang, il poussa un cri aigu mais le Maître laissa simplement le dard contre la peau sans la pénétrer. Sans percer l'artère. Pas encore.

Je t'ai demandé s'ils connaissent son emplacement.

— Je… je ne sais pas. Le docteur, votre autre petit copain, il a lu le livre. C'est tout ce que je sais.

Il y a d'autres moyens d'assurer une obéissance absolue…

Creem sentit une pression contre son cou puis une légère piqûre suivie d'une douce chaleur. Il cria de nouveau mais le Maître laissa son aiguillon simplement posé sur sa peau et lui empoigna les épaules. Puis il lui appuya sur les omoplates et les clavicules, comme s'il allait l'écraser telle une canette de soda.

Tu connais les routes de cette région ?

— Si je connais les routes ? Bien sûr que je les connais !

Pivotant sans effort, le Maître projeta Creem hors des toilettes, le gros chef de bande allant s'étaler par terre, bras et jambes écartés.

Tu conduis.

Creem se releva et acquiesça de la tête, sans sentir la petite goutte de sang qui se formait sur le côté de son cou, là où l'aiguillon l'avait touché.

Les gardes du corps de Barnes pénétrèrent sans frapper dans l'antichambre de son bureau à Camp Liberty. Sa secrétaire toussota pour le prévenir et il eut le temps de fourrer dans un tiroir le roman policier qu'il lisait et de faire semblant d'étudier la paperasse posée devant lui. Ils entrèrent, se postèrent de part et d'autre de la porte, le cou orné de tatouages sombres.

Venez.

Au bout d'un moment, il hocha la tête, glissa quelques papiers dans sa mallette.

— De quoi s'agit-il ?

Pas de réponse. Il descendit l'escalier avec eux, passa devant le garde de l'entrée, qui les laissa sortir. Il tombait un léger crachin, pas de quoi justifier un parapluie. Rien n'indiquait qu'il avait des ennuis, mais il était impossible de lire quoi que ce soit sur le visage impassible de ses gardes du corps.

Sa voiture s'arrêta devant eux et ils montèrent à l'arrière avec lui. Barnes restait calme, cherchant dans sa mémoire quelque erreur ou affront involontaire qu'il aurait pu commettre. Il était à peu près sûr qu'il n'y en avait pas, mais jamais auparavant il n'avait été convoqué de cette manière.

Ils roulaient vers sa maison, ce qu'il interpréta comme un bon signe. En arrivant, il ne repéra aucun autre véhicule dans son allée. Ils entrèrent ; personne ne l'attendait, et surtout pas le Maître. Barnes informa ses gardes du corps qu'il allait aux toilettes et il passa un moment seul à faire couler l'eau, à faire équipe avec son reflet dans le miroir pour tenter de comprendre ce qui se passait. Il était trop vieux pour ce genre de stress.

Il alla dans la cuisine se préparer un encas et venait d'ouvrir la porte du réfrigérateur quand il entendit un bruit de rotors approcher. Ses gardes du corps apparurent à ses côtés. Il passa dans le hall d'entrée, ouvrit la porte, vit un hélicoptère tourner au-dessus de la maison et descendre. Les patins se posèrent doucement sur les dalles autrefois blanches de sa large allée circulaire. Le pilote était un être humain, un Stoneheart, Barnes le remarqua aussitôt à sa veste de costume noir et à sa cravate. Il y avait un passager mais il ne portait pas de cape, ce n'était donc pas le Maître. Après un discret soupir de soulagement, Barnes attendit que les rotors ralentissent et laissent le visiteur débarquer. Au lieu de quoi, les gardes du corps le saisirent chacun par un bras, lui firent descendre les marches du perron et parcourir les dalles en direction de l'hélicoptère. Baissant la tête pour passer sous les pales, ils ouvrirent la porte de l'appareil.

Le passager, assis sur son siège, deux harnais de sécurité croisés sur sa poitrine, était le jeune Zachary Goodweather.

Les gardes du corps poussèrent Barnes à l'intérieur. Il s'assit à côté de Zack, ils s'installèrent en face. Barnes attacha ses harnais, ses gardes du corps non.

— Comme on se retrouve, dit-il.

Le garçon le regarda mais ne répondit pas. Arrogance juvénile, pensa Barnes. Avec peut-être quelque chose d'autre…

— Que se passe-t-il ? Où allons-nous ?

Il eut l'impression que Zack avait senti sa peur quand l'adolescent détourna la tête avec un mélange de rejet et de dégoût.

— Le Maître a besoin de moi, dit Zack en regardant par le hublot quand l'hélicoptère commença à s'élever. Je ne sais pas pourquoi vous êtes là.

Interstate 80

Ils traversaient le New Jersey par l'Interstate 80 Ouest. Depuis le départ, Fet roulait le pied au plancher, pleins phares, parfois ralenti par des débris, une voiture ou un car abandonnés. Deux ou trois fois, ils croisèrent un cerf ou une biche, décharnés. Mais pas de vampires, pas sur la route – du moins, ils n'en virent aucun. Eph était assis à l'arrière de la Jeep à côté de Quinlan, qui s'était mis sur la fréquence mentale des *strigoï*. L'Enfanté était comme un détecteur de vampires : tant qu'il restait silencieux, ils ne risquaient rien.

Gus et Nora suivaient dans l'Explorer, en cas de panne.

Les grands axes étaient à peu près dégagés. Les gens avaient tenté de fuir quand le fléau avait déclenché une véritable panique (réaction erronée – le sauve-qui-peut – des êtres humains à la propagation d'une maladie infectieuse, malgré l'absence de toute zone non touchée par le virus, où ils auraient pu se réfugier) et il y avait eu des embouteillages dans tout le pays. Peu de gens, cependant, avaient été contaminés dans leurs voitures, du moins pas sur les routes mêmes. La plupart avaient été pris lorsqu'ils avaient quitté les routes principales, généralement pour dormir.

— Scranton, annonça Fet lorsqu'ils passèrent devant un panneau indiquant l'Interstate 81 Nord. Je ne pensais pas que ce serait aussi facile.

— Il reste encore du chemin, fit remarquer Eph en regardant par la fenêtre l'obscurité défiler. On en est où, côté carburant ?

— OK pour le moment. Je ne veux pas m'arrêter près d'une ville.

— Surtout pas, approuva Goodweather.

— J'aimerais franchir au moins la frontière de l'État de New York.

Eph regarda Scranton lorsqu'ils empruntèrent les ponts routiers de plus en plus encombrés menant au nord. Il remarqua que des pâtés de maisons brûlaient au loin et se demanda si d'autres rebelles comme eux luttaient à une plus petite échelle dans des agglomérations plus modestes. De temps à autre, une ampoule électrique brillant à une fenêtre attirait son regard et l'amenait à s'interroger sur le désespoir frappant Scranton et d'autres petites villes de par le monde. Il se demanda aussi où se trouvait le camp du sang le plus proche.

— Il doit y avoir quelque part une liste des abattoirs et boucheries de Stoneheart qui nous renseignerait sur l'emplacement des camps, dit Eph. Une fois que nous aurons mené à bien notre opération, il y aura beaucoup d'humains à libérer.

— Et comment ! acquiesça Fet. Si ça se passe comme avec les autres Aînés, le clan du Maître s'éteindra avec lui. Il disparaîtra. Les détenus des camps ne sauront pas ce qu'ils seront devenus.

— Le problème, ce sera de répandre la nouvelle. Sans grands médias, je veux dire. Des petits duchés, des petits fiefs apparaîtront dans tout le pays. Des gens essaieront de prendre le pouvoir un peu partout. Je ne suis pas sûr que la démocratie fleurira d'elle-même…

— Non, dit Fet. Ce ne sera pas facile. Beaucoup de boulot. Mais on n'en est pas là.

Eph se tourna vers Quinlan, assis à côté de lui, remarqua le sac en cuir posé entre ses bottes.

— Vous mourrez avec les autres quand le Maître sera anéanti ?

Quand le Maître sera détruit, sa lignée disparaîtra.

Eph sentit la chaleur du métabolisme survolté du sang-mêlé et lui demanda :

— Rien dans votre nature ne vous interdit d'œuvrer pour quelque chose qui causera finalement votre propre perte ?

Vous, vous n'avez jamais œuvré pour quelque chose s'opposant à vos propres intérêts ?

— Je ne crois pas, répondit Eph. Pas quelque chose qui causerait ma mort, en tout cas.

Un bien supérieur est en jeu. Et la vengeance est une motivation irrésistible. Elle l'emporte sur l'instinct de conservation.

— Que transportez-vous dans ce sac en cuir ?

Vous le savez déjà, j'en suis sûr.

Eph se rappela la salle des Aînés sous Central Park, leurs cendres placées dans des urnes de chêne blanc.

— Pourquoi emportez-vous les restes des Aînés ?

Vous ne l'avez pas vu dans le Lumen *?*

Eph fit signe que non.

— Avez-vous l'intention… de les faire revivre, d'une manière ou d'une autre ?

Non. Ce qui est fait ne peut être défait.

— Alors, pourquoi ?

Parce que c'est écrit.

Goodweather rumina cette réponse et Quinlan reprit :

N'êtes-vous pas préoccupé par les conséquences de la victoire ? Vous n'êtes pas sûr que la démocratie fleurira spontanément, vous l'avez souligné vous-même. Les humains n'ont jamais vraiment eu d'autonomie. Cela dure depuis des siècles. Vous croyez-vous capable de vous débrouiller seul ?

Eph ne trouva rien à répondre. Il savait que l'Enfanté avait raison. Les Aînés avaient tiré les ficelles quasiment depuis l'aube de l'humanité. À quoi ressemblerait le monde, après eux ?

Par sa fenêtre, il regarda disparaître le lointain brasier. Comment tout remettre en place ? La guérison lui paraissait être une tâche quasi impossible. Le monde était déjà irrémédiablement brisé. Un instant, il se demanda même si tout cela en valait la peine.

Ce n'était que la fatigue qui parlait, bien sûr. Mais ce qui avait semblé autrefois signifier la fin de leurs malheurs – détruire le Maître et reprendre les commandes de la planète – ne marquerait en réalité que le début d'un nouveau combat.

Zachary et le Maître

Es-tu loyal ? demanda le Maître. *M'es-tu reconnaissant de tout ce que je t'ai procuré, de tout ce que je t'ai appris ?*

— Oui, répondit Zachary Goodweather sans l'ombre d'une hésitation.

Perchée sur une corniche, la silhouette décharnée de Kelly Goodweather observait son fils.

La fin des temps est proche. Nous façonnerons alors ensemble une nouvelle terre. Tous ceux que tu connaissais, tous ceux qui t'étaient chers auront disparu. Me seras-tu fidèle ?

— Je le serai.

J'ai été maintes fois trahi par le passé. Tu dois savoir que je suis familier de ce genre de complots. Une partie de ma volonté réside en toi. Tu entends clairement ma voix et, en retour, j'ai accès à tes pensées les plus intimes.

Le Maître se leva et dévisagea l'adolescent, ne détecta aucun doute en lui. Zack nourrissait pour le Maître une admiration respectueuse et la gratitude qu'il exprimait était sincère.

J'ai été trahi par ceux qui auraient dû être mes meilleurs soutiens. Ceux dont je partageais l'essence même : les Aînés. Ils n'avaient aucune fierté en eux, aucune véritable faim. Ils se contentaient de vivre dans l'ombre. Ils m'ont reproché notre condition et se sont réfugiés dans le refus de l'humanité. Ils se croyaient puissants mais ils étaient faibles. Ils cherchaient une alliance ; je cherchais à dominer. Tu comprends ça, n'est-ce pas ?

— Le léopard des neiges, répondit Zack.

Exactement. Toutes les relations reposent sur le pouvoir. Domination et soumission. Il n'y a pas d'autre voie. Ni égalité, ni gentillesse, ni domaine partagé. Il n'y a qu'un seul roi dans un royaume.

Et là, le Maître regarda le jeune garçon avec une intensité calculée – en affectant ce qu'il pensait être de la tendresse humaine –, avant d'ajouter :

Un seul roi et un seul prince. Tu comprends cela aussi, n'est-ce pas ? Mon fils.

Zack acquiesça, acceptant ainsi la notion et le titre. Le Maître guetta sa réaction, scruta les moindres nuances de son expression. Il écouta soigneusement le rythme de son cœur, observa son pouls à hauteur de la carotide. L'adolescent était ému, exalté par ce lien factice.

La panthère en cage était une illusion que tu devais détruire. Les barreaux et les cages ne sont que des signes de faiblesse. Des moyens de contrôle imparfaits. On peut choisir de croire qu'ils servent à soumettre la créature qu'ils enferment – à l'humilier –, mais avec le temps on finit par se rendre compte qu'ils servent aussi à l'éloigner. Ils deviennent alors le signe de ta peur. Ils t'emprisonnent tout autant que la bête qui s'y trouve. Ta cage est simplement plus grande, et la liberté de la panthère se trouve dans ces limites.

— Mais si on la tue, enchaîna Zack, poursuivant le raisonnement, si on la tue, il ne reste plus aucun doute.

Consumer est la forme ultime du contrôle. Oui. Et nous sommes à présent au bord du contrôle. De la domination absolue de cette terre. Je dois donc m'assurer que rien ne se tient entre toi et moi.

— Rien, affirma Zack avec conviction.

Le Maître hocha la tête, apparemment pensif, ménageant en fait une pause calculée pour donner à ses mots un maximum d'effet. La révélation qu'il s'apprêtait à faire à Zack exigeait ce timing précis.

Et si je te disais que ton père est encore vivant ?

Le Maître sentit alors le torrent d'émotions qui tournoyait en Zack. Un tourbillon auquel il s'attendait mais qui ne le grisa pas moins. Il aimait le goût des espoirs brisés.

— Mon père est mort. Il est mort avec le professeur Setrakian…

Il est vivant. Je ne l'ai appris que récemment. Quant à savoir pourquoi il n'a jamais tenté de te sauver ou simplement de te joindre, je ne puis t'être d'aucune aide, je le crains. Mais il est bel et bien vivant et il cherche à m'éliminer.

— Je ne le laisserai pas faire, déclara Zack, sincère.

Malgré lui, le Maître se sentit étrangement flatté par la pureté des sentiments de l'adolescent envers lui. L'empathie humaine naturelle – phénomène connu sous l'appellation de « syndrome de Stockholm » – était une partition assez simple pour que le Maître l'interprète. C'était un virtuose dans le domaine du comportement humain. Mais il y avait là quelque chose de plus. C'était une allégeance sincère. C'était – il en était persuadé – de l'amour.

Tu dois maintenant faire un choix, Zack. Peut-être ton premier choix d'adulte, et le choix que tu feras te définira, il définira le monde qui t'entoure. Tu dois être absolument sûr de toi.

Zack avait la gorge nouée. Il éprouvait du ressentiment. Toutes les années de deuil se transformaient en déréliction. Qu'avait fait son père pendant toutes ces années ? Pourquoi l'avait-il abandonné ? Il se tourna vers Kelly, qui se tenait à proximité, horrible spectre, monstre repoussant. Elle aussi avait été abandonnée. Tout était de la faute de son père. Ne les avait-il pas tous sacrifiés – sa mère, son beau-père Matt et Zack lui-même – à sa traque du Maître ? Il y avait plus de loyauté dans cet épouvantail difforme qui était sa mère que dans son père humain. Toujours en retard, toujours loin, toujours indisponible.

— Je vous ai choisi, dit Zack au Maître. Mon père est mort. Qu'il le reste, ajouta-t-il.

Cette fois encore, il était sincère.

Interstate 80

Au nord de Scranton, ils commencèrent à repérer des *strigoï* se tenant au bord de la route, telles des sentinelles. Immobiles et passives, façon caméras, les créatures regardaient les véhicules passer devant elles.

La première réaction de Fet fut de ralentir et de les tuer mais Eph lui conseilla de ne pas prendre cette peine.

— Regarde celle-là, dit soudain Fet.

Il ne vit d'abord que le panneau, *BIENVENUE DANS L'ÉTAT DE NEW YORK*, puis la femelle vampire qui se tenait dessous, les yeux luisants comme du verre. Les *strigoï* communiquaient la position des voitures au Maître par une sorte de GPS instinctif interne. Le Maître savait maintenant que le groupe se dirigeait vers le nord.

— Passe-moi les cartes, sollicita Eph.

Fet les lui tendit et Eph les examina à la lumière de sa lampe électrique.

— On progresse rapidement, sur cette route, mais restons vigilants : ils vont forcément tenter quelque chose contre nous, ce n'est qu'une question de temps.

Le talkie-walkie posé sur le siège avant crachota.

— Vous l'avez vue, celle-là ? demanda Nora dans l'Explorer qui les suivait.

Fet prit l'appareil et répondit :

— La dame chargée de l'accueil ? Ouais, on l'a vue.

— Il faudrait prendre les petites routes.

— Tout à fait de ton avis.

Eph, qui continuait à consulter la carte, reprit la parole :

— Dis-lui qu'on va s'arrêter à Binghamton pour faire le plein. Ensuite, on lâchera la grand-route.

Ils prirent la première sortie pour Binghamton, suivirent la flèche qui, au bout de la bretelle, les dirigea vers une aire comprenant des stations-service, des fast-food, un magasin de meubles et deux ou trois petites supérettes, chacune flanquée d'une cafétéria avec drive-in. Fet délaissa la première station afin de disposer de plus d'espace en cas d'urgence. La deuxième, une Mobil, offrait trois allées de pompes faisant un angle avec la façade d'une supérette On the Go. Le soleil avait depuis longtemps effacé les lettres bleues de l'enseigne et seul le O rouge demeurait visible, semblable à une bouche ronde et affamée.

Pas d'électricité, mais ils avaient gardé la pompe à main trouvée dans le Hummer de Creem, sachant qu'ils auraient à siphonner de l'essence. Les bonnets de surface étaient encore tous en place, signe qu'il restait probablement du carburant dans les citernes. Fet amena la Jeep près d'un des bouchons, l'ouvrit avec un démonte-pneu. L'essence avait une odeur âcre, agréable. Gus s'approcha et Fet lui fit signe de se garer en marche arrière près du bonnet. Puis il tira la pompe du coffre, plongea le long tuyau dans la citerne et le court dans le réservoir de la Jeep.

Sa blessure avait recommencé à lui faire mal et saignait par moments, mais il le cachait au reste du groupe.

Quinlan se tenait au bord de la route et inspectait l'allée obscure dans les deux sens. Eph arpentait le bitume, son sac d'armes à l'épaule. Gus vérifiait sa mitraillette Steyr, chargée de munitions moitié argent moitié plomb. Nora fit le tour du bâtiment pour aller se soulager derrière puis se hâta de revenir.

Fet pompait avec énergie mais c'était un boulot lent et l'essence commençait seulement à gicler par jets saccadés dans le réservoir de la Jeep. On eût dit le lait d'une mamelle de vache projeté dans un seau en fer-blanc. Fet dut pomper plus vite pour obtenir un flot régulier.

— Ne plonge pas trop profond, lui recommanda Goodweather. L'eau stagne au fond.

Fet eut un hochement de tête agacé.

— Je sais.

Eph lui proposa de le relayer mais Fet refusa. Gus les laissa pour rejoindre Quinlan au bord de la route. Eph pensa un instant l'accompagner, mais il ne voulait pas trop s'éloigner du *Lumen*.

— Vous vous êtes occupés du détonateur ? demanda Nora.

Fet fit non de la tête en continuant à pomper.

— Tu sais comme je suis doué pour la mécanique, répondit Eph.

— Oui. Pas du tout, donc.

— Je prendrai le volant pour repartir, annonça-t-il. Fet pourra travailler sur le détonateur.

— Ça ne me plaît pas que nous mettions autant de temps, dit Nora.

— Nous devons attendre le jour, de toute façon. Une fois le soleil levé, nous pourrons travailler sans problème.

— Toute une journée ? C'est trop long. C'est trop risqué.

— Je sais, dit Eph. Mais nous avons besoin de la lumière du jour pour mener cette mission à bien. Il faut tenir les vampires à distance jusque-là.

— Mais une fois que nous serons arrivés à l'eau, ils ne pourront plus nous toucher.

Nora scruta le ciel obscur. Un vent frais se leva et elle rentra la tête dans les épaules pour s'en protéger.

— Le jour semble encore loin. J'espère que nous ne perdrons pas notre avance.

Elle tourna son regard vers la rue morne.

— Bon Dieu, j'ai l'impression qu'une centaine d'yeux me fixent.

— Tu ne te trompes pas de beaucoup, répondit Gus, surgissant à côté d'eux.

— Quoi ? fit-elle.

Il ouvrit le hayon de l'Explorer, prit dans le coffre deux fusées éclairantes. Puis il retourna sur la chaussée, loin des vapeurs d'essence. Après avoir allumé les deux fusées, il en lança une dans le parking du Wendy's, de l'autre côté de la rue. Sa flamme rouge crachotante éclaira les silhouettes de trois *strigoï* qui se tenaient au coin du bâtiment. Il jeta l'autre vers des voitures abandonnées devant le bureau d'une agence de location de véhicules et elle rebondit sur la poitrine d'un vampire avant de heurter l'asphalte. La créature ne broncha même pas.

— Merde, grogna Gus, qui tendit le bras vers Quinlan. Pourquoi il nous a rien dit ?

Ils viennent d'arriver.

— Putain, soupira Gus.

Il courut vers l'agence de location, ouvrit le feu sur un vampire. L'écho des détonations résonna longtemps après son tir. Le *strigoï* gisait par terre, non pas mort mais abattu pour le compte et criblé de trous par lesquels coulait un sang blanc.

— Il faut partir d'ici, déclara Nora.

— On n'ira pas loin sans essence, fit remarquer Eph. Fet ?

Fet pompait et le carburant coulait plus vite. Le plein serait bientôt fait.

Détectant un mouvement derrière les voitures du parking d'en face, Eph saisit son épée.

— Des bagnoles ! s'écria Gus.

Eph entendit un bruit de moteur. Des véhicules aux feux éteints sortirent de l'obscurité sous le pont routier, ralentirent et s'arrêtèrent.

— Fet, tu veux que je…

— Retiens-les !

Fet continua à s'escrimer sur sa pompe, tandis que Nora allumait les phares de leurs deux voitures, illuminant les environs immédiats à l'est et à l'ouest.

À l'est, de l'autre côté de la route, des vampires se massaient à la lisière du faisceau lumineux, leurs yeux rouges luisant comme des colifichets de verre.

À l'ouest, venant de la grand-route, deux camionnettes déversaient leur cargaison de silhouettes. Des vampires locaux appelés en renfort.

— Fet ? dit de nouveau Eph.

— C'est bon, change de réservoir, répondit-il sans cesser de pomper.

Eph tira le tuyau du réservoir presque plein de la Jeep et le transféra dans celui de l'Explorer. De l'essence se répandit sur le sol.

Des pas, à présent, et il fallut un moment à Eph pour les localiser. Au-dessus d'eux, sur l'auvent. Les vampires les encerclaient.

Gus mitrailla les camionnettes, descendit un vampire ou deux mais sans causer de vrais dégâts au groupe.

— Eloigne-toi ! brailla Fet. Je ne veux pas d'étincelles ici !

Quinlan revint du bord de la route et rejoignit Eph près des voitures.

— Les voilà ! s'exclama Nora.

Les vampires déferlèrent, concentrant leurs efforts sur Gus. Quatre d'entre eux s'élancèrent vers lui, deux de chaque côté. Il cisailla la première paire, pivota aussitôt et descendit les deux autres d'extrême justesse.

Derrière lui, des silhouettes sombres surgirent des parkings voisins et coururent vers la station Mobil.

Gus se retourna et les arrosa, en estropia quelques-uns, mais dut faire volte-face car d'autres se ruaient sur lui.

Quinlan vint à la rescousse avec une agilité sidérante, brisant de ses mains nues le cou de trois *strigoï*.

Bam ! Un petit vampire, un enfant, sauta de l'auvent sur le toit de la Jeep. Nora fit un moulinet avec son épée et le *strigoï* recula en crachant. Eph passa dans le faisceau des phares pour faire le tour de la Jeep, chercha des yeux la hargneuse petite créature. Elle avait disparu.

— Elle n'est pas de ce côté ! cria-t-il.

— Ici non plus ! répondit Nora.

— Dessous !

Nora s'accroupit, passa son épée sous le châssis pour forcer l'enfant à aller du côté d'Eph. Celui-ci le toucha au bas de la jambe droite, lui sectionnant le tendon d'Achille. Mais, au lieu de battre en retraite, le vampire blessé jaillit de dessous la Jeep et se jeta sur lui. L'épée de Goodweather transperça en l'air le *strigoï* enragé. Soudain à bout de forces, Eph sentit ses muscles se contracter nerveusement. Une douleur le parcourut du flanc au bas du dos et son bras se crispa en une crampe insupportable. Il savait ce que c'était : il souffrait de malnutrition ; il mangeait peu et mal : pas assez de sels minéraux, d'électrolytes, trop de drogues, ses terminaisons nerveuses étaient à vif. Ses capacités de combattant étaient épuisées. Il s'affala, lâchant son épée, eut l'impression d'avoir un million d'années.

Un craquement humide le fit sursauter. Derrière lui, Quinlan, découpé dans la lumière des phares, tenait dans une main la tête du vampire et dans l'autre son corps, qui s'agitait en tous sens. Il jeta les morceaux sur l'espace goudronné et se retourna aussitôt, anticipant la prochaine attaque.

La Steyr de Gus balaya la rue quand d'autres vampires provenant de l'obscurité convergèrent vers eux. Eph parvint à se redresser, inquiet pour Nora, restée seule de l'autre côté des voitures. Il sentait ses forces lui revenir.

— Fet ! cria-t-il. Presse-toi !

— Ça y est presque !

Les mains dégouttant de sang blanc, Quinlan écartela de nouveaux *strigoï*, mais il en venait toujours d'autres.

— Ils veulent nous coincer ici, dit Eph. Nous ralentir.

Le Maître est en route. Avec d'autres. Je le sens.

Eph enfonça sa lame dans la gorge du vampire le plus proche puis le frappa du pied à la poitrine pour extraire son arme et passa en courant de l'autre côté de la Jeep.

— Gus ! appela-t-il.

Le Mexicain battait déjà en retraite, la mitraillette fumante et maintenant silencieuse à la hanche.

— J'ai plus de balles.

Eph étripa deux vampires qui marchaient sur Nora, arracha le tuyau du réservoir de l'Explorer. Fet le regarda, cessa de pomper. Il prit la deuxième épée d'Eph dans son sac et régla le compte d'un autre vampire qui, tel un animal, avait sauté sur le capot de la voiture.

Gus se rua dans l'Explorer, saisit une autre arme.

— Allez ! On dégage !

Ils n'avaient pas le temps de jeter dans le coffre la pompe ruisselante d'essence et durent l'abandonner sur place.

— Tire pas maintenant, tu nous ferais tous sauter ! prévint Fet.

Eph s'approcha de la portière de la Jeep. À travers les vitres, il vit Quinlan saisir un vampire femelle par les jambes et lui fracasser la tête contre un pilier d'acier. Près de la portière arrière, Fet repoussait des *strigoï* qui tentaient de s'introduire dans le véhicule. Eph se glissa derrière le volant, claqua la portière et mit le contact. Fet se jeta derrière lui, tirant la portière sur lui, au nez des *strigoï* déchaînés.

Le moteur démarra. Nora était maintenant dans l'Explorer et Quinlan fut le dernier à monter à l'arrière de la Jeep tandis que plusieurs vampires se précipitaient vers lui. Eph embraya, lança la Jeep dans la rue, fauchant deux créatures avec la calandre d'argent. Il vit Nora lancer l'Explorer vers la chaussée puis s'arrêter net. Gus descendit et, les jambes fléchies, tira sur le côté, là où l'essence s'était répandue. La flaque prit feu. Il remonta dans l'Explorer et les deux voitures s'éloignèrent rapidement tandis que les flammes filaient vers la citerne au bonnet ouvert. Pendant un court instant, les vapeurs brûlèrent au-dessus du ciment, telles de superbes ailes orange, puis la citerne explosa, faisant trembler le sol, éclater l'auvent, et frire les *strigoï* qui se trouvaient encore là.

— Nom de Dieu… Un avant-goût de ce qu'on a là, derrière, marmonna Gus en regardant par-dessus son épaule la bombe nucléaire entourée d'une bâche.

Eph se faufila entre les voitures arrêtées sur la chaussée, plusieurs des vampires se précipitant vers ces véhicules pour les prendre en chasse. Il ne doutait pas de les distancer, il ne redoutait que le Maître.

Des *strigoï* retardataires déboulèrent dans la rue, se jetant quasiment devant la Jeep pour les ralentir. Eph fonça dans le tas, entrevit des visages hideux dans le cône de lumière de ses phares au moment du choc. Le sang blanc caustique attaqua les balais de caoutchouc des essuie-glaces après quelques allers-retours. Un groupe s'était formé à l'entrée de la bretelle menant à l'Interstate 81, mais Eph passa devant sans l'emprunter.

Il suivit la route principale, chercha dans son rétroviseur les feux de l'Explorer. Ne les vit pas. À tâtons, il prit le talkie-walkie posé sur le siège, près de sa hanche.

— Nora ? Vous avez réussi à vous en sortir ? Ça va, tous les deux ?

Après un silence, la voix de Nora lui parvint, rendue aiguë par l'adrénaline :

— Ça va ! On s'en est tirés !

— Je ne vous vois pas…

— On est… Je ne sais pas. Probablement derrière vous.

— Continue à rouler vers le nord. Si nous sommes séparés, rendez-vous à Fishers Landing. Tu as saisi ? Fishers Landing.

— Fishers Landing… D'accord.

La voix de Nora commença à grésiller.

— Roulez tous feux éteints quand vous pouvez. Mais uniquement quand vous pouvez. Nora ?

— On… vers…

— Nora, je t'entends mal.

— … Eph…

Il sentit Fet se pencher vers lui.

— Ces appareils ont une portée d'un kilomètre et demi.

Eph regarda de nouveau dans son rétroviseur.

— Ils ont dû prendre un autre chemin. Tant qu'ils évitent la grand-route…

Fet prit le talkie-walkie, tenta vainement de joindre Nora.

— Merde.

— Elle a entendu le nom du lieu de rendez-vous. Elle est avec Gus, il ne lui arrivera rien.

Fet lui rendit le talkie-walkie.

— Ils ont assez d'essence, de toute façon. Tout ce qu'on a à faire, c'est rester en vie jusqu'au lever du soleil.

Sur le bas-côté de la route, sous le panneau d'affichage vide d'un cinéma drive-in abandonné, un *strigoï* impassible suivit la Jeep des yeux quand elle passa devant lui.

Le Maître étendit son esprit dans plusieurs directions. Bien que cela parût contradictoire, considérer simultanément différentes perspectives l'aidait à se concentrer et à calmer ses nerfs. Par les yeux de l'un de ses laquais, il vit le véhicule vert conduit par le Dr Ephraïm Goodweather traverser à toute allure un croisement non éclairé d'un coin de campagne du nord de l'État de New York, la Jeep surdimensionnée chevauchant la ligne jaune centrale. Toujours en direction du nord.

Il vit l'Explorer conduit par le Dr Nora Martinez passer devant une église, sur la place d'une bourgade. Le criminel Augustin Elizalde se pencha par la portière avant, une langue de feu troua l'obscurité et l'image s'effaça dans la tête du Maître. Eux aussi roulaient vers le nord, de l'autre côté de la grand-route qu'ils avaient prise au départ, l'Interstate sur laquelle le Maître filait maintenant.

Il vit l'adolescent, Zachary Goodweather, assis dans l'hélicoptère traversant l'État en diagonale en direction du nord-ouest. Le garçon regardait par le hublot de l'appareil sans se soucier du Dr Everett Barnes qui, à côté de lui, semblait souffrir du mal de l'air. L'adolescent – et Barnes aussi, peut-être – jouerait un rôle déterminant, pour déconcentrer Goodweather, voire le convaincre.

Le Maître vit aussi avec les yeux de Kelly Goodweather. Le fait de se trouver dans un véhicule en mouvement diminuait quelque peu son sens de l'orientation mais le Maître sentit qu'elle était toujours proche du Dr Goodweather, son ancien compagnon humain. La sensibilité de Kelly fournit au Maître une autre perspective avec laquelle opérer une triangulation sur le Dr Goodweather.

Tourne là.

Conduite pied au plancher par le gangster Alfonso Creem, la limousine vira, dévala la bretelle.

— Merde, lâcha Creem en découvrant la station-service encore en flammes.

L'odeur d'essence brûlée pénétra dans le système de climatisation de la voiture.

À gauche.

Creem suivit les indications et s'éloigna de l'incendie sans perdre de temps. La limousine passa devant la marquise du drive-in et le vampire qui y montait la garde. Le Maître s'enfonça de nouveau dans la vision du *strigoï* et se vit dans le luxueux véhicule noir roulant sur la route.

Ils rattrapaient Goodweather.

Eph remontait vers le nord par des routes de campagne sinueuses. Il ne cessait de changer de direction pour égarer ses poursuivants. Des sentinelles vampires étaient postées à chaque tournant. Eph comprenait qu'il était resté trop longtemps sur la même route lorsque les *strigoï* tentaient de le ralentir ou de l'arrêter en plaçant des obstacles sur son chemin : d'autres véhicules, une brouette, des bacs à fleurs provenant d'une jardinerie… Comme il roulait à plus de cent kilomètres-heure sur des routes obscures, ces objets qui surgissaient brusquement dans le faisceau de ses phares étaient difficiles à éviter.

Plusieurs fois, les vampires essayèrent de les percuter avec une voiture ou de les suivre. Fet se dressait alors par le toit ouvrant et les arrosait avec sa mitraillette.

Eph contourna la ville de Syracuse en passant à l'est de ses faubourgs. Le Maître savait où ils étaient mais ignorait toujours leur destination. C'était la seule chose qui les sauvait. Sinon, il aurait massé ses esclaves sur la rive du Saint-Laurent pour empêcher Goodweather et les autres d'y parvenir.

S'il l'avait pu, Eph aurait continué à rouler jusqu'à l'aube mais l'essence n'allait pas tarder à poser problème, et s'arrêter pour refaire le plein était maintenant hors de question. Ils devraient courir le risque d'attendre le lever du jour au bord du fleuve, offrant au Maître une cible facile.

Côté positif, plus ils montaient vers le nord, moins ils voyaient de *strigoï* sur le bas-côté de la route. La faible densité de population de la campagne jouait en leur faveur.

Nora était au volant, bien que lire une carte ne fût pas l'un des points forts de Gus. Elle était à peu près sûre qu'ils se dirigeaient en gros vers le nord, en s'écartant parfois un peu trop vers l'est ou l'ouest. Ils avaient passé Syracuse et tout à coup Watertown – dernière ville importante avant la frontière canadienne – leur parut très loin.

Le talkie-walkie accroché à sa hanche avait crachoté à plusieurs reprises, mais chaque fois qu'elle avait tenté de joindre Eph elle n'avait obtenu aucune réponse. Au bout d'un moment, elle avait cessé d'essayer pour ne pas vider les piles.

Fishers Landing. C'était le point de rendez-vous donné par Eph. Nora avait perdu le compte du nombre d'heures qui s'étaient écoulées depuis le crépuscule, et de celles qui restaient avant l'aurore : elle savait seulement qu'il y en avait trop.

Contente-toi de rouler, pensait-elle. Une fois là-bas, tu aviseras.

— Les voilà, doc, annonça Gus.

Nora inspecta la rue obscure devant elle mais ne vit rien. Puis elle découvrit une lueur entre les cimes des arbres. Une lumière en mouvement. Un hélicoptère.

— Ils nous cherchent, ajouta Gus. Ils ne nous ont pas encore repérés, je dirais.

Elle continua à rouler, un œil sur l'hélico, un autre sur la route. Quand ils passèrent devant un panneau indiquant la grand-route, ils se rendirent compte qu'ils s'étaient trop rapprochés de l'Interstate. Mauvais, ça.

L'hélicoptère décrivait un cercle au-dessus d'eux.

— J'éteins les phares, décida-t-elle.

Ce qui signifiait aussi ralentir. Ils roulaient dans l'obscurité, regardant l'hélicoptère tourner au-dessus d'eux. Sa lumière se fit plus vive quand il commença à descendre, à une centaine de mètres devant eux.

— Doucement, doucement. Il se pose, prévint Gus.

Nora vit la lumière s'immobiliser.

— Il doit être sur la grand-route, hasarda-t-elle.

— Je ne crois pas qu'ils nous aient logés, en tout cas.

Nora conduisait en se repérant aux branches noires des arbres bordant la route, plus sombres que le ciel.

— On essaie de passer ? On risque le coup ?

Gus s'efforçait de distinguer la grand-route à travers le pare-brise.

— Tu sais quoi ? Je ne pense pas qu'ils nous cherchent.

— Ils cherchent quoi, alors ? demanda Nora, surprise, tout en gardant les yeux sur les arbres.

— Aucune idée. La question, c'est : est-ce qu'on essaie de le découvrir ?

Nora avait passé suffisamment de temps avec Gus pour savoir que ce n'était pas en fait une question.

— Non, répliqua-t-elle aussitôt. Nous devons continuer à rouler.

— Y a peut-être quelque chose…

— Quoi ?

— J'en sais rien. Faudrait aller voir. On n'a pas eu de suceurs de sang le long de la route depuis des kilomètres. Je pense qu'on pourrait jeter un coup d'œil rapide.

— *Rapide*, répéta Nora, comme si elle pouvait le limiter à ça.

— Allez, toi aussi t'es curieuse. D'ailleurs, ils se servent de leur projecteur, hein ? Ça veut dire que c'est des humains.

Elle se gara sur le côté gauche de la route, arrêta le moteur. Ils descendirent de la voiture en oubliant que l'ouverture des portières allumait le plafonnier, s'empressèrent de les refermer sans les claquer, s'immobilisèrent et écoutèrent.

Les rotors tournaient encore mais ralentissaient. Tenant sa mitraillette écartée de son corps, Gus monta péniblement le talus herbeux, Nora suivant juste derrière et un peu à gauche.

Parvenus presque en haut, ils ralentirent, risquèrent un œil au-dessus de la glissière de sécurité. L'hélicoptère était à une centaine de mètres d'eux sur la route. Aucune voiture en vue. Les rotors s'arrêtèrent, mais le projecteur demeura allumé, éclairant le côté opposé de la chaussée. Nora distingua quatre silhouettes, dont une plus petite que les autres. Elle ne pouvait en être sûre mais elle pensait que le pilote – un humain, puisqu'il y avait cette lumière – était resté dans le cockpit et attendait. Attendait quoi ? De décoller de nouveau dans peu de temps ?

Nora et Gus baissèrent la tête.

— Un lieu de rendez-vous ? avança-t-elle.

— Quelque chose comme ça. Tu crois que c'est le Maître ?

— Impossible à dire.

— Y en a un plus petit. Un gosse, peut-être.

— Ouais, dit Nora, hochant la tête.

Elle se figea tout à coup puis se dressa, passant cette fois franchement la tête au-dessus de la glissière. Gus la tira en arrière par sa ceinture, mais elle avait eu confirmation de l'identité du garçon aux cheveux en broussaille.

— Oh, mon Dieu.

— Quoi ? Qu'est-ce qui te prend ?

Elle saisit son épée.

— Il faut qu'on s'approche.

— D'accord, dit Gus. Mais qu'est-ce…

— Tu descends les adultes, pas le gosse. Tu n'en laisses aucun s'enfuir.

Nora avait enjambé la glissière avant que Gus se soit relevé. Elle courait droit vers le groupe et il dut accélérer pour ne pas être distancé. Deux des silhouettes plus grandes se tournèrent vers elle sans qu'elle ait cependant fait le moindre bruit. Les vampires avaient été alertés par les ondes de chaleur qu'elle dégageait, ils avaient senti l'argent de son épée. Ils s'immobilisèrent, se tournèrent de nouveau vers les humains ; l'un des *strigoï* empoigna l'enfant, partit en courant vers l'hélicoptère. Les rotors démarrèrent, les pales se remirent à tourner. Ils allaient décoller.

Gus ouvrit le feu, visant d'abord la longue queue de l'appareil, puis perfora le flanc en direction de l'habitacle. Le vampire portant l'enfant s'éloigna de l'appareil. Nora courait dans sa direction. Gus continua à mitrailler largement à gauche de Nora, arrosant le cockpit. Le verre ne se brisa pas, les balles le percèrent nettement jusqu'à ce qu'une gerbe rouge jaillisse à l'intérieur. Le corps du pilote bascula en avant. Les rotors accélérèrent mais l'hélicoptère ne bougea pas.

L'autre vampire abandonna l'homme qu'il gardait pour s'élancer vers Nora. Aux tatouages sombres qui ornaient son cou, elle l'identifia immédiatement comme un *strigoï* du camp, un des gardes du corps de Barnes. La perspective de retrouver Barnes dissipa sa peur et elle chargea, l'épée brandie, gueulant à pleins poumons. Le vampire, grand et costaud, se baissa au dernier moment et se jeta dans ses jambes, mais elle esquiva tel un matador et abattit son arme sur son dos. Il tomba, glissa sur le ventre en dégageant une odeur de chair brûlée, se redressa d'un bond. Une peau blême pendouillait de ses cuisses, de sa poitrine et d'une de ses joues.

L'arme de Gus crépita et le vampire se tordit sur lui-même. Les balles le sonnèrent mais ne le firent pas tomber. Sans laisser le temps au colosse de lancer une nouvelle attaque, Nora, prenant pour repère les tatouages de son cou, lui trancha la tête.

Elle se tourna de nouveau vers l'hélicoptère, cligna des yeux dans le souffle des pales. L'autre vampire tatoué avait abandonné l'enfant et tournait autour de Gus. Il connaissait et respectait la force d'une lame d'argent – pas celle d'une mitraillette. Gus s'approcha du *strigoï* poussant des sifflements, à portée de son aiguillon, et lui tira une rafale dans la tête. Le vampire s'écroula à la renverse, Gus s'avança et libéra la créature en lui criblant le cou de balles.

Appuyé sur un genou, l'humain adulte survivant se tenait à la porte ouverte de l'hélicoptère. L'adolescent, qui avait assisté à l'élimination des deux vampires, fit brusquement demi-tour et s'élança vers le bas-côté de la route, dans la direction que le projecteur éclairait. Nora remarqua qu'il tenait quelque chose devant lui en courant.

— Attrape-le ! cria-t-elle à Gus parce qu'il était le plus près.

Il se lança à la poursuite du garçon qui, bien que maigrichon, se révéla plutôt rapide. Il sauta par-dessus la glissière de sécurité, atterrit sans problème, mais évalua mal les pas à faire sur le sol inégal et s'emmêla les jambes.

Nora se tenait près de Barnes sous le parapluie tournoyant des pales de l'hélicoptère. Il était encore appuyé sur un genou et souffrait toujours du mal de l'air. Quand il leva les yeux et reconnut Nora, il pâlit davantage encore.

Elle leva son épée et s'apprêtait à frapper lorsqu'elle entendit quatre détonations sèches, étouffées par le bruit des rotors. Le garçon, pris de panique, tirait sur eux avec une petite carabine. Nora ne fut pas touchée, mais les balles passèrent dangereusement près. Elle vit Gus plonger sur l'adolescent et le plaquer au sol avant qu'il puisse tirer de nouveau. Puis il le souleva par sa chemise en le tournant vers la lumière pour s'assurer qu'il n'avait pas affaire à un vampire. Le garçon se mit à ruer, Gus le secoua un bon coup, juste assez durement pour qu'il sache ce qui lui arriverait s'il essayait de se débattre plus longtemps. L'adolescent, véritablement effrayé, tenta cependant à nouveau de se libérer.

— Doucement, môme, bon Dieu.

— Ça va, Gus ? cria Nora.

— Ouais, il tire comme un manche ! répondit-il en maîtrisant le garçon qui se débattait.

Nora se retourna, pour constater que Barnes avait disparu. Plissant les yeux dans la lumière, elle inspecta les alentours. Sans résultat. Elle jura à mi-voix.

Gus examina le visage de l'adolescent, remarqua quelque chose de familier dans ses yeux, dans ses traits. Trop familier.

Le garçon le frappa du talon de sa basket et Gus lui expédia en retour un coup de pied, en plus fort.

— Putain, aussi chiant que son père.

Le garçon cessa un instant de gigoter, leva les yeux vers Gus.

— Qu'est-ce que vous en savez ?

Lorsque Nora regarda Zack, elle le reconnut à la fois instantanément et pas du tout : ses yeux n'étaient plus comme dans son souvenir. Ses traits avaient mûri, changement normal chez tout enfant sur une période de plus de deux ans, mais ses yeux n'avaient plus leur lumière d'autrefois. S'ils exprimaient encore de la curiosité, ils étaient plus sombres, plus profonds. Comme si sa personnalité s'était réfugiée dans son esprit, désirant lire sans être lue. Ou peut-être était-ce seulement le choc. Il n'avait que treize ans, après tout.

— Zachary, dit-elle, ne sachant que faire.

Il la regarda un moment avant que s'insinue dans ses yeux une lueur indiquant qu'il l'avait reconnue.

— Nora, prononça-t-il.

Lentement, comme s'il avait presque oublié ce nom.

Bien qu'il y eût moins de drones disponibles pour surveiller les divers itinéraires possibles en voiture dans le nord de l'État de New York, le Maître devenait à chaque instant plus sûr du chemin à prendre. Il avait assisté à l'assaut du Dr Martinez avec les yeux des gardes du corps du Dr Barnes, jusqu'à leur libération violente. En ce moment, le Maître voyait l'hélicoptère sur la route, les rotors toujours en marche, avec les yeux de Kelly Goodweather.

Elle indiqua à son chauffeur de descendre un talus escarpé pour rejoindre une route secondaire, prenant le sillage de l'Explorer. Le lien de Kelly avec Zachary était beaucoup plus fort que celui qui l'unissait à son ancien compagnon, Ephraïm Goodweather. Son désir de le retrouver était plus prononcé et, en ce moment, plus utile.

Et le Maître avait à présent une lecture encore plus précise de la progression des infidèles. Ils avaient mordu à un appât qui s'était révélé irrésistible, comme il l'avait prévu. Le Maître voyait avec les yeux de Zachary, assis à l'arrière de l'automobile conduite par Augustin Elizalde. Il était quasiment à côté d'eux dans le véhicule les amenant au rendez-vous avec le Dr Goodweather, qui était en possession du *Lumen* et connaissait l'emplacement du Site noir.

— Je les suis, dit la voix grésillante de Barnes dans un talkie-walkie. Je vous tiendrai au courant. Vous m'avez sur le GPS.

Effectivement, un point était visible sur l'écran de l'appareil, pâle imitation imparfaite du lien du Maître, mais qu'il pouvait partager avec le traître.

— J'ai l'arme avec moi, dit Barnes. Je suis prêt à exécuter vos ordres.

Le Maître sourit. Quelle obséquiosité !

Ils étaient proches, à quelques kilomètres seulement de leur destination. Leur trajectoire vers le nord les conduisait à un chemin menant au lac Ontario ou au Saint-Laurent. Et s'il fallait traverser une étendue d'eau, ce n'était pas un problème. Le Maître avait Creem pour le transporter de l'autre côté, au besoin, puisque le gangster était encore en principe humain mais totalement sous son contrôle. Le Maître envoyait les hélicoptères vers le nord à toute vitesse.

Creem avait mal à la bouche. Ses gencives brûlaient là où elles étaient en contact avec ses dents d'argent ébréchées. D'abord, il avait cru à un effet tardif du coup de coude que lui avait donné Quinlan. Mais à présent ses doigts aussi devenaient douloureux, assez pour qu'il ôte de ses phalanges sa bimbeloterie d'argent et la dépose dans le porte-gobelet.

Il ne se sentait pas bien. Il était somnolent, fiévreux. Dans un premier temps, il avait redouté une sorte d'infection bactérienne comme celle qui avait emporté le copain de Gus. Mais plus il regardait dans son rétroviseur le visage sombre, grouillant de vers, du Maître, plus il devenait anxieux et se demandait si la Créature ne l'avait pas contaminé. Un instant, il sentit quelque chose bouger dans son avant-bras et pénétrer dans son biceps, remonter vers son cœur.

La Jeep d'Eph arriva la première à Fishers Landing. La route la plus au nord longeait le Saint-Laurent. Quinlan n'avait détecté aucun vampire dans les environs immédiats. Ils virent une pancarte, *CAMP RIVERSIDE*, indiquant un endroit où la route quittait le bord de l'eau. Ils s'engagèrent sur un chemin menant à une large bande de terre qui se jetait dans le fleuve. Il y avait des cabanes et un restaurant flanqué d'un magasin de friandises, une plage de sable prolongée par un quai juste assez long et large pour être à peine visible au-dessus de l'eau.

Eph s'arrêta brutalement au bout du chemin, laissant ses phares allumés, et tendit le bras vers l'eau. Il voulait aller sur ce quai, ils avaient besoin d'un bateau.

Il venait de refermer sa portière quand une lumière vive l'aveugla. Une main en visière au-dessus de ses yeux, il parvint à voir qu'elle avait plusieurs sources, l'une près du restaurant, une autre près d'une cabane.

— N'avancez pas ! ordonna une voix.

Une vraie voix, pas une voix de vampire projetée dans sa tête.

— D'accord, d'accord, répondit Eph. Je suis un humain.

— On le voit, maintenant, dit la voix.

Une femme.

De l'autre côté, une voix d'homme lança :

— Il est armé !

— Et vous, vous êtes armés ? demanda Fet.

— Vous feriez bien de le croire ! rétorqua la voix masculine.

— Alors, on pose les flingues et on discute ? proposa Fet.

— Non, répondit la femme. Vous n'êtes pas des aiguillons, tant mieux, mais ça veut pas dire que vous n'êtes pas des pillards. Ou des gars de Stoneheart déguisés…

— Rien de tout ça, assura Eph. Nous sommes ici… en mission.

— Y en a un autre à l'arrière ! glapit l'homme. Montrez-vous !

Oh, merde, pensa Eph.

— Écoutez, on vient de New York…

— Je suis sûr qu'on sera content de vous voir revenir, là-bas.

— Vous… vous avez l'air d'être des gens qui se battent contre les vampires. Des résistants. Nous aussi.

— On est complets, ici, mon gars.

— Nous avons besoin d'aller sur l'une des îles, déclara Eph.

— Vous gênez pas. Faites-le ailleurs, c'est tout. On veut pas d'ennuis, mais on est prêts à se défendre.

— Si vous me laissiez une dizaine de minutes pour vous expliquer…

— Vous avez dix secondes pour filer. Je vois vos yeux et ceux de votre ami. Ils ont l'air normaux, à la lumière. Mais si votre autre copain sort pas de la voiture, je vais me mettre à tirer…

— Pour commencer, nous transportons quelque chose de fragile et d'explosif dans cette voiture, alors, dans votre propre intérêt, ne tirez pas. Ensuite, vous n'allez pas aimer ce que vous allez voir chez notre ami.

— Ses pupilles sont comme du verre dans la lumière, ajouta Fet. Parce qu'il est en partie vampire.

— Ça n'existe pas, une chose pareille, fit la voix d'homme.

— Il y en a au moins une, pourtant, affirma Eph. Il est de notre côté, je peux vous expliquer, si vous m'en laissez la possibilité…

Eph vit la source lumineuse bouger. Approcher de lui. Il se raidit, se préparant à une attaque.

Derrière l'autre lumière, la voix masculine s'écria :

— Attention, Ann !

La femme s'arrêta à une dizaine de mètres d'Eph, assez près pour qu'il sente la chaleur émise par la lampe. Il distingua derrière le faisceau des bottes en caoutchouc et un coude.

— William ! appela la voix féminine.

Le porteur de l'autre lumière s'avança vers Fet.

— Quoi ?

— Regarde bien sa tête, à celui-là.

Un instant, Eph eut les deux lampes braquées directement sur lui.

— Ben quoi ? fit William. C'est pas un vampire.

— Non, idiot. Rappelle-toi, la photo. L'homme recherché... Vous êtes Goodweather ?

— Oui. Je m'appelle Ephraïm Goodweather.

— C'est ça, le docteur en cavale. Celui qu'a tué Eldritch Palmer.

— En fait, j'ai été accusé à tort, se défendit Eph. Je n'ai pas tué ce vieux salaud. J'ai essayé, cependant.

— Ils voulaient drôlement vous retrouver, hein ? Ces enfoirés.

— Ils le veulent toujours.

— Je ne sais pas, Ann, dit William d'un ton hésitant.

— Je vous donne dix minutes, décida la femme. Mais votre soi-disant copain reste dans la voiture, et s'il essaie de descendre vous irez tous nourrir les poissons.

À l'arrière de la Jeep, Fet leur montrait la bombe et le détonateur qu'il y avait fixé.

— Puuutain ! s'exclama Ann. Une bombe nucléaire.

C'était une femme d'une cinquantaine d'années aux cheveux coiffés en une longue tresse grise, portant des cuissardes et un ciré de pêcheur.

— Vous pensiez que c'était plus gros, dit Fet.

— Je ne sais pas ce que je pensais, répondit-elle en regardant de nouveau Eph et Fet.

William – un quadragénaire vêtu d'un gros pull en laine et d'un jean bleu tombant – demeurait à l'écart, les mains sur sa carabine. Les lampes étaient posées à ses pieds et celle qui demeurait allumée éclairait indirectement Quinlan. L'Enfanté se tenait maintenant près de la voiture, silhouette intimidante à moitié dans l'ombre.

— Votre histoire est trop bizarre pour pas être vraie, faut reconnaître.

— Nous ne voulons rien de vous sauf une carte des îles et un moyen de s'y rendre, dit Eph.

— Vous voulez faire exploser votre machin ?

— Oui. Vous allez devoir déménager, que l'île soit ou non à plus de huit cents mètres de la berge.

— On ne vit pas ici, répondit William.

Du regard, Ann lui reprocha d'en avoir trop dit puis elle se détendit un peu : puisque les deux hommes s'étaient montrés francs avec elle, elle pouvait l'être avec eux.

— On vit sur les îles, admit-elle. Là où ces foutus aiguillons peuvent pas aller. Y a de vieux forts qui datent de la guerre d'Indépendance. C'est là qu'on habite.

— Vous êtes combien ?

— Quarante-deux, en tout. Avant, cinquante-six ; on a eu des pertes. On vit en trois groupes, parce que même après la fin du monde y a toujours des cons qu'arrivent pas à s'entendre. On est surtout des voisins qui se connaissaient pas avant ce foutu truc. On revient tout le temps sur la berge pour récupérer des armes, des outils et de quoi manger, comme Robinson Crusoé, si on voit la berge comme l'épave du navire.

— Vous avez donc des bateaux, conclut Eph.

— Ouais. Trois canots à moteur et une tapée de p'tites barques.

— Bien, dit Eph. Très bien. J'espère que vous jugerez bon de nous en prêter un. Je suis désolé de vous apporter des ennuis.

Il se tourna vers Quinlan, qui se tenait immobile.

— Toujours rien ?

Rien d'imminent.

À sa façon de répondre, Eph comprit cependant qu'il leur restait peu de temps.

— Vous connaissez ces îles ? demanda-t-il à Ann.

— William mieux que moi. Il les connaît comme sa poche, même.

— Pouvons-nous aller dans le restaurant pour que vous me dessiniez le chemin à suivre ? sollicita Eph. Je sais ce que je cherche. C'est une île avec peu de végétation, rocailleuse, en forme de trèfle, trois cercles qui se chevauchent. Comme le symbole du danger biologique, si vous voyez ce que je veux dire.

Ann et William échangèrent un regard signifiant qu'ils savaient exactement de quelle île il parlait. Eph sentit en lui une poussée d'adrénaline.

Un grésillement fit sursauter l'homme nerveux qu'était William. Le talkie-walkie posé sur le siège avant de la Jeep.

— Des amis à nous, dit Fet.

Il s'approcha de la portière, prit l'appareil.

— Nora ?

— Oh, Dieu soit loué, s'exclama-t-elle, la voix déformée sur les ondes hertziennes. Nous sommes enfin à Fishers Landing. Où êtes-vous ?

— Suis les panneaux pour la plage publique. Tu en verras un qui indique Camp Riverside. Prends le chemin de terre qui mène au fleuve. Fais vite mais discrètement. Nous avons rencontré des gens qui peuvent nous aider à aller sur l'eau.

— Des gens ?

— Fais-moi confiance et viens.

— OK, je vois un panneau pour la plage. Nous arrivons.

Fet reposa le talkie-walkie.

— Ils sont tout près.

— Bien, dit Eph en se tournant de nouveau vers Quinlan.

Le vampire de naissance scrutait le ciel comme s'il y cherchait un signe. Cela inquiéta Eph.

— Du nouveau ?

Rien à signaler.

— Combien d'heures encore avant la période de jour ?

Trop, j'en ai peur.

— Quelque chose vous préoccupe ? De quoi s'agit-il ?

Je ne prends aucun plaisir à me déplacer sur l'eau.

— J'en ai bien conscience. Et ?

Nous aurions dû voir le Maître, maintenant. Je n'aime pas que ce ne soit pas le cas...

Ann et William avaient envie de bavarder, mais Eph voulait seulement qu'ils lui tracent le chemin de l'île. Il les laissa devant un set de table en papier retourné et revint auprès de Fet, qui s'affairait autour de la bombe posée sur le comptoir des crèmes glacées du magasin de friandises jouxtant le restaurant. À travers les portes en verre, Eph vit Quinlan qui attendait les vampires devant la plage.

— Il nous reste combien de temps ? demanda Eph.

— Je ne sais pas, répondit Fet. Assez, j'espère.

Il lui montra le bouton bloqué par un système de sûreté.

— On tourne dans ce sens pour avoir un retardement.

Le bouton était serti dans la représentation d'une montre sur un petit panneau.

— On ne tourne pas dans l'autre sens. Vers le X. Et on se débine le plus vite possible.

Eph sentit une autre crampe monter lentement dans son bras. Il ferma le poing et cacha sa souffrance du mieux qu'il put.

— Je n'aime pas trop l'idée de laisser la bombe ici, dit-il. Il peut arriver beaucoup de choses en quelques minutes.

— On n'a pas le choix, répondit Fet. Si on veut survivre.

Ils tournèrent tous deux les yeux vers les feux qui approchaient. Fet courut en direction de la voiture, Eph resta derrière et regarda de nouveau William dessiner. Ann faisait des suggestions qui semblaient ennuyer William.

— C'est la quatrième île, affirmait-il.

— Et Little Thumb ?

— Tu peux pas donner des petits noms aux îles et t'attendre à ce que tout le monde s'en souvienne.

Ann se tourna vers Eph pour lui fournir des explications.

— La troisième île, on dirait qu'elle a un petit pouce[1].

Il regarda le dessin. Le chemin paraissait clair, c'était l'essentiel.

— Pourriez-vous conduire les autres à votre île avant nous ? Nous ne resterons pas, nous ne pillerons pas vos ressources, promit-il. Nous voulons juste un endroit où nous cacher en attendant que tout soit fini.

— D'accord, acquiesça Ann. Surtout si vous pensez être capable de faire ce que vous dites.

— La vie sur terre va de nouveau changer, assura Eph.

— Retour à la normale.

— Je ne dirais pas ça, nuança-t-il. Nous aurons un long chemin à parcourir avant de retrouver quoi que

1. *Little Thumb :* petit pouce.

ce soit de normal. Mais les suceurs de sang ne nous domineront plus.

Ann semblait avoir appris à ne pas placer ses espoirs trop haut.

— Docteur Goodweather, vous êtes un dur et un drôle d'enfoiré.

Il ne put s'empêcher de sourire. Ces temps-ci, il acceptait tous les compliments, aussi équivoques soient-ils.

— Parlez-nous un peu de la ville, reprit-elle. Paraît que le centre a brûlé.

— Non, c'est…

Entendant les portes en verre du magasin s'ouvrir, Eph se tourna. Gus entra, mitraillette à la main. Puis il vit Nora approcher, accompagnée non par Fet mais par un adolescent de haute taille. Lorsqu'ils entrèrent, il fut incapable de parler ou de faire un geste ; des larmes montèrent à ses yeux secs et l'émotion lui noua la gorge.

Zack regardait autour de lui avec appréhension. Ses yeux passèrent d'Eph aux publicités pour des crèmes glacées accrochées aux murs, revinrent lentement au visage de son père.

Eph s'approcha de lui. Le garçon ouvrit la bouche, fut incapable de prononcer un mot. Les cheveux en broussaille qui tombaient sur son visage cachaient en partie ses yeux.

— Qu'est-ce que tu fais ici ? demanda-t-il calmement à son père.

Comme il a grandi, pensa Eph.

Il avait les cheveux longs et mal peignés – exactement ce qu'un garçon de son âge adopterait comme look sans intervention parentale –, mais il semblait à peu près propre. Et bien nourri.

Eph le prit dans ses bras et l'attira contre lui. C'était une façon de le rendre réel. Le corps qu'il serrait lui sembla étrange, différent – plus mûr. Même son odeur était différente. L'idée vint à Eph que lui aussi devait paraître terriblement changé à Zack. Il était si décharné, maintenant.

L'adolescent subit son étreinte avec raideur, sans la lui rendre. Eph l'écarta de lui pour le contempler de nouveau. Il voulait tout savoir – ce qui lui était arrivé, comment il se retrouvait ici – mais pensait en même temps que rien de tout ça n'avait d'importance.

Ce qui comptait, c'était qu'il était là. Encore humain. Libre.

— Oh, Zack, dit-il, se rappelant le jour où il l'avait perdu, deux ans plus tôt. Je regrette, je regrette tellement…

L'enfant le regardait étrangement.

— Tu regrettes quoi ?

— D'avoir laissé ta mère te… commença-t-il.

Il s'interrompit puis s'exclama, submergé de bonheur :

— Comme tu es grand ! Tu es un homme, maintenant.

Trop stupéfait pour répondre, Zack regardait fixement son père, l'homme qui avait hanté ses rêves tel un fantôme tout-puissant. Le père qui l'avait abandonné et dont il avait gardé le souvenir d'un homme grand, fort et sage, n'était plus que cet être faible, desséché, insignifiant, mal lavé et tremblant. Il sentit monter en lui une vague de dégoût.

Es-tu loyal ?

— Je n'ai jamais cessé de te chercher, disait Eph. Je n'ai jamais renoncé. Je sais qu'on t'a dit que j'étais mort, mais je n'ai pas arrêté de lutter. Pendant deux ans, j'ai essayé de te récupérer…

Zack parcourut la pièce des yeux et posa son regard sur Quinlan, qui venait d'entrer.

— Ma mère vient me chercher, dit l'enfant. Elle sera en colère.

— Oui. Mais… c'est bientôt fini, assura Eph.

— Je le sais, répondit Zack.

M'es-tu reconnaissant de tout ce que je t'ai procuré ? De tout ce que je t'ai appris ?

— Viens par ici…

Eph pressa les épaules de son fils et le conduisit à la bombe. Fet tenta de s'interposer, mais Eph le remarqua à peine et expliqua :

— C'est un engin nucléaire. Nous allons l'utiliser pour faire sauter une île. Anéantir le Maître et toute son engeance.

L'adolescent fixait la bombe.

— Pourquoi ? demanda-t-il malgré lui.

La fin des temps est proche.

Le dos parcouru d'un frisson, Fet se tourna vers Nora. Eph ne se rendait compte de rien, perdu dans son rôle de père prodigue.

— Pour que les choses redeviennent comme avant, répondit-il. Avant les *strigoï.* Avant les ténèbres.

Comme pris d'un tic nerveux, Zack se mit à cligner des yeux.

— Je veux rentrer à la maison.

Eph hocha la tête.

— Et je veux t'y conduire. Toutes tes affaires sont restées dans ta chambre, comme tu les as laissées. Nous irons là-bas dès que ce sera fini.

Zack secoua la tête. Il ne regardait plus son père mais Quinlan.

— La maison, c'est le château. Dans Central Park.

L'expression pleine d'espoir de Goodweather s'évanouit.

— Non, tu ne retourneras jamais là-bas. Ça prendra du temps, je le sais, mais tout ira bien pour toi.

Ce garçon est contaminé.

Eph se tourna brusquement vers l'Enfanté, qui regardait Zack. Eph examina son fils : il avait des cheveux, un teint rose ; ses yeux n'étaient pas des lunes noires dans une mer de rouge, sa gorge n'était pas gonflée.

— Non, non, vous vous trompez. Il est humain.

Physiquement, oui. Mais regardez dans ses yeux. Il a amené quelqu'un ici avec lui.

Eph prit son fils par le menton, releva ses cheveux. Ses yeux étaient un peu troubles, oui, peut-être. Zack le regarda d'un air de défi puis détourna les yeux, comme l'aurait fait n'importe quel adolescent.

— Non, répéta Eph. Il va bien. Il ira bien. Il m'en veut… c'est normal. Il est en colère contre moi et… Il faut simplement le mettre dans un bateau. L'amener sur le fleuve.

Il regarda Nora et Fet, ajouta :

— Le plus tôt sera le mieux.

Ils sont là.

— Quoi ? fit Nora.

Quinlan resserra sa capuche autour de sa tête.

Allez au fleuve. J'en repousserai autant que je pourrai.

L'Enfanté sortit. Eph saisit Zack par l'épaule, le dirigea vers la porte, s'arrêta et dit à Fet :

— Nous l'emmènerons en même temps que la bombe.

Fet ne répondit pas mais son expression signifiait son désaccord.

— C'est mon fils, Vassili, plaida Eph. Mon fils… Il est tout ce que j'ai, mais j'irai jusqu'au bout de ma mission, je ne faillirai pas.

Pour la première fois depuis une éternité, Fet retrouva en Goodweather l'assurance et l'autorité qu'il admirait autrefois. C'était l'homme que Nora avait aimé et que Fet avait suivi.

— On n'aura pas de place pour tout le monde si tu vas sur l'île.

— Nous trouverons un moyen. Allez-y, maintenant.

Eph ferma la porte à clé derrière eux puis se tourna vers son fils, chercha dans son visage de quoi se rassurer.

— Tout va bien, Zack. On va s'en tirer. Ce sera bientôt fini.

Clignant des yeux, Zack regarda son père plier la carte et la glisser dans la poche de son manteau.

Les *strigoï* surgirent de l'obscurité. Quinlan vit leurs empreintes thermiques se ruer entre les arbres et attendit pour les intercepter. Des dizaines de vampires, suivis de beaucoup d'autres – des centaines, peut-être. Gus déboula sur le chemin de terre en tirant sur un véhicule non éclairé. Des étincelles jaillirent du capot, le pare-brise se craquela mais la voiture continua à rouler. Gus se tint devant elle jusqu'à ce qu'il soit sûr de faire mouche puis s'écarta au dernier moment.

Mais la voiture tourna elle aussi quand il plongea sur le côté. Un tronc épais arrêta le véhicule avec un craquement, pas avant cependant que la calandre ait heurté les jambes de Gus, le projetant au milieu des arbres. Son bras gauche craqua et quand il se releva son membre pendait de travers, fracturé au coude et peut-être aussi à l'épaule.

Gus jura entre ses dents serrées. La douleur était forte mais son instinct de guerrier prit le dessus et l'incita à courir vers la voiture, s'attendant à ce que des vampires s'en déversent, comme des clowns au cirque.

Il leva son bras valide, posa sur le fauteuil du passager la Steyr qu'il avait récupérée tant bien que mal et tira en arrière la tête du chauffeur appuyée sur le volant. C'était Creem, affalé maintenant contre le dossier du siège comme s'il faisait un somme, sauf qu'il avait reçu deux des balles de Gus dans le front et une dans la poitrine.

— Un mozambique à l'envers[1], enculé, maugréa Gus en lâchant Creem, dont le nez alla s'écraser sur la barre transversale du volant.

Il ne vit pas d'autres occupants mais, curieusement, la portière arrière était ouverte.

Le Maître…

Gus récupéra son arme et s'apprêtait à sortir du véhicule lorsqu'il remarqua un filet de sang coulant du cou de Creem.

Ce n'était pas une blessure par balle.

Creem ouvrit soudain les yeux, se rua hors de la voiture. L'impact de son corps massif vida les poumons de Gus, qui fut projeté en arrière tel un matador encorné par un taureau. Aussitôt Creem fut sur lui, écrasant son bras blessé, broyant l'os comme un mortier.

Gus poussa un cri de douleur et de rage.

Creem avait les yeux fous et exorbités. Son sourire bling-bling commençait à fumer, ses gencives de vampire brûlant au contact de ses implants d'argent. La chair de ses jointures noircissait pour la même raison mais il tenait bon, manipulé par la volonté du Maître.

1. Le « mozambique »… classique consiste à exécuter quelqu'un en lui tirant deux balles dans la poitrine et une dans le front.

Quand la mâchoire du gangster s'ouvrit toute grande dans un bruit de craquement, Gus comprit que le Maître avait décidé de prendre possession du malfrat pour déjouer le plan du groupe. Puis il vit l'aiguillon naître au fond de la gorge de Creem, avec une lenteur fascinante, la chair rougie se dépliant, s'éveillant à sa nouvelle fonction…

Creem était contraint à une métamorphose accélérée par la volonté du Maître. L'aiguillon s'enflait dans les vapeurs provoquées par la brûlure de l'argent et se préparait à frapper. Un reste de sang et de salive coula sur la poitrine de l'être dément qui avait été Creem quand il dressa sa tête de vampire.

Malgré la douleur, Gus n'avait pas lâché son arme et il parvint à la relever pour viser approximativement la tête de Creem. Il tira une fois, deux fois, trois fois, chaque balle arrachant des morceaux de chair et d'os au visage et au cou du truand.

L'aiguillon se détendit, cherchant à atteindre sa cible. Gus continuait à tirer et une balle trancha net le long dard. Du sang de *strigoï* et des vers furent projetés dans toutes les directions, puis Creem bascula sur le côté, la moelle épinière sectionnée, et heurta durement le sol, son corps continuant à se tordre et à fumer.

Gus roula par terre pour échapper aux vers de sang. Il sentit une piqûre, releva aussitôt sa jambe gauche de pantalon de sa main valide, vit un ver se couler dans sa chair. Instinctivement, il saisit un morceau de la calandre d'argent et se l'enfonça dans la jambe, assez profondément pour voir le ver se tortiller en lui. Gus le saisit et tenta de le sortir de la plaie. Le ver s'accrochait par ses barbillons et la douleur était atroce, mais Gus finit par réussir à l'extraire. Il le jeta par terre et l'écrasa.

Puis il se releva, pantelant, la jambe saignante. Cela ne le dérangeait pas de voir son sang tant qu'il restait rouge.

Quinlan apparut à cet instant, balaya toute la scène du regard, en particulier le cadavre fumant de Creem.

— T'as vu ça, *compa* ? lui lança Gus. Tu peux vraiment pas me laisser seul une minute !

L'Enfanté sentit que d'autres *strigoï* avançaient le long de la berge venteuse et indiqua cette direction à Gus. Les premiers assaillants apparurent. Quinlan vint à leur rencontre. Elle attaquait durement, cette première vague sacrifiée, et il ripostait avec une violence égale. Tout en se battant, il repéra sur sa droite un renifleur qui s'approchait de lui à quatre pattes. Il lui décocha une taloche et le monstre tomba en arrière, se relevant aussitôt, tel un animal écarté d'un repas potentiel. Deux autres vampires se jetèrent sur Quinlan, qui esquiva la charge tout en gardant un œil sur le renifleur.

Un corps décolla d'une des tables placées le long de la devanture, atterrit sur le dos et les épaules de Quinlan avec un cri perçant. Kelly Goodweather, dont la main droite griffa le visage de l'Enfanté. Il poussa un hurlement et abattit son bras en arrière, expédiant la non-morte à terre.

Une rafale de mitraillette se fit entendre. Quinlan se tourna et découvrit le renifleur gisant sur le sol, criblé de balles.

L'Enfanté toucha son visage, ramena une main tachée d'un liquide blanc et gluant. Il se tourna pour se lancer à la poursuite de Kelly, mais elle avait disparu.

Du verre se brisa quelque part dans le restaurant. Son épée d'argent à la main, Eph poussa Zack vers le comptoir des bonbons pour qu'il soit en sécurité – et en même temps dans l'incapacité de fuir. La bombe se trouvait toujours à l'autre bout du comptoir, près du mur, à côté du sac de Gus et de la serviette en cuir noir de l'Enfanté.

Un petit renifleur à l'air mauvais surgit par une porte du restaurant, suivi aussitôt par un autre. Eph leva sa lame d'argent, laissa les deux créatures aveugles la sentir. Une forme apparut derrière eux dans l'encadrement de la porte, à peine une silhouette, noire comme une panthère.

Kelly.

Elle était terriblement décatie, les traits à peine reconnaissables, même pour son ex-mari. La caroncule rouge de son cou oscillait mollement sous son visage aux yeux morts rouge et noir. Elle était là pour Zack et Eph savait ce qu'il devait faire. Il n'y avait qu'un moyen de briser le sortilège. L'épée d'Eph tremblait dans ses mains, non à cause de sa nervosité mais à cause de sa détermination. La lame semblait rougeoyer légèrement.

Kelly s'approcha de lui, flanquée des renifleurs agités. Eph lui montra sa lame et dit :

— C'est la fin, Kelly… et je suis désolé… profondément désolé…

Elle n'avait d'yeux que pour Zack, qui se tenait derrière son père. Le visage de Kelly n'était capable d'aucune expression mais Eph comprenait la compulsion à posséder et à protéger. Il la comprenait intensément. Son dos se crispa et la douleur devint quasi insupportable. Il parvint à la refouler.

Kelly porta alors son attention sur lui. Elle eut un geste de la main, un léger mouvement en avant, et les renifleurs se ruèrent sur lui comme des chiens d'attaque. Il abattit son épée sur celui de droite, le manqua mais parvint à repousser celui de gauche d'un coup de pied. Celui qu'il avait manqué poursuivit son attaque ; Eph ne le rata pas cette fois, mais il était en déséquilibre et il toucha seulement sa tête du plat de la lame. La créature roula en arrière, étourdie, et tarda à se relever.

Kelly grimpa sur une table et tenta de sauter par-dessus Eph pour atteindre Zack. Eph se jeta sur la droite pour la bloquer et ils entrèrent en collision. Elle fut projetée sur le côté et il recula de quelques pas en arrière.

Voyant l'autre renifleur s'approcher par le côté, Eph leva son épée. Zack passa alors en courant devant lui et il le rattrapa *in extremis* par le col de sa parka, le tirant aussitôt en arrière. L'enfant se tortilla, s'extirpa du vêtement mais resta planté là, entre ses parents.

— Arrêtez ! implora-t-il, une main tendue vers sa mère, l'autre vers Eph. Ne faites pas ça !

Il se tourna vers son père.

— Ne lui fais pas de mal ! Elle est tout ce que j'ai !

Eph reçut les mots comme un coup de massue. C'était *lui* le père absent, lui l'anomalie. Le corps de Kelly se détendit un instant, ses bras retombant le long de ses flancs nus.

— Je vais avec toi, dit Zack à sa mère. Je veux rentrer.

Quelque chose apparut alors dans les yeux de Kelly, une volonté monstrueuse, étrangère. Elle poussa soudain Zack sur le côté. Sa bouche s'ouvrit, son aiguillon se darda vers Eph, qui eut à peine le temps d'esquiver, l'appendice musclé fouettant le vide à l'endroit où son cou se trouvait l'instant d'avant. Il frappa de son épée, manqua l'aiguillon.

Les renifleurs se précipitèrent sur Zack et le plaquèrent au sol. Le garçon cria. L'aiguillon de Kelly se rétracta, son extrémité dépassant de sa bouche comme une mince langue bifide. Elle se jeta sur Eph, tête baissée, percuta son torse. Il glissa, bascula en arrière contre le bas du comptoir.

Il se remit péniblement à genoux, la poitrine en feu. Il leva son épée pour tenir Kelly à distance, elle lui décocha un coup de son pied nu qui le toucha sous le coude. Le poing d'Eph claqua contre le comptoir, l'épée lui échappa et tomba par terre.

Les yeux de Kelly brillèrent d'un éclat rouge quand elle s'avança pour l'achever.

Il se baissa prestement, récupéra son épée et la leva devant lui au moment précis où Kelly ouvrait la bouche et se projetait en avant.

L'épée lui transperça la gorge et ressortit de l'autre côté du cou, sectionnant la racine de l'aiguillon. Eph vit le dard mollir sous son regard incrédule. La bouche de Kelly s'emplit de sang blanc grouillant de vers, son corps s'affala contre l'épée d'argent.

Un instant – probablement sous l'effet de son imagination – il entrevit derrière les yeux de vampire l'ancienne Kelly humaine qui le regardait avec une expression apaisée. Puis la créature revint et s'effondra, libérée.

Surmontant le choc, Eph pivota et retira sa lame du corps de Kelly.

Zack hurlait. Dans un accès de rage, il se releva et repoussa les renifleurs. Les petits vampires aveugles, furieux eux aussi, se jetèrent sur Eph. Il leva son épée luisante de sang, élimina facilement le premier. Le second se jeta en arrière. Eph le vit sortir de la salle en courant, la tête tournée presque totalement par-dessus l'épaule, comme s'il refusait de lâcher Eph du regard.

Zack se tenait penché au-dessus de la dépouille de sa mère vampire, secoué de sanglots. Il tourna vers son père un regard chargé de détresse et de dégoût.

— Tu l'as tuée, accusa-t-il.

— J'ai tué le vampire qui nous l'avait prise.

— Je te hais ! Je te hais !

Dans sa fureur, l'adolescent trouva sur le comptoir une longue torche électrique, l'empoigna et s'approcha de son père. Eph bloqua le coup. Emporté par son élan, Zack tomba sur lui, pesant sur ses côtes meurtries. La douleur fut atroce. Zack frappa à nouveau, Eph para de son avant-bras. L'enfant perdit la lampe mais continua à frapper du poing la poitrine de son père. Une de ses mains se glissa sous le manteau d'Eph. Finalement, Eph lâcha son épée pour saisir les poignets de Zack.

Il vit alors dans la main gauche du garçon une feuille de papier chiffonnée.

Eph dut s'employer pour récupérer la carte que Zack avait tenté de lui prendre. Il regarda son fils dans les yeux et vit le Maître.

Il repoussa Zack avec un haut-le-cœur, remit la carte dans sa poche. Zack se releva, recula. Eph comprit qu'il s'apprêtait à courir vers la bombe.

Quinlan apparut, intercepta l'enfant, l'entoura de ses bras puissants et le fit tourner. L'Enfanté avait le visage barré d'une griffure, de l'œil gauche à la joue droite. Eph se mit debout. La douleur qui lui taraudait la poitrine n'était rien, comparée à la perte de Zack, qu'il avait lue dans ses yeux.

Il ramassa son épée et se dirigea vers son fils, toujours emprisonné par les bras de Quinlan. Zack grimaçait, hochait frénétiquement la tête. Eph tint la lame d'argent près de l'adolescent, attendit une réaction.

L'argent ne le repoussa pas. Le Maître avait pris possession de son esprit, pas de son corps.

— Ce n'est pas toi, dit Eph, s'adressant à la fois à son fils et à lui-même. Tu redeviendras comme avant. Il faut que je te sorte d'ici.

Nous devons faire vite.

Eph prit Zack à l'Enfanté.

— Allons aux bateaux.

Quinlan accrocha son sac en cuir à son épaule, saisit les courroies de la bombe et la souleva du comptoir. Eph ramassa son sac et poussa Zack vers la porte.

Le Dr Everett Barnes se dissimulait derrière la cabane des poubelles, située à cinq ou six mètres du restaurant, au bord du parking de terre. Il aspirait l'air entre ses dents cassées et sentait la piqûre agréable que cela produisait.

S'il y avait vraiment une bombe nucléaire dans le coin – et l'obsession apparente d'Ephraïm pour la vengeance tendait à le lui faire croire –, Barnes avait intérêt à s'éloigner le plus possible de cet endroit. Mais pas avant d'avoir descendu cette garce. Il avait une arme. Un 9 mm au chargeur plein. Il était censé s'en servir contre Ephraïm, mais Nora serait sa prime. La cerise sur le gâteau.

Il s'efforça de retenir sa respiration pour ralentir les battements de son cœur. Plaçant les doigts sur sa poitrine, il sentit une étrange arythmie. Il savait à peine où il se trouvait, il obéissait aveuglément au GPS qui le reliait au Maître et indiquait la position de Zack grâce à un émetteur logé dans la chaussure de l'adolescent. Malgré l'assurance du Maître, Barnes se sentait nerveux. Tous ces vampires déchaînés autour du restaurant… Rien ne garantissait qu'ils sachent reconnaître un ami d'un ennemi. Barnes était résolu à trouver un véhicule pour filer avant que cet endroit ne disparaisse dans un nuage en forme de champignon.

Il repéra Nora à une trentaine de mètres, visa du mieux qu'il put et ouvrit le feu. L'automatique tira cinq balles à la suite et l'une d'elles au moins toucha Nora, qui s'effondra derrière un alignement d'arbres, laissant flotter dans l'air un léger brouillard de sang.

— Je t'ai eue, salope ! s'exclama-t-il, triomphant.

Il s'écarta de la barrière et traversa le parking en courant. S'il remontait le chemin de terre jusqu'à la route, il trouverait une voiture ou un autre moyen de transport.

Arrivé aux arbres, il s'arrêta, découvrit une flaque de sang par terre… mais pas de Nora.

— Merde !

Il se retourna, s'enfonça dans le bois en glissant le pistolet sous la ceinture de son pantalon. Le canon le brûla.

— *Merde !*

Il ne savait pas qu'une arme à feu pouvait chauffer à ce point. Il leva les mains pour protéger son visage des branches qui déchiraient son uniforme et arrachaient les médailles de sa poitrine. Pantelant, il s'arrêta dans une clairière et se cacha dans les fourrés, le métal lui brûlant la cuisse.

— Tu me cherchais ?

Barnes tourna la tête lentement jusqu'à ce qu'il découvre Nora Martinez, juste derrière lui. Elle avait une entaille sanguinolente au front, de la largeur d'un doigt, mais aucune autre blessure apparente. Lorsqu'il voulut fuir, elle le retint par le col de sa veste.

— On n'a jamais eu ce rancard que tu voulais tant, dit-elle en le tirant vers le chemin de terre.

— Nora, je vous en prie…

Elle le traîna hors du bois et le regarda.

— Tu n'es plus grand-chose, là maintenant, hein ?

— S'il vous plaît, gémit-il, les mains levées.

— Ah. Ils arrivent.

Des vampires sortirent du bois, hésitants à cause de l'épée d'argent que Nora tenait à la main. Ils tournèrent autour des deux humains, cherchant une ouverture.

— Je suis le Dr Everett Barnes ! leur lança-t-il.

— Pas sûr que les titres les impressionnent beaucoup, en ce moment, dit Nora, les tenant toujours en respect.

Elle fouilla Barnes, trouva le GPS, l'écrasa du talon, le délesta de son pistolet.

— Et je dirais que tu viens d'excéder ta période d'utilité.

— Qu'est-ce… qu'est-ce que vous allez faire ?

— Moi ? Je vais lâcher sur toi une bande de ces suceurs de sang. La question, c'est plutôt ce que tu vas faire, *toi*.

— Je… je n'ai plus d'armes…

— C'est regrettable. Parce que, comme toi, ils ne se soucient pas trop de se battre loyalement, ajouta-t-elle en faisant un moulinet avec son épée pour garder les monstres à distance.

— Vous… vous ne ferez pas ça…

— Tu paries ? J'ai de plus gros problèmes que toi.

— Donnez-moi une arme… s'il vous plaît… je ferai ce que vous voudrez. Tout ce dont vous avez besoin, je vous le donnerai…

— Tu veux une arme ?

— Oui, je vous en prie.

— Alors, tiens.

De sa poche, elle tira le petit couteau qu'elle avait fabriqué au camp et le planta fermement dans l'épaule de Barnes, entre l'humérus et la clavicule.

Le sang jaillit de la plaie, Barnes tomba à genoux en hurlant.

Avec un cri de guerre, Nora se jeta sur le plus grand des vampires, l'égorgea puis partit en courant.

Les *strigoï* marquèrent une brève pause, le temps de s'assurer que l'autre humain n'avait pas de lame d'argent et que l'odeur de sang provenait bien de lui. Puis ils se jetèrent sur Barnes, tels des chiens dans une cage de la fourrière, à qui on aurait lancé un gros morceau de viande.

Tirant Zack derrière lui, Eph suivit l'Enfanté jusqu'à l'endroit de la berge où commençait le quai. Fet leur fit signe. Quinlan hésita un instant, la bombe en forme de baril dans les bras, avant de passer du sable aux longues planches du quai.

Nora courut à leur rencontre. Alarmé par sa blessure, Fet demanda d'un ton furieux :

— Qui est-ce qui t'a fait ça ?

— Barnes. Mais ne t'inquiète pas, nous ne le reverrons plus.

Elle se tourna vers Quinlan.

— Vous devez partir ! Vous savez bien que vous ne pouvez pas attendre la lumière du jour.

Le Maître compte là-dessus. Voilà pourquoi je reste. C'est peut-être la dernière fois que nous verrons le soleil.

— Il faut y aller, maintenant, dit Eph, toujours tenant Zack.

— Je suis prêt, annonça Fet en se dirigeant vers le quai.

Goodweather leva son épée, approcha la pointe de la gorge du dératiseur.

— Moi seulement, dit Eph.

De son épée, Fet écarta celle du père de Zack.

— Qu'est-ce qui te prend ?

Eph secoua la tête.

— Tu restes avec Nora.

Elle fit passer son regard de l'un à l'autre.

— Non, rétorqua Fet. Tu as besoin de moi pour faire ce truc.

— *Elle* a besoin de toi, dit Eph, le cœur transpercé par les mots qu'il prononçait. Moi, j'ai Quinlan.

Se tournant vers le quai, il ajouta :

— Descendez plus bas vous procurer un bateau et une voile. Je confierai Zack à Ann et William pour qu'ils le sortent d'ici. Je leur dirai de s'occuper de vous.

— Laisse Quinlan régler le détonateur, plaida Nora. Dépose-le simplement sur l'île.

— Je dois m'assurer qu'il est bien réglé. Ensuite, je vous rejoindrai.

Nora s'approcha de Zack, lui souleva le menton pour regarder son visage, tenter de le réconforter. Le garçon cligna des yeux et détourna la tête.

— Tout ira bien pour toi, lui promit-elle.

Mais l'attention de Zack était ailleurs. Il scrutait le ciel. L'instant d'après, Eph entendit le bruit, lui aussi.

Des hélicoptères. Venant du sud. Volant bas.

Gus arriva en boitant. Eph remarqua immédiatement que son bras gauche était cassé – la main était gonflée de sang –, mais cela n'atténuait en rien la colère du voyou.

— Des hélicos ! explosa-t-il. Qu'est-ce que t'attends, bordel ?

Eph défit rapidement son sac et le tendit à Fet.

— Prends-le. Le *Lumen* est dedans.

— On s'en fout du manuel, mec. On est dans la pratique, maintenant !

Gus laissa tomber sa mitraillette, défit les bretelles de son sac avec un grognement – d'abord le bras indemne puis le bras fracturé, avec l'aide de Nora – et y prit deux grenades de couleur violette. Il les dégoupilla avec les dents et les fit rouler sur le sol, l'une à droite, l'autre à gauche.

Une fumée violette s'éleva, portée par le vent du fleuve, enveloppa la plage et le quai, les rendant momentanément invisibles des hélicoptères fonçant sur eux.

— Fous le camp ! cria Gus. Toi et ton gamin ! Occupe-toi du Maître. Je te couvre. Mais rappelle-toi, Goodweather, on aura des trucs à régler après !

— Eph, n'oublie pas, recommanda Nora, le Maître est là, quelque part !

À l'extrémité la plus éloignée du quai, à une trentaine de mètres de la berge, Ann et William attendaient dans deux barques d'aluminium équipées de moteurs hors-bord. Eph amena Zack à la première en courant. Lorsque le garçon refusa de monter, Eph le souleva et le posa de force dans l'embarcation.

— Nous allons nous en tirer, Zack, d'accord ?

Zack ne répondit pas. Il regarda l'Enfanté porter la bombe sur l'autre bateau, la poser entre les deux bancs de nage puis faire descendre William, avec douceur mais fermeté.

Eph se rappela que le Maître était dans la tête de son fils et assistait aussi à la scène.

— C'est bientôt fini, dit-il.

La fumée violette tourbillonna au-dessus de la plage, gagna les arbres d'où déferlait une autre vague de vampires.

— Le Maître a besoin d'un humain pour lui faire traverser l'eau, dit Fet en rejoignant Nora et Gus. Je crois qu'il ne reste plus que nous trois ici. On doit juste s'assurer que personne d'autre n'accède aux bateaux.

Soudain, la fumée s'écarta bizarrement, comme si elle se repliait sur elle-même. Comme si quelque chose l'avait traversée à une vitesse incroyable.

— Hé, vous avez vu ça ? s'exclama Fet.

Nora entendit le vrombissement révélant la présence du Maître. Le mur de fumée repartit brusquement en arrière, délaissant les arbres, refluant vers la berge. Nora et Fet furent aussitôt séparés et des vampires se ruèrent vers eux, leurs pieds nus frappant en silence le sable humide. Les pales des hélicoptères hachaient l'air dans le ciel. Il y eut des détonations, des balles s'enfoncèrent dans le sol, soulevant des gerbes de sable à leurs pieds : les snipers des hélicoptères tiraient à l'aveuglette dans le nuage de fumée. Un vampire fut touché à la tête au moment où Nora s'apprêtait à le faucher. Les pales rabattaient la fumée vers le bas. L'épée à l'horizontale, Nora fit un tour complet sur elle-même en suffoquant. Soudain, elle ne sut plus où se trouvait l'eau. Elle décela un mouvement dans la fumée, comme un tourbillon de poussière, perçut de nouveau le vrombissement.

Le Maître. Elle continua à tournoyer, tailladant la fumée et tout ce qui s'y trouvait.

Gus courait le long de la berge à travers le nuage violet, son bras cassé ballant contre son flanc. Les voiliers étaient amarrés à un ponton ancré à une quinzaine de mètres de la rive.

Il émergea de la fumée devant les fenêtres du restaurant en se préparant à se retrouver face à une horde de vampires affamés.

La plage était déserte.

Pas le ciel. Il repéra les hélicoptères noirs, six déjà au-dessus d'eux, six autres ou plus les suivant. Ils volaient bas, tel un essaim d'abeilles mécaniques géantes, projetant du sable dans la figure de Gus. L'un des appareils survola l'eau, ridant sa surface.

Gus entendit des coups de feu et comprit que les snipers tiraient sur les bateaux. Le bruit sourd des balles s'enfonçant dans le sable près de lui lui apprit qu'ils l'avaient aussi pris pour cible mais il se préoccupait surtout des hélicos qui se dirigeaient vers le lac, à la poursuite de Goodweather, et de la bombe.

— *¿Que chingados esperas ?* s'écria-t-il en espagnol. Qu'est-ce que t'attends ?

Il tira sur les hélicoptères. Une douleur cuisante au mollet le fit tomber sur un genou et il sut qu'il avait été touché. Il continua à mitrailler les appareils filant vers le fleuve.

Une autre balle lui perça le flanc.

— Vas-y, Eph ! Fais ton truc ! brailla-t-il en s'écroulant.

Appuyé sur un coude, il tirait toujours. Un hélicoptère oscilla, une forme humaine s'en détacha et tomba dans l'eau. Le pilote ne parvint pas à redresser, la queue partit brusquement sur le côté, heurta un autre appareil. Les deux hélicoptères basculèrent, tombèrent dans l'eau.

Gus n'avait plus de munitions. Allongé sur la berge, à quelques mètres de l'eau, il regardait les oiseaux de mort tournoyer au-dessus de lui. En un instant, son corps se couvrit de points rouges de rayons laser traversant le brouillard coloré.

— Goodweather, il voit des anges, dit Gus en riant. Moi, j'ai droit à des spots laser…

Il vit des snipers se pencher hors des carlingues pour le mettre en joue.

— Allez-y, trouez-moi la paillasse, bande d'enculés !

De petits geysers de sable jaillirent autour de lui, des dizaines de balles lui percèrent le corps, le charcutèrent… et sa dernière pensée fut : T'as intérêt à pas te planter, ce coup-ci, doc !

— Où m'emmenez-vous ?

Zack se tenait debout au milieu de la barque encore à quai, ballottée par le sillage du bateau de son père et de Quinlan, qui venait de partir. Le bruit de leur moteur s'était perdu dans l'obscurité et le nuage violet, ne laissant dans la tête du garçon que le murmure habituel, mêlé au grondement des hélicoptères en approche.

Ann poussa pour éloigner la barque du quai tandis que William tirait encore et encore sur le cordon de démarrage du moteur hors-bord.

— À notre île, en aval, répondit-elle. Grouille-toi, William !

— Qu'est-ce qu'il y a, là-bas ? demanda l'adolescent.

— Un abri. Un lit bien chaud.

— Et ?

— On a des poulets. Un jardin. C'est un ancien fort du temps de la Révolution américaine. Y a aussi des enfants de ton âge. T'en fais pas, tu seras en sécurité, là-bas.

Tu étais en sécurité avec moi, dit la voix du Maître.

Zack hocha la tête, cligna des yeux. Oui, il vivait comme un prince, dans un vrai château au cœur d'une ville immense. Il avait un zoo. Tout ce qu'il voulait.

Jusqu'à ce que ton père essaie de t'enlever.

Quelque chose incitait Zack à garder les yeux sur le quai. Le moteur finit par démarrer, William s'assit à l'arrière, prit la barre et engagea le bateau dans le courant. Les hélicoptères étaient maintenant visibles, leurs projecteurs et leurs spots laser éclairant la fumée sur la plage. Zack compta sept séries de sept projecteurs tandis que le bateau commençait à s'éloigner.

Un tourbillon violet se détacha du quai et fendit l'air en direction de la barque. Le Maître en surgit, les bras tendus, tenant d'une main la canne au pommeau de tête de loup, sa cape flottant derrière lui comme des ailes.

Ses deux pieds nus se posèrent sur le fond du bateau avec un claquement sec. Ann, agenouillée à l'avant, eut à peine le temps de se retourner.

— Putain de merde…

Elle vit le Maître devant elle, elle reconnut la chair pâle de Gabriel Bolivar. C'était le mec dont sa nièce n'arrêtait pas de parler. La gamine avait la tête de Bolivar sur ses tee-shirts, sur les posters décorant les murs de sa piaule. Et tout ce qu'Ann fut capable de penser, c'était : J'ai jamais kiffé sa musique à la con…

Le Maître lâcha sa canne, saisit Ann à deux mains et, d'un mouvement de torsion, la déchira en deux à la taille – comme font les costauds avec de gros annuaires téléphoniques – et lança les deux moitiés dans le fleuve.

William demeura immobile, comme pétrifié. Le Maître le prit par l'aisselle et, du plat de la main, lui poussa le visage avec une telle force que le cou de William se brisa et que sa tête retomba en arrière comme un capuchon. Le Maître le jeta lui aussi dans l'eau, ramassa sa canne et baissa les yeux vers l'adolescent.

Mène-moi là-bas, mon fils.

Zack s'installa à la barre et prit la direction du sillage du premier bateau, qui commençait à disparaître.

Dans la fumée qui se dissipait, Fet et Nora coururent vers le restaurant en zigzaguant pour échapper aux balles des snipers des hélicoptères.

À l'intérieur du bâtiment, ils récupérèrent le reste des armes de Gus. Fet prit la main de Nora et l'entraîna vers les fenêtres donnant sur le fleuve, ouvrit celle de la terrasse. Nora avait emporté le *Lumen*, qu'elle pressait contre elle.

Ils virent les barques, dansant au loin sur l'eau.

— Où est Gus ? demanda Nora.

La blessure de Fet s'était rouverte, son bras était couvert de sang.

— Il va falloir qu'on nage pour aller là-bas, marmonna Fet. Mais d'abord…

Il fit feu sur les projecteurs des hélicoptères, brisant le premier qu'il visa.

— Ils ne peuvent pas tirer sur ce qu'ils ne voient pas !

Nora l'imita, toucha elle aussi un projecteur. Les autres faisceaux balayaient la rive à la recherche de la source des rafales d'armes automatiques.

Nora découvrit alors le corps de Gus gisant sur le sable, au bord du fleuve dont l'eau lui léchait le flanc. La stupeur et la peine ne la paralysèrent qu'un instant, l'esprit guerrier de Gus se communiquant aussitôt à elle, ainsi qu'à Fet.

Vous lamentez pas, battez-vous.

Ils avancèrent sur la plage d'un pas résolu, en mitraillant les hélicoptères du Maître.

Plus ils s'éloignaient de la berge, plus le bateau était ballotté. L'Enfanté tenait fermement les courroies de la bombe pour l'empêcher de basculer dans le fleuve. Une eau épaisse, noire et verdâtre, passait par-dessus le plat-bord, aspergeait le plancher et les urnes en chêne, formant dessous une mince flaque. Il pleuvait de nouveau et ils avançaient contre le vent.

Quinlan souleva les urnes du fond mouillé de la barque pour qu'elles ne soient plus au contact de l'eau. Eph ne savait pas ce que ce geste signifiait, mais le fait d'amener les restes des Aînés sur le site d'origine du dernier de la lignée lui rappela que tout allait se terminer bientôt. D'une manière ou d'une autre.

Il passa devant la deuxième île, une longue plage rocailleuse ceinte d'arbres nus en train de mourir.

Il consulta la carte. Le papier devenait humide dans sa main, l'encre commençait à couler. Par-dessus le bruit du moteur et du vent, la voix tendue par la douleur dans sa poitrine, il cria :

— Comment, sans le contaminer, le Maître a-t-il pu créer… cette relation symbiotique avec mon fils ?

Je l'ignore. L'essentiel, c'est qu'il est loin du Maître, à présent.

— L'influence du Maître disparaîtra-t-elle quand nous l'aurons liquidé, avec tous ses vampires ?

Tout ce qu'était le Maître cessera d'être.

Réconforté, Eph reprit vraiment espoir. Il pourrait renouer des rapports de père à fils avec Zack, il y croyait.

— Ce sera un peu comme effacer le lavage de cerveau d'une secte, je suppose. On ne pratique plus de psychothérapie, maintenant. Je veux seulement le ramener à son ancienne chambre. Commencer par là.

Survivre est la seule thérapie. Je n'ai pas voulu vous en parler avant pour ne pas vous déconcentrer, mais j'ai déjà vu le Maître agir de cette façon. Il prend pour hôtes de grands enfants, ce que vous appelez maintenant des adolescents. Je crois que le Maître formait votre fils afin d'en faire son futur moi.

— Je le craignais, moi aussi. Je ne voyais aucune autre raison pour qu'il le garde près de lui et ne l'ait pas transformé en vampire. Mais… pourquoi ? Pourquoi Zack ?

Cela n'a peut-être rien à voir avec votre fils.

— Avec moi, alors ?

Je ne peux pas vous répondre. Tout ce que je sais, c'est que le Maître est un être pervers. Il aime prendre racine dans la souffrance. Subvertir et corrompre. Peut-être a-t-il vu en vous un défi. Vous avez été le premier à monter à bord de l'avion avec lequel il s'est rendu à New York. Vous avez pris le parti d'Abraham Setrakian, son ennemi juré. Réduire en esclavage toute une espèce est un exploit, mais un exploit impersonnel. Le Maître a besoin d'infliger des souffrances personnellement. Il a besoin de sentir la douleur de l'autre. D'en faire l'expérience sans intermédiaire. Votre terme de « sadisme » est ce qui se rapproche le plus de son comportement. Et il aura causé sa perte.

Epuisé, Eph regarda passer la troisième île. Après la quatrième, il vira. Difficile de distinguer du fleuve la forme de l'étendue de terre – et impossible dans l'obscurité de repérer ses six affleurements rocheux sans d'abord en faire le tour –, mais quelque chose disait à Eph que la carte était bonne et que c'était là le Site noir. Les arbres nus, sombres, de cet endroit inhabité ressemblaient à des géants brûlés et pétrifiés, leurs bras levés vers les cieux.

Eph avisa une anse et s'en approcha, arrêta le moteur et laissa l'embarcation accoster l'île. L'Enfanté saisit la bombe et se dressa, posa le pied sur la côte rocheuse.

Nora avait raison. Laissez-moi ici. Retournez auprès de votre garçon.

Eph regarda le vampire encapuchonné, son visage lacéré ; il était prêt à mettre fin à son existence. Le suicide est un acte non naturel pour des humains mortels, mais pour un être immortel ? Le sacrifice de Quinlan constituait un acte bien plus violent, transgressif et contraire à sa nature.

— Je ne sais pas quoi dire, murmura Eph.

L'Enfanté hocha la tête.

Alors il est temps de partir.

Sur ces mots, il commença à gravir l'éminence rocheuse, la bombe en forme de fût dans ses bras, les restes des Aînés dans son sac. Goodweather hésita, aux prises avec un souvenir de sa vision et de ses images obsédantes. L'Enfanté n'y était pas annoncé comme le rédempteur. Mais Eph n'avait pas consacré assez de temps à l'*Occido Lumen* et sa lecture prophétique était peut-être différente.

Il replongea l'hélice dans l'eau, agrippa la poignée du cordon de démarrage et s'apprêtait à tirer quand il entendit un bruit de moteur porté par le vent tourbillonnant.

Un autre bateau approchait. Or il n'y avait qu'une seule autre barque à moteur.

Celle de Zack.

Eph se tourna vers Quinlan, mais l'Enfanté avait déjà disparu de l'autre côté du promontoire. Le cœur lui martelant la poitrine, il fixa la brume montant du fleuve, y chercha des yeux l'autre bateau. Il semblait approcher vite.

Il se leva, sauta de la barque sur les rochers, un bras en travers de ses côtes meurtries, les poignées jumelles de ses épées oscillant au-dessus de ses épaules. Il monta aussi vite qu'il put la colline rocailleuse dont le sol, avec la brume qui s'élevait sous la pluie, semblait fumer comme si la terre s'échauffait en prévision de la crémation atomique à venir.

Parvenu au sommet, il ne repéra pas l'Enfanté parmi les arbres morts. Il se précipita dans le bois en criant à tue-tête « Quinlan ! », aussi fort que sa douleur à la poitrine le lui permettait, ressortit de l'autre côté dans une clairière marécageuse.

Le vampire de naissance avait posé la bombe au centre approximatif de l'île en forme de trèfle, au milieu d'un anneau de pierres semblables à de grosses ampoules rocheuses noires. Tournant autour de l'engin, il installait les réceptacles de chêne blanc contenant les cendres des Aînés.

Il entendit Eph l'appeler et pivota dans la direction du cri… Ce fut alors qu'il sentit le Maître approcher.

— Il est là ! hurla Eph. Il…

Une rafale de vent agita la brume. Quinlan eut juste le temps de se préparer à l'impact. La violence de l'assaut porta les deux créatures des mètres plus loin, roulant, invisibles, dans le brouillard. Eph vit quelque chose tournoyer et retomber dans l'air, la vieille canne à tête de loup de Setrakian, lui sembla-t-il.

Oubliant sa douleur à la poitrine, il se précipita vers la bombe en brandissant son épée. Mais la brume tourbillonna, enveloppant l'engin.

Papa !

La voix de Zack, derrière lui. Il se retourna vivement, conscient dans la seconde d'avoir été berné. Ses côtes lui faisaient atrocement mal. Il s'avança dans la brume, à la recherche de la bombe. Tâtant le sol du pied à la recherche de l'anneau de pierres.

Soudain, devant lui, le Maître s'éleva du brouillard.

Eph recula en vacillant. Deux entailles croisées formaient un X grossier sur la figure du Maître, résultat de sa collision et de sa lutte avec l'Enfanté.

Imbécile.

Eph ne parvenait ni à se redresser ni à trouver les mots pour répondre. Sa tête rugissait comme s'il avait entendu une explosion. Il discerna des ondulations sous la chair du Maître, un ver de sang sortant d'une des griffures et rampant par-dessus l'œil pour pénétrer dans la plaie suivante. Le Maître ne broncha pas. Il écarta les bras comme pour embrasser l'île brumeuse de ses origines, leva un regard triomphant vers les cieux sombres.

Rassemblant ses dernières forces, Eph courut vers le Maître, l'épée levée, visant la gorge. La Créature le gifla d'un revers de main, assez fort pour le projeter en l'air, tournoyant. Il retomba sur le sol rocheux, quelques mètres plus loin.

Ahsudagu-wah. Sol noir.

Eph avait eu la respiration coupée en heurtant le sol et pensa avoir un poumon perforé. Son autre épée avait glissé hors du sac et atterri quelque part entre eux.

C'est de l'onondaga. Les envahisseurs européens n'ont pas pris la peine de traduire correctement ce nom, voire de le traduire tout court. Tu vois, Goodweather ? Les cultures meurent. La vie n'est pas circulaire, elle est impitoyablement droite.

Quand Eph essaya de se relever, ses côtes écrasées le poignardèrent.

— Quinlan ! appela-t-il, la voix à peine plus forte qu'un murmure.

Tu aurais dû respecter ta part de notre marché, Goodweather. Bien sûr, je n'aurais jamais honoré la mienne, mais tu te serais au moins épargné cette humiliation. Cette souffrance. Il est toujours plus facile de se rendre.

Eph se redressa autant que la douleur le lui permettait et aperçut à travers la brume, à quelques mètres seulement, les contours de la bombe nucléaire.

— Allez, grinça-t-il, laisse-moi t'offrir une dernière chance de te rendre…

Il se rapprocha de l'engin, cherchant du regard le détonateur. Une chance inouïe que le Maître l'ait projeté si près de la bombe… Cette pensée le fit se tourner de nouveau vers la Créature.

Une autre forme émergea alors de la brume : Zack. Zack, presque un homme à présent, tel l'enfant chéri qu'un jour on ne reconnaît plus. Il se tenait près du Maître et tout à coup Eph s'en fichait, et en même temps cela le torturait plus que jamais.

C'est fini, Goodweather. Le livre restera désormais fermé pour toujours.

Le Maître n'avait pas tout prévu. Il croyait que Goodweather ne ferait aucun mal à son fils, qu'il renoncerait à son combat s'il devait pour le mener à son terme sacrifier Zack.

Les fils sont destinés à se rebeller contre leurs pères.

Le Maître tendit de nouveau les mains vers le ciel.

Il en a toujours été ainsi.

Eph fixait son garçon passé dans le camp du monstre. Les larmes aux yeux, il lui sourit.

— Je te pardonne, Zack, sincèrement. Et j'espère du fond du cœur que tu me pardonneras aussi.

Il fit passer le bouton de « retardement » à « instantané », aussi vite qu'il put, et cependant le Maître eut le temps de parcourir à toute allure la distance qui les séparait et de le heurter de plein fouet.

Eph atterrit lourdement sur le dos, se secoua pour dissiper l'effet du choc et de la douleur, essaya de se remettre debout. Le Maître approchait, les yeux rougeoyant à l'intérieur du X tordu.

Derrière la Créature, l'Enfanté venait d'apparaître. Il fendit l'air, armé de la seconde épée d'Eph, transperçant le Maître avant qu'il puisse esquiver.

Quinlan retira la lame et le Maître, courbé par la douleur, se tourna pour lui faire face. L'Enfanté avait le visage ravagé, la joue gauche arrachée, la mâchoire décrochée, le cou recouvert de sang iridescent.

La fureur du Maître fit voler la brume quand, aucunement découragé par la douleur, il marcha sur sa propre création blessée, forçant Quinlan à reculer. Le père et le fils se faisaient face.

Zack observait la scène, fasciné, une sorte de feu dans le regard. Puis il se tourna, comme si quelque chose avait requis son attention. Le Maître le dirigeait à nouveau. Zack tendit le bras, ramassa par terre un objet long.

La canne de Setrakian. Le garçon savait qu'il suffisait de tourner le pommeau pour libérer la gaine en bois et dénuder la lame d'argent. Ce qu'il fit.

Tenant l'épée à deux mains, Zack avança, fixant le dos de Quinlan.

Eph courut vers lui, s'interposa entre lui et l'Enfanté, une main sur sa poitrine douloureuse, l'autre tenant son épée.

Zack regarda son père, n'abaissa pas son arme.

Eph baissa la sienne en espérant que son fils le frapperait. Cela aurait rendu plus facile ce qu'il avait à faire.

L'adolescent tremblait. Peut-être parce qu'il luttait contre lui-même, parce qu'il résistait aux ordres du Maître.

Eph en eut conscience.

— Ça va aller, Zack, dit-il. Ça va aller.

Quinlan avait pris le dessus sur le Maître. Eph ne pouvait pas entendre ce que leurs esprits se disaient, mais le grondement dans sa tête était assourdissant. L'Enfanté empoigna le cou du Maître, enfonça ses doigts dans sa chair.

Père.

Le monstre lança alors son aiguillon qui, tel un piston, se ficha dans le cou de l'Enfanté avec une telle force qu'il lui fracassa une vertèbre. Des vers de sang envahirent le corps immaculé de Quinlan, rampèrent sous sa peau blême pour la première et la dernière fois.

Eph vit les feux des hélicoptères, entendit leurs rotors approcher de l'île. Les projecteurs fouillèrent la terre désolée. C'était maintenant ou jamais.

Malgré ses poumons en feu, Eph courut vers l'engin en forme de tonneau qui tremblait sous ses yeux. Il n'en était plus qu'à quelques mètres quand un hurlement retentit et qu'il reçut un coup sur la nuque.

Les deux épées lui échappèrent des mains. Il sentit quelque chose saisir son flanc, lui causant une insupportable douleur. Il griffa le sol, vit devant lui l'épée de Setrakian aux reflets argentés. Il venait de refermer les doigts sur le pommeau en forme de tête de loup lorsque le Maître le souleva et le fit tournoyer.

Le visage, le cou et les bras lacérés de la Créature ruisselaient de sang blanc. Elle était capable de se régénérer, bien sûr, mais elle n'en avait pas encore eu le temps. Eph lui porta un coup avec la lame d'argent du vieil homme ; le monstre lui bloqua le bras, parant l'attaque. La douleur d'Eph était trop vive, la force du Maître trop grande. Celui-ci commença à rabattre le bras d'Eph, et à diriger la pointe de l'épée vers la gorge offerte.

Un hélicoptère les prit dans le faisceau de son projecteur et Eph put mieux voir le visage tailladé du Maître. Il vit les vers de sang onduler sous la peau, revigorés par la proximité de sang humain et l'imminence du coup de grâce. Dans la tête de Goodweather, le grondement devint une voix de ténor quasi angélique.

J'ai un nouveau corps qui m'attend. La prochaine fois que quelqu'un me regardera... c'est ton fils qu'il verra.

Les vers se tortillaient sous la chair, comme en extase.

Adieu, Goodweather.

La pointe de la lame piqua la gorge d'Eph, ouvrit une veine. Du sang rouge jaillit, aspergea la figure du Maître, affolant les vers.

Ils sortirent de toutes les plaies du monstre, des entailles de ses bras comme des trous de sa poitrine, pour accéder au sang.

Le Maître grogna, se secoua, projeta Eph sur le côté avant de porter les mains à son visage. Eph heurta durement le sol. Il lui fallut faire appel à toute son énergie pour se retourner.

Dans le cône de lumière du projecteur, le Maître tituba, partit en arrière, tentant d'empêcher ses propres vers parasites de se repaître du sang humain qui recouvrait son visage.

Étourdi, Eph regardait la scène se dérouler comme au ralenti. Le coup sourd d'une balle s'enfonçant dans le sol près de lui ramena le monde à la vitesse normale.

Les snipers.

Eph rampa jusqu'à l'engin, s'appuya dessus pour se relever et atteindre le détonateur. Quand son doigt trouva le bouton, il coula un regard en arrière, vers Zack.

Le garçon se tenait près de l'endroit où gisait l'Enfanté. Quelques vers de sang avaient atteint Zack, qui agitait les mains pour les chasser. Eph les vit s'enfoncer sous l'avant-bras et dans le cou de son fils.

Le corps de Quinlan se leva avec dans les yeux un nouveau regard, une volonté nouvelle. Celle du Maître, qui comprenait parfaitement le côté sombre de la nature humaine mais pas l'amour.

— C'est de l'amour, murmura Eph. Dieu que ça fait mal, mais c'est de l'amour…

Lui qui avait été la plupart du temps en retard dans sa vie, il serait à l'heure pour ce rendez-vous, le plus important qu'il ait jamais eu à honorer. Il appuya sur le bouton…

Il ne se passa rien. Pendant un moment de terrible angoisse, l'île fut une oasis de silence pour Eph, malgré les hélicoptères suspendus au-dessus d'eux.

Il vit Quinlan se jeter sur lui, ultime assaut de la volonté du Maître.

Deux coups à la poitrine et Eph se retrouva à terre, regardant ses blessures. Les trous sanglants, là, à droite de son cœur. Son sang s'infiltrant dans le sol.

Par-dessus l'épaule de l'Enfanté, il vit le visage de Zack illuminé par le projecteur de l'hélicoptère. Sa volonté toujours présente, toujours invaincue. Il vit les yeux de Zack – son fils, encore maintenant –, il avait encore les plus beaux yeux du monde…

Eph sourit.

Et le miracle s'accomplit.

De la manière la plus douce : pas de tremblement de terre, pas d'ouragan, pas de flots qui s'écartent. Le ciel s'éclaircit et une brillante colonne de lumière pure, un million de fois plus forte qu'un projecteur d'hélicoptère, se déversa sur eux. Le couvert nuageux se déchirait lentement, pour faire place à une lumière purifiante.

L'Enfanté, à présent infecté par le sang du Maître, sifflait et se tortillait. De la fumée et de la vapeur sortaient de son corps comme d'un homard ébouillanté. Rien de tout cela ne détourna le regard d'Eph de son fils. Et Zack, le voyant sourire dans la lumière d'un jour glorieux, le reconnut pour tout ce qu'il était, le reconnut pour…

— *Papa*, murmura le garçon.

Et la bombe éclata. Tout ce qui se trouvait autour du point d'éclair se volatilisa : corps, sable, végétation, hélicoptères. Tout disparut.

Purifié.

Sur une plage, loin en aval du fleuve, près du lac Ontario, Nora observa le phénomène un bref instant avant que Fet la tire derrière un rocher, tous les deux tombant et roulant sur le sable.

L'onde de choc fit trembler le vieux fort abandonné tout proche, détachant de ses murs de la poussière et des fragments de pierre. Nora était persuadée que tout l'édifice allait s'écrouler dans le fleuve. Ses oreilles se débouchèrent brusquement et l'eau, autour d'eux, se souleva en un énorme flot. Bien que Nora eût les yeux fermés et les bras autour de la tête, elle continuait à voir la lumière vive.

La pluie tomba en oblique, le sol émit un hurlement de douleur… puis la lumière s'estompa, le fort de pierre cessa de trembler et tout redevint calme et silencieux.

Plus tard, elle comprendrait que l'explosion les avait rendus temporairement sourds, mais pour le moment le silence était profond, quasi religieux. Fet se souleva de dessus Nora et ils se risquèrent ensemble devant leur bouclier rocheux quand l'eau reflua de la plage.

Ce qu'elle avait vu – le miracle dans le ciel –, elle ne le saisit totalement que plus tard. Gabriel, le premier archange – une entité de lumière si vive qu'elle faisait pâlir le soleil et le feu nucléaire –, descendit en tournant autour de la colonne lumineuse en agitant des ailes d'argent.

Michel, l'archange assassiné, ramena ses ailes en arrière et piqua droit vers la terre, redressa sa chute à quinze cents mètres environ de l'île et parcourut le reste de la distance en planant. Enfin, comme surgi de la terre même, apparut Azraël, à nouveau entier, ressuscité des cendres communes. Du gravier et de la terre tombaient de ses ailes tandis qu'il montait. De nouveau esprit, ayant cessé d'être chair.

Nora assista à ces prodiges dans le silence absolu d'une surdité momentanée, ce qui contribua peut-être à les graver plus profondément dans sa psyché. Elle ne pouvait entendre le grondement rageur que ses pieds sentaient, le craquement de l'éclair aveuglant qui chauffait son visage et son âme. Un véritable moment de l'Ancien Testament, auquel assistait une femme vêtue non d'une tunique de lin mais de prêt-à-porter Gap. Ce moment ébranla sa raison et sa foi pour le reste de sa vie. Sans même en avoir conscience, Nora pleurait.

Gabriel et Michel rejoignirent Azraël et ils s'élevèrent ensemble dans la lumière. La trouée des nuages s'illumina lorsque les trois archanges y parvinrent, s'élargit pour les avaler, puis se referma.

Nora et Fet regardèrent autour d'eux. Le fleuve était encore en tumulte et leur barque avait été emportée. Fet inspecta Nora pour s'assurer qu'elle n'avait rien.

Nous sommes vivants, articula-t-il, sans qu'un seul mot soit audible.

Tu as vu ça ? demanda Nora.

Il secoua la tête, non comme pour dire *Non* mais plutôt *J'y crois pas*.

Le couple contempla le ciel, attendit qu'il se passe quelque chose.

Autour d'eux, de grandes parties de la plage de sable s'étaient transformées en verre opalescent.

Les habitants du fort sortirent, quelques dizaines d'hommes et de femmes en loques, certains portant des enfants. Nora et Fet leur avaient recommandé de se mettre à l'abri et les îliens se tournaient à présent vers eux pour avoir une explication.

Nora dut crier pour se faire entendre :

— Ann et William ! Où sont-ils ? Ils avaient avec eux un garçon de treize ans !

Les adultes secouèrent la tête.

— Ils sont partis avant nous ! insista Nora.

— Peut-être sur une autre île, suggéra un homme.

Nora hocha la tête, bien qu'elle n'y crût pas. Fet et elle s'étaient rendus sur l'île du fort en voilier. Ann et William auraient dû accoster longtemps avant.

Fet posa une main sur l'épaule de Nora.

— Et Eph ?

Il n'y avait aucun moyen d'en avoir confirmation, mais elle savait qu'il ne reviendrait pas.

ÉPILOGUE

L'explosion avait mis fin à l'espèce du Maître. Tous les vampires s'étaient vaporisés au moment de l'immolation. Ils avaient disparu.

Nora et Fet en eurent confirmation dans les jours qui suivirent. D'abord en retournant sur la rive après que les eaux eurent baissé. Puis en lisant des dépêches passionnées sur l'Internet libéré. Au lieu d'organiser de grandes célébrations, les gens erraient dans une sorte d'hébétude post-traumatique. L'atmosphère était encore contaminée et la période de jour brève. Les superstitions demeuraient et l'obscurité était encore plus redoutée qu'avant. Les rumeurs selon lesquelles il y avait encore des vampires se multipliaient, pour être finalement attribuées à une forme d'hystérie.

Il n'y eut pas de « retour à la normale ». En fait, les îliens restèrent pendant des mois dans leurs campements, s'efforçant de récupérer leurs maisons et leurs biens antérieurs mais hésitant encore à reprendre l'ancien mode de vie. Tout ce qu'ils avaient cru savoir sur la nature, l'histoire et la biologie s'était révélé faux, ou tout au moins incomplet. Et puis, pendant deux ans, ils s'étaient résignés à accepter une nouvelle réalité et un nouveau régime. Les vieilles croyances avaient été brisées, d'autres avaient resurgi. Mais tout pouvait être mis en doute. L'incertitude était le nouveau fléau.

Nora se comptait parmi ceux qui avaient besoin de temps pour s'assurer que ce mode de vie durerait. Qu'il n'y avait pas d'autres mauvaises surprises qui les attendaient quelque part.

Abordant un jour le sujet avec douceur, Fet demanda :

— Qu'est-ce qu'on va faire ? Il faudra bien qu'on retourne à New York un jour…

— Vraiment ? Je ne suis pas sûre que New York soit encore là pour moi, répondit-elle en lui prenant la main. Et toi ?

Il lui pressa la main et regarda par-dessus le fleuve. Il lui laisserait tout le temps dont elle aurait besoin.

En définitive, Fet et Nora ne retournèrent jamais à New York. Ils profitèrent de la Loi fédérale sur la Récupération des Biens proposée par le gouvernement provisoire et s'installèrent dans une ferme du nord du Vermont, loin de la zone de vide causée par l'explosion de la bombe nucléaire sur une île du Saint-Laurent. Ils ne se marièrent pas – aucun d'eux n'en éprouvait le besoin –, mais ils eurent deux enfants, un garçon du nom d'Ephraïm et une fille appelée Mariela, comme la mère de Nora. Fet mit sur l'Internet revigoré le texte annoté de l'*Occido Lumen* en préservant son anonymat. Puis, lorsqu'on contesta l'authenticité du livre, il se lança dans le « Projet Setrakian », consistant à mettre sur le Net les travaux et les sources du vieux professeur, à la disposition de tous. Il consacra sa vie à retracer l'influence des Aînés sur le cours de l'histoire humaine, s'efforçant de déterminer les erreurs que les hommes avaient commises afin d'empêcher qu'elles se répètent.

Il y eut une période de troubles, avec des procès, le plus souvent sommaires, pour identifier et punir ceux qui s'étaient rendus coupables de violations des droits de l'homme pendant l'holocauste. Des gardiens de camp et des collabos furent lynchés ; on soupçonna un désir de vengeance derrière de nombreux meurtres, mais finalement des voix plus tolérantes s'élevèrent pour répondre à la question « qui est responsable ? » : Chacun de nous, dirent-elles. Et peu à peu, malgré les rancœurs et les fantômes du passé, les gens apprirent à coexister de nouveau.

Au bout de quelque temps, d'autres se targuèrent d'avoir éliminé les *strigoï*. Un biologiste prétendit avoir introduit un vaccin dans le réseau d'eau potable ; des membres de diverses bandes se vantèrent, trophées à l'appui, d'avoir trucidé le Maître et, par un étrange retournement, un nombre important de sceptiques se mirent à nier que le fléau eût jamais existé. Ils attribuèrent toute cette histoire à un immense complot pour instaurer un nouvel ordre du monde. Déçu mais jamais amer, Fet reprit son métier de dératiseur. Les rats pullulaient de nouveau, autre défi à relever. Il ne croyait ni à la perfection ni aux fins heureuses : tel était le monde qu'ils avaient sauvé, avec les rats et tout le reste. Mais pour une poignée de gens Vassili Fet devint un héros, et quoique la notoriété le mît mal à l'aise il se fit une raison et s'estima finalement très heureux ainsi.

Chaque soir en couchant son bébé Ephraïm, Nora lui caressait les cheveux et songeait à Eph, ainsi qu'au fils d'Eph, et se demandait comment ils avaient vécu leur fin. Pendant les premières années de la vie de l'enfant, elle se demanda souvent à quoi sa vie – avec Eph – aurait ressemblé si l'espèce vampire n'était jamais apparue. Elle pleurait parfois et Fet avait alors l'intelligence de ne pas lui poser de question. C'était une partie d'elle qu'il savait ne pas pouvoir partager, qu'il ne partagerait jamais, et il la laissait faire seule son deuil. Mais quand l'enfant grandit et montra de quoi il était capable, ressemblant beaucoup à son père et pas du tout à Eph, la réalité du présent balaya les potentialités du passé et la page fut tournée. Pour Nora, la mort ne fut plus l'une de ses peurs parce qu'elle avait triomphé de l'autre issue possible, plus terrible encore.

Elle gardait au front la cicatrice de la balle tirée par l'automatique de Barnes et y voyait la preuve qu'elle avait échappé de justesse à un sort pire que la mort, même si plus tard elle en viendrait à la considérer plutôt comme un signe de chance. Pour le moment, lorsque Nora contemplait le visage de son bébé, elle éprouvait une grande sérénité et les paroles de sa mère lui revenaient en mémoire :

« Quand on regarde en arrière et qu'on fait le bilan de sa vie, on se rend compte que l'amour a été la réponse à tout. »

Elle avait raison, bien sûr.

Les auteurs tiennent à exprimer leur reconnaissance au Dr Seth Richardson, de l'université de Chicago, pour ses conseils éclairés sur la mythologie mésopotamienne et la Bible.

Composé par Nord Compo
à Villeneuve-d'Ascq (Nord)

Achevé d'imprimer
en Espagne
par Black Print CPI Iberia
en juillet 2012

POCKET – 12, avenue d'Italie – 75627 Paris cedex 13

Dépôt légal : août 2012
S20279/01